Scarlet
스칼렛

Scarlet
스칼렛

고추장 풀다 눈 맞은 사연

고추장 풀다 눈 맞은 사연

주사랑 장편 소설

SCARLET ROMANCE STORY

목차

프롤로그

고등학교 졸업식이 있던 날. 사연의 분식점 앞에서 태석은 들어가기를 잠시 망설이고 있었다. 정신없이 바쁜 그녀의 모습을 보니, 태석은 안타까운 마음이 들었다. 그녀는 오늘도 떡볶이 장사 때문에 졸업식에 참석하지 못했다. 자신이 전학 오기 전부터 줄곧 부모님 대신 떡볶이 장사를 했다는 그녀는 늘 수업에 늦어 선생님들께 혼나곤 했었다.

사연을 지켜보며 서 있는 태석의 손엔 두 개의 졸업앨범이 들려 있었다. 그는 그것을 마치 보물이라도 되는 듯 꼭 붙들고 있었다.

"사연아."

어렵게 용기 내어 들어간 태석은, 언제나 그랬듯 다정한 말투로 그녀를 불렀다.

"어? 태석이 네가 여긴 어떻게……. 졸업식은 잘 끝났어?"

전혀 생각지도 못한 그의 등장에 사연은 적잖이 놀란 표정을 지었다. 말은 하지 않았지만 무척이나 반가워하는 마음이 얼굴에 고스란히 드러나 있었다.

"응."

사연은 기름때 묻은 앞치마에 초라한 장사꾼 모습을 보이고 싶지 않아, 얼른 헝클어진 머리를 단정히 묶었다. 늘 당당했던 그녀지만 이상하게 태석 앞에서만은 작아졌다.

손님이 하는 말도 들리지 않았다. 머릿속이 백지장마냥 하얗게 번졌다. 그렇게 한참을 태석과 마주하고 서 있으니 심장이 뛰고 가슴이 설레었다. 졸업식에 꼭 참석하고 싶었던 이유 중 하나가 바로 태석이었기 때문이다.

"바쁜가 보네."

"아니야, 지금은 괜찮아."

금방 가 버릴까 봐 사연은 황급히 아니라고 대답했다. 마지막으로 한 번만 더 보고 싶었다. 좋은 대학 가서 좋은 친구들 많이 사귀고, 꼭 훌륭한 사람이 되길 바라겠다는 말을 해 주고 싶었다. 그런데 장사로 인해 모든 게 물거품이 되어 실망하던 참이었는데, 예상하지 못했던 그가 찾아와 준 것이다. 정말 꿈만 같았다. 만약 꿈이라면 오래도록 깨지 않기를 바랐다.

"아참, 이거. 선생님이 대신 좀 전해 주라고 하셔서."

"앨범이네. 고마워."

번질거리는 손을 앞치마에 쓱쓱 문질러 닦고 조심스레 졸업앨범을 받아 들었다.

"왜?"

사연은 앨범을 건네주고서도 그 자리에 서서 앨범을 뚫어지게 쳐다보는 태석에게 물었다.

"어? 아, 아니야. 그럼 전해 줬으니까 난 이만 가 볼게."

"저, 저기."

돌아서 가려는 태석을 용기 내어 잡았다.

"떠, 떡볶이라도 먹고 갈래? 다른 뜻은 없고, 그냥 여기까지 와서 이거 전해 준 게 너무 고마워서."

귀엽다는 듯 미소를 지은 태석의 손이 사연의 머리 위로 얹어졌다. 기껏 단정하게 묶어 둔 머리가 그의 손길로 다시 엉망이 되었다. 그런데 기분이 좋은 건 왜인지 알 수 없었다.

"미안. 나도 아르바이트 가야 해. 너 일하는데 방해하고 싶지도 않고. 그동안 고마웠어, 사연아. 짧은 시간이었지만 네 덕에 참 즐겁게 보낼 수 있었던 것 같아. 나중에 꼭 다시 찾아올게. 아참, 앨범 말이야. 꼭 잘 살펴봐 줘."

의미심장한 말을 남기고 그는 그렇게 분식집을 떠났다.

그가 돌아간 지 십 분도 채 되지 않아 또 다른 이가 찾아왔다. 바로 사연의 라이벌 아닌 라이벌이었던 혜미였다.

"네가 여긴 왜 왔어?"

"친군데 어떻게 안 와 볼 수 있겠니? 혼자 고생하는 거 뻔히 아는데."

그녀의 시선이 태석이 건네주고 간 앨범으로 향했다. 사연은 그를 떠올리며 미소를 지은 채 입을 열었다.

9

"아, 태석이가 주고 갔어."

"그래? 그게 너한테로 왔구나. 다행이다."

"응?"

"아, 그게 내 앨범이고 이게 네 거거든. 거기다 내 친구들이 졸업 축하한다고 한마디씩 써 줬는데 바뀌면 안 되잖아."

"그래?"

흔쾌히 자신이 들고 있던 앨범을 내미는 사연을 보며 혜미는 멋쩍은 웃음을 흘렸다. 혜미는 자신이 들고 있던 앨범을 건네주고 태석이 두고 간 것을 품에 안아 들었다. 그리고 떡볶이를 먹고 가라는 사연의 말을 거절한 채 잘 지내라는 말만 남긴 뒤 자리를 떠났다.

1.

십 년 만에
다시 만난 첫사랑

장사 준비를 마치고 떡볶이를 만들기 위해 물을 부었다. 커다란 나무 주걱으로 고추장을 크게 한 술 떠 넣으니 금세 물이 주황빛으로 퍼져 나갔다. 그렇게 두 번을 더 넣고 뭉친 것 없이 잘 풀고 있는데, 앞에서 발정 난 수놈 개 한 마리가 암놈 뒤에서 꼬리 치는 모습이 보였다.

"아침부터 지랄이네. 서방 없는 년 어디 서러워 살겠어."

고추장을 푸는 손길이 거칠어졌다. 사방에 물을 튀겨 가며 계속 중얼거렸다. 수놈의 노력을 받아 준 암놈이 얌전히 따르는 걸 보자, 늦은 밤 보고 또 봤던 영화의 한 장면이 떠올라 밑이 흠뻑 젖었다.

"영숙이."

몸을 움찔대며 애써 고추장 푸는 일에 집중하려 하고 있는데 누군가 그녀의 이름을 불렀다.

"어머."

바람 따라 구름 따라 떠돌아다니기로 동네에서 유명한 기태였다. 영숙과는 일 년 전 기태가 외상을 하면서 몇 번 들락거리게 된 것을 계기로 인연을 맺게 되었다.

십 년 전 자식을 낳지 못하는 이유로 시댁에서 쫓겨난 그녀의 사연을 들어 주면서 둘 사이엔 애틋한 감정이 조금씩 피어났다. 자유로운 영혼인 그는 영숙이 고추장을 풀 때를 맞춰 한 번씩 나타나서는 그녀의 외로움을 달래 주고 돌아갔다.

두 사람이 가스 불도 끄지 않은 채 가게 안쪽 방으로 미친 듯 달려가기 시작한 건 6개월 전부터였다. 그날도 어김없이 영숙이 장사 준비를 마치고 고추장을 풀고 있었다. 좋은 말벗이었던 그가 어느 날 갑자기 말도 없이 동네를 떠났다. 하루빨리 그를 볼 수 있기를 기다리며 홀로 고추장을 풀기를 여섯 차례 반복했을 때 그는 다시 영 분식 앞에 모습을 나타냈다.

말로 설명할 수 없는 감정에 싸인 영숙은 고추장이 묻은 주걱을 든 채로 그에게 달려가 안겼다. 그런 그녀를 받아 준 그는 영숙의 마음을 간신히 달래고 함께 고추장을 풀었다. 그러다 갑자기 시선이 마주쳤고, 누가 먼저랄 것도 없이 주걱을 놓고 쪽방으로 향했던 것이다. 그 후로 두 사람은 동네에서 유명세를 타기 시작했다.

떡볶이값을 몸으로 대신한다는 소문부터 시작해 심하게는 발정난 짐승들이라는 말까지. 그 어느 누구도 그들을 사랑하는 사이라고는 인정해 주지 않았다. 그러나 그들은 신경 쓰지 않았다. 영숙은 말없이 떠나더라도 반드시 나타나 주는 그가 고마웠고, 기태는 변함없는 맘으로 자신을 기다려 주는 영숙이 좋았다.

"아웃."

기태가 앞치마 안으로 손을 넣어 가슴을 주무르자 영숙의 입에서 야릇한 신음이 흘러나왔다. 아직 이른 아침이라 지나가는 사람이 없다는 게 다행이었다.

영숙의 뒤에 바짝 붙어 같이 고추장을 풀던 기태의 손이 어느새 가슴에서 아래로 향하고 있었다. 고무줄 치마 속으로 망설임 없이 손을 넣은 그는 이미 흠뻑 젖어 있는 여성을 어루만지며 가쁜 숨을 몰아쉬었다.

영숙은 금방이라도 무너져 내릴 것만 같았다. 안으로 들어가잔 말은 없고 계속 애만 태우는 그가 얄밉다 못해 야속하게까지 여겨졌다. 그의 손이 사라지자 아쉬움에 입을 삐죽거리는 그녀였다. 그것마저 안 해 주니 화가 난 모양이었다. 그때 거침없이 치마가 들리더니 순식간에 팬티가 내려졌다.

"좀 벌려 봐."

주위를 살핀 영숙은 여전히 지나가는 사람이 없자 그의 말에 순순히 따랐다.

"하웃."

굵고 긴 손가락이 거침없이 파고들자 창피한 줄도 모른 채 신음을 터트린 그녀였다. 움직임이 빨라지자 짜릿함에 몸부림치다 그만 주걱을 떡볶이 국물 안에 빠트리고 말았다. 그러나 조금도 신경 쓰지 않았다.

"들어와."

기다리던 말이 들리자 영숙은 팬티를 벗어 앞치마 주머니에 넣고 신이 난 채로 기태의 뒤를 따라 쪽방으로 들어갔다.

"또 시작이군."

아까부터 영 분식 맞은편에 자리한 구가네 분식점에서, 장사 준비를 하며 두 사람의 모든 행동을 지켜보고 있었던 사연은 못 먹을 걸 먹은 표정을 하곤 혼잣말을 내뱉었다.

내년이면 계란 한 판을 꽉꽉 채울 나이인 그녀는, 아직 연애 경험이 없는 모태솔로다. 작년까지만 해도 이토록 급한 마음은 없었다. 그러나 지금은 삼십 대가 되기 전에 아름다운 첫 경험만은 치르고 싶은 간절함이 생겼다. 하나둘씩 결혼을 하고 애 엄마가 된 친구들 영향이 컸다. 남은 달 안에 결혼은 못 하더라도 서녀딱지는 뗄 수 있지 않을까 하는 마음에서였다.

열아홉 살 때 부모님을 잃고 혼자가 된 그녀는, 살아생전 부모님이 눈물과 땀으로 이뤄 낸 이곳을 차마 정리할 수 없어 지금껏 지켜 왔다. 친구들이 풋풋한 대학 생활을 하던 때 그녀는 이곳 분식점을 수시로 그들의 미팅 장소로 대여해 주며 열심히 떡볶이를 팔았다.

매일 떡과 씨름을 하다 보니 세월 가는 줄 모르고 지내다 이 꼴이 난 것이다. 그렇다고 해서 고백 한 번 받아 보지 못했던 건 아니다. 코앞에 있는 중학교의 남학생들에게 껌이며 사탕, 초콜릿, 빵까지 다양한 애정과 관심을 수없이 받아 보았다. 물론 외상이며 서

비스를 무한으로 받기 위한 수작임을 모르는 건 아니지만 말이다.

소개팅도 해 보고 동네 아주머니들의 무한동정으로 선도 보고 했지만, 떡볶이 파는 젊은 여자를 진심으로 사랑해 줄 남자는 없었다. 첫인상 합격, 성격도 합격, 나이도 합격, 그러나 꼭 빌어먹을 직업에서 퇴짜를 맞았다.

확 때려치울까 생각도 했지만 남자 때문에 부모님을 버릴 순 없었다. 아직 정해진 짝을 만나지 못한 거라 여기며 오늘도 그녀는 영숙으로 인해 더럽혀진 마음을 애써 달래며 고추장을 풀었다.

"아니, 벌써 일주일이나 지났건만 왜 아직도 일하겠다고 오는 사람이 없어."

설거지와 서빙을 맡았던 아주머니가 갑자기 그만두게 되어, 급하게 인터넷이며 동네에 열심히 떠들어 댔지만 일주일째 소식이 없었다. 간간이 동네 아주머니들이 도와주긴 하지만 그걸론 부족했다.

젊은 입맛으로 아이들을 사로잡은 탓에 사연의 가게만 인기가 있었다. 그렇기 때문에 이대로 계속 사람이 구해지지 않으면 그 많은 손님을 감당하지 못할 테고, 정말 문을 닫아야 할 상황이 오게 될지도 모르는 심각한 문제였다. 친구들한테도 부탁해 보고 동네 아주머니들한테도 부탁해 봤지만 소용없었다.

"사연아."

"어, 아줌마. 왜 이제 와요. 내가 일곱 시까지 나와 달라고 했잖아."

"미안해. 영철이 아빠 깨워서 밥 먹이느라고."

"아저씨는 애도 아니고 밥 좀 혼자 못 드시나. 몰라, 삼십 분이

나 늦었으니까 알바비 오천 원 까고 줄 거야."

"그래, 알았어. 아무튼 어린 게 계산 하나는 정확하다니까. 야무져."

도와준 경력이 꽤 되는 아주머니라 그녀가 시키지 않아도 어느 것부터 해야 할지 순서를 정확히 알고 있었다. 미안함에 두 배로 빨리 움직이는 아주머니를 보자 그제야 미소를 보이는 사연이었다.

"오천 원 깐다는 거 취소."

그녀의 말에 아주머니는 대답 대신 찰싹 사연의 엉덩이를 때리곤 계속해서 자신이 해야 할 일에 집중했다.

"아참. 영 분식 아줌마 기태 아저씨랑 또 쪽방 들어갔다."

"어머, 어머. 그 떠돌이 양반이 또 왔어?"

"응. 아까 와서 둘이 생쇼를 하더니 결국 들어갔어."

들고 있던 바구니를 테이블 위에 올려놓고 사연의 말에 귀를 기울인 그녀였다.

"아니 오려면 밤에나 오든가 왜 꼭 아침에 와서 그런다니? 저번처럼 또 방으로 들어가기 전에 떡볶이 만드는 척하면서 둘이 끌어안고 그 짓 하고 있었던 거 아니야?"

"그 짓? 무슨……! 아, 아줌마. 처녀한테 못 하는 소리가 없어."

사연은 얼굴이 다 화끈거릴 지경이었다. 괜히 심장이 곤두박질치고, 어딘가 찌릿찌릿한 게 이상한 기분이 들었다.

"너 얼굴 빨개졌다."

"빨개지긴 어디가 빨개졌다 그래."

"거울 봐."

"아, 몰라. 그만 놀리고 일이나 하세요."

주걱을 내려놓고 손으로 볼을 감싼 그녀는, 짓궂은 아주머니를 외면한 채 달아오른 열을 식히느라 애를 먹었다.

"계집애. 그러니까 너도 빨리 괜찮은 놈 하나 물어서 시집이나 가."

귀엽다는 듯 피식 웃음을 흘린 아주머니는, 시계를 들여다보곤 다시 일에 집중하기 시작했다.

＊

"안녕하세요."

"어머나, 이게 누구야? 일은 어쩌고 평일 봉사에까지 참여를 해?"

"오늘 정말 오랜만에 쉬는 날이거든요. 그냥 무의미하게 보내는 것보단 낫겠다는 생각이 들어서. 근데, 대표님은 안 나오셨나 봐요?"

"어, 대표님도 평일엔 바쁘셔서 봉사 일엔 참여 못 하셔."

"하긴, 그렇겠네요."

행복 나눔 어린이 재단에서 형편이 어려워 일하느라 바쁜 부모를 대신해 힘겹게 아이들을 키우는 어르신들을 위해 계획한 도시락 봉사에 참여하러 온 태석은 능숙하게 앞치마를 두르고 도시락 통에 반찬을 담기 시작했다.

남자임에도 불구하고 그 손길은 매우 야무졌다. 물수건으로 도시락에 묻은 양념을 닦아 내고 조심스레 뚜껑을 닫았다. 하나씩 쌓여 가는 도시락을 보며 그는 흐뭇한 미소를 지었다. 마지막 통을 채우고 가방에 담은 그는, 이마의 땀을 닦으며 긴 숨을 내쉬었다.

"고생했어. 태석 군이 도와줘서 다른 날보다 삼십 분은 더 빨리 끝난 것 같네. 이거 한 잔 마시고, 그만 돌아가 봐. 모처럼 쉬는 날인데 이런 데서 땀 흘리며 시간 보내긴 아깝잖아. 전달하는 건 우리가 알아서 할 테니까 걱정하지 말고. 응?"

함께 일하던 아주머니가 태석에게 건네준 종이컵에 오렌지 주스를 따라 주며 말했다. 그는 대답 없이 미소만 지으며 마른 목을 축였다.

"끝까지 하고 가도 되니까 신경 쓰지 마세요."

정성을 담아 준비한 도시락을 들고 길을 나섰다. 가까운 곳부터 방문해 도시락을 전해 주었다.

"고마워요. 매번 이렇게 신세만 져서 어쩌나. 형편이 이래서 대접할 것도 마땅치 않고."

"에이. 그런 말씀 하지 마세요. 그냥 맛있게 드셔 주시면 그걸로 저희는 보람도 느끼고 행복하기도 하고 감사하니까요. 건강하시고요, 식사 맛있게 하세요."

어린 손자 세 명을 홀로 키우고 있는 할머니는 태석이 속한 재단의 관심대상이다. 허리가 구부러진 할머니는 중소기업 회사에서 건물 청소하는 일을 하며 지내지만 아이 셋 뒷바라지하기엔 턱없이 부족하다. 더군다나 몸이 좋지 않아 쉬게 되는 날이 많기에 도움을 받지 않고서는 생활을 유지할 수가 없다.

특별히 더 신경 쓴다고 쓰고 있지만, 늘 부족한 것 같아 그들은 미안한 마음만 들 뿐이었다.

"그럼 안녕히 계세요, 할머니."

"네. 잘 먹을게요. 조심히 가요."

앞서 걷는 아주머니들을 확인한 그는, 안으로 들어서지 못하고 가는 길을 계속 지켜보고 있는 할머니에게 다시 다가갔다.

"어이고. 총각 이러지 마. 얼른 가, 얼른."

"파스라도 좀 사서 붙이세요. 아픈 거 참고만 계시지 말고 병원도 좀 다녀오시고요. 그럼 그만 가 볼게요."

"총각, 총각!"

미안해서 어쩔 줄 모르는 할머니를 외면하고 태석은 빠른 걸음으로 사라졌다. 그 모습을 바라보던 할머니가 손에 쥐어진 채 구겨져 있는 돈을 펼쳐 보니 꼬깃꼬깃한 만 원짜리가 세 장 있었다. 고마움과 미안함에 흘러내린 눈물을 훔치며 그제야 할머니는 안으로 들어가 문을 닫았다.

✼

"이제 떠돌이 생활 그만하고 나랑 같이 떡볶이나 팔아요."

한 번의 사정을 끝내고 지쳐 누운 기태의 남성을 주무르며 영숙이 말했다. 대답을 기다렸지만 그의 닫힌 입은 열릴 생각을 못 했다.

"아씨, 승질 나. 이놈의 건 왜 이렇게 안 살아나. 오늘 가면 또 언제 볼지도 모르는데."

아쉬운 마음에 손을 떼고 입으로 열심히 빨기 시작한 그녀였다.

"그만해. 힘들어서 더 못 해."

"기다렸다 끝나면 같이 장어라도 먹으러 갑시다. 다시 떠나더라도 오늘은 나랑 같이 자고 가요. 나 이제 이거 없인 잠을 못 자겠어."

콧소리를 넣으며 기태 품에 달려든 그녀는 아주 약간 힘이 들어간 남성을 억지로 넣어 보려 애를 썼지만 결국 삽입되지 않았다.

"그만 애쓰고 나가서 장사 준비해."

"자고 갈 거예요?"

영숙은 기태의 손을 자신의 가슴 위에 올리며 물었다.

"날 구속하려 들지 마. 집착하지도 말고. 그런 걸 못 견뎌서 혼자가 된 몸이니까."

기태가 자리에서 일어나자 마음이 급해진 그녀는 황급히 일어나 그를 끌어안았다.

"좋아 죽겠는 걸 어떡해. 이걸로 안 되면 손으로라도 한 번 더 해 주고 가요."

기태는 귀찮게 구는 영숙을 바닥에 눕히고 화가 난 듯 거칠게 손가락을 넣어 움직이기 시작했다.

"좋아, 아고 좋아. 하웃, 좋아 죽겠어⋯⋯. 조금만 더 세게 해 봐요."

그녀의 야릇한 신음에 어느새 기태의 남성은 닿으면 데일 듯한 불기둥이 되어 있었다.

"아악!"

손가락만으로도 충분히 쾌락에 젖어 있던 그녀의 몸을 뒤로 돌리고, 엉덩이를 끌어당겨 자리를 잡자 신음을 넘어 괴성을 질러 대는 그녀였다.

"사연아."

"어서 와요, 아줌마. 아침부터 웬일이에요? 가게는?"

그녀의 이름을 부르며 들어온 사람은 사연의 가게에서 삼 분 거리에 있는 슈퍼 주인인 은숙이었다.

"볼 사람 많은데 뭐."

이쑤시개로 떡을 하나 찍어 들며 말했다.

"뭘 넣기에 이렇게 맛이 좋은 거야, 대체. 젊은 사람 손맛이 어떻게 이렇게 좋은지 몰라."

"그래요? 넣은 건 사랑밖에 없는데 그 맛이 그렇게 단가?"

"호호. 아무튼 말도 예쁜 말만 골라서 한다니까."

"감사해요. 그나저나 뭐 할 얘기 있어서 오신 거 아니에요?"

"어어, 맞다 맞아. 내가 요즘 이러고 살아."

이쑤시개 쥔 손으로 머리를 치며 씁쓸한 웃음을 짓는 은숙이었다.

"말씀하세요."

"다른 게 아니라, 부탁이 좀 있어서. 우리 조카가 오늘 군대에서 제대하는데 사정이 안 좋아서 독립할 수 있을 때까지 우리 집에서 지내기로 했거든."

"방이나 있어요? 아줌마도 너무 맘이 약해서 탈이야. 시댁 식구들 다 거두어 준 걸로 모자라서 이번엔 또 조카예요? 아줌마도 아줌마지만 다들 너무 뻔뻔하다. 자기들 사정만 사정인가."

사연의 말에 은숙은 긴 한숨을 내쉬었다. 곁에서 듣고 있던 영철이네 아주머니도 연방 혀를 끌끌 차 댔다.

"어쩌다 보니 그렇게 됐어. 그래서 말인데, 사연아. 걔가 취사병으로 있었던 애라 설거지나 서빙은 기가 막히게 할 텐데 네가 좀 써 주면 안 될까?"

"남자한테 설거지랑 서빙을 맡기라고요?"

전혀 예상치 못했던 말에 사연은 몹시 당황한 얼굴로 말했다.

"걔가 또 인물이 좋아서 애들한테 인기가 많아. 이래저래 도움이 될 것 같아서 찾아온 거야."

"……글쎄요. 뭐 어쨌든 난 낙하산은 절대 반대인 사람이니까 할 맘 있으면 이력서 써서 가져와 보라고 하세요. 남자라서 좀 거부감이 들긴 하지만 면접은 누구에게나 공평해야 하는 거니까 굳이 오겠다면 말리진 않을게요."

"그래. 그렇게 전할게 고마워."

은숙이 기쁜 맘으로 돌아가고 사연은 계속해서 떡볶이를 저었다. 어느새 먹음직스럽게 끓어오른 떡볶이 냄새가 온 동네에 퍼져 지나가는 사람들을 자극시켰다. 영숙은 아직도 쪽방에서 나올 생각을 못 하고 있었다.

떡볶이에 이어 달궈진 기름에 각종 튀김을 넣은 그녀는 노릇노릇 고운 색을 띠는 튀김들을 보며 흐뭇한 미소를 지었다. 아주머니의 손길도 더욱 바빠졌다. 꼬챙이에 어묵을 끼며 대단한 집중력을 보였다.

늘 그렇듯 오후가 되자 어느 정도 사람들의 발길이 끊겼다. 늦은 점심을 어제 먹다 남은 김치찌개로 대충 해결한 사연은 커피 한 잔 마실 여유도 없이 바로 또 저녁 장사 준비를 시작했다.

맛있게 졸아든 떡볶이에 물을 더 부은 그녀는 양손으로 열심히 휘휘 저으며 양념을 조금 더 추가했다. 물엿이 떨어져 새것을 뜯기 위해 밖으로 나가려는데 어두운 그림자가 눈앞을 가렸다.

"그냥 있어."

건장한 사내가 어떻게 알았는지 무게가 상당한 물엿 통을 거뜬히 들어 올리며 말했다.

"누구……."

'잘.생.겼.다.'

훤칠한 키에 훈훈한 몸매와 외모가 사연의 시선을 빼앗아 갔다. 입이 떡 벌어진 채 남자를 살피는 그녀는 서서히 넋을 잃어 가고 있었다.

"강태석."

"강태석……? 어어. 스, 스톱!"

물엿을 한없이 부어 대는 걸 보자 뒤늦게 정신을 차린 사연은 황급히 그를 말리며 소리쳤다.

�֊

사람 하나 겨우 들어갈 정도인 화장실에서 쏴, 물 쏟아지는 소리가 끊임없이 들렸다. 좁아터진 곳에 굳이 따라 들어간 영숙은 몸을 씻는 기태 뒤에 꼭 붙어 있었다. 짜증을 낼 만도 했지만 기태는 미소를 짓고 있었다.

이상하게도 귀찮게 구는 영숙이 성가시게 느껴지지 않았다. 몸을 돌려 영숙의 가슴골을 타고 내리는 물줄기를 입으로 빨아들이자, 또다시 무너져 내리는 그녀였다. 물기 있는 알몸은 기태가 가장 좋아하는 것이기도 했다.

"윽."

기태는 허리를 숙이려다 수도꼭지에 엉덩이를 찔렸다. 몹시 고통스러워하며 그녀를 두고 변기로 향했다. 손을 대 보니 피가 묻었다. 크기가 심각했던 종기가 터져 버린 것이다.

"괜찮아요?"

아무리 영숙이라도 숨기고 싶었다. 얼른 휴지로 닦아 내고 쓰라린 고통을 견디며 다시 웃음을 짓는 그였다.

"왜 그래요. 무슨 일인데."

걱정하는 그녀를 안심시키려 손을 잡아 끌어당겼다. 다행히 살아난 불기둥에 감사하며 영숙을 다리 위에 앉혔다.

"에이, 난 또. 오늘 내 생일인가. 세 번이나 할 때도 다 있…… 하웃!"

성난 불기둥이 뜨겁게 삽입되자 영숙의 고개가 뒤로 젖혀졌다. 검붉은 젖꼭지를 입에 물고 기태는 조금씩 고통을 잊었다. 그의 움직임에 맞춰 말을 타듯 앞뒤로 천천히 흔들기 시작하자, 기태의 입에서도 작은 신음이 흘러나왔다. 물 쏟아지는 소리와 함께 뜨거운 열기로 가득한 화장실에서 치르는 관계는 야릇함을 넘어 황홀하기까지 했다.

"근데 기태 씨. 하아…… 좋아라. 나 뭐 하나 물어봐도 돼?"

"하악……. 뭐든지."

"왜 키스는 안 해 주는 거예요?"

늘 궁금했다. 몸은 원하면서 입술은 원치 않는 것인지, 아무리 이해하려 해도 늘 서운하기만 했다.

"그게…… 윽."

"하아, 하아. 하웃! ……그게?"

기태의 움직임이 빨라졌다. 앞서던 말들을 제치고 어느새 영숙의 말이 일 등을 달리고 있었다.

"이 내새……. 하악, 하악."

"응? 다시, 안 들려."

"이 내새!"

절정에 이르자 온몸에 핏대를 세우며 혼심의 힘을 다해 거칠게 움직이는 그였다.

"뭐?"

말이 제대로 들리지 않아 약간 짜증이 일어나려 했다.

"입 냄새!"

"……맙소사!"

"하아……."

영숙의 안에 모든 걸 쏟아 내자 비로소 그의 발음은 정확해졌다.

✳

오후 5시가 되자 아주머니가 돌아갔다. 한 시간 후부터 도와주
기로 한 다른 아주머니를 기다리며 사연은 잠시 티타임을 가졌다.

"저 오빠 완전 잘생겼다. 그치?"

"응. 대박. 왕언니 완전 땡잡았네. 남자가 완전 아까워."

아이들이 왕언니라 부르는 사람은 사연뿐이었다. 대놓고 뭐라 할
수도 없고 그저 이를 악물고 참았다. 커피를 입에 문 사연의 시선
이 태석을 향해 꽂혔다.

'면접 보러 오면서 이력서를 안 가져왔다는 게 말이나 돼?'

떡볶이 불을 약하게 줄이고 남자와 함께 테이블에 마주하고 앉
은 사연은 약간 언짢은 듯한 표정을 지으며 말했다.

'깜박했어.'

'알바 경험은?'

'많지.'

'저기, 지금 면접 보는 중인데 반말은 좀 그렇지 않아?'

'나만 그러는 건 아닌 것 같은데.'

사연의 주먹이 불끈 쥐어졌다. 이를 악물고 참아 낸 그녀는 깊게
들이마신 숨을 내쉬며 마음을 진정시켰다. 그런 사연의 모습을 보
며 태석이라고 자신을 소개한 남자는, 이유 모를 웃음을 흘리고 있
었다.

'왜 웃어?'

'그냥. 귀여워서.'

'…….'

귀엽다는 말에 얼굴이 후끈 달아오른 그녀는 더 이상 면접을 진행하기가 어려워졌다. 그렇게 흐지부지하게 면접을 끝내고, 이력서를 봐야겠다는 핑계로 그를 돌려보내려 했지만 무슨 심보인지 아무리 말해도 듣지 않는 그였다.

"생각할수록 열 받네. 아니, 사장이 가라는데 대체 무슨 배짱으로 저러고 있는 거야?"

면접을 봤으니 연락을 주겠다는데도 돌아가지 않고 버티고 있는 태석으로 인해 마음이 엉망진창이었다. 싱크대며 테이블, 냉장고, 냉동고까지 온갖 것들을 윤이 나게 닦아 주고 있는데도 불만이었다. 아이들의 입에서 태석이 아깝다는 둥 사연이 땡잡았다는 둥 하는 소리가 이미 처음이 아니었기 때문이다.

얼굴을 하나하나 뜯어보니 사실 나쁜진 않았다. 나이도 사연보다 일곱 살이나 어렸다. 군대도 다녀왔겠다 미래만 투명하다면 거의 완벽한 수준이었다. 그런데도 이토록 불만인 건 자기 것도 아닌데 남한테 썩었다는 소리를 들었다는 사실 때문이었다.

말이 좋아 땡잡았다지 그 의미도 그와 다를 바 없을 것이다. 주름이 자글자글한 노처녀가 탱탱한 애송이를 꼬여 냈으니. 조금 전에 썩었다고 표현했던 한 중딩 꼬맹이의 말이 크게 틀리진 않은 것 같은 느낌이 드는 게 더 싫었다.

"썩었네."

태석의 말에 분노게이지가 머리끝까지 차올라 뚜껑이 들썩거리기 시작한 그녀였다.

"너무 썩었다."

"그래, 썩었다! 어쩔래? 갖다 버릴 거야, 치울 거야, 어쩔 거야!"

"버려야지."

태석이 시든 파를 손에 들고 쓰레기통으로 향하자 의자를 박차고 일어난 사연은, 한 치의 망설임 없이 그에게 다가가 거침없이 뒤통수를 날렸다. 너무 당황스러워 말도 나오지 않은 태석은 맞은 머리를 손으로 짚고, 넋이 나간 채로 사연을 바라보고 있었다.

"야, 야. 나가자, 나가."

가게 안에 있던 소녀들은 알아서 테이블 위에 돈을 올려놓고 슬그머니 빠져나갔다. 평소엔 괜찮지만 한번 뚜껑이 열리면 눈에 보이는 게 없는 여자란 걸 이미 겪어 봐서 잘 알고 있었기 때문이다.

"뭐야 그 눈빛은? 사람 자, 잡아먹겠다!"

태석이 큰 눈을 사납게 굴리자 살짝 주눅이 든 사연은 천천히 뒷걸음질 치며 말했다.

"너! 맘에 안 들어. 내가 불쌍한 은숙 아줌마 때문에 좋게 생각하고 받아 주려고 했는데 안 되겠어. 나가."

"왜 그러는데."

"근데 이게 끝까지. 말이 계속 짧잖아! 나 너보다 일곱 살이나 많거든?"

사연의 말에 피식 웃음을 흘리는 그였다.

'아, 멋있다.'

조각 같은 얼굴이 자신을 향해 미소를 날리자 침이 절로 꼴깍 넘어가는 그녀였다. 이토록 가까운 거리에서 장시간 남자의 향기를 맡고 있긴 처음이었다. 심장이 벌렁벌렁거리는 게 금방이라도 터져 버릴 것 같았다.

"너 정말 안 되겠어. 당장 나가."

"으이구."

처음이었다. 남자가 커다란 손으로 자신의 머리를 헝클인 일은. 심장이 벌렁거리는 걸 넘어서 당장 터져 버릴 것만 같았다.

'뭐지. 이 기분은? 어쩐지 낯설지가 않아.'

말로 설명할 수 없는 묘한 기분에 젖어 한동안 말을 잃고 있었다.

"기분 상했구나. 애들이 하는 얘기를 왜 신경 써."

"소, 손……."

"아, 미안."

머리에서 손을 내린 태석은, 아이들이 남기고 간 흔적을 치우기 시작했다. 그러나 사연은 여전히 움직이지 못한 채 넋 나간 사람처럼 멀뚱멀뚱 서 있었다.

그가 허리를 숙이자 청바지 위로 속옷이 살짝 보였다. 움푹 파인 등골이며 바지가 터질 듯 튼실한 허벅지, 거기다 섹시한 구릿빛 피부까지. 처음 보는 남자의 몸에서 시선을 뗄 수 없었다. 계속 보고 있자니 머리가 아찔하고 얼굴이 화끈거렸다.

"나 잠깐 지, 집에 좀 다녀올게."

"그래."

"뒷문 열면 바로라 금방 올 건데 그래도 혹시 모르니까 급한 일 있으면 불러."

잠시 태석과 떨어져 마음을 진정시킬 필요를 느낀 그녀는 자신의 집으로 향했다. 냉수를 두 컵이나 들이켜고도 갈증이 났다. 덥지도 않은데 왜 열이 오르는 건지 도무지 이해할 수 없었다.

"구사연 너 영 분식 아줌마 욕할 거 하나 없어. 너도 똑같아. 내가 정말 너 때문에 창피해서 죽고 싶다 진짜야. 그래, 남자를 너무 오랜만에 봐서 그런 걸 거야. 자연스러운 거야. 절대 이상한 게 아니야. 누구든 다 그럴 거야. 내가 밝혀서가 아니라고. 그래, 난 정상이야. 누구든 저 녀석처럼 잘생기고 몸매도 착하고 어리고 튼실하고 자상한 남자를 보면 나처럼 안고 싶고 만지고 싶고 키스하고 싶고 자고…… 싶을까, 과연? 어우, 진짜 미치겠다."

혼잣말로 위로하려던 그녀는 별짓을 다 해 봐도 소용없자 포기하고 다시 일어섰다. 물컵을 설거지통에 넣고 현관으로 향하려는데.

"뭐, 뭐야 너!"

언제 들어온 건지 태석이 그녀를 보며 서 있었다.

"어떤 아줌마가 널 찾아. 근데…… 나랑 자고 싶어?"

"……!"

"안고 싶고 만지고 싶고 키스도 하고 싶고?"

"그, 그런 거 아니거든! 내가 미쳤냐, 처음 본 남자하고 왜! 그리고 너 같은 애송이랑 내가 뭐가 아쉬워서……."

사연의 목소리는 개미 소리마냥 점점 작아졌다.

"다행이네. 실은 아주 오래전부터 나 좋다고 따라다니는 여자가

한 명 있거든. 걔만으로도 충분히 피곤해서."

빙글빙글 웃는 얼굴이 참 잘생겼다. 놀리는 말이 분명한데도 얼굴에 눈이 가는 자신을 속으로 또 한 번 타박했다.

"허, 참나. 야! 너 뭔가 대단히 착각했나 본데 나 너한테 절대, 전혀 관심 없거든? 여자가 있든 없든 나랑 무슨 상관인데! 웃겨 증말."

"여자가 있든 없든 상관없이 자고 싶다는 말로 들리는데?"

자신도 모르게 침을 꼴깍 삼킨 그녀였다. 붉어진 얼굴을 더 이상 들고 있기 민망해진 탓에, 태석을 밀치고 황급히 밖으로 도망 나갔다.

"집엔 처음 와 보네."

"무, 무슨 말이야?"

가게를 향해 걷던 그녀는 태석의 말을 듣자 바로 걸음을 멈추고 섰다.

"어? 아니야 아무것도. 여자 혼자 사는 집엔 처음 와 본다고."

의미심장한 말투에 사연의 얼굴은 점점 굳어져 갔다.

"그러고 보니 어디서 본 것 같기도 하고……. 연예인을 닮았나?"

그때 앞치마 주머니에서 딸랑거리는 종소리와 함께 문자 메시지 한 통이 날아왔다. 핸드폰을 꺼내 든 사연은 바로 확인을 하곤 긴 한숨을 내뱉었다. 오늘 저녁 7시에 고교 동창회 참석을 꼭 하라는 당부의 메시지였다.

벌써 몇 번을 빠진 탓에 더 이상 빠졌다간 그나마 있던 친구들마저 떨어져 나갈 것이 분명했다. 할 수 없이 오늘은 이만 장사를 접기로 하고 서둘러 가게로 향했다.

"어서 오세요."

가게로 돌아오자 어떤 아주머니가 우두커니 서 있어 인사부터 건넸다.

"아, 예. 안녕하세요. 사람 구한다고 해서 왔어요. 근데, 사장님은 안 계시나 봐요? 총각이 사장님 모시고 온다고 하고 나갔는데."

사연의 어깨가 괜히 으쓱해졌다. 처음 본 사람들은 그녀를 아르바이트생이나 사장 딸쯤으로 생각한다. 사장이라는 걸 알고는 모두 약속이나 한 듯 같은 반응으로 화들짝 놀란다. 그러곤 대단하다는 둥 고생이 많다는 둥 기특하다는 둥 하는 그런 칭찬의 말들을 쏟아붓는다. 이번에도 그럴 걸 예상한 그녀는 기세등등하며 입을 열었다.

"제가 구가네 분식 사장이에요."

"아, 그래요……. 죄송해요. 제가 젊은 사람 밑에서 일해 본 경험이 있는데 별로 안 좋은 기억만 있어서. 그럼 수고해요."

아주머니 말에 민망해진 그녀는 그대로 굳어 버리고 말았다. 그렇게 대답도 못 한 채 한참을 멍하니 서 있었다. 태석이 들어오고 나서야 비로소 정신을 차릴 수 있었다.

"헐."

하지 말라고 말렸던 아이들의 말을 자신이 하게 될 줄은 꿈에도 몰랐다. 말 그대로 정말 '헐'이었다. 이보다 더 정확하고 좋은 표현은 없었다. 아이들이 사용하는 언어라고 다 나쁜 것만은 아니라는 생각을 처음 하게 되었다.

사용한 그릇을 쌓아 둔 커다란 바가지를 설거지통으로 옮기기 위해 번쩍 들어 올렸다. 그걸 본 태석은 당장 하던 일을 멈추고 달려왔다.

"내가 할게. 무겁잖아. 넌 다른 거 해."

자신이 들겠다며 바가지를 잡았는데 하필이면 사연의 손이 있는 곳이었다. 그의 손이 닿자 또다시 가슴이 뛰기 시작한 그녀는, 손끝에서 찌릿찌릿 전기가 오르자 얼른 손을 떼어 버렸다.

"그, 그래 그럼 네가 해."

그때 태석의 핸드폰 벨소리가 울렸다.

"네, 대표님."

전화를 받은 그의 얼굴엔 환한 미소가 지어져 있었다.

"자꾸 왜 이러는 거지……."

태석이 전화를 받는 사이 혼잣말을 한 그녀는, 아직도 찌르르한 손을 주무르며 묘한 감정에 대해 생각했다.

— 오늘 도시락 나눔 봉사에 참여해 줬다는 소식 듣고 전화했네. 바쁠 텐데 고마워.

"아니에요. 바빴으면 못 갔죠. 마침 여유가 좀 생겨서 다녀온 거예요. 대표님 자꾸 당연한 일 한 거 가지고 이렇게 칭찬해 주시고 고맙다고 하시고 그러지 마세요. 자꾸 그러시니까 다른 봉사자들이 차별한다고 오해하잖아요. ……차별받을 이유도 없고요."

— 태석 군이 사람이 참 좋아서 그래. 늘 고맙게 생각하고 있어. 그러지 말고 아예 재단에 들어와서 나랑 같이 일해 보는 건 어때?

"또 그러신다. 자꾸 그러시면 저 앞으로 대표님 재단에서 봉사하는 일 그만둘 수밖에 없습니다."

— 알았네, 알았어. 그럼 수고하게, 태석 군.

"네."

전화를 끊은 태석은 핸드폰을 다시 집어넣으며 사연을 향해 입을 열었다.

"그만 가 볼게. 약속이 있어서."

"아, 아직도 안 갔어? 난 벌써 간 줄 알았는데."

가스 불을 끄고 남은 떡볶이를 나눠서 포장하던 사연은 일부러 차가운 투로 그를 보며 말했다. 그녀의 모습을 지켜보던 그는 묻지도 않은 채 묵묵히 의자를 테이블 위에 올리고 바닥을 쓸기 시작했다.

"나 정리하려는 거 어떻게 알았어?"

뒤늦게 알아차린 사연은 행주에 손을 닦으며 태석을 향해 물었다. 저 정도 눈치라면 같이 일하는 데 전혀 어려움이 없을 것 같다는 생각이 들었다. 아니, 오히려 아주머니들보다 편할 것 같았다. 무거운 것도 거뜬히 들어 주고 알아서 청소며 시키지 않은 잡일까지 세심하게 해 주니 나쁠 게 없었다.

"가스 불 끄고 남은 거 담는 거 보니 왠지 문 닫으려고 하는 거 같아서."

"그래. 근데 뭐 봉사활동 같은 거 하나 봐?"

"어? 아, 뭐 그냥."

싱거운 대답에 관심이 사라진 그녀는 다시 하던 일을 계속했다.

어느 정도 정리가 끝나자 태석을 써야 할지 말아야 할지에 대해 심각한 고민에 잠긴 그녀였다. 그때 멍하니 앉아 있던 그녀의 눈앞에 뭔가가 불쑥 나타났다.

"깜짝아!"

어느새 넋을 잃은 채 고민에 빠진 그녀의 코앞으로 다가와 있던 태석을 보자 사연은 화들짝 놀라고 말았다.

"무슨 생각을 그렇게 해?"

또다시 사연의 머리를 헝클이며 사람 죽이는 미소를 하고 물었다.

"너, 자꾸 까불래? 손 치워."

최대한 정색을 하고 마음에 없는 소리를 억지로 내뱉은 그녀였다.

"귀여워. 그냥 써. 후회 안 하도록 잘할게."

그는 사연의 생각을 모조리 읽고 있었다. 살짝 당황한 듯 놀란 그녀는 앞치마를 풀고 외투를 찾아 걸치며 마음을 진정시킨 뒤 다시 그의 앞으로 걸음을 옮겼다. 그 어느 때보다 냉정해 보였다.

"내일부터 출근해. 월요일부터 토요일, 아침 일곱 시 반부터 저녁 여덟 시 반까지. 월급은 백오십. 뭐 불만 있어?"

"열 시에 문 닫는 거 아니야?"

"맞아. 근데 그건 네가 상관할 일이 아니야. 늘 나 혼자서 해 왔던 거니까. 넌 그냥 여덟 시쯤 정리하고 알아서 퇴근하면 돼. 그리고."

"말해."

"반말은 안 돼. 귀엽다는 둥 머리에 손 올리는 행동도 절대 안 되고. 알겠어?"

"퇴근하자."

"근데 이게! 분명히 말했다. 잘리기 싫으면 말 잘 들어. ……저기 좀 넉넉하게 싸 놨으니까 가져가서 식구들이랑 나눠 먹어. 아줌마 혼자 매일 삼시 세끼 차려 대는 것도 일일 텐데 네가 좀 옆에서 많이 도와 드리고."

혼자 할 수 있다는데도 불구하고 가게 문 닫는 일까지 직접 하고 나서야 집으로 돌아간 태석이었다. 그가 가는 모습을 한참 지켜보고 서 있던 사연은 저녁에 일 도와주러 오기로 한 아주머니가 뒤늦게 생각나 황급히 핸드폰을 꺼내 들었다

✻

기태의 허리를 손으로 꾹꾹 눌러 주무르며, 영숙은 야릇한 신음을 연방 내뱉고 있었다.

"영숙이."

"네, 기태 씨."

"이왕 알게 된 거 편하게 말할게."

"네."

"될 수 있으면 입은 열지 말아 줘. 입 냄새가 좀 심해서. 미안해."

그의 말에 얼른 손으로 입을 가린 영숙이었다. 그러곤 그 상태로 다시 입을 열었다.

"미안하긴요. 내가 미안하죠. 앞으로 양치질도 더 신경 써서 하고 규칙적인 식생활로 속도 건강하게 만들어 볼게요. 필요하면 치과도 갈 거고요. 그럼, 키스해 주는 거죠?"

"물론이야. 입에서 상쾌한 향이 나는 날 밤새 영숙이랑 키스를 할 거야. 이가 다 부서지도록. 매일 밤 꿈꿨어. 영숙이와의 아름다운 키스를."

그의 한마디에 또다시 무너져 버린 그녀였다. 촉촉이 젖은 아래를 손으로 툭 건드린 그녀는 자리에서 내려와 벗은 그의 몸에 오일을 바르기 시작했다. 넓게 벌어진 어깨부터 탄탄한 엉덩이까지 부드럽고 매끈한 손길에 기태의 입에서도 절로 신음이 터져 나왔다.

"오늘 어쩔 생각이에요?"

"장어는 됐고, 뷔페나 한번 가 봤으면 하는데."

"뷔페? 그래요, 그럼. 이따 저녁에 같이 뷔페 가서 밥 먹고 오늘 밤은 나랑 같이 자고 가요."

"그러지."

그와 함께 긴 밤을 지샐 생각에 벌써부터 기대가 되는 그녀였다. 빨간 딱지 비디오가 아닌 기태의 불기둥으로 외로움을 채울 수 있다는 게 그 얼마나 큰 행복인지 남편이 있는 여자들은 아마 알지 못할 것이다.

몸을 돌려 오늘 밤 수고해 줄 남성에 혼신의 힘을 다해 정성껏 오일을 발라 주자 금세 하늘을 향해 고개를 쳐들었다. 그것을 꼭 붙든 채 얼굴을 숙여 고환을 입에 물었다.

"하윽!"

기태는 온몸에 찌릿한 전율이 흐르자 다리를 세워 모으며 몸부림쳐 댔다. 그의 반응에 신이 난 영숙은 다시 기태의 다리를 내리고 고환을 혀로 돌리고 핥으며 열심히 빨았다.

"영숙이, 제발."

"좋지요?"

계속되는 그녀의 애무에 참을 수 없는 고통과 쾌락이 더해지자 기태는 점점 더 무너져 내렸다.

"엄마야!"

벌떡 일어난 그는 영숙을 밀어 쓰러트렸다. 그러곤 화가 난 듯 그녀의 젖은 그곳을 거침없이 침범하기 시작했다.

"오늘 그냥 같이 죽자고!"

"좋아요, 좋아."

✳

"충성!"

"엄마야! 놀라라."

아주머니에게 했던 전화를 끊고 걸음을 옮기려는데 군복 차림인 건장한 사내 한 명이 그녀의 앞을 막고 섰다.

"병장 조우빈은 2013년 04월 21일부로 전역을 명받았습니다! 이에 신고합니다. 충성!"

"조우빈? ……누구세요?"

"이모가 여기서 아르바이트를 하게 될 수도 있을 것 같다며 다녀와 보라고 하셔서 왔습니다!"

"이모면. 혹시 은숙 아줌마?"

"예, 그렇습니다!"

동네가 떠나가라 소리를 질러 댄 그로 인해 사연의 얼굴이 절로 일그러졌다. 머리가 핑 도는 게 금방이라도 쓰러질 것만 같았다. 눈앞의 사내가 진짜라면 면접까지 보고 지금껏 함께 있었던 그는 누구란 말인지. 갑자기 소름이 돋았다.

"……이력서를 안 들고 온 게 이상하긴 했는데. 혹시, 날 아는 사람인가? 하루 종일 알아듣지 못할 소리를 해 대질 않나……. 그래. 내가 워낙 사람을 기억 못 하는 편이라 몰라본 걸 수도 있어. 이 망할 대가리. ……그나저나 대체 면접을 뭘 본 거니, 나. 으이구 구사연, 남자에 홀려서는."

"왜 그러십니까? 이력서 때문에 그러십니까? 그렇담 여기 가져 왔는데 말입니다."

"아, 시끄러우니까 좀 살살 말해요. 그리고 그 말입니다, 말입니다 좀 하지 말고. 무슨 제대한 사람이 이렇게 군기가 바짝 들어 있어."

이력서를 받아 든 사연은 연락을 주겠다는 말을 건네고 약속 장소로 향하기 전 잠시 집으로 향했다. 이대로는 동창회고 뭐고 참석할 수가 없었다.

어지러움을 달래기 위해 두통약까지 먹고 누워 있던 사연은, 재촉하는 친구로 인해 무거운 몸을 이끌고 약속 장소로 향했다.

동창회가 있을 씨푸드 뷔페 주차장에 스쿠터를 안전하게 세워 둔 그녀는 엘리베이터 앞으로 걸음을 옮겼다. 문이 열리자 7층을 누르고 잠시 벽에 기대어 눈을 감았다. 아무리 생각해도 어이가 없었다. 대체 그 강태석이랑 남자의 정체가 뭔지 의심스러워 마음이 편치 않았다.

금세 도착해 또다시 문이 열렸다. 문 앞에서 친구들을 찾은 그녀는 자신의 꼴을 훑어보곤 걸음을 망설였다. 다른 친구들은 그렇다 쳐도 혜미라는 부잣집 딸내미는 신경이 쓰였다. 자격지심이라면 자격지심일 테지만, 어려서부터 이상하게 부모님 사랑을 넘치도록 받는 그녀가 부러우면서도 질투가 나고 신경 쓰였다.

청바지에 티셔츠 차림으로 온 친구는 단 한 명도 없었다. 나가서 옷이라도 사 입고 올까 했지만, 문득 새삼스럽다는 생각이 들었다. 구사연답게 자신감을 갖고 당당히 문을 열었다. 다행히 친구들은 그녀를 반갑게 맞아 주었다.

"야! 얼굴 잊어 먹겠다. 돈이 그렇게 좋냐."

"그래, 니들이랑은 비교도 안 될 만큼 좋아 죽겠다."

"사연아. 여전하구나, 알뜰하게 사는 거. 우리도 다 사연이처럼 살아야 맞는 건데."

혜미의 말이었다. 천사처럼 착한 아이라는 건 알지만 이유 모르게 비아냥거리는 것만 같아 그녀의 말은 늘 참기가 어렵다.

"오늘 우리 만난다고 신경 쓴 거니? 비싼 옷일 텐데 몰라봐서 미안하다, 야. 요즘 동대문에 그런 비슷한 옷이 하도 널려 있어서."

"얘는, 농담도. 사연이 네가 오니까 분위기가 산다."

생긋생긋 웃으며 아무렇지도 않다는 듯 반응하는 그녀가 더 얄밉다. 신경 쓰지 않기로 하고 머리를 다시 묶었다. 여자들이야 그렇다 쳐도 남자들은 너무 오랜만이라 거의 기억이 나지 않았다. 실수라도 할까 열심히 살펴봤지만 어려웠다. 그냥 이름은 빼고 대충 얘기하기로 하고 금세 포기해 버렸다.

점심을 대충 먹은 탓에 허기가 진 사연은, 단짝 민주와 도란도란 얘기를 나누며 본격적으로 배를 채우기 위해 움직이기 시작했다.

"아참, 사연……. 어? 사연이 어디 갔니?"

통화 중이라 그녀가 사라진 걸 알지 못한 혜미는 주위를 두리번거리며 사연을 찾았다.

"음식 가지러."

"그래? 할 얘기 있었는데."

"그나저나 네 남자 친구는 왜 안 오냐?"

"거의 다 왔다고 방금 연락 받았어."

"자식. 어쩌다 너랑 다 사귀게 되고. 부럽다, 부러워."

"부럽긴."

친구들의 반응에 미소를 한껏 지어 주며 혜미는 다시 주위를 두리번거렸으나 이 자리에서는 사연의 모습을 확인할 수 없었다.

사연은 어려서부터 초밥을 좋아했다. 울다가도 초밥이란 말을 들으면 눈물을 뚝 그칠 정도였다. 그중에서도 새우초밥을 가장 좋아하는데, 하필이면 뚝 떨어져 기다리고 있는 사람들의 줄이 그녀를 너무 지치게 했다. 각종 샐러드를 보기 좋게 담은 민주는, 먼저 가 있겠다며 눈으로 신호를 보내고 자리로 향했다.

그렇게 한참을 기다린 끝에 새우초밥이 등장했지만, 아무리 기다려도 줄은 줄어들 기미가 보이지 않았다. 한 사람, 한 사람 천천히 지나가고 약 십 분을 더 기다린 끝에 드디어 사연의 차례가 돌아왔다. 먹음직스러운 초밥을 접시에 잔뜩 담은 채 흐뭇한 표정으로 돌아서려는데.

"어어, 어어!"

"엄마!"

그만 마주 오던 아저씨와 부딪히고 말았다. 갈비며 양념게장, 김칫국물까지 온통 얼굴에 범벅을 한 채로 바닥에 쓰러진 그녀는, 창피한 것도 창피한 거지만 어렵게 담은 새우초밥이 아까워 더욱 속상해했다.

"괜찮아?"

그때 익숙한 목소리가 그녀의 귀를 자극해 돌아보게 했다.

"너. 네가 여긴 어떻게……."

"태석아."

그때 소란스러운 소리를 듣고 달려온 친구들 중 혜미의 목소리가 들리자, 사연은 놀란 얼굴로 다시 태석의 얼굴을 바라보았다. 그는 한쪽 무릎을 바닥에 댄 채 앉아, 자신의 손수건을 꺼내 그녀의 얼굴을 닦아 주기 시작했다.

"어디 다친 데 없어?"

"……."

정장을 말끔히 차려입은 그를 보니 다시 가슴이 뛰기 시작한 그녀였다.

"어머어머, 이게 누구야. 구 사장. 여기서 왜 이러고 있어? 음식

푸다 자빠졌어?"

언제 온 건지 기태의 손을 꼭 붙든 영숙의 모습도 보였다.

"아줌마, 제발 그냥 가요."

작은 목소리로 속삭였지만 영숙은 듣지 못했다.

"뭐라고? 아, 안 들리니까 크게 얘기해 봐, 구 사장. 떡볶이 장사는 어쩌고 여기 와서 이런 꼴을 보이고 있어 그래."

"제발 좀 그냥 가라고요."

이를 악물고 다시 한 번 말을 건네는 그녀였다.

"아참, 기태 씨. 알죠? 우리 앞집에서 떡볶이 파는 젊은 처자예요. 인사들 나눠요."

"아줌마! 인사는 무슨 인사!"

참다 참다 결국 폭발해 버린 사연은, 고래고래 소리를 지른 탓에 또다시 사람들의 시선을 끌어 모으게 되었다. 태석만이 그녀에게서 눈을 떼지 않고 엉망이 된 옷을 닦아 주고 있었다.

"그, 그래 영숙이. 그냥 돌아가자고."

마주치면 안 될 사람이라도 본 것처럼 영숙의 손을 끌고 황급히 자리를 떠나는 기태였다.

급히 화장실로 달려가 대충 얼굴을 닦은 사연은, 초밥은 입에도 대보지 못하고 집으로 돌아가게 되었다.

"미안해. 먼저 갈게."

"잠깐만, 사연아. 차 가져온 사람 있으면 사연이랑 같이 좀 가 줘."

"아니야. 혼자 가도 돼."

걱정하는 민주의 말에 사연은 바로 거절하고 걸음을 옮겼다.

"내가 바래다줄게."

"……."

태석의 목소리가 들리자 순간 자신도 모르게 걸음을 멈춰 버렸다.

"야, 강태석 넌 네 여자 친구 챙겨야지. 너 가면 혜미는 어쩌라고."

대화를 듣고 있던 병수의 말에 혜미는 살짝 미소를 지었다. 그러나 사연은 뒤통수를 얻어맞은 듯한 충격을 느꼈다.

"병수야, 그게 무슨 말이야?"

"사연이 너 몰랐어? 태석이랑 혜미 사귀잖아. 둘이 완전 잘 어울리지 않냐? 근데 너 표정이 그게 뭐냐. 왜 이렇게 놀래? 애, 진짜 몰랐었나 보네. 하긴 우리도 처음 들었을 땐 너처럼 그런 표정이었으니까."

"근데 사연이 넌 태석이 기억 안 나는 것 같다? 태석이가 전학을 와서 그런가? 난 태석이랑 너 뒤늦게 좀 친하게 지냈었던 걸로 기억하는데."

바로 이어진 지혜의 말에 사연은 몹시 혼란스러워했다.

"전학. 강태석……."

"정말 기억 안 나나 보네. 분식집 때문에 만날 늦어서 태석이가 너 쌤들한테 안 혼나게 해 주려고 엄청 애썼었잖아. 어떻게 그런 애를 기억 못 하냐. 너무하다 얘. 너 때문에 교실에 만날 기름 냄새 진동을 해서 토할 것 같다고 애들이 뭐라 할 때마다 태석이가 그러지 말라고 타이르고 그랬었는데. 이제 와서 말이지만 솔직히 기름 냄새가 좀 역하긴 했었어. 그치?"

"맞아."

"미안…… 갈게."

결국 두 눈에서 뚝뚝 떨어지는 자존심을 손등으로 훔치고 말없이 비상구 앞으로 향하는 그녀였다. 그 누구도 그녀를 따라갈 생각을 하지 못했다.

"먼저 갈게."

"뭐? 너 어디 가려고. 설마 사연이 데려다 주려고 그러는 거야?"

"연락할게."

혜미에게 짧은 말을 건넨 태석만이 서둘러 그녀의 뒤를 따라 움직였다.

"태석아. 강태석!"

"기억이 왜 이렇게 안 나지……."

늘 당찬 그녀였다. 그러나 오늘은 어딘가 모르게 초라해 보였다. 멈출 줄 모르고 흐르는 눈물을 계속 훔치며 꿋꿋하게 계단을 내려 갔다.

좋아했던 사람의 얼굴도 이름도 기억하지 못할 정도로 일에만 매달려 온 자신이 어쩐지 안타까웠다. 남들이 아무리 뭐라 해도 당당했던 그녀지만, 사실 마음은 그렇지 못했다. 열아홉에 혼자서 떡볶이 장사를 한다는 건 아마 보통의 사람들은 상상도 못 할 만큼 어려운 일 일 것이다.

앞치마를 하지만 그래도 일을 끝내고 집으로 돌아가서 확인해 보면, 늘 옷이 떡볶이 국물이며 기름으로 더럽혀져 있었다. 처음엔 신경이 쓰여 별의별 짓을 다 해 보기도 했지만, 나중에 가선 포기할 수밖에 없었다.

아무리 빨아도 지워지지 않는 기름 자국 때문에 언젠가부터 옷을 사 입을 생각은 아예 하지도 않게 되었다. 화장도 쇼핑도 그녀에겐 그저 사치이고 시간 낭비일 뿐이었다.

일이 끝나면 정리하기 바빴고 집에 가면 씻을 기운도 없이 쓰러져 자느라 바빴다. 아침이 되면 밥을 챙겨 먹을 시간도 없이 다시 장사 준비를 해야 했고, 휴일엔 다음 한 주간을 위해 또다시 장사 준비를 해야만 했다. 미팅이며 소개팅, 예쁜 카페 가서 친구들이랑 수다 떠는 일 같은 것들은 상상도 못 할 꿈이었다.

"사연아."

태석의 목소리가 들리자 걸음을 멈추고 선 그녀는 그를 향해 시선을 옮겼다.

"미안, 나 사실 지금도 네가 잘 기억나지 않아. 너 우리 가게에 일하러 왔던 것도 아니었지? 다행이네. 사정이 딱한 아이가 있어서 그 아이한테 자리 양보해야 할 것 같아. 그럼 이해해 주리라 믿고 가 볼게."

"잠깐만 사연아."

"왜 얘기 안 했어? 아깐 면접 보러 왔다고 했었잖아. ……나 보면서 재미있었니?"

"면접 보러 왔다고 말한 적 없어. 다만 오해라고 말하려고 했었는데, 생각해 보니 마침 일하던 곳 그만두고 다른 일 찾던 중이라 아무 말 안 했던 것뿐이야."

"그럼 가게엔 왜 왔었던 거야?"

"궁금했어. 어떻게 지내는지. 진작 가 보고 싶었는데, 못 갔거든."

그의 말에 괜히 가슴이 두근거리는 사연이었다.

"내가 왜 궁금했는데?"

"그러게. 왜 궁금했을까? ……바보."

"……!"

태석의 손이 다시 사연의 머리 위로 올라왔다. 문득 그녀의 뇌리를 스치고 지나간 기억이 떠올랐다.

늘 귀엽다는 듯 자신의 머리를 헝클이던 사람. 그건 바로 사연의 첫사랑인 태석이었다. 딱 십 년 만이었다.

드르륵.

삼 학년 구 반 교실 앞에서 그냥 돌아갈까 한참을 망설이던 사연은, 어렵게 용기 내어 문손잡이를 잡았다. 미친개로 소문난 국어시간이라 짜증은 났지만, 그 아이를 볼 수 있다는 사실에 위로가 되었다. 얼마 전에 전학을 온 그 아이는 떡볶이 장사로 인해 지각을 밥 먹듯 하는 사연을, 늘 선생님들의 매서운 회초리로부터 구해 주는 고마운 친구다.

드디어 손에 힘을 주어 문을 열었다. 친구들의 시선이 집중된 가운데, 국어 선생님의 두 번째 손가락이 사연을 향해 까닥거리고 있었다. 거의 울상이 된 얼굴로 교탁을 향해 힘없이 걷기 시작했다.

'선생님, 사연이 봐줘요. 장사 때문에 늦은 거잖아요. 불쌍해요.'

'맞아요!'

사연의 사정을 잘 아는 친구들은 어떡해서든 그녀를 미친개로부터 구해 주고 싶었다. 그러나 한 번 물었다 하면 절대 놓지 않는 그가 아이들의 말을 순순히 들어 줄 일은 없었다. 그의 표정이 점점 사악하게 변해 가고 있었다. 악마의 눈으로 미소를 지은 채 매끈하게 깎은 나무 몽둥이를 들고 일 분단을 향해 걷기 시작했다. 두려움에 떨기 시작한 아이들은, 그가 다가갈수록 점점 더 겁을 먹고 있었다.

'저, 전 아무 말도 안 했는데요.'

'그래? 그럼 네 생각은 어떤지 말해 봐. 너도 내가 구사연이 내 시간에 늦게 들어와서 수업을 방해했음에도 불구하고 용서해 줘야 한다고 생각해?'

친구들의 눈치를 살핀 학생은 그보다 더 두려운 미친개의 살인적인 눈빛에 못 이겨 고개를 저었다.

'아니요. 학생이 지각했으면 혼나야 하는 게 당연한 거죠.'

'들었지? 책상 위로 올라가서 무릎 꿇어, 구사연.'

혼나는 것보다 더 두렵고 자존심 상하는 건, 그 아이가 지켜보고 있다는 사실이었다. 책상 위로 올라가 무릎을 꿇고 앉은 사연은, 손을 뒤로하고 눈을 질끈 감았다. 순식간에 다가온 미친개는 이를 악물고 들고 있던 몽둥이를 천장을 향해 높이 들어 올렸다. 허벅지 위로 내려치려던 순간, 갑자기 뒤에서 비명 소리가 터져 나왔다.

'뭐야.'

'아, 선생님. 배요. 배가 아파서 죽을 것 같아요!'

'강태석. 멀쩡하더니 갑자기 배가 왜 아프다는 거야?'

사연의 위기의 순간에 늘 도움을 주던 그 아이가, 이번엔 무슨 일인지 갑자기 비명을 지르며 바닥을 구르기 시작했다.

'모르겠어요. 오른쪽 아랫배가…… 너무 아파요.'

'맹장 아니야?'

조금 당황한 기색의 국어 선생님은 몽둥이를 버리고 태석에게 달려가, 상태를 살피기 시작했다. 그러곤 심각한 표정으로 직접 등에 업은 채 황급히 양호실로 향했다. 걱정되는 마음에 고개를 돌려 태석을 바라본 사연은, 자신을 향해 윙크를 건네는 그를 보자 살며시 입꼬리가 올라갔다.

그렇게 나간 국어 선생님은 꾀병이었다는 사실을 알고 나서, 그 아이를 교무실로 불러 하루 종일 벌을 주었다. 쉬는 시간마다 틈틈이 유리창을 닦고, 점심시간에는 교사용 남자 화장실도 청소하였다.

사연은 미안한 마음에 그냥 보고 있을 수가 없었다. 그래서 괜찮다는 아이를 끝까지 도와주겠다며 따라다녔더니, 잘생긴 얼굴로 한번 웃어 주고는 곁에서 반성문이나 대신 써 달라며 테이블에 앉혀 쉬게 하였다. 고맙고 미안한 마음만 들어야 하는데, 이상하게도 자꾸만 웃음이 나고 가슴이 떨렸다.

'저기.'

우여곡절 끝에 무사히 수업을 마치고 하굣길에 나선 사연은, 앞서 걷던 태석을 불러 세웠다.

'어, 사연아. 왜?'

'……매번 정말 고마워. 덕분에 오늘도 그냥 넘어갔네.'

눈도 제대로 맞추지 못하고 땅을 보며 말하고 있는데, 갑자기 커다란 손이 사연의 머리 위로 턱 올라왔다. 그리곤 가볍게 머리카락을 헝클었다.

'으이구. 괜찮아.'

그의 손길이 닿자, 사연의 눈은 토끼 눈처럼 커졌다. 머릿속이 하얘지고 점점 숨이 가빠지는 게, 정신을 차릴 수 없을 만큼 아찔했다. 그렇게 온몸이 굳어 버린 사연의 심장은, 그를 향해 오래도록 콩닥콩닥 빠르게 뛰고 있었다.

'그래서 그렇게 떨렸던 거구나, 태석이 너라서……. 후줄근한 차림에 말투까지 아줌마로 변한 날 보고 얼마나 실망했을까. 아, 정말 창피해.'

태석과의 접촉이 있을 때마다 왜 그리도 떨렸던 건지 뒤늦게 깨닫게 된 사연이었다. 머리는 잊고 있었지만 몸은 그를 기억하고 있었던 것이다.

"졸업식 날 가져다 준 앨범……. 정말 고마웠어."

"이제 기억한 거야?"

"미안."

"아니. 이제라도 기억해 줘서 고마워. 근데, 앨범은 잘 살펴봤어?"

"응? 응. 지금도 가끔 한 번씩 볼 때 있어."

"그래."

그의 표정이 어딘가 어두워 보였다. 그러나 대수롭지 않게 넘긴 사연은, 수줍은 듯 머리를 귀 뒤로 넘기며 사뿐히 계단을 밟고 걷기 시작했다.

2.

넣 보면 심장이
두근두근, 콩닥콩닥

기어코 우겨서 사연의 스쿠터를 운전한 태석은, 시원한 바람을 기분 좋게 맞으며 그녀를 태운 채 열심히 기어가고 있었다. 좀처럼 속력을 낼 생각을 하지 않는 태석의 뒤에서 사연이 답답한 마음에 주위를 두리번거리다 말을 꺼냈다.

"내가 운전하면 안 될까? 뒤에서 빵빵거리고 난리 났어."

"신경 쓰지 마. 안전이 우선이니까."

"이건 안전한 게 아니라 오히려 목숨 내놓고 차도를 걸어가고 있는 거랑 다를 게 없는 것 같은데."

"걱정하지 마. 안전하게 데려다 줄게."

"그, 그래. 고맙다."

"근데 꽉 잡으라니까 계속 말 안 듣네? ……이렇게 잡고 가야 안전하다고."

"헉!"

터질 것 같은 심장 때문에 어깨 위에 손을 올릴까 벨트를 잡을까 떨어져 죽는 한이 있어도 그냥 갈까 하다가 재킷 끝자락을 손가락으로 붙들고 있던 사연이었다. 아까부터 몇 번을 말해도 듣지 않자, 태석은 직접 그녀의 손목을 끌어당겨 자신의 허리에 둘러 버렸다.

남자의 넓은 등판에 기대 본 일은 처음이었다. 무엇보다 상대가 태석이라는 사실이 도무지 믿기지 않았다. 그토록 그리워했던 그를 어떻게 기억하지 못했던 건지 스스로가 원망스러웠다. 그녀가 더 참을 수 없는 건 그의 이름조차 기억하지 못했다는 사실이었다.

갑자기 눈물이 흐르는 그녀였다. 따뜻하고 포근한 그의 등이 어쩐지 자신의 힘들었던 지난날을 위로하는 기분이었다. 할 수만 있다면 이대로 시간을 멈추고 싶었다.

"근데, 너무 느끼는 것 같은데?"

자신도 모르게 태석의 등에 얼굴을 묻고 있던 사연은, 황급히 고개를 들었다. 또다시 반응한 심장이 그를 향해 빠르게 뛰기 시작했다.

"느, 느끼긴 내가 뭘 느꼈다고 그래."

"하하."

창피함에 얼굴이 붉게 달아올랐지만 어쩐지 그의 품에선 떨어지고 싶지 않았다.

집 앞에 도착하자 태석은 사연이 손가락으로 가리킨 곳에 안전하게 스쿠터를 세우고 내렸다. 마주하고 선 두 사람 사이에 묘한 기운이 흘렀다. 괜히 헛기침을 해 대는 태석을 보며 사연은 달아오른 얼굴을 손으로 가렸다.

"배고프다, 그치?"

분위기를 바꿔 보려 태석이 건넨 말이었다.

"아니, 난 괜찮아……!"

거짓말을 하려다 배에서 난 '꼬르륵' 소리로 그만 들통이 나고 말았다. 그제야 마음이 편해진 태석은 박장대소를 하며 크게 웃었다.

"웃지 마."

그녀의 말에도 태석의 웃음은 멈출 줄 몰랐다.

"웃지 말라니까!"

민망함에 어쩔 줄 모르던 사연은 계속 놀리는 태석으로 인해 기분이 상해 자신도 모르게 손바닥으로 그의 머리를 후려치고 말았다.

"아! 구사연, 너……."

"내, 내가 웃지 말라고 했잖아."

두 사람 사이에 묘한 기운은 온데간데없이 사라지고 고요한 정적만이 흘렀다.

"많이 아파?"

"아니야, 뭐. 괜찮아. 처음 있는 일도 아닌데……."

그의 말에 아까 낮에 있었던 일이 떠올랐다. 그때도 지금처럼 사연에게 뒤통수를 맞고 같은 표정을 지었었다. 어쩌다 그런 손버릇이 생긴 건지, 손모가지를 비틀고 싶은 심정이었다.

"저기, 같이 밥 먹고 갈래?"

사연은 미안함에 용기를 내어 말을 건넸다.

"좋아."

한 치의 망설임도 없이 대답한 그가 의심스럽다거나 이상하게 여겨질 법도 한데 사연은 그저 좋았다. 집까지 일 분도 채 걸리지 않는 길을 걸으며 그사이 냉장고 속 야채들의 존재 여부를 모조리 파악한 그녀는 마땅히 할 요리가 생각나지 않아 절망에 빠졌다. 손님을 초대해 본 적이 없어 어떤 음식을 대접해야 하는 건지조차 알 수 없었다.

✱

"훗, 훗. 하웃."

현관에 들어서자마자 둘은 눈이 맞았다. 누가 먼저랄 것도 없이 옷을 벗어 던지고 서로의 몸을 탐했다. 기태가 손가락으로 촉촉이 젖어 든 곳을 살살 문지르자 영숙은 와르르 무너져 내리며 뜨거운 신음이 터져 나왔다. 건드릴수록 아랫배가 찌릿한 게 더 이상 참기가 어려웠다.

"그만 괴롭히고 얼른…… 훗."

기태는 손을 떼고 괴로워하는 그녀를 방으로 데려갔다. 풍성한 가슴을 입 안 가득 넣고 빨아들이며 다시 손가락을 움직였다. 충분히 젖은 걸 확인하자 자리를 잡는 게 아니라 그대로 바닥에 누워 버리는 기태였다.

"뭐 하는 거예요?"

"미안해, 영숙이. 이상하게 서질 않네."

마음은 굴뚝같으나 발기가 되지 않아 괴로운 그였다. 창피함에 더 이상 입을 열지 못했다. 어떻게 얻은 기횐데 이대로 아무 일도 치르지 못한 채 밤을 보낼 순 없다고 생각한 영숙은 손과 입으로 열심히 빨아 대며 혼신의 힘을 다해 살아나기를 바랐다. 그러나 소용없었다. 고환을 물고 핥고 빨아 봤지만 결과는 다를 게 없었다. 무슨 일인가 싶어 걱정이 되면서도 욕구불만에 짜증이 밀려드는 그녀였다.

"영숙이."

"뭐 원하는 거 없어요? 자극이 필요한 것 같은데."

"영숙이가 보는 비디오를 좀 틀어 보겠어?"

"그건 좀……."

대체 뭘 보기에 꺼리는 건지 기태는 더 궁금해졌다.

"괜찮으니까 틀어 봐."

"그럼, 오해하지 말고 봐요."

"약속할게."

영숙은 한참을 망설이다 서랍 깊숙이에서 비디오를 꺼내 들었다. 빨간 딱지가 붙어 있긴 했지만 제목은 없었다. 수위가 높은 걸 기대하며 기태는 침을 꼴깍 삼켰다. 살짝살짝 불끈거리는 남성을 손으로 잡고 열심히 움직이며 화면에 집중했다. 영숙의 손이 녹색 버튼을 누르자 드디어 기다리던 영화가 시작됐다.

"……!"

"놀랐어요?"

"아니, 영숙이. 대체 어디서 저런 걸 구한 거야?"

사람은 보이질 않고 대사 하나 없이 동물들의 짝짓기 장면만 줄줄이 이어져 나왔다.

"그게⋯⋯."

"영숙이, 저게 영화가 맞아?"

발정 난 수컷 사자가 혼자서 그 짓을 하는 장면이 나오자 기태의 얼굴이 잔뜩 일그러졌다.

"몇 년 전에 떡볶이 먹으러 왔다 간 아저씨한테서 샀어요. 처음엔 나도 야한 영환 줄 알고 봤는데⋯⋯. 얼마나 놀랐던지, 기가 막히더라고요. 근데 기태 씨. 이게 계속 보면 자극도 되고 나름 야릇해요."

"나랑은 좀 안 맞는 것 같으니까 나중에 혼자 보는 게 좋겠어."

"네, 그럴게요. 그럼 컴퓨터로 야동이라도 틀까요?"

"그게 좋겠네."

신이 난 채 영화를 끄고 컴퓨터를 켠 영숙은 능숙하게 파일을 열어 저장해 둔 영상을 재생시켰다. 기태의 목으로 또다시 침이 꼴깍 넘어갔다. 그의 곁으로 바짝 다가간 영숙은 그의 기둥을 손으로 잡고 움직이며 모니터에 시선을 꽂았다.

「누나, 벗을까요?」

「어. 빨리 벗고 와서 좀 빨아 봐.」

너무 자극적인 대사에 민망해진 기태는 연방 헛기침을 해 댔다. 눈도 깜빡 않고 보는 영숙이 대단하게 여겨졌다.

「하웃. 하아……. 그만하고 박아 줘. 얼른.」

"그, 그만 끄지, 영숙이!"

더 이상 보고 있을 수 없었던 그는 자리에서 일어난 채로 등을 돌리고 섰다. 그런 그의 모습이 어쩐지 귀여운 영숙이었다.

"이리 와 봐요."

동영상을 끄고 기태를 잡아당긴 영숙은 서 있는 그의 앞에 무릎을 꿇고 앉아 반쯤 살아난 기둥을 입으로 빨아 당기기 시작했다. 좋은 기분이 밀려들자 손으로 벽을 짚은 채 몸을 떠는 그였다.

"영숙이."

"네."

"영숙인 무서운 여자군. 앞으로 내가 얼마든지 함께해 줄 테니까 저런 것들은 이제 다 치우도록 해."

"진심이에요?"

"그럼."

"됐다! 살아났어요, 기태 씨."

마음 깊이 기뻐하며 그의 허벅다리를 끌어안는 영숙이었다.

❋

간신히 요리를 만들어 낸 사연은, 아까부터 계속 걸려 오는 전화를 피하고 있는 태석이 신경 쓰여 말을 할까 말까 고민하고 있었다. 그때 또다시 전화가 걸려 왔다. 그러나 이번에도 그는 전화를 받지 않았다. 식탁 위에 음식을 가지런히 올려놓고 방에 들어가 있는 태석을 불렀다.

"우와, 맛있겠다."

자리에 앉으려는데 다시 전화벨이 울렸다.

"난 괜찮으니까 가 봐."

"……?"

"전화. 나 때문에 못 받고 있는 거잖아. 혜미 아니야? 밥은 나중에 같이 먹으면 되니까 가 보라고. 아깐 귀찮게 따라다니는 여자라고 하더니…… 사귀는 사이였구나, 너희들."

사연의 얼굴에 어쩐지 실망한 기색이 역력해 보였다. 그런 그녀의 모습을 묵묵히 바라보던 태석은 그 자리에서 바로 끊긴 전화를 들고 다시 통화 버튼을 눌렀다.

— 태석아, 어디야. 왜 아직도 안 와?

조급한 여자의 목소리는 사연에게까지 들렸다. 그녀의 예상대로 혜미가 맞았다.

"내가 연락한다고 했잖아."

— 됐고, 너 지금 당장 집 앞 카페로 와.

"끊어. 나 아직 사연이랑 같이 있어."

— 뭐? 이 시간에 둘이 어디서 뭐 하는데?

"알 거 없잖아."

굳어진 태석의 얼굴이 여간 신경 쓰이는 게 아니었다. 괜히 자기 때문에 오해가 생기는 것 같아 미안한 마음이 든 사연은, 차갑게 대하는 태석의 핸드폰을 빼앗아 들고 자신이 받았다.

"저기 혜미……."

— 너 계속 이런 식으로 나오면 나 애들한테 너희 아빠 우리 집에서 십 년 넘게 운전기사로 일하면서 너랑 둘이 우리 집 쪽방서 살았던 거 얘기할 거야. 그리고…….

"그, 그게 무슨 말이야?"

— 누구야 너? ……혹시 사연이니?

전혀 알지 못한 일이었다. 당황한 눈으로 태석을 바라본 그녀는 그와 눈이 마주치자 번뜩 정신이 들어 겨우 다시 통화에 집중할 수 있었다.

"혜미 너. 왜 그렇게 못됐니? 서운한 게 있으면 대화로 풀면 될 일을, 사람 약점 가지고 그렇게 협박하고 그러면 안 돼."

— 사연이 네가 뭘 안다고 나서? 너랑 할 얘기 없으니까 태석이 바꿔. 이래서 수준 낮은 것들이랑은 대화가 안 된다니까. 당장 태석이 돌려보내!

혜미는 항상 사근사근하던 말투 대신 짜증이 가득한 목소리를 냈다. 하지만 사연은 이상하게도 당황스럽지 않았다.

"그동안 왜 그렇게 너만 보면 속이 울렁거리는 걸까 궁금했었는데 이제 알겠다."

— ……뭐?

"네 그 가증스러운 위선 때문이었어. 얘기해. 그 말 듣고 깔보고 무시하고 어울리기 싫어할 애들이면 태석이도 싫을 테니까. 그러니까 네 맘대로 해. ……귀찮게 따라다니는 여자가 있다더니 그게 혜미 너였구나. 태석이 마음 충분히 이해가 간다."

— 구사연 너, 그만 까불지? 태석이 걔, 돈 필요한 애야. 너도

알지? 나한테 있는 거라곤 돈뿐인 거. 건방지게 네까짓 게 끼어들 일이 아니라고.

혜미의 말에 사연의 시선은 태석을 향해 꽂혔다.

— 걔가 왜 전학 온 건지 알아? 걔네 집 망하고 엄마는 자살하고, 빚만 잔뜩 떠안게 돼서 지낼 곳 찾다가 우리 집까지 온 거야. 그래서 전학 온 거고. 이제 겨우 빚 다 갚고 편해지나 했는데 이번 엔 아저씨가 위암으로 투병 중이시지 뭐니. 내가 너한테 이런 얘길 왜 해야 하는지 모르겠지만, 그래서 걔 지금 돈 필요해. 그러게 대학이라도 나왔으면 좋았을걸. 우리 아빠가 대학 보내 주겠다고 그렇게 설득했는데도 잘난 자존심 탓에 지금 그 꼴 난 거잖아.

"태석이 꼴이 어때서."

— 군대 제대한 뒤로 안정적인 직장 한 번 가진 적 없다가 나이 서른 다 돼서도 아르바이트나 하고 있으니 참 한심스럽지 않니?

"……쓰레기 같은 년."

— 뭐? 너 지금 뭐라 그랬어?

"쓰레기한테 쓰레기라고 한 게 뭐? 나 분식집 한다고 우습게 보지 마, 너. 부모 등에 붙어 사는 주제에. 돈이라면 나도 넘쳐 나니까 너나 그만 까불고 졸리면 잠이나 자."

혜미가 뭐라고 소리를 지르는 것은 들렸지만, 사연은 무시하고 종료 버튼을 눌러 버렸다. 그렇게 전화를 끊자 두 사람 사이엔 어색한 기운이 흘렀다. 태석에게 그런 아픔이 있을 줄은 꿈에도 몰랐다.

"얼른 먹어. 다 식었겠다. 다시 데워 올게."

찌개를 들고 가스레인지로 향하자 태석의 입이 무겁게 열렸다.

"아무것도 안 물어봐?"

냄비를 든 채 그대로 굳어 버린 사연이었다.

"어? 아, 애들이 하는 말만 듣고 진짜 사귀는 사이인 줄 알았는데, 아니었네. 태석이 너 그동안 정말 피곤했겠다. 나도 혜미 성격 잘 아니까. ……혼자 좋다고 쫓아다녔던 거구나."

"그거 말고. 우리 집 사정 다 들었잖아, 너."

"듣긴 뭘. 나 들은 거 없어."

시치미를 뚝 떼는 사연을 태석은 물끄러미 바라보았다. 그러다 피식 웃으며 굳었던 얼굴을 풀었다.

"……그나저나 우리 십 년 만에 만났는데 나 안 반가워? 사연이 넌 변한 거 없이 그대로네."

"그거 칭찬이야?"

"그럼. 다른 애들은 눈가에 주름이 자글자글한데, 넌 그때 그 피부 그대로 하얗고…… 예뻐."

"어?"

사연은 자신이 잘못 들은 게 아닌가 귀를 의심하며 물었다.

"뭐가?"

"방금 나한테 피부가 하얗다면서 뭐라고 하지 않았어?"

"그래? 기억 안 나는데."

시치미를 떼며 고개를 기울인 태석은 그녀가 알지 못하도록 피식 웃음을 흘렸다. 볼이 붉게 달아오른 채 멍하니 그를 보는 그녀가 무척이나 귀여워 보였다.

"그동안 어떻게 지냈어?"

어색한 미소로 민망함을 감춘 사연은, 다시 화제를 돌려 그에게 물었다.

"아주, 아주아주 힘들게."

안쓰러운 표정을 지은 사연과는 달리, 태석은 별일이 아니라는 듯 마치 남의 얘기를 하는 것처럼 장난스럽게 자신이 살아온 이야기를 꺼냈다.

"갚아도, 갚아도 줄어들지 않는 빚 때문에 뭘 배워야겠다는 생각을 못 하고 살았어. 열심히 일해서 빚은 대충 정리했는데 아버지 쓰러지시고 병원에서 위암 판정까지 받고 나니까, 도저히 이대로는 안 되겠다는 생각이 들더라고. 훗. 그래서 뭐 닥치는 대로 아무 일이나 하면서 살았지. 막노동이며 주유소, 이벤트 회사까지. 안 해 본 것 빼곤 다 했어."

지난날을 생각하며 헛웃음을 지은 그는 계속해서 자신의 말을 이어 나갔다.

"그런데도 직업이 안정적이지 못하다 보니까 아버지 병원비 대는 게 큰일이더라고. 그래서 말인데 네가 나 좀 직원으로 써 줄래? 음음. 월급만 많이 주시면, 밥도 축내지 않고 잠도 안 자고 화장실도 가지 않겠습니다. 사장님. 꼭 하고 싶습니다! 하하."

끝까지 장난치듯 건넨 말이지만, 그의 힘없이 흔들리는 눈동자에서 사연은 슬픔을 느낄 수 있었다. 그런 그를 보며 그녀는 깊은 생각에 잠겼다. 학창 시절 힘들었던 자신을 누구보다 생각해 주고, 본인의 일처럼 나서서 도와준 그에게 꼭 도움이 되고 싶었다.

"앞으로 네 월급은 이백이야."

"……!"

사연은 가스레인지 위에 찌개를 올리며 말했다. 태석은 그저 놀란 채로 아무 말도 하지 못했다.

"나 능력 있는 여자야. 내가 십 년 동안 옷 한 벌 제대로 못 사 입고 얼마나 모았게? 아마 넌 상상도 할 수 없을걸? 대신 일곱 시 반에서 여덟 시 반까지 일하기로 한 건 취소야. 일곱 시까지 나와. 퇴근은 열 시고. 아버지 일로 병원에 가 봐야 하는 날은 다 빼 줄게. 졸지에 알바생을 두 명이나 구하게 됐네. 것도 둘 다 남자라니 이게 뭔 복이야."

아무렇지도 않은 듯 생긋 웃으며 말하는 사연을 보자, 어쩐지 가슴이 찡해지는 태석이었다. 고맙다는 말을 웃음으로 대신한 그는, 밥 한 술을 크게 떠서 보란 듯이 입안에 구겨 넣었다.

"와아, 밥 진짜 맛있다."

"천천히 먹어 체하겠다. ……짠! 이런 기쁜 날 술이 빠지면 섭하지."

마침 술이 간절했던 태석은 사연이 가져온 소주를 보자 절로 침이 넘어갔다. 그렇게 두 사람은 밥은 뒷전이고, 부어라 마셔라 시간 가는 줄 모른 채 술판을 벌이기 시작했다.

❋

한 번의 사정을 끝내고 지쳐 누운 기태를 보며 아까부터 계속 옆구리를 찔러 대는 영숙이었다.

"영숙이. 이제 그만 자자고."

하루에 네 번이나 했으니 발기가 어려운 건 당연했다. 그런데도 지칠 줄 모르는 영숙이 지금은 어쩐지 야속하게 여겨졌다.

"그게 아니라……."

그제야 영숙을 돌아보는 기태였다.

"왜 그래, 영숙이."

"이래도 되나 싶은데……."

"괜찮으니까 얘기해 봐."

"방귀 뀌어도 돼요? 아까부터 참았는데 엉덩이 밑에 축축한 것 때문에 일어나서 나가기가 좀……. 이대로 씻자니 아쉽고."

기태는 당황스러웠다. 이대로 방귀를 틀 것인가 하는 문제는 그에겐 심각한 수준의 고민이었다. 그래도 사랑하는 여자의 방귀니 받아 줘야 하는 게 맞는 거라고 여겨진 그는 대답 대신 가만히 코를 막았다.

귓속을 울리는 '뿡' 하는 소리를 들으니 생각했던 것보다 마음이 한결 편했다. 손을 떼고 냄새를 받아들여 볼까 했지만 아직 거기까진 마음의 준비가 되지 않아 말았다.

"미안해요. 아까 뷔페서 너무 많이 먹었나 봐요. 기태 씨도 마려우면 얼마든지 뀌세요. 난 기태 씨 방귀까지도 사랑할 수 있으니까."

영숙의 말에 코를 막았던 자신이 어쩐지 부끄럽고 미안해졌다.

✳

"근데, 진짜 혜미 혼자서 너 좋다고 쫓아다니는 거야? 정말 사귀는 사이 아닌 거야?"

눈이 풀리고 혀가 꼬인 채로 사연은 태석을 향해 질문을 던졌다.

"혜미가 날 많이 생각해 줘. 나한텐 참 고마운 사람이야. 아니, 고마운 사람이었다는 표현이 더 맞겠다."

차분한 목소리로 대답은 했어도 술에 취하긴 태석도 마찬가지였다.

"그래서, 고마워서 혜미랑 만났었다는 거야?"

"아니. 고마운 건 고마운 거고. 그렇다고 없는 마음을 줄 순 없는 거니까."

"그래. 돈이 원수지, 돈이."

그때 사연의 시선이 술을 넘기는 태석의 목으로 향했다. 밑까지 내려갔다 다시 올라오는 목젖이 그렇게 섹시해 보일 수 없었다. 가슴이 두근거리면서 아랫배가 찌릿찌릿한 게 기분이 이상했다.

"한 번 만져 봐도 돼?"

"뭘?"

"목젖."

"……."

살짝 당황한 태석은 무슨 대답을 해야 할지 몰라 망설였다. 그런데 그때 자리에서 일어난 사연이 그를 향해 비틀거리는 걸음으로 다가오기 시작했다. 순간 어지러움증을 느낀 그녀는 식탁을 짚으려고 뻗은 손에 무언가 묵직한 것이 잡히는 것을 느끼며 그대로 쓰러져 버리고 말았다.

"사연아, 괜찮아?"

식탁을 짚는 대신 냄비 속에 손을 넣은 그녀가 잡은 것은 생선

대가리였다.

"너어, 자고 갈래?"

쓰러지면서 떨어뜨린 생선찌개를 얼굴에 뒤집어쓴 채로 말을 건넨 사연이었다. 태석은 이 상황을 어떡해야 좋을지 난감했다. 사연은 한마디만 남긴 채 부서진 생선 대가리를 손에서 놓지 않은 채 잠이 들어 버렸다.

태석은 화장실로 들어가 수건을 물에 적셔 들고 나왔다. 꼭 쥔 사연의 손을 펴서 정성껏 닦아 주기 시작했다. 냄새가 나도 씻길 순 없으니 그걸로 대신해야 했다. 그도 취기가 올라 어지럽고 속이 울렁거렸지만 최선을 다했다.

"강태석! 소주 있으면 나랑 시간 한잔할래. 음냐. 자고 가. 제발 자고 가……."

심한 잠꼬대에도 태석은 오히려 귀엽다는 듯 미소를 보이며 그녀의 머리를 가만히 쓰다듬어 주었다.

잠든 그녀를 안고 방으로 향했다. 대충 눈치로 확인한 그녀의 방에 들어가자 바닥에 이불이 깔려 있었다. 얼마나 깔려 있었는지 숨이 죽을 대로 죽고 꼬질꼬질한 이불 위에 그녀를 내려놓았다.

베개 위에 머리를 올리고 구석에 박힌 이불을 가져다 덮어 준 그는 다시 주방으로 향했다. 대충 식탁 위를 정리하고 바닥을 닦았다. 설거지도 해 주고 싶었지만 시간이 늦어서 거기까지는 무리였다. 늦은 시간 잠든 사연의 얼굴을 한 번 더 들여다보곤 아버지가 있는 병원으로 향했다.

병원에 도착해 엘리베이터에 몸을 실은 그는 자연스레 사연을 떠올리며 서서히 미소를 지었다. 병실에 누워 있는 아픈 아버지를 만나러 가는 길에 미소를 지어 본 일은 처음이었다. 우울해진 기분이 한결 나아지는 것 같았다.

'안녕, 네가 사연이구나. 난 이 학교에 전학 온 지 한 달 반쯤 된 강태석이라고 해. 인사가 늦어서 미안해.'

'……그래.'

이삼 일에 한 번꼴로 학교에 오면 늘 쓰러져 자느라 바빴던 그녀가 태석은 이상했다. 비록 안 좋은 기억만 주고 떠났지만, 살아생전 자신의 엄마를 닮은 사연에게 처음부터 눈길이 갔었다.

그녀와 친해지고 싶은 마음에 사연의 친구들에게 적극적으로 먼저 다가갔었다. 그리고 그 아이들을 통해서 사연의 가슴 아픈 사연을 알게 되고 나서부터 어쩐지 자신과도 닮은 그녀에게 더욱 마음이 끌렸다.

'왜 안 오지.'

가까스로 친해진 후로 그녀를 향한 자신의 마음을 확인하게 된 태석은 졸업식 당일 사연에게 고백을 하려 마음먹고 있었다. 그러나 사연이네 분식집 바로 앞에 있는 중학교가 같은 날 졸업식을 해서 차마 가게 문을 닫을 수가 없었던 그녀는 끝내 참석하지 못했다.

'민주야, 네가 사연이한테 앨범 좀 대신 전해 줄래?'

'어쩌죠, 선생님. 저 친척 분들까지 오셔서 들를 시간이 없을 것 같아요.'

'그래? 그럼 누구한테 부탁해야 하나……'

'제가 전해 줄게요, 선생님.'

'그럴래? 그럼 부탁 좀 하자, 태석아.'

'네.'

일부러 나서서 담임선생님에게서 졸업앨범을 받아 왔다. 그리고 앨범 맨 끝 장에 말로 하지 못한 고백을 글로 대신 써 넣었다. 그러곤 떨리는 맘으로 그녀를 향해 걸음을 옮겼다.

"얘기 들어 보면 보긴 본 것 같은데, 왜 아무 말 없는 거지? ……뭐, 이미 오래전 일이고 다 지난 일이니까 괜히 마음 쓰지 말자. 다시 만나게 된 게 어디야."

사연을 떠올리다 보니 어느새 병실 문 앞이었다. 손잡이를 잡고 잠깐 움직임을 멈춘 태석은 아쉬움에 긴 한숨을 내쉬었다. 그때 그녀가 자신의 마음을 확인하고 서로 좋은 감정으로 함께했었다면, 과연 지금은 어떤 모습이었을지 궁금한 마음이 들었다.

"아버지. 저 왔어요. 아버지 아들, 태석이."

고된 병마와의 싸움에 지친 그의 아버지는, 아들이 왔음에도 반기지 못하고 잠에 취해 있었다. 그는 볼 때마다 더 야위어 가는 아버지의 얼굴을 한참 바라보다 손을 꼭 잡아 주었다. 마음이 무너져 내리는 듯했지만, 눈물을 보이고 싶지 않아 대신 미소를 지었다. 그러곤 다시 만나게 된 사연의 이야기를 들려주기 시작했다.

"바보같이, 저를 기억 못 하더라고요. 아마, 내가 자기를 좋아했었다는 것도 모르고 있겠죠? 하긴, 얼굴도 기억 못 한 사람인데……. 하아."

속상하고 갑갑한 마음에 한숨이 절로 나오는 태석이었다. 사실 사연도 사연이지만 아들이 온 줄도 모른 채 눈을 감고 있는 아버지를 보니, 그는 가슴이 아렸다. 행여 그런 마음을 들킬까 염려한 그는 애써 자신의 감정은 숨긴 채 계속해서 꿋꿋하게 말을 이어 갔다.

"사연이한테 난 그저 같은 반 친구 그 이상도 이하도 아니었나 봐요. 아마 아버지가 깨어 계셨다면 분명히 그러셨겠죠. 으이고, 넌 뭐가 부족해서 여자 마음 하나 제대로 얻질 못하는 거냐. 사내가 그래서 쓰겠어? 하하. 근데요 아버지. 가끔 생각만 하고 지냈지 그때 느꼈던 감정만큼은 아니었는데, 오늘 보니까 이상하게 심장이 뛰더라고요?"

그의 얼굴에 살며시 미소가 지어져 있었다.

"다른 여자들한테 지금껏 한 번도 가져 보지 못했던 감정이었어요. 사연이를 생각하면요, 아버지. 그냥 마음이 편해지고 뭔가 위로를 받고 있는 듯한 기분이 들어요. 계속 같이 있고 싶고, 대화하고 싶은 그런. 저, 아직 그 아이를 좋아하고 있는 걸까요? 궁금해요. 이 마음이 뭔지……."

계속 입꼬리를 올린 채 아버지 손에 가만히 얼굴을 묻는 태석이었다. 자신도 모르는 새 스르르 눈이 감겼다. 아버지 곁에서 잠든 그의 모습은 굉장히 편안해 보였다.

*

"일곱 시까지 나오랬더니, 첫날부터 지각하는 건 아무리 태석이라고 해도 용서할 수 없어. 오면 따끔하게 한 소리 해 줘야지."

사연은 전날 술을 그렇게 마셔 놓고도 제 시간에 맞춰 가게로 나와 있었다. 그러나 불행하게도 자신이 태석에서 한 말과 행동들은 전혀 기억을 하지 못하는 것 같았다. 가스 불을 켜고 물을 쏟아부은 사연은 여느 때와 다를 것 없이 고추장을 풀었다.

"한번 발라 볼까……?"

주위를 두리번거리며 살피던 그녀는, 앞치마 주머니에서 무언가를 조심스럽게 꺼내 들었다. 붉은색 립스틱이었다. 태석에게 잘 보이고픈 마음에 아침부터 화장대를 뒤져 찾아낸 것이다. 입술 선을 따라 슬쩍 발라 보곤 거울 앞으로 향했다.

"어머. 너무 야하잖아."

쥐 잡아먹은 듯 새빨간 입술을 보자 얼굴이 붉게 달아올랐다. 티슈로 입술을 박박 지우고 있는데, 앞치마 주머니에서 문자 메시지 알림 소리가 울렸다. 바로 꺼내 들고 확인했다.

[미안. 나 좀 늦을 것 같아.]

태석이었다. 엄연히 직장인데 이런 식은 용납이 안 됐다. 오면 혼꾸멍내 줄 생각으로 잔뜩 벼르고 있었다.

"태석이 너, 우리 혜미 말고 다른 여자가 있다는 게 사실이냐?"

태석이 늦은 이유는 미래식품 회장이자 혜미의 아버지인 현석의 급한 호출 때문이었다. 그들은 현석의 방에서 꽤 진지한 얼굴로 테이블 앞에 서로 마주하고 앉아 있었다.

"아저씨도 참. 혜미 저랑 그런 사이 아닌 거 아시잖아요."

"그거야 그렇지만……. 그래, 강 기사 상태는 좀 어떠냐."

"똑같죠 뭐. 다른 데로 더 전이되지 않기를 바랄 뿐이에요. 저,
아저씨."

"그래, 얘기해라."

말하기를 잠시 망설이던 태석은 어렵게 입을 열었다.

"혜미랑 제 문제 말인데요. 저한테 맡겨 주셨으면 해서요. 혜미
가 저한테 얼마나 고마운 사람인지 저도 잘 알아요. 그렇지만 그
이유 때문에 억지로 사랑할 순 없는 거잖아요."

"……무슨 말인지 알겠다. 그래, 너에게 맡기마. 지금은 네 아버
지한테만 신경 쓰고 집중하는 것만으로도 힘들 테니까."

"……그만 가 볼게요."

자리에서 일어난 태석은 고개를 숙여 인사를 건네고 밖으로 걸
음을 옮겼다.

"강태석."

밖에서 기다리고 있던 혜미가 태석을 불렀다. 그러나 그는 그녀
의 말을 무시한 채로 계속 길을 걸었다.

"야! 넌 사람이 부르는데 대꾸도 안 하냐?"

기어코 달려와 그의 앞을 막고 선 혜미는 눈에 불을 켜고 따지듯
말했다.

"아빠가 너 가만 안 둔다고 하시지?"

"비켜."

"뭐라고?"

"비키라고."

"허, 싫다면?"

"고혜미. 내 말 잘 들어. 친구로라도 내 옆에 있고 싶은 맘 있으면 더 이상 이러지 마. 난 네 소유물이 아니야. 널 사랑하지도 않고. 대체 몇 번을 더 얘기해야 돼."

"……당황스러워. 기가 차서 말도 안 나온다, 얘. 너 사연이네서 일한다면서? 말 안 하면 내가 모를 줄 알았지? 당장 거기서 나와. 아빠가 가만 계시면 나라도 너랑 사연이 괴롭힐 거니까 나오라고. 솔직히 내가 뭐가 아쉬워서 너한테 이렇게 매달려야 해? 쩔쩔매야 할 사람이 누군데 감히 너 따위가 나한테 그래?"

"……."

더 이상 상대할 가치가 없다고 판단한 태석은 그녀를 무시한 채 다시 걸음을 옮겼다.

"충성!"

"아, 깜짝아."

태석이 늦는 바람에 조금 일찍 나오게 된 우빈은, 그녀를 보자 우렁찬 목소리로 각을 잡고 인사를 건넸다.

"너 한 번만 더 그런 식으로 하면 가만 안 있을 테니까 조심해."

"예, 알겠습니다!"

"근데 이게! 아, 조용히 하고 얼른 들어와서 저 꼬챙이에 어묵 좀 꽂아. 넌 그냥 말을 안 하는 게 좋겠다."

능숙한 솜씨로 꼬챙이에 어묵 꽂는 시범을 보인 사연은 의외로 곧잘 따라 하는 우빈을 보자 바로 믿고 맡겼다. 그때 조카가 걱정

된 은숙이 구가네 분식을 찾아왔다.

"아줌마, 쟤가 애도 아니고. 하여튼 아줌마도 문제가 있어."

은숙의 표정만 봐도 알 수 있었던 사연은 눈살을 찌푸린 채 열심히 고추장 양념을 풀며 말했다. 살짝 고개를 돌려 보니 우빈은 이모를 향해 활짝 웃음 짓고 있었다. 그와 눈이 마주친 은숙도 그제야 안심하며 미소를 보였다.

"잘해, 우빈아. 여기 사장님이 너무 솔직해서 그렇지 사람은 아주 좋으니까. 알겠지?"

"걱정 마세요, 이모."

"얼씨구? 이모한테는 말입니다, 말입니다, 그런 거 안 하네?"

"우리 우빈이가 그렇게 말을 해?"

"아주 미치겠다니까요."

사연은 하소연이라도 하듯 어제 일부터 조금 전 인사까지 은숙에게 모두 쏟아부었다.

"아, 좋아서 그런 겁니다. 좋아서."

"어우, 능글맞기까지."

팔에 돋은 닭살을 비비며 사연은 다시 눈살을 찌푸렸다.

"가여운 애야. 할머니 밑에서 어렵게 자랐어. 군대 있을 때 돌아가셨거든. 제대하고 갈 곳이 없어서 혼자 살 수 있을 때까지 데리고 있기로 한 거야."

"아무리 그래도 그렇지. 이모가 아줌마 하나예요? 방은 세 칸밖에 없는데 딸린 식구는 쟤까지 아홉이잖아요, 아홉."

행여나 우빈이 듣고 상처라도 받을까 목소리를 죽여 말한 사연은, 은숙의 긴 한숨에 따라 숨을 내뱉었다.

"그럼 어쩌겠어. 나나 애들 아빠나 똑같이 마음이 여려서 모른 척 못 하는 성격인데."

"아, 아저씨 여동생한테 나가서 돈을 벌든가 시집을 좀 가든가 하라고 구박 좀 줘요. 요즘 돌싱녀들이 얼마나 인긴데. 이혼하고 애 있는 거 흠도 아니에요."

"어디 말을 들어야 말이지. 애기 낳고 조리 못해서 뚱뚱하다고 취직할 생각도 안 하고 재혼은 꿈도 못 꾸는 것 같아. 하루 종일 밖에도 안 나가고 집에서 애만 보고 있는 꼴 나도 보기 힘든데 어머니, 아버지 속은 어떻겠어."

은숙은 이상하게 사연만 보면 속사정이 절로 나왔다. 젊은 사람 붙잡고 그러지 말자, 말자 하면서도 막상 얼굴을 보면 그 마음이 무너져 버린다.

"문제다, 문제야. 뚱뚱한 게 창피하면 움직여서 뺄 생각을 해야지. 삼시 세끼 받아먹을 건 다 받아먹으면서 사람 구실도 못하고. 아, 내일부터 슈퍼에 잠깐씩 나와서 청소라도 하고 들어가라고 시켜요. 칠십 넘은 어머니, 아버지도 하는 일을 자기가 뭐라고 안 해."

얘기를 듣다 보니 열이 받쳐 오르는 사연이었다. 맘 같아선 당장 쫓아가 분식집에라도 끌고 나오고 싶지만 은숙의 입장을 생각해 참았다. 그때 멀리서 성큼성큼 걸어오는 태석의 모습이 보였다.

"와, 왔어."

벼르고 있을 땐 언제고 막상 눈앞에 태석이 나타나자 아무 말도 하지 못한 채 얼굴만 붉히고 있는 사연이었다. 몸을 비비 꼬고 실실 웃어 대는 게 은숙의 눈에 여간 의심스럽지 않을 수 없었다.

"미안, 급한 일이 좀 있었어."

"그래. 어, 얼른 앞치마 하고 일 시작해."

"응."

"사연이 너⋯⋯."

태석이 자리를 피하자 은숙은 실눈으로 힐끗 바라보며 사연의 이름을 불렀다.

"왜 그런 눈으로 봐요? 내 얼굴에 뭐 묻었어요?"

"저 총각 좋아하는 거 아니야?"

사연은 들고 있던 주걱을 놓칠 정도로 화들짝 놀라고 말았다.

"네? 무, 무슨 그런 말을! 아, 아니에요. 태석이는 그냥 새로 온 우리 구가네 식구라고요."

"그래? 뭐, 네가 아니라면 믿어야지. 근데 알바를 둘씩이나 쓰려고? 사연이 너 돈 쌓아 두고 산다는 소문 들리더니 사실인가 보네."

"그래요, 나 돈 쌓아 두고 살아요. 부러워요?"

"그래, 부럽다. 요즘 연하가 유행이라는데 우리 우빈이 좀 데려가서 살래?"

"미안하지만 전 능글능글한 사람은 딱 질색이에요."

"아, 정말 왜 그러십니까. 제가 뭘 어쨌다고."

듣고 있자니 억울한 맘이 들어 한마디 건넨 우빈이었다. 어느새 빠른 손길로 반 이상의 어묵을 꼬챙이에 꽂아 두고 있었다.

"근데, 사연이 네가 시켰어? 다들 유니폼마냥 맞춰 입었네. 검은 티에 청바지."

은숙의 말에 사연이 두 사내의 옷차림을 훑어보았다.

"정말 그러네요."

"나 그만 가 볼게. 수고해. 우리 우빈이 잘 좀 봐주고."

"이따가 우빈이 편에 어묵이랑 좀 싸 보낼 테니까 점심 한 끼 편하게 때워요. 어르신들 어묵 잘 드시잖아요."

"어우, 안 그래도 되는데. 매번 고마워."

은숙이 돌아가자 사연의 손은 더욱 바빠졌다. 국물이 끓어오르자 떡이 든 바구니를 들려고 하는데 태석이 더 빨랐다. 곁으로 바짝 다가와 바구니에 든 떡을 국물에 넣기 시작한 그의 모습을 보자 사연의 가슴은 또다시 설레기 시작했다.

"저쪽에 가 있어, 뜨거운 국물 잘못 튀기라도 하면 화상 입어."

떡볶이 장사 십 년 만에 처음 있는 일이었다. 당연히 해야만 하는 일인 줄만 알았는데, 이런 식으로 보호를 받을 수도 있었다니 새삼스러웠다.

"그래요. 아까부터 신경 쓰였는데 형님한테 맡기고 이쪽으로 와서 같이 어묵이나 꽂지 말입니다."

우빈까지 거들어 주니 이곳이 바로 천국이었다. 살다 보니 이런 날도 오는구나, 하는 말이 절로 떠올랐다. 든든한 보디가드가 둘씩이나 생긴 것에 감사하며, 사연은 어묵 육수를 한 수저 떠서 맛보았다. 입맛이 변한 건지 뭘 잘못 넣은 건지 오늘따라 이상하게 맛이 달았다.

"근데 두 사람, 인사는 했어?"

"아직. 난 강태석."

"앞으로 잘 부탁드립니다. 조우빈이라고 합니다. 나이는 이제 스물둘 됐습니다."

"아, 그래서 사연이 네가 나한테 일곱 살이나 많다고 했었던 거구나. 저 아이로 착각해서."

"어? 어."

사연은 더욱 바쁘게 움직였다. 이런 좋은 기운이라면 십 년 동안 모은 돈을 일 년 안에 더 모을 수도 있을 것만 같았다.

＊

"기태 씨. 흑흑."

영숙은 아직 가게 문도 열지 않은 채 아침부터 눈물을 흘리고 있었다. 영숙의 몸 위에서 열심히 허리를 움직여 대는 기태의 눈에도 눈물이 그렁거렸다. 정이 너무 깊게 들어 떠나는 마음이 편치 않았다. 그러나 사나이가 칼을 들었으면 무라도 잘라야 한다는 생각에 그는 눈물을 감추고 더욱 열심히 허리를 움직였다.

"이번엔 어디로 떠나실 생각이에요?"

"모르지. 발길이 닿는 대로 바람이 이끄는 대로 다닐 뿐이야."

"대체 왜 그러고 사는 거예요."

"사람한테 받은 상처가 얼마나 지독한 건지 아마 영숙인 모를 거야."

"그 마음이 다 치유가 되면 그만하실 거지요?"

영숙의 질문에 기태는 대답이 없었다. 조금씩 절정으로 치닫자 두 사람은 더 이상 말을 하지 못했다. 눈물과 함께 신음을 흘리며 영숙은 밀려드는 고통과 쾌락에 손으로 이불을 쥐어짜며 괴로워했다.

부딪혔다간 날아갈 듯한 기태의 움직임에 영숙은 정신을 차릴 수가 없었다. 쉴 새 없이 자궁을 찔러 대는 그의 불기둥으로 인해 끝내 완전히 무너져 내리고 말았다. 마지막 혼신의 힘을 다해 달린 그의 움직임이 사라지자 영숙은 몸 안을 가득 채우는 뜨거운 것에 반응하며 긴 숨을 오래도록 내뱉었다.

"몸조심하고, 잘 다녀오세요."

겨우 떨어진 두 사람은 나갈 준비를 모두 마치고 쪽방에서 나왔다. 그리고 아쉬운 마음에 이별 인사를 나누려 서로 마주 보고 섰다.

"그러지. 영숙이도 잘 지내고 밤에 이상한 거 보지 말고, 그냥 자도록 노력을 좀 해 봐."

"걱정되면 빨리 돌아오세요. 그리고 이거."

영숙은 기태의 주머니에 만 원짜리 한 뭉텅이를 넣어 주었다.

"영숙이, 이러지 마."

기태가 꺼내려 들자 영숙은 화를 내며 말렸다. 하는 수 없이 돌아선 그는 잠시 멈칫하더니 다시 영숙을 향해 돌아섰다.

"왜, 뭐 빠트린 거 있어요?"

"그게……."

"뭔데 그래요, 내가 가져다줄게요."

"이걸 줘야 할지 말아야 할지 망설여져서 말이야."

무슨 일인지 기태의 표정이 심상치 않아 보였다.

"뭐든 주고 싶은 거 있으면 주세요."

"그러지."

온몸에 힘을 모은 그의 얼굴이 금방 터져 버릴 듯 벌겋게 달아올랐다. 그러더니 금세 탱크 지나가는 소리가 엉덩이에서 터져 나왔다.

"……맙소사!"

"속이 안 좋아서 내 방귀는 늘 이래. 창피하지만 영숙이가 내 방귀를 가져간 첫 여자야."

"어머, 고마워요, 기태 씨."

그렇게 두 사람은 방귀로 인해 한층 더 가까워져 있었다. 뜨거워진 엉덩이를 식히기 위해 손가락으로 바지를 끌어당긴 채 기태는 영숙의 분식집을 나와 서서히 걸음을 옮겼다.

"……!"

우연히 바라본 사연의 분식집에서 누군가를 보게 된 그는, 그대로 한참을 굳은 채 있었다. 그의 얼굴엔 놀란 기색이 역력했다.

"왜 그러세요 기태 씨?"

"어? 아, 아니야 아무 것도."

영숙의 목소리를 듣고 나서야 정신을 차린 그는, 고개를 갸우뚱거리며 그녀와 아쉬운 작별을 하고 또다시 먼 길을 떠났다.

✳

"대박! 왕언니한테 뒤지게 맞고 열 받아서 헤어졌다에 떡볶이 오 인분 걸었는데 제대로 망했네."

"그래? 앗싸. 떡볶이 오 인분 나간다."

점심시간이 되자 아이들이 우르르 몰려들었다. 전날 태석을 보며 입방아를 찧어 대던 여학생들이 또다시 수다를 떨자, 사연이 거기에 맞춰 맞장구를 쳐 주었다.

"넌 뭐 걸었어. 순대? 어묵? 튀김?"

"전 맘씨 좋은 왕언니가 용서해 줘서 계속 사귄다에 걸었어요."

"좋아, 김말이 네 개 서비스!"

"쟤 뻥인데? 야, 네가 언제 맘씨 좋은 왕언니라고 했냐?"

"손님 밀리니까 싸우려거든 들어가 앉아서 싸워."

손짓으로 아이들을 자리에 앉힌 그녀는 계속해서 몰리는 학생들에게 빠르고 능숙한 솜씨로 주문을 받고 음식을 건네주었다. 취사병 출신인 우빈은 튀김을 맡았고, 믿음직한 태석은 계산을 맡았다. 다행히 손발이 척척 맞아 엉키지 않고 무사히 점심 장사를 마칠 수 있었다.

항상 점심시간이 끝나야 슬그머니 기어 들어가는 4인방 여학생들은 오늘도 빈 그릇을 젓가락으로 툭툭 건드리며 끝까지 남아 자리를 차지하고 있었다. 은숙에게 약속한 대로 떡볶이며 순대, 튀김, 어묵까지 넉넉하게 포장을 한 사연은 그것을 우빈에게 건네주며 같이 먹고 오라고 말했다.

"슴돠오빠, 어디 가요? 여기 배달도 해요?"

"식사하러 갑니다. 그럼 즐떡하십쇼."

"푸하하. 야, 저 오빠 완전 웃기지 않냐?"

"응. 즐떡이래, 즐떡. 완전 귀여워."

잘생긴 태석은 뒷전이고 아이들은 쾌활한 성격을 가진 우빈에게 더 마음이 가는 듯했다.

"근데 슴돠오빠가 뭐야?"

"우리가 지어 줬어요. 말끝마다 여기 있슴돠, 여기 있슴돠 해서. 근데 설마 슴돠오빠도 왕언니 남자 친군 건 아니죠?"

"야, 나도 양심이란 게 있는 사람이야."

"대박, 몰랐네요."

"저것들이!"

주걱을 들고 달려들려 하자 태석이 나서서 황급히 말렸다.

"오오!"

"대박, 저러다 뽀뽀하겠다."

바짝 붙어 선 두 사람을 보자 아이들은 꺅꺅 소리를 질러 대며 난리법석을 떨었다. 괜히 얼굴이 붉어진 사연은 코앞의 태석으로 인해 가슴이 떨렸다.

"얼른 밥 먹자. 배고프다."

분위기를 깨 버린 그의 멘트로 김이 팍 새 버린 사연은 아쉬움에 입맛만 다신 채 볶음밥을 만들기 시작했다.

"둘이 뽀뽀했어요?"

한 아이의 당돌한 질문에 사연은 몹시 부끄러워졌다.

"야, 사귀는 사인데 뽀뽀만 했겠냐?"

"그럼 또 뭘 하는데?"

"당연히 둘이……."

"오빠, 언니 남자 친구 아니야. 우린 그냥 오래된 친구야."

듣다못해 태석이 나서서 아이들을 향해 말했다. 사연의 표정이 금세 시무룩해졌다. 틀린 말은 아니지만 어쩐지 서운하게 들렸다.

"진짜? 대박! 그럼 나 오빠 좋아해도 되는 거네요? 근데 진짜 근육 쩐다. 오빠 저 배 한 번만 만져 볼게요."

호들갑을 떠는 한 여학생의 말을 듣자 밥을 볶던 사연의 눈이 동그랗게 커졌다.

'한 번 만져 봐도 돼?'

술에 취해 있던 자신이 저질렀던 일들이 몽땅 기억나 버리고 만 것이다.

"헉, 어쩔!"

얼굴이 다 화끈거려 차마 태석과 함께 있을 수 없었다. 완성된 밥을 접시에 대충 퍼 담았다. 그러곤 얼른 뒷문을 향해 걸음을 옮겼다.

"어디 가?"

태석의 목소리였다.

"바, 밥 해 놨으니까 어묵 국물 좀 떠서 먹어. 난 집에 좀 다녀올게."

"넌 밥 안 먹어?"

"내가 알아서 먹을게. 걱정하지 말고 먼저 먹어."

말을 끝내자마자 도망가듯 가게를 빠져나간 사연이었다. 태석은 그런 그녀가 몹시 신경 쓰였다.

"언니 얼굴 완전 빨갛던데, 열나는 거 아닌가? 따라가 봐요. 친구라면서 아픈 것 같은데 걱정도 안 돼요? 가게는 우리가 지키고 있을게요."

그러고 보니 정말 얼굴이 붉게 달아올라 있었다. 술을 마시고 제대로 쉬지 못한 채 일해서 몸살이라도 난 게 아닐까 하는 걱정이 들었다. 혼자 앉아 밥을 먹고 있을 수 없었던 그는, 점심시간이 끝났을 아이들을 서둘러 보내고 가게 문을 잠갔다. 그러곤 집 근처 약국에 가서 숙취 해소 약과 함께 몸살 약까지 사 들고 사연의 집으로 향했다.

"돌겠네, 진짜. 내가 지금껏 폭탄을 달고 살았구나. 어이구, 어이구. 맞아도 싸. ⋯⋯아프다."

집에 돌아온 사연은 자신이 저지른 실수를 후회하며 머리를 쥐어뜯고 있었다. 애꿎은 입을 탓하며 손바닥으로 짝 소리가 나도록 때린 그녀는 아린 입술을 문지르며 의자에 앉았다. 이 일을 어쩌면 좋을지 대책을 세우려는데, 머릿속이 백지장 같았다.

봄 탓인지 고요한 집 안에 멍하니 앉아 있자니 잠이 쏟아졌다. 딱 십 분만 졸고 일어나서 다시 생각해 보자는 심산으로 눈을 감았다.

"사연아."

집 앞에 도착한 태석은 열려 있는 현관을 보고도 안으로 들어가지 않고 그녀를 불렀다. 여자 혼자 사는 집에 불쑥불쑥 들어가는 건 한 번으로 족했다.

불러도 대답이 없자 살짝 안을 들여다보았다. 식탁 앞에 앉아 불편한 자세로 잠든 사연을 보자, 잠시 망설이는 듯하더니 안으로 들어갔다. 흔들어 깨웠지만 소용없었다. 많이 피곤했던 모양이다. 안쓰러워 보였다. 그동안 혼자서 얼마나 힘들었을지 가슴이 아렸다.

이불이라도 덮어 줄 생각으로 방으로 향했다. 이불을 들고 나오다가 문득 옮겨진 시선이 닿은 것에 눈이 오래도록 머물렀다. 책장에 꽂힌 졸업앨범이 눈에 들어온 것이다. 실례라는 걸 알았지만 궁금해서 참을 수 없었다. 자신의 메모를 확인하고 싶었다.

학교에 관련된 일들에는 관심 없을 줄 알았는데 앨범의 표지가 낡은 걸 보니 몹시 안타까웠다. 얼마나 친구들과 어울리고 싶었을까, 졸업식에 참석하고 싶었을까, 하는 생각이 든 것이다. 오랜만에 사연과 친구들의 어린 시절을 들여다볼까 하다가, 여유를 부려선 안 되겠다는 생각에 말았다. 엄연히 일하는 중 아닌가. 바로 맨 끝장으로 넘겼다.

"……!"

분명 그곳에 메모를 남겨 놨었다. 다른 건 몰라도 그것만큼은 또렷하게 기억하고 있는 그였다. 그런데 이상하게도 티끌 하나 묻은 흔적 없이 깨끗했다. 몇 번을 들여다봤지만 글씨의 흔적도 보이지 않았다. 심각해진 그는 어찌 된 일인지, 혹시 찢어 버린 건 아닌지 의심했다. 그래서 다시 살펴봤지만, 손으로 찢긴 것은 물론 칼로 자른 흔적조차 없었다.

"내가 잘못 가져다줬나."

그렇게 생각하니 어쩐지 안심이 되는 그였다. 그도 그럴 것이 만약 그게 사실이라면, 그녀가 확인을 했음에도 불구하고 내 부탁을 무시했던 건 아니란 얘기다. 다행이라 여기며 그는 다시 앨범을 책꽂이에 꽂아 두었다.

"태석아……."

갑자기 들리는 사연의 목소리에 화들짝 놀란 그는 얼른 앨범에서 손을 떼고 그녀에게 다가갔다. 그러나 잠결에 흘러나온 말이었다. 꿈을 꾸는 모양인데 무슨 꿈인지 궁금했다.

"갖고 싶다, 강태석. 넌 정말······."

이어질 그녀의 말을 기대하며 마른침을 어렵게 삼켰다.

"······쩔어."

"풋."

듣자마자 자신도 모르게 웃음이 튀어나왔다. 그 소리에 그만 사연은 잠에서 깨 버리고 말았다. 자신을 멍하니 바라보는 그녀가 사랑스러웠다. 큰 눈을 끔뻑끔뻑하는 모습이 여간 귀여운 것이 아니었다.

그래서 자신도 모르게 그만 그녀의 정수리에 입을 맞추고 말았다.

"어디가 안 좋은지 정확히 몰라서 이것저것 사 왔어. 약 먹고 좀 쉬다 나와."

약 봉투를 던지듯 건네고는 그대로 밖을 향해 줄행랑치는 태석이었다. 태석의 돌발 행동에 번쩍 잠에서 깬 사연은 그 뒷모습을 멍하니 바라보고만 있었다.

"헐, 대박. 하필이면 정수리에. 머리 안 감았는데, 냄새 맡고 도망간 건 아니겠지?"

손이 절로 머리 위에 얹어졌다. 걱정은 됐지만 그래도 기분은 좋았다. 무슨 의미인지 궁금했다. 심장이 벌렁거려 곧 죽을 것만 같았다. 이런 봄은 처음이었다. 벅찰 만큼 황홀했다. 세상이 아름다워 보인다는 의미를 비로소 깨닫게 되었다.

전날 자신이 술에 취해 했던 일은 잊은 채 황급히 가게로 달려

나갔다. 우빈이 돌아오기 전에 확인하고 싶었다. 그러나 가게로 돌아와 막상 얼굴을 마주하니 부끄러웠다. 몸까지 비비 꼬아 가며 옹알이하듯 말을 건넸다.

"무, 무슨 말인지 제대로 못 들었어."

닫았던 가게 문을 열고 있던 태석의 구릿빛 피부도 붉게 달아올라 있었다.

"정수리…… 무슨 뜻이야?"

'제발 냄새나서 도망간 게 아니라고 말해 줘. 너무 떨려서 도망친 거라고 어서 말해!'

진심으로 소망하며 간절한 눈빛을 보냈다.

"저기, 그게 말이야. 실은…….'

그가 어렵게 입을 열기 시작한 그때, 하필이면 우빈이 돌아와 그들을 향해 해맑은 미소를 보이고 있었다.

"왔어?"

"넵!"

태석의 표정도 어딘가 모르게 아쉬운 듯 보였다. 기필코 이유를 들어야겠노라 마음먹은 사연은 일부러 그를 시장에 보내 필요하지도 않은 재료를 사 오게 했다. 그러곤 다시 태석을 향해 간절한 눈빛을 보냈다. 다시 그의 입술이 떨어지려 하자, 침을 꼴깍 삼키며 극도로 긴장한 사연이었다.

"사실…….'

"까악!"

"……!"

누군가 지른 비명 소리가 그들을 또다시 방해했다. 놀란 마음에 돌아보니 문 앞에 혜미가 있었다. 검은색 길 고양이를 보고 기겁한 채 얼어 버린 그녀는 눈물까지 글썽거렸다.

"수준 떨어져. 내가 대체 왜 이런 데를 와야 하는 거야. 태석이 너 당장 여기 그만둬. 아빠 회사에 너 출근할 수 있게 해 달라고 말씀드렸으니까."

그녀는 손수건을 꺼내 들고 구두를 털며 짜증 섞인 목소리로 말했다.

"돌아가. 내 일은 내가 알아서 해."

"알아서 하긴 뭘 알아서 한다는 거야? 됐으니까 그 어울리지도 않는 앞치마 풀고 당장 나와. 어서."

"여기서 제일 안 어울리는 사람은 내 앞치마가 아니라 고혜미 너야."

"뭐?"

"이제 당장 돌아가야 할 사람이 누군지 말 안 해도 알겠지? 이제 여긴 오지 마."

"강태석 너 끝까지……. 너니? 네가 우리 태석이한테 절대 나가지 말고 이런 데서 그딴 거나 같이 팔자고 시켰어?"

뜻대로 되지 않자 화가 난 그녀는 두 사람의 말다툼에 관심 없는 척 오후 장사를 위해 고추장을 풀던 사연에게 다가가 따지듯 물었다.

"왜 애먼 사람한테 그래?"

"허, 강태석 너 지금 내 앞에서 구사연 감싸는 거야? 이깟 게 다 뭐라고!"

"……!"

"고혜미!"

혜미의 거친 손짓으로 사연이 들고 있던 접시가 쨍그랑 소리를 내며 바닥으로 떨어지고 말았다. 그 탓에 담겨 있던 떡볶이 떡은 사방에 흩어져 바닥이 엉망이 되어 버렸다. 잠시 당황한 채 있던 사연은 아무 말 하지 않은 채 태연하게 떡을 줍기 시작했다.

"자꾸 나 건드려 봤자 좋을 거 없어. 그러니까……. 아! 강태석, 너 이게 무슨 짓이야? 아파, 아프다고!"

앞치마를 풀어 던진 태석은 혜미의 손목을 힘껏 쥐어 잡은 채 밖으로 끌고 나갔다. 때마침 시장에서 돌아온 우빈은 놀란 기색으로 무슨 일이냐 물으며 바로 사연을 도와 떡을 줍기 시작했다.

"떡은 제가 씻어서 넣을 테니까, 누나는 들어가서 마음 좀 가라앉히고 나와요."

"괜찮아."

"어서요. 아, 고집 좀 그만 피우고 제 말도 좀 들어줘요."

우빈의 재촉으로 사연은 못 이기는 척 집을 향해 걸음을 옮겼다.

＊

"기태 씨. 흑. 보고 싶어요, 기태 씨. 얼른 돌아오세요, 흑흑. 기태……."

기태가 떠난 지 하루도 지나지 않았건만 방 안에서 혼자 질질 짜며 차마 눈 뜨곤 못 봐 줄 만큼 청승을 떨고 있던 영숙은, 텔레비전에서 나오는 영화 속 야릇한 장면을 보자 눈물을 뚝 그쳤다. 언제 그랬냐는 듯 그토록 찾아 대던 기태는 금세 잊어버렸다.

"어머, 어머."

찢어진 눈을 최대한 크게 뜨고 텔레비전 앞으로 바짝 다가가 앉는 그녀였다. 혼자 커다란 대야에 들어가 샤워 중이던 여인을 찾아 들어온 사내가, 벗은 그녀를 보자 덥석 달려든 장면이었다. 영숙은 자극적이고 격렬한 영화를 좋아한다. 그중에서도 특히나 옛날 옛적 돌쇠가 마님을 사랑한 그런 아찔하면서도 저돌적인 영화를 좋아한다.

「처음이라 많이 아플 테지만, 날 믿고 고통을 잘 견뎌 보시오. 그럼 곧 좋은 기분이 들 거요.」

찰싹거리는 물소리가 그녀를 무너져 내리게 만들었다. 화장실에서 기태와 나눴던 정이 생각나면서도 계속 화면에서 눈을 떼지 못하는 그녀였다.

「아야, 아파요.」

「조금만, 조금만 더 견뎌 보시오. 윽.」

「그만. 너무 커서 보기만 해도 고통인 걸, 어떻게 견디라는 것이어요.」

"저 말을 들으면 우리 기태 씨도 좋아할까? 아야, 아파요……. 됐다, 아프긴. 대사가 너무 가식적이야. 너무 커서 보기만 해도 좋은 걸 어떻게 참아요. 괜찮으니까 어서 들어와요. 이래야 맞지."

자신이 말해 놓고도 민망했던지, 괜히 웃음을 흘리는 그녀였다. 어느새 촉촉이 젖어 든 아래를 어떻게 달래야 좋을지 괴로운 영숙은, 문득 기태에게 핸드폰을 선물해야겠다는 생각이 들었다. 떠돌이가 핸드폰을 반가워할지 걱정이었지만, 자신이 죽을 지경이라 어떻게든 갖게 만들어야 했다.

다시 텔레비전으로 눈을 돌리니 너무 고통스러워하는 여인을 위해 잠시 떨어진 사내는 그녀의 뒤쪽으로 넘어가 여체를 안고 있었다.

"저 좁아터진 데서 잘들 노는구나."

부러움에 연방 비아냥거리며 계속해서 화면에 집중했다. 뒤에서 안은 사내가 커다랗고 둥근 가슴을 힘껏 주무르자, 영숙의 입에서 절로 신음이 흘러나왔다. 마치 자신이 여주인공이 된 것처럼 표정을 짓는데, 연기자였다면 대상을 받아 마땅할 만큼 훌륭했다.

아쉬움에 스스로 제 가슴을 만져 보지만, 느낌이 없어 전혀 흥이 나지 않았다. 그래도 아무것도 안 하면 죽을 것 같아, 조금 더 느껴 보기 위해 옷을 끌어 올리고 가슴을 드러냈다. 브래지어 따위는 찾아볼 수 없었다. 아래로 처진 가슴을 보고 있자니, 여주인공의 탱탱한 젖가슴과 비교가 되어 열이 솟는 그녀였다.

그렇게 만든 세월을 원망하며 긴 한숨을 짓던 영숙은, 앞에 놓아둔 잔에 소주를 따라 목으로 넘겼다. 굽지도 않은 오징어 다리를 고추장에 푹 찍어 올린 그녀는 망설임 없이 입에 물었다. 남정네 입술마냥 쪽쪽 빨아 대며 쉬고 있는 손으로 젖꼭지를 잡아 연방 문지르고 비틀어 댔다. 그때 텔레비전에서 갑자기 돌아서 앉은 여인이 남정네를 일으켜 세웠다.

"내 저럴 줄 알았어. 발칙한 년. 순 내숭이었잖아."

물이 뚝뚝 떨어지는 불기둥을 말없이 입에 물고 빨아 대는 여인을 보자, 씹던 오징어 다리로 삿대질까지 하며 욕을 해대는 영숙이었다. 그러면서도 참을 수 없는 야릇한 장면에 손은 절로 아래를 향하고 있었다. 팬티 안에 넣은 손을 예민한 돌기 위에 얹고, 그곳을 툭툭 건드렸다.

"아흣."

작은 손짓에도 몸은 찌릿거렸다. 절로 감긴 눈을 뜨지 못한 채 계속해서 손가락을 움직이는 그녀였다. 그러다 순간적으로 쾌락을 맞이한 영숙은 몸을 움찔거리다 그만 벽에 머리를 박고 말았다.

"빌어먹을. 말자, 말어."

3.

너에게 한 걸음 더 가까이

태석과 우빈이 함께 일하게 된 지도 며칠이 지났다. 그사이 일이 능숙해진 두 사람은 그녀에게 많은 도움이 되었다. 저녁 장사가 어느 정도 마무리될 즈음 먼저 퇴근한 우빈으로 인해, 가게 안엔 다시 태석과 사연만 남게 되었다.

"사연아 어디 아픈 거 아냐? 많이 안 좋아 보이는데, 먼저 들어가. 내가 치우고 갈게."

"아니야, 괜찮아. 내 일인데 내가 책임지고 해야지. 걱정 마, 나 괜찮으니까."

"저…… 며칠 전에 혜미 일 말인데. 정말 미안해. 대신 사과할게."

"네가 왜?"

"어?"

"태석이 네가 왜, 혜미 대신 나한테 사과를 하냐고."

"어쨌든 나 때문에 생긴 일이니까."

"됐어. 사과는 나중에 혜미한테 직접 받을 거야. 나머지는 내가 정리하면 되니까 넌 그만 퇴근해."

그의 태도로 인해 기분이 언짢아진 사연은, 과격하게 걸레질을 하며 등을 돌렸다.

"뭐 해. 퇴근하라니까."

꼼짝도 하지 않는 그가 신경 쓰여, 잠시 하던 일을 멈추고 다시 말을 건넨 사연이었다.

"저기 사연아."

"왜 그래. 무슨 할 말 있어?"

심각한 표정의 그를 보자 내심 걱정이 되는 그녀였다.

"나, 뭐 하나 부탁해도 될까?"

"무슨 부탁?"

"그게……."

말하기를 주저하는 그를 보자 마음이 편치 않은 그녀였다. 한창 바쁠 때라 정확히 기억하고 있었다. 저녁 장사 중에 태석에게 계속 걸려 오는 전화가 신경 쓰여 나가서 받고 오라고 했었다. 긴 통화를 끝내고 들어온 그의 얼굴빛은 영 좋지 않아 보였다. 아마도 그 전화와 관련된 이야기일 거라고 쉽게 예상할 수 있었다.

"뭔데 그래. 괜찮으니까 얘기해 봐. 집에 무슨 일 있는 거야? ……월급 당겨 줄까?"

말하면서도 조심스러워하는 그녀였다. 행여나 그의 자존심을 건

들게 되지 않을까 염려해서였다.

"그런 게 아니라……. 당분간 지낼 곳이 필요해서. 사실 계속 혜미네서 지내는 게 불편해져서 그동안 아는 형 집에서 지내 왔는데, 시골에서 부모님이 올라오셨대. 같이 지내게 됐다고, 미안하다고 하더라고."

태석은 그녀가 생각했었던 것보다 훨씬 더 어렵게 지내고 있었다. 사정이 딱하긴 했지만 당장 제 집에서 같이 지내자는 말은 차마 나오지 않았다.

"그래, 어떡하니. 큰일이네."

"그래서 말인데, 사연아."

사연의 눈이 동그랗게 커지면서 마른침이 꿀꺽하고 넘어갔다.

'같이 지내자고 하면 그래야지 뭐, 별수 있어.'

"지낼 곳 마련할 때까지만 여기서 지내면 안 될까?"

"여기? 이 가게 말이야?"

전혀 예상하지 못했던 대답을 듣게 되자 약간 허탈해하면서도 당황한 그녀였다.

"응. 당분간만. 의자 몇 개 붙여서 잠만 자면 돼."

"아무리 그래도 그렇지, 어떻게 여기서 자. 말도 안 되는 소리 하지 마."

"……쉬운 부탁 아닌 거 알지만 좀 들어줘."

사연은 머릿속이 복잡해졌다. 안 그래도 아픈 머리가 깨질 것만 같았다. 더 이상 고민할 수도, 절박한 그로 인해 시간을 끌 수도 없었다. 그래서 뒷일은 생각 않고 일단 일부터 저질러 보기로 했다.

"그 집에선 언제 나와야 되는 건데?"

"당장."

"당장?"

"형도 아버지가 몸이 안 좋으셔서 병원 다니는 문제로 오신 거라 급하게 연락 받았다고 많이 미안해하고 있어."

"그렇구나……. 일단 오늘은 고생스러워도 찜질방에서 자는 걸로 하자. 그리고 내일부턴 우리 집에서 지내도록 해."

태석은 너무 놀라고 당황한 나머지 차마 입을 열 수 없었다.

"사연이 너희 집에서? 난 그냥 여기서 지내면 돼. 아무리 어려워도 어떻게 너 혼자 사는 집에 들어가 살 수가 있겠어."

"누가 너만 들이겠대? 나도 그 정도 생각은 있어 얘."

태석의 반응에 어쩐지 약간은 서운한 마음이 드는 그녀였다.

"그럼?"

"우빈이 걔도 너만큼 사정이 딱해. 아마 방도 없어서 새우마냥 오므린 채로 구석에 박혀서 겨우 잘 거야. 내일 걔 이모랑 얘기해서 이왕 이렇게 된 거 그냥 내가 두 남자 끼고 살란다고 말하려고. 안 그래도 모르면 몰랐을까 우빈이 걔를 어째야 할지 고민하고 있었거든. 알는지 모르겠지만, 내가 오지랖이 좀 넓은 사람이라. 네가 있으니, 엉뚱한 생각은 못 하겠지. 그럴 아이로 보이지도 않지만. 그러니까 부담 갖지 말고 오늘만 찜질방 신세 좀 져."

"사연아."

고맙고 미안한 마음에 코끝이 찡해진 그였다.

"그나저나 내일 일요일인데 뭐 해?"

사연은 그런 그의 마음을 편하게 해 주고 싶어 일부러 말을 돌렸다.

"아, 내일이 벌써 일요일이구나. 난 일요일마다 봉사활동 하러 가."

"봉사활동? 아, 저번에 통화했던 그거?"

"어. 거기서 주말마다 무료로 도시락 나눠 주는 봉사가 있거든. 평일 점심 도시락 나눔도 있는데, 일 때문에 참석한 적 별로 없고, 일요일에 시간 나면 가고 있어."

여전히 태석에 대해 기억은 잘 나지 않지만, 그때나 지금이나 다를 게 없었다. 늘 바르고 착실한 아이였기 때문이다. 모르면 모를까 알게 된 이상 사연은 가만히 있을 수 없었다. 나눔이라면 사연 또한 기쁘게 생각하는 일이기에, 작은 도움이라도 보탬이 되고 싶었다.

"그럼 내일 거기 가기 전에 가게로 좀 나올래?"

"가게로?"

"응. 같이 우빈이 이모 만나서 의논하고, 분식 좀 만들어서 봉사하는 데 가져가서 나눠 드리자. 은근 떡볶이, 순대, 어묵 좋아하시는 어르신들 많거든."

"주말 봉사는 주로 아이들이 올 거긴 하지만 아이들이라면 더 좋아하겠지? 대표님께 말씀드리면 기뻐하실 것 같아."

"그래? 그럼 더 잘됐네. 좀 덜 맵게 만들어서 가져가자."

"그래. 오늘 내가 말씀드려 볼게. 정말 고마워, 사연아."

태석의 손이 다시 사연의 머리 위로 얹어졌다. 살살 헝클이자 사연의 가슴도 따라 설레었다. 눈앞의 넓은 가슴팍에 한 번 안겨 봤으면 더 바랄게 없을 것 같았다. 이왕 못 볼꼴 다 보인 마당에 그냥 확 안겨 버릴까 하는 생각도 들었다. 정수리에 한 짓이 있어, 밀어내진 못할 것 같았다. 그러나 늘 마음만 굴뚝같은 사연이었다. 도저히 들이대지지가 않았다.

'이럴 때 고양이라도 한 마리 들어와 주면 얼마나 좋아.'

그 핑계로 놀란 척 안겨 볼 심산으로 밖을 쳐다보지만, 고양이는 커녕 개미 새끼 한 마리 보이지 않았다. 다른 궁리를 한 그녀는 생각 끝에 아주 좋은 방법을 찾게 되었다. 어지러운 척 안기기로 한 것이다. 어차피 아픈 줄로 알고 있으니 자연스럽게 받아 줄 거라 여겨졌다.

급히 현기증을 느끼는 연기에 들어간 사연은, 눈을 슬슬 감으며 손으론 이마를 짚었다. 그러곤 그대로 태석을 향해 쓰러졌다.

"아악!"

"사연아!"

하마터면 큰일 날 뻔했다. 대화가 끝났다 생각한 그는, 하던 일을 계속하기 위해 이미 자리를 떠난 상태였다. 이미 눈을 감아 미처 보지 못했던 그녀는 그대로 바닥에 자빠졌던 것이다.

다행히 이마를 짚고 있던 손 덕분에 머리를 다치진 않았지만 강한 충격에 팔이 욱신거렸다. 아무래도 피멍이 들 것 같았다. 놀란 태석은 바로 그녀를 부축하고 일으켜 세워 의자에 앉혔다. 너무 창피해서 차마 고개를 들 수 없는 사연이었다. 온몸이 아팠지만 티를 낼 수조차 없었다.

"병원에 가 봐야 하지 않을까?"

"아니야, 괜찮아. 그 정도로 넘어지진 않았어."

"그럼 약국 가서 파스라도 사 올게 기다려."

"됐어. 집에 있어."

괜히 애먼 사람에게 짜증을 내는 그녀였다.

"앉아 있어. 정리하고 올라가서 파스 붙여 주고 갈게."

사연의 대답은 듣지도 않은 채 태석은 서둘러 남은 정리를 끝냈다. 가게 문을 잘 잠근 뒤 괜찮다는 사연을 굳이 부축한 그는, 여전히 심통이 나 있는 그녀를 알지 못한 채 서둘러 집으로 향했다.

사연이 가리킨 곳에서 파스를 찾아 가져온 태석은, 이불 위에 누운 사연에게 다가가 과감히 그녀의 팔을 잡고 소매를 걷어 올렸다. 당황한 그녀는 너무 놀라 아무 말도 하지 못한 채 그저 눈만 끔뻑거릴 뿐이었다. 부드러운 손길에 심장이 미친 듯이 빠르게 뛰기 시작했다. 자신의 맨살에 손을 댄 남자는 태석이 처음이었다.

"다른 데는 괜찮아?"

"등이랑 허리 쪽도 아프긴 한데, 거긴 내가 알아서 붙일 테니까 넌 그만 가서 쉬어."

"거길 어떻게 혼자 붙이겠다는 거야. 내가 붙여 주고 갈 테니까 돌아서 앉아 봐."

돌아서 앉으라니. 머릿속이 핑 도는 게 찌릿찌릿 저리기까지 했다. 이런 상황에선 대체 뭘 어떻게 해야 하는 건지, 무척이나 난감한 그녀였다. 무슨 생각으로 자신의 등에 파스를 붙여 주겠다는 건지 태석의 마음까지도 의심을 하게 되었다.

"돼, 됐다니까 그러네."

"안고 싶고, 만지고 싶고, 자고 싶다고 할 땐 언제고 등에 파스 좀 붙여 준다니까 얼굴이 빨개지고 그래? 얼른 돌아서."

　그저 착하고 바른 줄만 알았던 그가, 이렇게 대담하게 나오니 어쩐지 경계심이 드는 그녀였다. 지금껏 너무 만만한 상대로만 여기고 있던 것 같았다. 그녀가 끝까지 돌아서지 않자 태석이 몸을 움직여 사연의 뒤로 가서 앉았다.

　'태석이가 하게 두는 것보단 내가 옷을 걷는 게 낫겠지? 어떡하지?'

　이럴 줄 알았으면 신경 좀 쓰는 거였는데, 하필이면 낡고 구멍 난 속옷을 입었을 때 이런 일이 생길 게 뭔지 원망스러웠다. 될 대로 되라는 생각으로 눈을 질끈 감고 체념한 그녀였다. 그런데.

　"이쯤이면 돼?"

　전혀 예상하지 못했던 방법으로, 손을 옷 안에 넣은 채 파스를 붙이는 태석이었다. 손가락 하나 닿는 느낌이 없었다. 오해한 자신이 너무 창피하다 못해 저질스럽게까지 느껴졌다. 등을 보이는 일보다 더 민망한 심정이었다.

　"아니, 좀만 더 오른쪽으로……."

　"여기?"

　"응."

　결국 아무 일도 일어나지 않은 채 무사히 파스 붙이는 일은 끝났다. 태석은 쓰레기를 한곳에 모아 손에 쥐고 쓰레기통으로 향했다. 그러다 시선이 절로 앨범을 향해 옮겨졌다. 물어볼까 하다가 오늘은 그냥 쉽게 하는 게 좋겠다는 생각에 말았다.

　"고마워."

"고맙긴. 내일은 그냥 쉬는 게 좋을 것 같은데, 무리하면서까지 같이 가지 않아도 돼."

"아니야. 이 정도 아픈 건 아픈 것도 아니거든. 적어도 열 배는 돼야 아, 내일 하루 쉴까 하는 생각이 들거든. 걱정 말고 일찍 와 주기나 해."

또다시 가슴이 먹먹해지는 그였다. 자신 때문에 쉬지 못하는 것 같아 남은 파스를 챙겨 들고 방문을 향해 걸음을 옮겼다.

"잘 가."

밖으로 나가려다가 자신을 향해 미소 짓는 사연을 보자 그냥 갈 수가 없었다. 아니 이대로 그냥 돌아가고 싶지 않았다.

"......!"

가슴이 시키는 대로 다시 사연의 곁으로 다가간 그는 작고 여린 체구의 그녀를 자신의 넓은 품 안으로 꼭 끌어당겼다.

"놀라게 했다면 미안해. 그냥, 아픈데도 쉬지 못하고 끝까지 일한 네가 멋있기도 하고 안쓰럽기도 해서 위로해 주고 싶었어. 갈게, 편히 쉬어."

아쉬운 눈으로 바라본 태석은 그대로 그녀의 집에서 나왔다.

"강태석."

가게로 향하려는데 익숙한 목소리가 자신을 불렀다. 누군지 보지 않아도 알 수 있을 것 같아, 일부러 무시한 채 계속 갈 길을 향해 걸었다. 혜미는 자신을 무시하는 태석을 향해 날카로운 목소리로 물었다.

"너 나한테 그렇게 하고 가 버리고선, 어떻게 지금까지 전화 한

통 없을 수 있어?"

　며칠 전 분식집에서 난동을 부리던 그녀를 끌어낼 때의 태석의 손길은 우악스럽기 그지없었다. 분식집에서 몇 걸음 떨어진 곳으로 나와 그가 손목을 풀어 주자 바로 따귀를 올렸지만, 방어하는 태석의 손이 더 빨랐다. 또다시 잡힌 손목에 고통을 호소한 그녀는 결국 병원을 찾아 치료까지 받았다.

　"치료비 받으러 온 거 아니면 돌아가. 아까 분명히 얘기했던 걸로 기억하는데. 이젠 여기 찾아오지 말라고."

　"그래. 그래서 그 약속 지키려고 온 거야."

　"무슨 소리야."

　"널 데려가야 내가 여기 오는 일이 없을 테니까."

　"너 정말……!"

　그때 혜미가 타고 온 차에서 다른 누군가가 또 내리고 있었다.

　"태석아."

　그는 바로 그녀의 아버지였다.

　"아저씨."

　"그만 돌아가자. 다음 주부터 그냥 출근해."

　"아저씨……. 고혜미, 장난 그만하고 얼른 아저씨 모시고 돌아가."

　태석은 진심으로 화를 내며 말했다. 그러나 그녀는 눈도 깜짝하지 않고 당당하기만 했다.

　"말했지. 나 가만 안 있을 거라고. 내가 말해선 안 들을 것 같아서 아빠한테 부탁했어. 그러니까 다시 우리 집에서 지내도록 해. 다음 주부터 아빠 회사에 출근하고. 다시 생각해 봤는데, 너랑 이런 쓰레기 같은 분식점은 어울리지 않아."

"쓰레기라니. 말 함부로 하지 마. 난 다시 너희 집으로 들어갈 생각 없으니까 제발 그만 좀 해."

화가 난 태석은 마음을 가라앉히고 현석의 앞으로 다가가 정중하게 말을 건넸다.

"죄송해요, 아저씨. 제가 남들이 인정할 만한 능력이 아무것도 없는데 어떻게 거길 들어가겠어요. 그러니까 아저씨도 혜미 어리광 그만 받아 주세요. 이게 우긴다고 해서 될 일은 아니잖아요. 아저씨 전부를 걸고 일으킨 회산데 그런 곳에 아무나 들여 일을 시킨다는 게 말이나 돼요? 제가 아니라 다른 사람이었어도 그러셨을 거예요? 아니잖아요."

태석은 답답함에 한숨을 내쉬었다. 그러곤 마음을 진정시킨 뒤 다시 말을 이어 나갔다.

"마음은 감사하지만 전 그냥 그 마음만 받을게요. 혜미 데리고 그만 돌아가 주세요. 그리고 다신 이렇게 찾아오지 마시고요. 바쁘고 피곤하신 분이 왜 이렇게까지 하셔야 하는지 정말 속상해서 드리는 말이에요. 그럼 조심히 가세요."

"잠깐. 잠깐만 태석아. 혜미야, 태석이한테 따로 할 말이 있어서 그러는데 먼저 차에 가서 좀 기다리렴."

혜미는 불만 가득한 표정으로 투덜거리며 차로 향했다. 태석의 어깨 위에 가만히 손을 얹은 그는 근심이 가득한 얼굴로 어렵게 입을 열었다.

"태석이 넌 정말 우리 혜미한테 마음이 없는 거니?"

"······죄송해요, 아저씨."

"아니다. 사실 처음부터 혜미가 일방적으로 널 좋아하고 있는 거란 걸 알고 있었어. 그런데 모른 척했던 이유는······. 너한테는 미안한 얘기지만 내 딸을 위해서 그랬단다."

태석은 그의 말이 조금 어렵게 들렸다. 계속 어깨를 다독거리며 어렵게 말을 잇는 그에게서 잠시도 시선을 돌리지 않았다.

"네가 우리 딸아이한테 마음이 없다는 걸 알고 사실 안심했단다. 너도 알다시피 우리는 집안에 대해서 신경을 써야 하는 사람들이니까. 우리 혜미는 이미 오래전부터 김 사장 아들이랑 혼인을 시키기로 약속되어 있었어. 그런데도 불구하고 내가 오늘 여길 온 이유는, 나중에 혜미한테서 원망을 듣지 않기 위해서야. 혜미를 위해 최선을 다했다는 걸 증명하기 위해서 말이다. ······실망스럽니?"

"아니요. 근데 조금 당황스럽긴 하네요."

"미안하구나. 마지막으로 부탁 하나만 해도 되겠니?"

"말씀하세요."

"태석이 네가 우리 혜미를 좀 도와줬으면 좋겠구나. 크게 상처받지 않고 마음 잘 정리할 수 있도록. 어려운 부탁인 거 알지만, 그게 부모 마음이니 꼭 좀 도와주길 바랄게."

그 말을 끝으로 태석의 어깨를 다시 다독거리곤, 무거운 걸음으로 차를 향해 돌아갔다. 한참 생각에 잠겨 있던 태석은, 문득 혜미가 안쓰럽게 여겨져 마음이 편치 못했다. 나중에 그 사실을 알게 되면 얼마나 큰 상처를 받게 될지. 어떤 게 혜미를 위한 것인지 알 수 없었다.

*

"내 님이 계신 곳에 나를 데려다 다오. 바람아, 바람아."

한밤중임에도 유난히 살랑거리는 봄바람에 가슴이 설렌 영숙은, 소주를 한 병 사 들고 집을 향해 걸어가고 있었다. 이미 취할 대로 취한 상태였지만, 아직 쓰러져 잠들 지경까지 간 게 아니라 한 병을 더 마시기로 한 것이다. 맨 정신으로는 도저히 잠을 청할 수가 없었다.

"아홋, 오빠······."

어디선가 들려온 야릇한 소리에 노래도 발걸음도 단번에 멈춰진 영숙이었다. 귀를 쫑긋하고 숨소리까지 죽인 채 소리에 집중했다. 그러나 그 소리는 다시 들리지 않았다. 그녀는 괜히 신경만 날카로워졌다.

다시 노래를 흥얼거리며 걷기 시작했다. 그런데 세 걸음도 채 떼지 못했는데 여인의 신음 소리가 다시 들려왔다. 바로 고개를 돌려 탐색에 들어갔다. 바로 앞에 창문이 반쯤 열린 집이 보였다. 영숙은 확신을 갖고 도둑고양이마냥 살금살금 창문 앞으로 걸어갔다. 살짝 들여다보니 그녀의 예상이 맞았다.

"에이씨."

집 안에 켜 둔 텔레비전 화면이 어두워질 때마다, 화면에서 나오는 불빛에 비춰진 두 사람의 모습이 보이지 않아 짜증이 솟는 그녀였다.

"거긴, 하지 마."

"좋으면서 왜 그래. 얼른 손 안 치우면 밤새도록 괴롭힐 거야."

여인의 다리 사이에 얼굴을 묻고 있는 사내에게 시선이 갔다. 터질 듯 튼실한 허벅다리가 그렇게 탐이 날 수가 없었다. 침이 절로 꿀꺽꿀꺽 넘어갔다.

야옹!

갑자기 울어 댄 고양이 때문에 그만 남자와 눈이 마주치고 만 그녀였다. 피해야 하는데 굳어진 채로 꼼짝도 할 수 없었다.

"아줌마, 뭐야!"

"어머!"

부끄러움에 이불을 끌어당겨 덮으며 여인은 몸을 숨기는 데 바빴다.

"거기 딱 기다려!"

화가 난 남자가 자리에서 일어서자 그제야 고래고래 소리를 지르며 줄행랑을 쳐 대는 영숙이었다. 그 와중에도 손에 든 소주병은 놓치지 않은 채 꼭 붙들고 있었다.

"엄마야! 죄송해요. 살려 주세요. 정말 죽을죄를 졌습니다. 일부러 보려고 해서 본 게 아니라……."

"왜 그래, 영숙이."

누군가 뒤에서 어깨를 붙들자 싹싹 빌며 닭똥 같은 눈물을 뚝뚝 흘리는 영숙은, 익숙한 목소리에 말을 멈추고 천천히 돌아섰다. 기태였다. 목소리를 듣고 눈으로 확인까지 했지만 믿기지 않아 다시 들여다봤다.

분명 기태가 맞았다. 꿈인지 생신지 구분은 안 갔지만, 일단 남자에게 잡힌 게 아니라는 사실에 안도의 숨이 절로 나오는 그녀였다.

"기, 기태 씨?"

"그래, 나야 영숙이."

"기태 씨. 기태 씨! 흑흑."

목을 조르듯 꼭 끌어안은 그녀는 펑펑 눈물을 쏟아 대기 시작했다.

"이 시간에 어쩐 일이에요. 한 번도 늦은 밤에 돌아온 적은 없었잖아요."

"보고 싶어서 견딜 수가 있어야지."

기태의 말에 아이처럼 엉엉 울어 대며 절대 떨어지지 않는 그녀였다.

"이 아줌마가 미쳤나! 이거 안 놔? 누굴 죽일 작정이야? 컥."

"······!"

취기가 오를 대로 오른 그녀가 지금껏 기탠 줄로만 알고 끌어안고 있었던 사람은 다름 아닌 조금 전 그 남자였다.

"기태 씨? 기태······ 기태 씨!"

그가 사라졌다는 생각에 불안해진 영숙은, 남자를 밀치고 기태를 찾아 달리기 시작했다.

"아줌마, 일로 안 와? 컥, 컥."

❋

사연은 평소보다 일찍 일어났다. 태석의 정성으로 인해 다행히 컨디션은 좋았다. 파스 때문인지 포옹 때문인지는 알 수 없지만 말이다. 일찍이 가게 문을 열고 청소를 시작했다. 중간중간 팔이 욱신거리긴 했지만 견딜 만했다.

먼지를 모조리 털어 내고 바닥을 쓴 뒤 바로 가스 불을 켰다. 이른 시간이었지만 그녀는 서둘렀다. 10시 안엔 모든 걸 끝내야 맞춰서 갈 수 있기 때문이다.

힘껏 들어 올려 쏟아부은 물에 고추장을 풀었다. 십 년째 해 온 일이지만 그녀는 이 시간이 가장 좋았다. 오늘은 또 어떤 손님과 이 음식을 나눌 수 있을지 생각하면 뿌듯하고 행복했다. 각종 양념을 더한 뒤 국물이 보글보글 끓어오르자, 작은 손으로 잡을 만큼 쥐어 든 떡을 고루고루 넣기 시작했다.

맛 좋은 냄새에 떠돌이 강아지 한 마리가 살랑살랑 꼬리를 치며 다가왔다. 사연의 앞에서 코를 킁킁거리며 하나만 던져 달라는 간절한 눈빛을 보냈다. 웃기만 하고 무시하자 앞발을 들어 더욱 끙끙거리기 시작했다.

"이거 너 못 먹는 거야. 배고파?"

사연의 말을 알아듣기라도 한 듯 멍멍 짖어 대기 시작한 강아지였다. 안쓰러움에 매운 떡볶이 대신 강아지가 먹을 수 있을 만한 걸 찾아 두리번거렸다. 방금 전에 찜기에 올려 둔 순대가 눈에 들어왔다.

기다리라고 하기엔 강아지 배가 너무 고파보였다. 간을 조금 꺼내 든 그녀는 따로 끓는 물에 삶아 김이 모락모락 피어나는 것을 도마 위에 올려놓았다. 냄새를 맡고 더욱 흥분한 개는 가게 안으로 들어오려 발을 넣었다 빼기를 계속 반복하고 있었다. 마음은 굴뚝 같으나 차마 들어오진 못하는 것 같았다.

강아지가 먹기 좋은 크기로 금세 자른 것을 그릇에 담아 물과 함께 밖에 놓아 주었다. 배가 많이 고팠는지 뜨거운 걸 허겁지겁 먹어 대는 강아지를 보자, 흐뭇하기도 하고 불쌍하기도 했다.

마저 떡을 넣고 그 위에 어묵을 올린 그녀는 맛과 빛깔을 더하기 위해 물엿을 부었다. 확실히 더 보기 좋은 색을 띠었다. 마지막으로 파를 뿌리고 불을 줄이자 온 동네에 참을 수 없는 냄새가 퍼져 지나가는 사람들을 감칠맛 나게 자극시켰다.

"사연아."

"어, 아줌마."

약속한 시간은 아홉 신데 은숙은 두 시간이나 빨리 나왔다. 불을 최대한 줄이고 테이블로 걸어가 앉아 어묵을 꽂기 시작했다. 몇 번 도와준 적이 있는 은숙의 손도 자연스레 그녀를 돕고 있었다.

"가게는요."

"우빈이가 보고 있어."

"그래도 밥값은 하네."

사연의 말에 고개를 끄덕이며 미소로 대답을 대신한 은숙이었다.

"집이 좁아 불편해서 그렇지, 얼마나 도움이 되는데. 상 차리는 것부터 설거지까지 자기가 다 할라고 나선다니까."

"애가 좋아 보이더라고요. 성격도 괜찮고 눈치도 있고 어디 가서 밥은 안 굶고 다니겠어요."

"맞아. 근데, 날 왜 찾은 거야? 일요일은 원래 장사 안 하지 않아?"

뒤늦게 눈치를 차린 그녀는 의아해하는 얼굴로 사연을 보며 물었다.

"태석이가 급식 봉사 같은 걸 하고 있었나 봐요. 떡볶이 싫어하는 사람 없으니까 좀 보탬이 되지 않을까 싶어서 나왔어요."

"그래? 그 청년 사람 좋아 보이더니. 생긴 대로 논다는 말이 괜히 있는 게 아니라니까. 둘은 정말 천사다, 천사야. 그러지 말고 그 청년이랑 잘해 보지 그래? 내가 보기엔 천생연분인데."

은숙의 말에 금세 얼굴이 달아오른 그녀였다. 천생연분이라니 이보다 더 좋은 칭찬이 또 있을까 싶었다. 그때 호랑이도 제 말 하면 온다고 태석이 가게 안으로 들어섰다. 오늘도 역시나 그의 차림은 청바지에 티셔츠였다. 인사를 건네고 자연스레 손을 씻은 그는 살짝 졸아든 떡볶이를 주걱으로 젓기 시작했다.

"앞치마 하고 해. 국물 다 튄다."

"응."

듬직한 태석의 등을 흐뭇하게 바라보고 난 사연이 다시 은숙에게로 선을 옮겼다.

"다른 게 아니라, 아줌마. 내가 우빈이랑 태석이 재 끼고 살라는 데 좀 허락해 줬으면 해서요."

은숙은 예상하지 못했던 말에 눈이 휘둥그레졌다. 좁은 집에서 방도 없이 눈치 보며 지내는 조카가 너무 가슴이 아픈 그녀였다. 방이라도 한 칸 얻어 줄 능력이라도 되면 좋을 테지만 것도 안 돼서 속상하고 미안했다.

그렇지만 일을 하게 해 준 것만도 고마운 사연이 방까지 내준다고 하니, 무슨 말을 건네야 할지 머릿속이 하얀 백지장 같았다. 그저 말없이 눈물만 글썽이고 있는 그녀의 거친 손을 사연이 따뜻하게 잡아 주었다. 듣지 않아도 그 마음이 어떤 건지 대충 알 수 있을 것 같았다.

"아무리 내 조카라지만 여자 혼자 사는 집에 그러면 안 되는 건데, 사연아. 나, 괜찮다는 말이 안 나온다. 사람이 이렇게 이기적인 동물이야. 몰랐는데 나도 정말 속물인가 보다."

흘러내린 눈물을 들어 올린 팔에 닦아 내며 미안한 마음을 전한 그녀였다. 사연의 눈시울도 어느새 붉어져 있었다. 듣고 있던 태석의 가슴도 점점 아려 왔다. 다시 한 번 사연의 심성에 감동받은 그였다.

"태석이는 오늘 들어오기로 했으니까, 아줌마가 우빈이한테 잘 얘기해서 편할 때 들어오라고 대신 좀 전해 줘요. 내가 직접 말하는 것보다 아줌마한테 듣는 게 덜 부담일 것 같아서."

"그래 그럴게. 정말 고맙다, 사연아. 총각, 앞으로 우리 사연이랑 우빈이 잘 좀 부탁해요."

"예? 아, 예."

부탁이라는 말에 어쩐지 부끄러워진 그였다. 사연을 자신에게 믿고 맡기겠다는 말이 아닌가. 참으로 듣기 좋은 말이었다. 어느새 뜨겁게 달아오른 튀김기에 반죽을 입힌 고구마를 조심스레 넣기 시작한 그였다. 깨끗한 것부터 튀겨야 한다는 사연의 말을 그대로 기억하고 있었다. 그사이 은숙은 가게로 돌아갔고, 사연은 어묵을 마저 꽂은 뒤 육수에 넣었다.

둘만 남겨지자 다시 고요해졌다. 한참을 바쁘게 일하던 두 사람은, 사연의 갑작스런 움직임에 서로의 몸이 스쳤다. 누가 먼저랄 것도 없이 서로 시선을 마주했다. 순식간에 불이 오르듯 온몸이 뜨거워짐을 느끼자, 그들은 황급히 시선을 피했다.

"얼른 꺼내 타겠다."

"어? 어."

사연은 자신이 너무 들이대는 것처럼 보일까 두려웠고, 태석은 그대로 더 있다간 안고 싶은 마음을 참아 내지 못할 것 같았기 때문이다.

"대표님께 말씀은 드렸어?"

"아니, 계속 전화를 안 받으시더라고. 그냥 가도 될 것 같아."

"그래. 실례되는 건 아니겠지?"

"나누면 나눌수록 좋은 건데, 실례는 무슨."

어느 정도 준비가 끝나자 떡볶이를 포장하기 시작한 사연이었다.

"근데 이걸 어떻게 다 스쿠터로 가져가지? 콜택시 불러야 하나."

태석의 말을 듣자 어깨에 잔뜩 힘이 들어간 사연이 얼굴에 미소를 지은 채 입을 열었다.

"나 차 있는데?"

"그래?"

"응. 끌고 다닐 일도 없고 또 기름값 때문에 무서워서 장식품처럼 모셔 뒀을 뿐이지 있긴 있어."

"야, 구사연. 이제 보니 준비된 신붓감이네."

태석의 말에 의기양양해진 그녀였다. 집에서 차 키를 가져온 사연은 태석에게 건네주고 다시 하던 일을 서둘렀다. 그사이 태석은 간단한 조리도구를 챙겨 차 트렁크에 실었다.

손발이 척척 맞은 덕에 일은 순조롭게 진행되었다. 마지막으로 뒷정리를 하고 가게 문을 닫은 두 사람은 서둘러 차로 향했다. 태석의 옆자리에 앉아 있자니 여간 심장이 두근거리는 게 아니었다. 물론 봉사하러 가는 것도 좋지만, 둘이 여행을 떠나는 중이라면 얼마나 더 기쁘고 행복할까 하는 생각이 들었다.

"뭐가 그렇게 좋아?"

그와 여행을 떠나는 생각을 하며 혼자 상상에 잠겨 있던 그녀는, 아까부터 계속 피식피식 웃어 대고 있었다. 태석의 물음에 괜히 민망해진 탓에 고개도 제대로 들지 못하고 한참을 죄인처럼 숙이고 간 사연이었다.

"도착하려면 아직 멀었어?"

"자는 거 아니었어?"

고개를 숙이고 있기에 잠든 줄 알았던 태석은 사연의 말에 약간 당황한 듯 놀란 표정을 지었다.

"그냥 있었어."

"다 왔어. 저기야."

오래 걸리지 않아 도착한 곳은 주변에 낡고 허름한 집들이 다닥다닥 붙어 있는 작은 동네의 학교였다. 그곳에선 이미 많은 봉사자들이 분주하게 움직이고 있었다. 모두 같은 모자에 같은 옷, 같은 앞치마를 두르고 있었다. 여행을 떠나는 일보다 더 뜻 깊은 일이 될 것 같아 기분이 좋아진 사연이었다. 서둘러 차에서 내린 그는 트렁크를 열고 짐을 내렸다.

"뭘 바란 거냐."

태석이 문을 열어 주려고 급하게 내린 걸로 착각한 그녀는 얼굴이 잔뜩 일그러진 채로 안전벨트를 풀었다. 그러곤 신경질적으로 차에서 내려 태석의 곁으로 다가갔다. 그런 그녀의 마음을 아는지 모르는지 태석은 그저 자신의 일에만 집중할 뿐이었다.

멀리 보이는 대표의 모습에 환한 얼굴을 한 그는 고개를 숙여 인사를 건넸다. 태석을 본 대표도 손을 흔들며 반갑게 맞아 주었다.

"잠깐. 저분이 대표님이셔?"

거리가 멀어 잘 보이진 않았지만, 언뜻 어디서 많이 본 사람 같은 느낌이 들었다.

"응, 왜?"

"아…… 아니야."

"같이 가서 인사하고 말씀드리자."

"그래."

태석을 따라 천천히 걸음을 옮기기 시작한 그녀였다. 가까이 가면 갈수록 더욱 인상이 낯설지가 않았다. 뒤늦게 자신을 보게 된 대표 또한 살짝 움찔했던 것 같았다.

"인사드려, 우리 행복 나눔 어린이 재단 대표님이셔. 음. 우리 대표님, 가정 형편이 어려운 아이들을 위해 꾸준한 무료급식 봉사와 어린이들이 직접 참여해서 더욱 의미가 있는 바자회 같은 계획을 많이 세우시고, 그런 아이들 키우느라 힘드신 어르신들을위해 많은 노력을 하시는 좋은 분이야. 내가 무척 존경하는 분이시기도 하고."

태석의 말을 듣는 내내 자신의 눈치를 보는 듯한 대표를 사연은 의심의 눈초리로 바라보고 있었다.

"사연이 너도 알다시피 나 대학도 다니지 못하고, 하루에 몇 개 씩 아르바이트 하면서 힘들게 지냈잖아. 그렇게 시간을 보내다 보니, 나처럼 어려운 형편 때문에 꿈을 포기해야 하는 아이들이 없었으면 하는 마음이 들더라고. 그래서 그 아이들을 위해 내가 뭘 도울 수 있는 게 없을까 알아보다가, 대표님 재단 무료급식 봉사에 참여하게 됐어."

"그렇구나. 안녕하세요, 태석이 친구 구사연이라고 합니다."

"아, 예. 반갑습니다."

목소리가 떨리는 것도 눈을 제대로 보지 못하는 것도 모두 의심스러웠다. 이제 어디서 봤는지만 기억해 내면 되는데 도무지 생각이 나지 않았다. 태석이 대표와 이야기하는 동안 사연은 열심히 머리를 쓰고 있었다.

"저, 실례지만 혹시 저 아세요?"

"아니요."

어색한 웃음으로 대답하는 그였다.

"아는 것 같은데."

"모릅니다. 그나저나 저희와 함께 봉사를 해 주신다니 정말 감사합니다. 무리하지 마시고 할 수 있는 선에서만 최선을 다해 주시기 바랍니다. 무엇보다 아이들을 정말 사랑하는 마음으로 임해 주셨으면 좋겠네요."

"……기태 아저씨? 맞죠, 기태 아저씨."

"사연이 네가 우리 대표님 성함을 어떻게……."

"자자, 늦었는데 서두릅시다. 형제님은 자매님이랑 같이 분식 담당을 좀 해 줘요."

"네."

대표가 서둘러 자리를 피하자 사연은 끝까지 기태의 이름을 부르며 그를 난감하게 했다. 덩달아 민망해진 태석은 겨우 그녀를 진정시키고 준비해 온 음식들을 자리에 옮기기 시작했다.

가스 불에 떡볶이며 어묵을 올리고 데우자 금세 맛있는 냄새가 퍼져 나가 진동을 했다. 그러자 학교 운동장 한쪽에 마련한 커다란 천막 아래에 모인 아이들 모두의 관심이 쏟아지기 시작했다.

도마 위에 순대를 놓고 열심히 썰기 시작하자 멀리서 달려오는 아이들의 해맑은 모습이 보였다. 일찍 부모님을 잃고 혼자가 됐을 때가 떠올라 가슴이 먹먹해진 그녀였다. 튀김을 바삭하게 튀겨 낸 태석은 어느새 달인이 되어 있었다. 물론 십 년 경력을 따라오려면 멀었지만, 솜씨가 남자 같지 않고 야무졌다.

도시락은 받지 않고 줄도 엉망으로 선 채로 서로 떡볶이만 받으려 하자, 아이들의 안전을 담당하는 몇몇의 대학생 친구들이 나서서 아이들을 타일렀다. 한 번도 이런 적이 없었다던데. 늘 시키지 않아도 알아서 줄을 서고 얌전히 순서를 기다리던 착한 아이들이었다는 말도 들었다. 고생하는 친구들을 보며 괜히 온 게 아닌가 하는 생각 때문에 미안한 마음이 든 사연이었다.

"니들 줄 똑바로 안 서면 이거 내가 다 먹어 버릴 거야!"

사연의 큰 목소리에 바로 집중을 하는 아이들이었다.

"거짓말! 그 많은 걸 어떻게 누나 혼자 다 먹어요?"

한 아이가 입을 삐죽거리며 말하자 사연은 얼굴에 미소를 지었다.

"그래. 누가 봐도 이건 혼자 다 먹지 못할 만큼 많은 양이야, 그렇지?"

"네!"

"너희들 충분히 다 먹고도 남을 만큼 넉넉히 만들었으니까, 걱정하지 말고 우리 바로 줄 서서 예쁘게 기다리자. 응?"

"네!"

그제야 안심을 하고 한 목소리가 되어 대답하는 아이들이었다. 어떻게 아이들의 마음을 읽은 건지 태석은 그저 놀라울 뿐이었다. 물어보려 했지만 기다리는 아이들이 우선이기에 뒤로 미뤘다. 어느새 아이들은 그녀의 말대로 얌전히 줄을 서서 자신의 순서를 기다리고 있었다.

"자, 너도 맛있게 먹어."

"네. 고맙습니다."

예쁘게 인사하며 고사리손으로 음식을 받아 가는 아이들을 보니, 너무 기쁜 나머지 가슴이 벅차오르는 그녀였다. 그런 사연의 모습을 지켜보며 태석은 내내 설레고 있었다. 함께할 수 있어 더욱 뜻깊고 감사한 시간이었다. 그런데 그때 유난히 어두운 표정을 짓고 있던 한 여자아이가 음식을 받고도 돌아가지 않은 채 한참을 사연의 얼굴만 올려다보고 있었다.

"꼬마야, 왜 그래?"

"저…… 하나 더 주면 안 돼요?"

큰 눈망울을 끔뻑거리며 아이는 어렵게 입을 열었다. 태석은 몹시 난감해했다. 봉사를 시작하기 전 들었던 규칙 사항에 어떠한 상황에서도 평정심을 잃지 않고 공평한 자세로 임해야 한다는 것이 적혀 있었기 때문이다. 사연의 생각도 같았다. 이 아이에게 음식을 더 건네주면, 다른 아이들도 더 달라며 달려들 게 분명했기 때문이다.

"미안하지만 그럴 수 없을 것 같아, 꼬마야."

사연은 진심으로 미안해하며 아이의 눈높이에 맞게 자세를 낮추고 말했다. 그때 뒤에 있던 한 아이가 슬그머니 줄에서 빠지며 사연의 곁으로 걸어왔다. 귓속말을 원하듯 자신을 향해 손짓을 하자, 얼른 몸을 움직여 그 아이에게 귀를 대 주었다.

"제가 먹을 거 수현이 주세요. 전 안 먹어도 괜찮아요."

아이는 누가 들을까 소곤소곤 그녀의 귓속에 조용히 속삭였다. 부끄러움에 온몸에 소름이 오르고 가슴이 저리기 시작한 그녀였다. 사연이 아무 대답이 없자 아이는 또다시 작은 입을 가만히 열었다.

"수현이는 할머니랑 동생이랑 살아요. 그런데 할머니는 아프고 동생은 다리를 다쳐서 걸을 수가 없어요. 그래서 같이 못 왔어요. 그러니까 제가 먹을 거 수현이한테 주세요."

사연은 금방이라도 눈물이 쏟아져 내릴 것 같았다. 그러나 그래

선 안 된다는 생각에 이를 악물고 참았다. 아이의 사연은 알려고 하지도 않은 채 무조건 설득하려고만 했던 자신이 부끄러웠다. 이 상황을 어떻게 해야 할지 몰라 난감했다.

"꼬마야, 가서 먹고 다시 와. 그때 조금 더 줄게."

그녀를 대신해 버티고 서 있던 아이를 태석이 다시 타이르자, 아이는 닭똥 같은 눈물을 뚝뚝 떨어뜨리며 집으로 돌아갔다. 다들 테이블에 모여 앉아 음식을 먹으며 장난을 치느라 바빴는데, 그 아이만 집으로 향하는 걸 보니 더 이상 눈물을 참기가 어려워진 사연이었다. 분명 자신은 먹지 않고 동생과 할머니에게 양보할 게 눈에 선했기 때문이다.

"꼬마야, 누나한테 수현이네 집이 어딘지 좀 알려 줄래?"

"바로 저기예요."

아이가 가리키는 곳을 따라 시선을 옮기자, 수현이가 낡고 허물어진 집으로 들어가는 게 보였다.

우여곡절 끝에 봉사를 마치고 다들 정리를 하느라 분주했다. 어느 정도 정리가 끝나자 뒤늦은 식사를 시작한 봉사자들은, 모두 사연의 떡볶이를 맛보고 한 마디씩 칭찬을 하느라 바빴다. 사연은 가만히 있는데 태석이 더 신나서 열심히 분식집 위치를 설명해 주었다.

"먼저 차에 타 있어. 나 잠깐 어디 좀 들렀다 올게."

"어디 가는데? 또 대표님한테 기태 아저씬지 누군지 그분 맞냐고 물어보고 오려고? 이름은 같지만 아니라고 하시잖아. 그리고 네 말대로라면 대표님이 떠돌이여야 하는데 저분이 어딜 봐서 그럴 사람으로 보여."

태석의 말대로 대표는 기태와 달리 너무나 점잖고 말끔한 신사였다.

"그거 확인하려고 그러는 거 아니니까 걱정 말고 먼저 가 있어."

서둘러 걸음을 옮긴 사연은 근처 시장을 찾아갔다. 슈퍼에 들어가 과자며 음료수 등 먹거리를 담는 손길이 점점 빨라졌다. 정육점에 들러 삼겹살도 사고 마지막으로 쌀까지 샀다. 어지간해서는 카드를 사용하지 않는 그녀였지만 오늘은 모두 일시불로 계산했다.

양손 가득 무거운 짐을 들고 가벼운 발걸음으로 향한 곳은 다름아닌 수현이네 집이었다. 녹슨 철문을 두드리자 맑고 청아한 아이의 목소리가 들렸다. 고사리손으로 힘겹게 문을 열어 준 아이는 사연을 보자 금세 얼굴을 붉혔다. 조금 전 일이 다시 생각난 모양이다.

"짠!"

활짝 웃으며 들고 있던 짐을 보이자 아이의 얼굴에 궁금증이 피어올랐다. 슬그머니 고개를 들어 살피는 모습이 매우 사랑스러워보였다.

"떡볶이는 맛있게 먹었니?"

"……."

대답을 못 하는 걸 보니 그녀의 예상대로 아이는 먹지 못한 것같았다. 그러고 보니 초등학교 오 학년은 돼 보이는데 너무 말랐다.

"괜찮으면 잠깐 들어가도 될까? 할머니랑 동생도 만나보고 싶은데."

"따라오세요."

사연은 기운 없는 아이의 걸음을 따라 움직였다. 불도 켜지 않은 채 할머니와 동생은 나란히 누워 있었다. 주위를 둘러보다 상 위에 놓인 접시가 눈에 들어왔다. 깨끗하게 비워진 접시 옆엔 젓가락과 숟가락이 두 개씩만 놓여 있었다.

잠든 할머니와 동생을 깨우기가 미안해서 다시 수현이만 데리고 나왔다. 일어나면 놀라게 될 할머니를 생각해 메모지에 편지를 적어 내리기 시작했다.

"부모님은 안 계시니?"

"……네. 돌아가셨어요. 할머니는 시장에서 야채를 파셨는데 몸이 안 좋아지셔서 이제 아무것도 못하세요."

"그럼 빨래며 밥은 어떻게 하니?"

"학교 끝나고 와서 제가 해요. 그리고 일주일에 한 번씩 도와주러 오는 분들도 계시고요."

"그래. 저기, 수현아."

아이는 대답 없이 가만히 사연을 올려다보았다.

"아까는 이모가 정말 미안했어. 용서해 줄래? 그리고 이건 너무 미안해서 주는 선물이야. 뭘 좋아할지 몰라서 이것저것 샀는데 맛있게 먹어 줬으면 좋겠어. 이모도 부모님이 계시지 않아. 그래도 수현이 넌 할머니랑 동생이라도 있지, 이모는 아무도 없이 혼자야."

"……정말요?"

"응. 그래도 난 이렇게 씩씩하다? 그러니까 수현이 너도 절대 약해지지 말고 건강하고 씩씩하게 잘 지냈으면 좋겠어. 여기 메모지에 이모 전화번호 적어 놨으니까 먹고 싶은 게 있다든지 아니면 고민이 있다든지 할 때 언제든 전화해. 알겠지?"

"정말 그래도 돼요?"

"그럼."

태석이 하듯 아이의 머리에 손을 얹은 사연은 머리카락을 가볍게 헝클이며 미소를 보였다. 그렇게 아이와 인사를 하고 헤어진 그녀는 서둘러 걸음을 옮겼다.

다행히 대표는 아직 봉사활동을 하던 그 자리에 있었다. 서둘러 달려가 그의 앞에 선 사연은, 차오르는 숨을 몰아 내쉬며 다급히 입을 열었다.

"영숙 아줌마한테는 비밀로 할 테니까 빨리 대답해요. 기태 아저씨 맞죠?"

"……."

봉사가 무사히 마무리된 걸 확인하고 돌아가려던 기태는, 다짜고짜 묻는 사연의 물음에 얼굴을 굳힐 뿐 아무런 대답도 하지 못했다.

"밝히기 싫으면 말아요. 뭐, 사정이 있겠죠. 그건 그렇고 수현이라는 아이 후원하고 싶은데 어떡하면 돼요?"

대답 대신 지갑을 열어 명함을 내미는 그였다.

"이쪽으로 전화하면 친절히 상담해 줄 거예요. 오늘 너무 고마웠어요."

"앞으로 쭉 할 거니까 빨리 생각 돌려서 밝히시는 게 좋을 거예요. 대표님이 직접 나와서 봉사에 참여하시는 모습 참 보기 좋았어요. 그럼 안녕히 가세요."

엄지손가락을 치켜세우며 인사를 건넨 사연은 서둘러 태석에게로 달려갔다. 에너지 넘치는 사연의 모습에 지그시 미소를 지은 대표도 그제야 걸음을 옮기기 시작했다.

구가네 분식으로 돌아가는 차 안. 모든 긴장이 풀린 탓인지 자꾸만 눈이 감기는 사연이었다. 그런 그녀가 신경 쓰여 태석은 제대로 운전을 할 수가 없었다. 안전한 곳에 차를 세우고 잠들 듯 말 듯 하는 그녀의 머리를 좌석에 기대어 주었다. 자세가 편안해지자 그제야 제대로 잠을 청하는 그녀였다.

잠든 얼굴을 가만히 들여다보았다. 속눈썹이 이렇게 긴 줄 몰랐었는데, 참 예쁘다는 생각이 들었다. 하얀 피부도 얇은 입술도 다 사랑스러웠다.

한참 들여다보고 있자니 입을 맞추고 싶은 생각이 밀려들었다. 안전벨트까지 풀고 서서히 다가가기 시작한 그는 긴장이 되어 코앞에서 잠시 멈추게 되었다. 사연의 눈꺼풀이 파르르 떨리는 걸 보니 깨어난 모양이었다.

인기척이 느껴져 잠에서 깬 사연은 그의 행동을 눈치채자 숨이 가빠지고 머리가 어지러워지기 시작했다. 마치 머릿속이 백지장이 된 것처럼 아무 생각도 들지 않았다. 그의 얼굴이 다시 움직이기 시작하자, 눈을 질끈 감고 주먹을 꽉 쥔 채 온몸에 힘을 주었다.

마른 입술이 자신의 입에 살포시 닿았다. 심장이 멎을 것만 같았다. 세상의 모든 소리가 지워지고 태석과 자신을 위한 아름다운 종소리만이 '딸랑딸랑' 울리고 있었다.

살짝 벌어진 입술 사이로 태석의 혀가 침범하고 들었다. 굳은 혀를 어찌할지 몰라 멍하니 있는데 혼자서 열심히 입안 곳곳을 훑고 다녔다. 혀를 잡힌 사연은 감은 눈을 더 꼭 감고, 그의 움직임에 따라 천천히 혀를 감기 시작했다. 온몸에 전율이 흐르게 한, 아주 짜릿하고도 감격스런 첫 키스였다.

입술을 떼자 어색함이 밀려들었다. 사연은 진도가 조금 빠른 게 아닌 가 하는 생각에 살짝 걱정하는 마음이 들기도 했다. 그러나 상대가 태석이기에 후회 되진 않았다. 그렇게 이런저런 생각을 하며 창문만 바라보며 한참을 말없이 가는데 손에 뭔가 따뜻한 것이 잡혔다.

궁금해진 사연은 천천히 고개를 돌려 내려다보았다. 태석의 손이었다. 굉장히 크고 거칠고 따뜻했다. 이럴 줄 알았으면 핸드크림이라도 바를걸. 후회스러웠다.

그래서인지 아니면 떨려서인지 것도 아니면 어찌해야 할지 몰라서 인지, 그의 손을 같이 잡고 싶었지만 손에 힘을 줄 수가 없었다. 그래도 기분은 좋았다. 그 순간 갑작스럽 키스를 걱정했던 마음이 눈 녹듯 사라졌다. 사랑을 표현하는데 시기가 중요한 게 아니라는 걸 알게 되었다. 창문을 열었다. 싱그러운 봄바람이 머리를 흩날리자 가슴은 더없이 설레었다. 금방 깨져 버릴 꿈이래도 마냥 좋을 것만 같았다.

❋

"뭐야. 꼴에 일요일이라고 장사 안 하고 쉬는 거야?"

사연을 찾아온 혜미는 가게 문이 닫힌 걸 보곤 약이 바짝 올랐다. 홧김에 씩씩거리며 연방 발로 닫힌 문을 차 댔다. 그래도 분이 풀리지 않아 주위를 살폈다. 널려 있는 돌을 보자 큰 걸로 하나 들어 올렸다. 돌을 든 두 팔을 어깨 뒤로 넘겨 힘껏 던지려고 준비 동작을 취하는데 갑자기 팔이 꿈쩍도 하지 않았다.

"뭐야."

위를 올려 보니 시커멓고 커다란 손이 돌을 잡고 있었다. 고개를 살짝 더 젖혀 보니 웬 남자 얼굴이 보였다. 순간 놀란 그녀는 균형을 잃고 뒤로 넘어갔다. 다행히 그의 가슴팍에 부딪혀 다치진 않았다.

"차렷합니다, 실시."

남자는 바로 우빈이었다. 운동을 하고 돌아오는 길에 우연히 그녀의 행동을 보게 된 것이다.

"뭐야, 너."

"……!"

혜미와 제대로 눈을 맞추고 선 우빈은 넋을 잃은 사람처럼 멍해졌다. 자신의 가슴에 안겨 있는 그녀는 하늘에서 천사가 내려온 듯 너무 예쁘고 아름다웠다.

"……다, 당장 제 가슴에서 떨어집니다, 실시."

민망한 얼굴로 자세를 바로 한 그녀는 돌을 빼앗긴 채로 멋쩍게 서 있었다. 붉어진 얼굴을 손으로 부채질해 가며 달랜 우빈은, 다시 평정심을 되찾고 입을 열었다.

"무슨 사연으로 그런 건지 고백합니다, 실시."

"그쪽이랑 상관없는 일이니까, 신경 끄고 가던 길이나 가요."

"대답 안 합니까? 지금 하려던 행동이 범죄라는 사실을 알면 빨리 대답합니다."

"그럴 만하니까 그러는 거예요."

이유는 알 수 없었지만 혜미는 이상하게 대답을 해야만 할 것 같았다. 근데 가만히 생각해 보니 꼭 혼나는 기분이 들어 살짝 기분이 언짢아진 그녀였다. 물론 지은 죄가 있긴 하지만, 자기 가게도 아닌데 왜 이렇게까지 하나 싶은 마음에 몹시 불쾌했다.

지금껏 누구도 자신을 혼내거나 꾸중한 일은 없었다. 던진 것도 아니고 던지려고 했던 건데, 그런 걸로 이렇게까지 당할 이유는 없을 것 같아 무시한 채 그냥 돌아섰다.

"어디 갑니까. 섭니다. 안 섭니까?"

"어, 어어!"

쿨 하게 가려다 똥머리를 잡히고 만 그녀는, 행여나 머리가 헝클어질까 뒷걸음질하며 당기는 대로 따라갔다. 화를 낼 정신도 없이 머리 상태를 확인하느라 바빴다.

"당장 사과합니다."

"이봐요. 이 머리가 얼마짜린 줄 알아요?"

초강력 왁스 덕분에 다행히 머리 상태는 양호했다.

"미, 미안합니다. 급해서 저도 모르게 그만. 가발입니까? 머리가 없는 줄 몰랐습니다."

"뭐예요? 이거 내 머리 맞거든요?"

"아, 그렇습니까? 다행입니다. 그럼 됐고, 빨리 사과합니다. 실시."

"뭐야, 안 믿는 거야? 허, 이거 진짜 내 머리 맞다니까? 다시 잡아 봐요. 자."

머리를 들이대자 또다시 가슴이 뛰기 시작한 우빈이었다. 황급히 손가락으로 밀어 멀리 떨어트려 놓은 그는, 가쁜 숨을 몰아쉬며 스스로를 진정시켰다.

"바쁘니까 빨리 사과하고 돌아갑니다, 실시."

"자꾸 무슨 사과를 하라는 거예요?"

"가게에 돌을 던지려고 했으니까 가게를 향해 사과합니다, 실시."

"지금 제정신이에요?"

"112 누릅니다. 딱 삼 초 줍니다."

혜미는 어이가 없어서 콧방귀를 뀌고 있는데 이 남자가 갑자기 핸드폰을 꺼내 들었다. 요즘엔 잘 쓰지도 않는 폴더를 여는 얼굴이 비장했다. 괜히 꺼내는 말 같지 않은 느낌에 혜미가 주춤했다.

"무슨 가게에 사과를……."

"삼."

"이따 주인 오면 주인이랑 얘기할 테니까, 그쪽은 그만 신경 끄고 갈 길이나 가요."

"이."

"아, 정말 왜 그래요? 창피하게."

"일."

"아, 짜증나. 알았어요, 알았어! 하면 될 거 아니에요. 미안합니다."

우빈의 손가락이 숫자 버튼에 닿으려 하자 서둘러 가게를 향해 사과를 하는 혜미였다.

"고개 팍 숙여서 정중히 합니다. 일 초 줍니다, 실시."

그는 잠시라도 더 천사 같은 그녀를 보고 있고 싶었다. 작은 요정이 눈앞에서 왔다 갔다 하는 것 같은 게 참으로 예쁘고 사랑스러웠다. 반면 혜미는 미래식품 회장 딸로서 이런 일로 경찰서를 드나들 수는 없기에 미칠 노릇이었다.

"일."

"미안합니다. 됐죠……!"

"고혜미, 너 여기서 뭐 해?"

때마침 도착한 사연과 태석은 가게 앞에 대고 인사를 하는 혜미를 보며 고개를 갸우뚱거리고 있었다. 그녀는 너무 창피해서 꼼짝도 할 수가 없었다. 그런 모습을 보인 것에 자존심이 상했다. 이대로 땅이 꺼져 버렸으면 하는 심정이었다.

"애 앞에서 뭐 하는 거야."

"애라니, 누구. 이 사람 얘기하는 거야?"

"그래. 너보다 일곱 살이나 어린 애거든. 근데 진짜 뭐 한 거야?"

"그럼, 이만 가 보겠습니다."

혜미의 따가운 눈초리가 느껴지자, 우빈은 서둘러 걸음을 옮기기 시작했다. 억울하고 분해서 이대로 집으로 돌아갔다간 잠도 못 잘 것 같았다. 정강이라도 한 대 걷어차 줄 생각으로 거기 서라며 소리를 질러 댔다. 그러나 서란다고 설 바보는 아니었다.

"야, 너 거기 안 서?"

그녀는 이미 한참 멀어진 우빈을 따라 뒤늦게 열심히 달리기 시작했다. 그 모습에 고개를 저으며 가게 안으로 들어선 사연은, 말없이 정리하는 태석을 바라보며 수줍은 미소를 지었다. 그러다 그가 돌아서자 언제 그랬냐는 듯 바로 태연한 척하며 정리를 하기 시작했다.

굳이 돕겠다며 팔을 걷고 나선 태석으로 인해 둘은 다정한 모습으로 나란히 서서 설거지를 하게 되었다. 살짝 사연의 눈치를 보던 태석이 긴 손가락으로 사연의 코끝에 슬쩍 거품을 묻혔다. 순간 움찔한 그녀는 거품을 팔에 닦아 내며 미소를 지은 채 마냥 좋아했다. 태석의 손이 또 다가오자, 기다렸다는 듯 팔을 들어 올려 그의 얼굴에도 거품을 묻혔다.

작게 시작된 장난은 어느새 감당할 수 없을 만큼 커져 있었다. 서로에게 물까지 뿌려 대며 가게 안을 정신없이 돌아다녔다. 비 맞은 생쥐 꼴을 하고도 뭐가 그리 행복한지 얼굴에서 미소가 떠나지 않는 두 사람이었다.

이런 사소한 장난에도 사연은 가슴이 설레었다. 자신을 향해 미소 짓는 태석의 얼굴이, 또 그 눈빛이 마치 사랑하는 여인을 바라보는 것 같이 다정하게 느껴졌다.

한참을 물놀이에 빠져들었던 태석은 지친 듯 잠시 숨을 고르기 위해 테이블 위에 걸터앉았다. 그가 자신보다 덜 젖은 게 억울했던 사연은, 복수를 하기 위해 그의 곁으로 다가가 섰다.

벌어진 태석의 다리 사이에 자리 잡고 선 그녀는 그의 젖은 머리를 이용해 도깨비 뿔을 만들었다. 그러곤 고개를 살짝 내려 그의 얼굴을 바라봤다. 양쪽으로 뾰족하게 세워진 머리에 만족하며 박수까지 쳐 대는 그녀였다.

사진이라도 한 장 찍어 둘 생각으로 핸드폰을 꺼내려는데, 가슴에 얼굴을 묻는 태석으로 인해 꼼짝도 할 수 없었다. 순식간에 다리 사이에 갇힌 그녀는, 행여나 뛰는 심장 소리를 들킬까 두려워 숨도 제대로 쉬지 못했다.

"좋다. 나 요즘 너 때문에 정말 행복해, 사연아."

뛰는 심장 소리를 걱정하던 그녀는, 태석의 목소리에 서서히 집중하기 시작했다.

"사실 나 아주 오래전부터 너 좋아했어. 지금껏 계속 그 마음 유지했고, 다시 널 만나게 된 지금도 그 마음은 변함이 없는 것 같아. 그냥 사연이 네가 이런 내 마음 알아줬으면 해서 얘기하는 거야. 그동안 제대로 표현한 적 없었던 것 같아서."

사연의 입가에 미소가 지어졌다. 내심 기다렸던 그의 고백에 눈물까지 글썽거리기 시작한 그녀는, 지금 이 순간이 믿기지 않을 만큼 행복했다. 밀려오는 벅찬 감동에 말이 나오지 않아, 사연은 대답 대신 그를 꼭 안아 주었다. 태석은 그녀의 품 안에서 잠시나마 모든 걱정을 내려놓고 편히 쉴 수 있었다.

행복도 잠시, 요란하게 울려대는 전화에 태석은 사연의 품에서 아쉬운 채 벗어나야 했다. 전화를 건 사람은 다름 아닌 아버지의 간병인이었다. 빨리 와 줘야 할 것 같다는 말에 긴장한 채로 전화를 끊은 그는 바로 자리에서 일어섰다.

군이 말을 듣지 않아도 그의 표정만으로 사연은 알 수 있을 것 같았다. 걱정이 됐지만, 괜찮을 거라며 작은 미소를 건네는 일밖엔, 그를 위해 해 줄 수 있는 건 아무 것도 없었다.

"다녀올게."

"응."

그렇게 젖은 옷이 채 마르기도 전에 태석은 아버지 병원으로 향했다. 가게 앞까지 배웅을 하고 나선 사연은, 그의 모습이 사라진 뒤에도 한참을 그곳에 서 있었다. 그러다 우연히 영숙과 마주치게 되었다.

잠을 제대로 못 잔 건지 안색이 좋지 않아 보였다. 확실하진 않지만 기태라고 생각되는 사람은 멀쩡히 잘 지내고 있는데, 것도 모르고 혼자 죽을상을 하고 있는 그녀가 어쩐지 안쓰러웠다.

"안녕하세요."

조심스럽게 인사를 건네 본 사연이었다.

"그래, 사연아. 웬일로 일요일에 문을 다 열었니."

목소리에도 기운이 하나 없었다. 답답한 마음에 그냥 돌아설 수 없어 가까이 다가가 섰다. 멀리서 봤을 때보다 꼴이 더 엉망이었다.

"기태 아저씨 보고 싶어서 그래요?"

말없이 사연을 올려다본 영숙은 힘없이 고개만 끄덕거렸다.

"어디서 잘 지내고 있겠죠."

"그럴까."

"저기, 아줌마. 만약에 말이에요."

사연이 머뭇거리며 말을 꺼내자 영숙의 눈이 조금은 커졌다. 한참을 망설이던 사연은 어렵게 입을 열었다.

"기태 아저씨가 그냥 떠돌이가 아니고 돈이 아주 많은 사람이라면 어떨 것 같아요?"

"갑자기 그게 무슨 소리야?"

다시 의욕을 잃은 모습에 더욱 답답해진 사연이었다.

"얘기해 봐요. 어떨 것 같아요?"

그녀의 재촉에 잠시 생각에 잠겨 있던 영숙은 먼 하늘을 올려다보다 천천히 입을 열었다.

"돈이 많건 적건 상관없어. 그냥 우리 기태 씨가 어디 안 가고 계속 내 옆에 있어 주기만 했으면 좋겠어. 어디 가더라도 아침에 떠나면 그날 저녁에라도 꼭 돌아와 줬으면 좋겠어. 그게 힘들면 어디서 뭘 하는지 밥은 먹고 다니는 건지 아픈 데는 없는지 연락이라도 좀 하고 지냈으면 하는 게 내 바람이야. 그 이상 난 우리 기태 씨한테 바라는 거 없어."

사연은 차마 다른 말을 더 할 수가 없었다. 영숙은 인사 대신 미소를 보이며 그대로 집으로 돌아갔다. 만약 행복 나눔 재단 대표가 기태가 맞는다면, 사연은 절대 가만있지 않겠다고 다짐하고 가게를 향해 걸음을 옮겼다.

집으로 돌아온 사연은 내일 이 집으로 들어오겠다는 우빈의 메시지를 확인하고 있었다. 그럼 오늘은 태석과 단둘이 이 집에 있게 된다는 거였다. 은근히 좋기도 했지만, 한편으로는 걱정이 되기도

했다.

태석을 못 믿어서가 아니라, 자기 자신을 믿지 못해서였다. 생각할수록 창피하고 민망해서 얼굴이 다 화끈거렸다. 하늘에서 지켜보고 있을 부모님을 생각하니 미안한 마음이 들었다.

"엄마, 아빠. 이 저질스러운 딸을 용서해 주세요. 그리고 이건 부탁인데 이제 시집갈 나이도 됐고 하니까, 웬만하면 알아서 눈도 좀 가려 주고 등도 좀 돌려 주고 했으면 해요. 평생 이렇게 혼자 떡볶이만 팔다 죽을 순 없잖아요."

마음을 다해 진심을 전한 사연은, 물밀 듯 밀려든 피곤함에 잠시 휴식을 취하기로 하고 대충 씻고 나왔다. 저녁엔 삼겹살을 구워 줄 생각으로 꽁꽁 언 고기도 미리 꺼내 두었다. 지친 몸을 이끌고 방으로 들어간 사연은, 바로 이불 위로 쓰러져 그대로 잠들어 버렸다.

긴긴 밤이 지나 여섯 시가 되자 어느새 밖은 훤해져 있었다. 제 방을 찾지 못해 사연을 깨우러 들어왔다가 곁에서 잠들었던 태석은, 그녀를 품 안에 꼭 끌어안고 있었다.

열 오른 몸을 식히기 위해 이불을 걷어찬 사연은, 이상한 기운을 눈치채고 슬쩍 실눈을 떴다. 그러다 코앞에 보이는 태석의 얼굴이 믿기지 않아 손으로 눈을 문지르고 다시 바라봤다.

동그란 눈이 화들짝 놀란 채 커졌다. 심장이 쿵쾅거리며 엄청난 속도로 뛰어 댔다. 숨이 가빠지고 머리가 어지러웠다. 뜨거운 입김이 닿을 때마다 정신이 아찔해져 견딜 수가 없었다. 그의 품 안에서 벗어나기 위해 조심스레 몸을 움직이기 시작했다.

"헉."

태석이 살짝 몸을 뒤척이자 그대로 굳어 버리는 사연이었다. 그때 얼굴을 구기며 그가 서서히 눈을 뜨기 시작했다. 당장에 숨을 멈추고 눈을 질끈 감은 사연은 다시 잠든 척을 하며 꼼짝도 하지 않았다.

상황을 인지하고 사연만큼 놀란 태석은 그녀를 묶어 둔 손과 발을 풀고 멀찌감치 떨어졌다. 그제야 풍선 바람 빠지듯 멈췄던 숨을 내뿜는 사연이었다. 그때 누군가 그녀의 집을 찾아와 문을 쾅쾅 두드리기 시작했다.

"계십니까! 우빈이에요, 누나."

찾아온 사람은 다름 아닌 우빈이었다. 낮고 굵은 그의 목소리가 집 안을 가득 울렸다. 프로급 연기를 선보이며 몸을 꿈틀대던 사연은, 막 잠에서 깬 사람처럼 일어나 방을 빠져나갔다.

"휴, 살았다."

작게 혼잣말을 내뱉으며 안도의 숨을 내쉬곤 서둘러 문을 열어주었다.

"자는데 깨운 거 아니에요?"

"어? 어. 맞, 맞아. 자다가 네 목소리 듣고 방금 깼어."

멋쩍은 행동으로 짐을 받아 든 그녀는 현관에 들어서면 바로 보이는 방으로 가져다 놓았다. 기대 반 설렘 반으로 걸음을 옮긴 우빈은, 한참을 말없이 방 안을 둘러보고 있었다. 입이 귀에 걸린 걸 보니 다행히 마음에 드는 모양이었다.

"우빈이 왔어?"

뒤늦게 나온 태석은 머리를 긁적거리며 어설프게 말을 건넸다. 그와 눈이 마주치자 얼굴이 벌겋게 달아오르는 사연이었다.

'하필이면 지금 와서…….'

"어? 태석이 넌 언제 왔어?"

사연은 능청스러운 말투와 눈빛으로 그를 향해 물었다.

"어제. 잠들어 있어서 말 못 했어. 깨우기도 뭐하고 해서……."

"아."

우빈의 눈치를 살핀 그녀는 황급히 태석의 방으로 걸음을 옮겼다. 사연의 방과 마주하고 있는 방이었다. 크기는 작지만 혼자 지내기에는 적당했다. 맘 같아선 자신의 방을 내주고 싶었지만 살아생전 부모님이 지내던 곳이라 그럴 수 없었다.

시키지도 않았는데 각자 사연이 빨아 던진 걸레를 하나씩 들고, 방 구석구석을 닦기 시작했다. 호흡이 척척 맞아 사는데 전혀 불편할 게 없을 것 같았다. 좋은 기운 덕분에 날아갈 듯 몸이 가벼워진 사연, 장사 준비에 앞서 아침 식사를 준비했다.

다행히 상하지 않은 삼겹살은 다시 냉동실에 넣어 두었다. 저녁에 셋이서 함께 살게 된 기념 파티를 할 생각이었다. 순식간에 계란말이와 김치전을 만들어 낸 그녀는, 김과 밑반찬을 꺼내 금세 식탁 위를 가득 채워 놓았다.

"왜 이렇게 빨리 왔어?"

청소를 끝낸 우빈이 앉아서 숟가락을 들자마자 질문을 건네는 사연이었다.

"이모가 이제 같이 살게 됐으니까, 아침에 문 열고 닫는 것까지 같이 하라고 하셔서요."

"아줌마도 참. 내가 뭐, 너 부려 먹으려고 같이 살자고 한 줄 아나. 그럴 거 없어. 이제 네 집이니까 편하게 지내. 괜히 같이 일어나서 문 열고 늦게까지 기다렸다 들어가고 하지 말고. 응?"

사연의 말에 밥을 입에 넣으려다 말고 한참 고개를 숙이고 있는 우빈이었다.

"왜 그래?"

그녀의 목소리가 다시 들리자 그제야 고개를 들고 사연을 바라보았다. 눈시울이 붉게 물들어 있었다.

"고마워서요."

엄마처럼 친누나처럼 말해 주는 그녀가 참으로 고맙고 좋았다. 문득 돌아가신 할머니가 생각나 목이 멨다. 따라 눈물을 글썽거리는 사연을 보자, 태석은 두 사람의 머리에 손을 얹고 마구 헝클어 놓았다.

"자식들, 앞으로 진짜 가족처럼 잘 지내보자, 우리. 고맙다, 사연아."

그로 인해 다시 활기를 찾은 세 사람은 즐거운 분위기 속에서 무사히 식사를 마칠 수 있었다.

든든한 태석과 우빈으로 인해 사연은 힘 하나 안 들이고 장사 준비를 시작했다. 우빈이 알아서 자신의 할 일을 찾아 하는 사이에 태석은 사연의 곁에서 함께 고추장을 풀고 있었다. 사연은 혼자 하겠다고 말하려다가 좋아서 그냥 있었다.

건너편에서는 영숙이 처음으로 사연을 부러워하는 눈빛으로 바라보고 있었다. 기태가 없으니 장사할 맛도 나지 않았다. 다정하게 서서 함께 고추장을 푸는 모습이 참으로 예뻤다.

처음 기태와 고추장을 풀다 눈이 맞아 방으로 달려갔던 날이 떠올랐다. 그 설렘, 떨림, 짜릿함은 아직도 잊을 수가 없었다. 어디서 뭘 하고 있는 건지, 걱정하던 마음 대신 야속한 마음만이 흘러넘쳤다.

기분 좋게 고추장을 풀다 우연히 옮겨진 사연의 시선에 영숙의 모습이 잡혔다. 참으로 외로워 보였다. 안타까운 마음에 기태를 만나게 해 주고 싶었다. 좋은 방법이 없을까 생각했지만 딱히 떠오르는 게 없었다. 그러다 문득 행복 나눔 재단 대표가 직접 건넨 명함이 생각났다. 어디다 뒀는지 기억을 하곤 다시 떡볶이 만드는 일에 집중했다.

"사연아, 당면 가위로 그냥 막 자르면 돼?"

"어? 어. 박박 잘게 잘라 줘. 불기 전에 빨리 잘라야 돼."

에이스답게 금방 자기 할 일을 마쳐 놓은 우빈은 태석의 가위질이 마음에 들지 않는지 직접 나서서 자르고 있었다. 과연 취사병 출신다웠다. 옆에서 박수를 치며 놀라워하던 태석은 기름이 달아오르자 튀김기 자리를 옮겼다. 튀김만큼은 태석도 에이스 우빈에게 뒤지지 않았다.

"간장은 그냥 막 쏟아부으면 되는 거예요?"

잘라 놓은 당면에 간장을 넣는 사연을 보며 우빈은 물었다.

"무슨 그런 섭섭한 소리를. 보기에만 그렇게 보이는 거야."

멋쩍은 웃음을 보이며 우빈은 김에 잡채를 넣고 둘둘 말아 쟁반에 차곡차곡 쌓아 두었다. 남자 같지 않은 야무진 솜씨에 사연은 또 한 번 놀랐다. 더 지켜보고 싶었지만 시계를 보니 서둘러야 했다.

육수에 어묵을 넣고 끓어오르는 떡볶이 팬의 불을 줄였다. 큰 주걱으로 휘휘 저으니 어느새 새빨간 양념이 떡에 맛깔나게 배어 있었다. 미리 썰어 둔 대파를 아낌없이 넣고, 태석을 도와 튀김을 만들었다. 우빈에게 건네받은 김말이에 튀김옷을 입혀 넣으니 바로 치지직 소리를 내며 바삭하게 튀겨졌다.

아줌마들과 했을 때보다 훨씬 더 시간을 단축할 수 있었다. 어느새 바구니에 각종 튀김들이 수북이 쌓였다. 왼쪽부터 만두, 고구마, 김말이, 오징어, 야채튀김까지 먹음직스럽게 진열하고 나서야 비로소 장사 준비를 마칠 수 있었다.

"어서 오세요."

돌돌 만 신문 하나를 옆구리에 낀 중년의 남자가 오늘의 첫 손님이었다.

"라면 하나 끓여 주세요."

남자를 보자 아버지 생각이 나는 사연이었다. 장사 준비로 늘 아침은 라면으로 대충 때우시면서도 우리 사연이는 꼭 고기반찬 해 먹이라던 분이었다. 어버이날이 다가와서인지 오늘따라 부모님 더 그리워지는 그녀였다.

'아! 단합대회.'

어린이날이며 어버이날까지 오월은 가정의 달이 아니던가. 봄이라 날씨도 따뜻하니 나들이도 떠날 겸 단합대회를 핑계 삼아 영숙이 기태를 만나도록 해 줄 심산으로, 사연은 들뜬 맘을 안고 서둘러 라면을 끓였다. 갓 튀겨 낸 튀김도 종류별로 하나씩 접시에 담고 그 위에 떡볶이 국물까지 끼얹어 남자에게 건네준 사연이었다.

"튀김은 안 시켰는데?"

"바로 한 거라 더 맛이 좋을 거예요. 첫 손님 기념으로 드린 거니까 자주 오셔야 해요?"

허허 웃으며 바로 고구마튀김 하나를 기분 좋게 입에 무는 남자였다. 태석은 인심 좋고 맘씨 고운 그녀가 너무 사랑스러워 당장 입이라도 맞추고 싶은 심정이었다.

잠시 가게를 두 사람에게 맡기고 집으로 향한 사연은, 명함을 찾아 들고 바로 전화를 걸었다. 오래 걸리지 않아 전화를 받아 든 대표였다.

"큰일 났어요!"

무슨 생각인지 심각한 표정 연기까지 해 가며 다짜고짜 말을 건네는 그녀였다.

— 누구?

"저, 사연이에요. 구가네 분식."

— 아, 그런데 큰일이라니 무슨.

"영숙 아줌마가 쓰러졌어요."

— 뭐? 아, 아니…….

"역시, 걸려드셨군요. 목소리부터 딱 기태 아저씨더만 대체 언제까지 속일 생각이었던 거예요?"

어이없게 들키고 만 그는 한참 동안 아무 말도 없었다.

— 저기, 사연 양.

"말씀하세요."

— 부탁이 있는데. 영숙이 그 사람한테는 내가 얘기할 때까지 비밀로 좀 해 줬으면 좋겠는데.

"왜죠? 혹시 창피해서 그래요? 어린이 재단 대표가 아줌마랑 성생활 즐기는 게? 그런 거라면 뭐, 사람마다 사생활이라는 게 있는 거니까 창피할 게 아닌 거 같아요."

직설적인 사연의 말에 연방 헛기침을 해 대는 그였다.

— 실은 말이지.

그가 자신의 정체를 숨기고 떠돌이 신사로 지내게 된 것에는 이유가 있었다. 사연의 동네에 가난함에 시달리며 고통받고 사는 사람들이 유난히 많다는 걸 알게 되어, 그곳의 형편을 제대로 파악하기 위해서였다. 정체를 밝히면 도와 달라며 곤란하게 하는 사람들이 많기에 위장을 하고 다녔던 것이다.

처음엔 사연의 떡볶이집이 유명하다는 말을 듣고, 나눔을 실천하고자 기획된 봉사에 도움을 얻고자 찾아가려고 했었다. 그런데 때마침 문이 닫혀 있는 바람에 영숙의 가게로 가게 된 것이다. 그렇게 두 사람의 연은 시작되었다. 말할 기회를 찾았지만 틈만 나면 들이대는 그녀로 인해 지금껏 숨긴 채로 지내 온 것이다.

"그래도 그렇지. 아저씨도 참. 그래서 언제쯤 밝힐 생각인데요?"

— 이왕 사연 양이 알게 됐으니 내 속사정을 천천히 다 얘기하도록 하지. 조금만 시간을 줘.

"좋아요. 일단 우리 동네 단합대회가 있을 예정이니까 다음 주 금요일에 무조건 오세요. 안 오시면 영숙 아줌마한테 확! ……오실 거라 믿고 끊을게요."

컴퓨터 앞에 앉아 단합대회 안내문을 만들기 시작하더니 바로 프린터까지 끝낸 사연은, 서둘러 챙겨 들고 밖으로 나갔다. 영숙이 며 은숙네는 기본이고 온 동네 사람들에게 안내문을 나눠 주었다. 대단한 추진력에 놀라며 대부분의 사람들은 좋아라 했다. 그렇게 일을 마치고 다시 가게로 돌아온 사연은 남은 안내문을 태석과 우 빈에게도 건네주었다.

"단합대회?"

"너랑 우빈이 신고식도 할 겸 해서. 요즘 사람들 이웃들 간에 소 통이 전혀 없이 지내잖아. 이럴 때일수록 더욱 하나로 똘똘 뭉쳐야 지 않겠어?"

손님들이 몰려들 시간이라 더 이상 긴 말은 나누지 못했다.

"어서 오세……. 네가 여긴 또 웬일이야?"

가게를 찾은 이는 다름 아닌 혜미였다. 못마땅한 눈빛으로 사연 을 노려보며 테이블 하나를 차지하고 앉았다. 그러곤 바로 시선이 우빈에게로 넘겨졌다. 따가운 눈초리에 우빈은 고개를 숙였지만 다 시 만나게 되어 기쁘고 설레었다.

"나와 당장."

또다시 손목을 잡은 태석이 자신을 끌고 나가려 하자 있는 힘껏 뿌리친 뒤 야속한 눈빛으로 그를 보는 혜미였다.

"나 떡볶이 먹으러 온 거야. 손님한테 함부로 대하고 그래도 돼?"

"떡볶이 같은 매운 음식은 좋아하지도 않으면서, 방해하지 말고 돌아가."

"뭐 해, 구사연. 떡볶이 가져와."

태석의 말은 무시한 채로 만만한 사연을 향해 소리치듯 말했다.

"너 정말!"

"태석아. 그만해."

가만히 지켜만 보고 있던 사연이 그를 말렸다.

"너 여기 그만두겠다고 할 때까지 꼼짝도 안 하고 있을 생각이니까 알아서 해."

사연의 손이 말없이 접시에 떡볶이 일 인분을 담아 냈다. 우빈은 떨리는 마음으로 테이블 위에 단무지와 물을 올려 두었다. 태석은 다른 손님이 주문한 튀김을 담기 위해 자리로 걸음을 옮겼다.

"매운 거 못 드시면 다른 거 드시지……."

우빈은 테이블 위에 떡볶이 접시를 내려놓으며 걱정하는 투로 말했다.

"나 매운 거 완전 좋아하거든?"

그들의 시선이 집중된 가운데 겁 없이 떡볶이 하나를 찍어 든 혜미는 바로 입에 넣었다. 평소 김치도 잘 먹지 못하는 그녀가 두 배는 더 매운 고추장 양념의 떡볶이를 감당해 낼 수 있을지 의문이었다.

"삼, 이, 일, 땡."

"아, 아 매워. 후하후하. 어떡해, 난 몰라. 하아 매워."

사연의 입에서 땡 소리가 나오자 바로 발을 동동 구르며 매워서 어쩔 줄 몰라 하는 혜미였다.

"쌤통이다."

"야, 구사연. 다 들리거든?"

그 모습을 지켜보던 우빈은, 황급히 달려가 테이블 위에 있던 물 컵을 그녀의 손에 쥐어 주었다. 두 컵의 물을 연속으로 벌컥벌컥 들이켜고 나서야 진정하게 된 그녀는 신경질적으로 일어나 십만 원 짜리 수표 한 장을 사연에게 내밀었다.

"태석이 한 시간 데려가는 값이야. 이거면 충분하지? 왜 그런 눈으로 봐? 구사연 너 돈 좋아하잖아."

"태석이가 무슨 물건이야? 그 돈 받을 생각 없고 내 직원 내보낼 생각도 없으니까 다 먹었으면 나가. 떡볶이는 내가 쏜 걸로 할 테니까."

"중요하게 할 얘기가 있어서 그래. 정 싫다 그럼 그냥 여기서 얘기하는 수밖에 없고. 난 상관없으니까 결정은 네가 해."

"……딱 삼십 분이야."

사연은 혜미가 아닌 태석을 향해 말했다. 그가 앞치마를 풀고 먼저 밖으로 나서자 혜미는 우빈과 사연을 번갈아 노려보았다.

"저, 저요?"

혜미가 손가락을 까닥까닥 움직이자 우빈은 잔뜩 긴장한 채로 걸음을 옮겼다. 얼굴을 바짝 들이대며 입술을 움직이자 그의 심장이 뛰어 댔다.

"나중에 보자. 절대 그냥 안 넘어가."

그녀가 경고 아닌 경고의 말을 던지고 밖으로 나서자, 우빈은 사랑에 빠진 듯한 얼굴로 사연을 향해 말을 건넸다.

"드, 들었습니까? 저더러 나중에 또 보자고 했습니다."

"그날 니들 무슨 일 있었냐?"

"그냥 평생 무슨 일 있었으면 좋겠습니다."

"뭐?"

쉽게 이해할 수 없는 말을 하는 우빈을 이상한 눈으로 보는데, 그의 눈은 혜미가 나간 문에 고정되어 있었다. 입꼬리가 살며시 올라간 게 더 이상해 보였다.

"저분 너무 귀엽고 사랑스럽지 않습니까?"

"혜미 쟤가 예쁘다고?"

"네? 아니, 제, 제가 언제 예쁘다고 했습니까. 근데, 이름이 혜미입니까? 어쩜 이름까지……."

"아서라. 혜미 걘 보통 애가 아니니까. 그리고 걘 태석이 좋아해."

"허! 누, 누가 물어봤습니까? 궁금하지도 않은 얘기는 왜 하고 그러십니까?"

입을 삐죽거리며 신경질적으로 설거지를 시작한 우빈이었다.

"아이스티 두 잔이요."

"한 잔만 주세요."

카페에 들어온 혜미와 태석은 마주 앉아 냉랭한 분위기로 주문을 마쳤다. 일부러 이쪽은 쳐다보지도 않는 태석을 노려보던 혜미가 타이르듯 말을 꺼냈다.

"태석이 너 고집 그만 피우고 분식점에서 그만 나와. 아빠도 그렇게 하라고 하셨잖아."

"예상은 했지만, 또 그 얘기야? 이제 그만하자, 제발."

태석은 갑갑함에 한숨만 연방 내쉬었다.

"당장 나오는 게 좋을 거야. 안 그럼 내가 또 무슨 짓을 할지 모르니까."

"다시 얘기할게. 난 아저씨 회사에 들어갈 마음이 전혀 없어. ……널 좋아하지도 않고. 그러니까 다신 찾아오지 말고 애꿎은 사람 괴롭게 하지도 마. 나도 점점 혜미 널 이해해 주기가 힘들어진다. 먼저 일어날게."

"강태석! 거기 서. 거기 안 서?"

자신의 할 말을 모두 전한 그는 그녀를 남겨두고 돌아서 나갔다.

"미안. 내가 좀 늦었지?"

"아니야. ……무슨 얘기 하고 왔는지 물어봐도 돼?"

"별 얘기 아니니까 신경 쓰지 마."

"여기 새우튀김 언제 주실 거예요?"

"죄송합니다. 바로 드릴게요."

약간 서운한 눈길로 태석을 바라본 사연은 테이블에 새우튀김을 서빙하고 나서 다시 떡볶이 포장하는 일에 집중했다. 그렇게 바쁜 시간이 지나고 한가한 오후가 찾아왔다.

남자 둘을 데리고 일한 효과가 금세 나타났다. 다른 날보다 두 배는 더 사람들이 몰린 것 같았다. 구겨진 돈을 쫙쫙 펴 가며 싱글

벙글한 얼굴로 돈을 세던 사연은, 오만 원짜리 두 장을 집으려다만 원짜리로 바꿔서 태석과 우빈의 손에 한 장씩 들려 주었다.

"오늘 니들 덕에 여자 손님들이 아주 줄을 섰더라. 고마워서 주는 거니까 앞으로도 외모에 신경들 좀 더 쓰고 항상 스마일 하는 거 잊지 마. 나가서 아이스크림이라도 하나씩 사 먹고 와."

"에이, 보너스 주실 거면 적어도 삼만 원씩은 주셔야 하는 거 아닙니까? 너무 짭니다, 정말. 군대에서도 이것보단 많이 줍니다."

"싫으면 도로 내놓든지."

"아, 아닙니다. 누가 싫다고 했습니까?"

돈을 빼앗으려 하자 얼른 주머니에 넣어 두는 우빈이었다.

"나가서 땅 파 봐, 백 원짜리 하나 나오나."

"어련하시겠습니까. 전 가게 가서 이모 좀 도와 드리고 올게요. 한 시간 정도 있어도 되죠?"

"그래. 저녁 장사 준비야 뭐, 둘이서 하면 되니까 가서 맘 편히 도와 드리고 와."

"감사합니다."

우빈이 나가자 태석과 단둘만 남게 된 사연은, 가슴이 콩닥콩닥 뛰기 시작했다.

"뭐, 어묵이라도 하나 먹을래?"

'구사연, 고작 건넨다는 말이 그거냐?'

스스로를 답답하게 여기며 얼굴을 잔뜩 구기고 혼잣말을 한 사연이었다.

"그럴까?"

태석의 대답이 떨어지기 무섭게 자리를 이동한 그녀는, 대접을 하나 꺼내 들었다. 그러곤 국자를 들려고 하는데 잽싸게 다가온 태석의 손이 사연의 손등에 닿고 말았다.

"미, 미안. 내가 담을게. 넌 앉아서 좀 쉬어."

순간 심장이 멈추는 줄 알았던 그녀는 태석의 말에 얼른 국자를 놓고 자리를 피해 버렸다. 차 안에서 나눴던 키스가 떠오르고 방 안에서 태석의 품에 안긴 채 잤던 일이 떠올라, 금방이라도 얼굴이 터질 듯 붉게 달아올랐다.

"먹어."

"어. 고마워."

키스도 나눈 사이에 손 좀 닿았다고 두 사람은 영 어색한 분위기를 연출해 내고 있었다.

✳

화려하진 않지만 고급스러운 분위기가 연출된 회장실 안에서, 현석은 소파에 앉아 신문을 보고 있었다. 태석과 헤어지고 곧장 미래식품 본사의 회장실로 찾아온 혜미는 다짜고짜 들어와 읽고 있던 그의 신문을 빼앗아 들었다. 화를 낼 법도 하지만 무슨 일인지 걱정이 앞선 그는 혜미의 손목을 잡고 그녀를 소파에 앉혔다.

"아빠, 태석이 좀 어떻게 해 봐요. 네? 사연이 그 계집애랑 붙어 있는 꼴을 볼 수가 없어요."

그녀는 불만 가득한 표정으로 현석을 보며 말했다.

"혜미야. 이게 이 애비가 할 수 있는 최선이다. 회사에 들어오라 곤 했지만 솔직히 지금 상태로 불러들이면 태석이만 더 힘들어질 거다. 그래도 네 부탁이라 어쩔 수 없이 들어줬던 건데 태석이가 싫다고 하니 애비로서도 방법이 없다."

"빨리 태석이를 진짜 제 남자로 만들고 싶다고요."

"혜미야. 세상에 남자가 태석이만 있는 건 아니야. 그러니까 너무 태석이한테만 집착하지 말고 다른 사람도 좀 만나 봐. 말이 나와서 말인데, 김 사장 아들 동혁 군……."

"내가 그 사람 싫다고 다신 얘기하지 말라고 했잖아, 아빠. 도와줄 거 아니면 말아요. 그만 가 볼게요."

신경질적으로 화를 낸 혜미는 가방을 챙겨 들고 밖으로 나섰다.

❋

오늘도 무사히 장사를 마치고 집으로 돌아온 사연은 샤워를 하려고 속옷을 챙기려다 혼자 사는 게 아니라 신경이 쓰여 망설이고 있었다. 우빈은 가게 뒷정리를 돕기 위해 은숙에게 가고 없었다. 태석과 둘이 있다고 생각하니 더 긴장이 되는 사연이었다.

"그래. 앞으로 계속 이렇게 지내야 하는데 매번 이럴 순 없잖아, 사연아. 그냥 자연스럽게 하자. 자연스럽게."

수건에 속옷을 돌돌 말아 옆구리에 낀 사연은, 제발 태석과 마주치지 않기를 바라며 거실로 나갔다. 다행히 그의 모습은 보이지 않았다. 행여나 방에서 나올까 황급히 화장실로 달려간 그녀는, 벌컥

문을 열고 안으로 들어가려다 그만 비명을 지르고 말았다.

"아악!"

"……!"

큰일을 보고 있던 태석과 눈이 마주친 사연은 수건으로 눈을 가리려다 안에 숨겨 두었던 속옷을 바닥에 떨어뜨렸다. 그 사실을 알지 못한 채 도망치듯 나와 다시 방으로 들어간 사연은 문을 꼭 닫고 넋 나간 사람처럼 숨만 헐떡이고 있었다.

그녀와 마찬가지로 놀란 태석은 손가락으로 사연의 속옷을 집어든 채, 난감한 상황을 어떻게 해야 좋을지 몰라 몹시 괴로워했다. 그래도 남자답게 먼저 나서는 게 맞다는 생각이 들어 서둘러 사연의 방으로 다가갔다. 문 앞에서 한참을 망설이던 그는 용기를 내서 노크를 했다.

"사연아."

"헉!"

태석의 목소리가 들리자, 쏜살같이 이불 위로 달려가 눕는 그녀였다. 눈을 꼭 감고 자는 척을 했지만, 태석의 노크 소리는 사그라질 줄 몰랐다.

"어. 드, 들어와."

마지못해 대답한 그녀는 잠에서 깬 척 연기를 하며 손으로 애꿎은 눈만 문질러 댔다.

"자고 있었나 보네."

"어, 너무 피곤해서. 잠결에 갔던 거라 아무것도 기억 안 나니까 걱정하지 마."

말도 안 되는 변명인 걸 알면서도 사연은 마지막 말에 힘을 주어 대답했다.

"그래."

"근데, 뭐 할 말 있어?"

"아니. 이걸 놓고 갔더라고. 우빈이도 보면 안 되니까 전해 주려고."

"……."

잠결에 갔던 거라고 거짓말한 게 들통 나 버린 사연은 쥐구멍에라도 들어가고 싶은 심정으로 속옷을 받아 이불 안에 감췄다.

"그럼 잘 자."

"어, 너도."

"다녀왔습니다."

"……!"

방에서 나가려던 태석은 우빈의 목소리가 들리자 엉겁결에 다시 문을 닫고 사연을 바라보았다.

"다들 주무시나? 땀도 많이 흘렸는데 시원하게 샤워나 하고 자야겠다."

태석이 사연의 방에서 나가는 게 그리 큰 일이 아니건만 우물쭈물하는 사이에 타이밍을 놓쳐 애매한 상황이 되었다. 소리가 났을 때 바로 나가 우빈을 마주했어야 했는데, 하고 생각하며 태석은 사연을 향해 난처한 얼굴로 웃었다.

"어쩌지?"

"샤워하러 들어가면 그때 나가야지, 뭐."

"그래."

그들의 심정을 아는지 모르는지 우빈은 잔뜩 여유를 부리며 여기저기 돌아다니기 시작했다. 하루 종일 서서 일한 탓에 고단했던 태석은, 사연의 눈치를 보며 천천히 벽에 기대앉았다.

"피곤하지?"

그의 마음을 모를 리 없던 사연은 안쓰러운 눈빛으로 바라보며 말했다.

"괜찮아. 금방 들어가겠지."

거실에서 작게 음악을 틀어 놓고 윗몸일으키기를 하던 우빈은 배에 잡힌 근육을 만져 보곤 주방으로 향했다. 냉수 두 컵을 벌컥벌컥 들이켜고 냉장고를 열었다.

그사이 태석은 서서히 눈이 감기더니 앉은 채 졸고 있었다. 사연 또한 자꾸 눈이 감기려 했지만 우빈이 빨리 들어가길 기다리며 안간힘을 다해 견뎠다.

"계란 삶아 먹어야지. 씻고 나오면 삶아져 있겠지?"

중불에 계란을 올려 둔 우빈은 그제야 화장실로 들어갔다. 그 소리를 듣고 사연이 조심스럽게 태석을 깨워 보지만 일어날 생각을 하지 못했다. 난감해진 사연은 어찌해야 좋을지 몰라 애가 탔다. 또다시 이런 식으로 합방을 할 순 없는 노릇이었다. 그렇다고 이제야 나가서 우빈에게 태석을 방으로 옮겨 달라고 할 수도 없는 상황이라 더욱 막막했다.

"……!"

다시 한 번 어깨를 흔들자 태석은 그대로 사연에게 기댄 채 쓰러져 버렸다. 순식간에 얼굴이 달아오르고 심장이 뛰어 댔다. 고개를 살짝만 돌려도 태석의 입술에 닿을 아찔한 거리였다.

곁눈질로 슬쩍 바라보니 잘생긴 그의 얼굴이 보였다. 높은 콧대 며 붉은 입술, 쌍꺼풀 없는 매력적인 눈이 그녀의 가슴을 몹시 설레게 했다. 짙은 눈썹에서 천천히 내린 시선이 입술에 멈췄다. 고 개를 아주 살짝 돌린 그녀는, 닿을 듯 말 듯 가까워진 입술을 향해 조금씩 다가갔다. 심장이 밖으로 튀어나올 듯이 쿵쾅거렸다.

"······!"

다가가던 고개를 멈추고 다시 앞을 보려고 하던 그때, 태석의 손이 사연의 목을 잡고 끌어당겼다. 두 번째 키스였다. 처음과는 또 다른 느낌이었다. 달콤하면서도 혀가 녹아내릴 것만 같은 그런 느낌. 정확한 표현을 하기 어려울 만큼 정신이 몽롱해졌다.

＊

"아, 정말 왜 이러시는 겁니까?"

"놔. 내가 도와줄 거 아니면 나 말리지 말라 그랬지?"

오전 장사를 마무리 짓고 시장에 간 태석과 사연이 돌아올 때가 되자, 혜미가 또 가게를 찾아왔다. 들어오자마자 의자란 의자는 다 쓰러뜨리고 가게 안을 엉망진창으로 만들어 놓기 시작한 그녀였다. 우빈이 말려도 보고 타일러도 봤지만 소용없었다.

그때 시장에서 돌아온 두 사람은 혜미의 모습을 보고 경악을 했 다. 태석이 황급히 그녀의 행동을 멈추게 하자, 화가 난 사연은 더 이상 참을 수 없어 혜미의 손목을 잡아끌고 밖으로 나왔다.

"착한 척 잘도 참더니. 이제야 본색을 드러내는구나, 구사연."

"고혜미 너 깡패야? 대체 왜 심심하면 찾아와서 사람 못살게 구는 거야?"

"내가 얘기했잖아. 니들 가만 안 둘 거라고. 더 당하기 싫으면 태석이 그만 놔줘."

"놔주긴 뭘 놔주라는 거야? 태석이가 애도 아니고, 자기가 택한 길 가게 하는 게 당연한 거 아니야?"

"네가 꼬리 쳐서 태석이한테 우리 아빠 회사 들어가지 말라고 했지?"

"……."

사연은 그만 말문이 막혀 버리고 말았다. 그저 태석에게 작은 도움이라도 되고 싶은 마음뿐이었다. 그런 자신의 마음이 다른 사람에게는 그런 오해로 비쳐 수도 있다고 생각하니 머릿속에 적잖은 혼란이 찾아들었다. 갑갑함에 한숨만 쉬고 있는데, 안에서 지켜보던 태석이 굳어진 얼굴로 걸어 나왔다.

"가."

"태석아……."

"정말 너란 여자……. 그나마 남아 있던 정까지 사라지려고 하니까, 내 눈앞에서 당장 없어지라고!"

진심으로 화를 내는 그로 인해 혜미는 또다시 눈물을 글썽거렸다. 태석이 이토록 화를 내는 모습을 본 건 처음이었다. 아빠한테 야단맞았을 때와는 비교도 할 수 없을 만큼 서럽고 서글펐다.

"형, 말이 너무 심한 거 아니에요?"

"우빈이 넌 빠져."

"좋아하는 남자가 다른 여자랑 하루 종일 붙어 있는데, 질투 안 할 사람이 세상에 어디 있어요? 마음은 헤아려 주지 못할망정 상처만 더 주고 있잖아요, 지금!"

우빈을 향한 혜미의 눈빛이 반짝거렸다. 어떻게 그렇게 자신의 심정을 잘 알고 있는 건지 놀라울 정도로 신기하고 고마웠다.

"네가 뭘 안다고 나서는 거야? 넌 빠지라고 했잖아."

"당신도 바보처럼 당신 좋아하지도 않는 사람 때문에 그만 힘들어하고 정신 차려요. 뭐가 아쉬워서 이러는 거예요, 도대체. 얼마나 더 상처를 입어야 정신 차릴 건데? ……젠장."

분식집 간판을 발로 힘껏 걷어찬 우빈은 그대로 사라져 버렸다. 혜미는 살짝 걱정스런 표정으로 그가 사라진 쪽을 한참 바라보고 있었다. 그리고 상처받은 눈을 한 혜미가 다시 태석에게 시선을 돌렸다.

"다른 사람은 몰라도 태석이 넌 나한테 이러면 안 되는 거 아니야? 네가 나한테 어떻게 이럴 수가 있어!"

혜미는 버럭 소리를 지른 뒤 자리를 떠났다.

그렇게 혜미를 보내고 난 뒤 사연과 태석은 왠지 모르게 마음이 무거워졌다. 돌아오지 않는 우빈 없이 저녁 장사 준비를 마쳤고, 가장 바쁜 시간도 겨우겨우 넘겼다. 바쁘게 몸을 움직이고 나니 그제야 마음이 조금 풀린 태석이 사연의 기분도 풀어 주려 뭔가 말을 꺼내려 할 때였다. 그의 휴대폰이 울렸다.

"아저씨."

"태석아."

혜미가 쓰러졌다는 연락을 받은 태석은 늦은 밤 그녀의 집을 찾아왔다.

"혜미는 괜찮아요?"

"올라가 봐라."

다신 안 볼 것처럼 했지만 우빈이 했던 말에도 맞는 부분이 있다고 느꼈던 그는 미안한 마음에 걱정이 되었다. 살짝 고개를 끄덕이고 바로 이 층으로 올라간 그는 노크도 없이 문을 열고 안으로 들어섰다.

"혜미야, 괜찮아?"

"……네가 여긴 왜 왔어. 가."

침대에 누운 채 태석을 원망하는 눈빛으로 바라본 그녀는 그를 외면한 채 고개를 돌렸다.

"미안해."

그가 건넨 한 마디에, 그녀의 마른 입술 위로 눈물이 흘러내렸다.

"넌 나한테 정말 고맙고 소중한 친구였어. 그래서 더 널 잃고 싶지 않았던 거고. 그러느라 네 마음 헤아리지 못해서, 내가 제대로 처신하지 못해서 우리 사이가 이렇게 된 것 같다. 넌 내 친구야. 그러니까 혜미 네가 나를 좀 이해해 줬으면……."

"이해? 친구라고? 그러니까 나더러 널 이해하라고? 나쁜 놈. 이

나쁜 놈!"

"헤미야!"

꽂혀 있던 링거를 뽑아 던진 그녀는 그를 향해 울부짖으며 크게 소리쳤다.

"가까이 오지 마!"

놀란 마음에 가다가 말리려 하자 단호하게 그를 막는 헤미였다.

"······내가 널 얼마나 좋아했는지 알면서. 네가 나한테 어떻게 그래? 왜, 왜 하필 구사연이야. 왜! 왜 난 죽도록 노력해도 갖지 못하는 걸, 그렇게 쉽게 갖는 거냐고······. 나 이제 다신 너 보지 않을 거야. 이젠 내가 싫어. 그러니까 너도, 더 이상 나 찾아오지 마."

하염없이 흐르던 눈물을 닦아 낸 그녀는, 매정하게 고개를 돌리고 그를 외면했다.

"미안하다, 정말."

부드럽게 사과의 말을 남긴 태석은 아주 천천히 발걸음을 돌려 방을 나섰다. 그가 떠나자 헤미는 침대 위로 쓰러졌다. 그가 남긴 말은 진심이었지만 끝까지 그녀가 원하는 감정을 담아 주지는 않았다. 아픈 가슴을 움켜쥔 채 숨조차 제대로 쉬지 못하고 눈물을 쏟았다.

✻

만반의 준비를 한 단합대회 당일 새벽 5시.

이른 시간부터 가게에 나온 사연과 태석, 그리고 우빈은 평소와는 다른 움직임으로 음식을 만들 준비를 시작했다.

번거롭게 사람들마다 도시락을 준비할 것 없이, 자신이 대표로 만들어 가기로 했다. 저녁은 삼겹살을 구워 먹기로 했고, 다음 날 아침은 컵라면으로 대충 때우면 그만이었다.

그녀가 김밥을 마는 동안 태석과 우빈은 떡볶이와 어묵 그리고 순대와 튀김을 만들어 포장했다. 사연의 눈이 계속 시계를 올려다 보았다. 아홉 시까지라 아직 여유가 있는데도 행여나 늦을까 불안했기 때문이다.

"사연아."

"어? 아줌마 웬일이에요?"

"웬일은, 우리가 먹을 음식인데 당연히 도와주러 왔지."

김밥을 열 줄 정도 말았을 때 그녀를 돕기 위해 은숙과 영철 엄마가 가게를 찾아왔다. 두 사람 모두 입술을 붉게 그린 채 어린아이마냥 들떠 있었다. 그도 그럴 것이 집안일에 가게 일까지 단 하루도 마음 편히 쉬어 본 날이 없지 않았는가. 오늘은 아줌마들의 날이라 해도 과언이 아니었다.

모두 팔을 걷고 힘을 모아 했더니 금세 준비가 끝났다. 그사이 지워지기라도 했을까 거울부터 찾아드는 아줌마들의 모습이 사연의 얼굴에 절로 미소를 짓게 만들었다.

뒷정리를 아줌마들한테 맡기고 그녀는 서둘러 집으로 향했다. 동창회 때도 하지 않았던 화장을 하고 머리도 예쁘게 틀어 올렸다.

무슨 옷을 입을까 고민하다가 날이 날이니만큼 제대로 기분을 내기 위해 하얀색 원피스를 꺼내 들었다. 가서 편한 옷으로 갈아입는 한이 있어도 지금은 예쁘게 차려입고 싶었다. 많은 이유 중 가장 큰 이유는 당연 태석에게 보여 주고 싶어서였다.

하늘하늘해서 청순한 분위기를 내는 하얀 시폰 원피스를 곱게 차려입은 그녀는, 짐 가방을 챙겨 들고 떨리는 맘으로 가게로 향했다. 이왕 시작한 거 하이힐까지 신고 싶었지만 좀 과한 것 같아 대신 반짝이는 은색 단화를 선택했다.

"와!"

"이게 누구야?"

"딴사람 같다, 사연아."

다들 한마디씩 칭찬하느라 바쁜데 태석만 말이 없었다. 넋을 잃고 뚫어져라 쳐다보는 그로 인해 어쩐지 민망해지는 사연이었다.

"그렇게 이상해?"

"……어? 아, 아니."

끝내 그의 입에선 다른 말은 나오지 않았다. 살짝 기분이 상한 채로 짐을 한곳에 모으기 시작했다. 겉모습만 달라졌을 뿐, 힘쓰는 건 여전했다. 보다 못해 나선 우빈은 사연을 앉히고 꼼짝 못하게 했다. 자기 일 하느라 바쁜 태석이 얄밉다 못해 야속하기까지 했다.

"어디 가니?"

며칠을 방에서 꼼짝없이 지내던 혜미가 나갈 채비를 하고 내려오자, 반가운 마음으로 묻는 현석이었다.

"태석이 좀 만나고 오려고요."

버리려고 했지만 차마 그럴 수 없던 물건이 있었다. 며칠을 고민만 하다가 돌려주기로 한 그녀는 쇼핑백 하나를 손에 든 채 그렇게 집을 나섰다.

"저 어때요?"

"예?"

분식집이 다가오자 뜬금없이 기사에게 질문을 건넨 그녀는, 한참 거울을 들여다보며 몇 번이고 화장을 고쳤다.

"얼굴 괜찮아 보이냐고요. 좀 야윈 것 같지 않아요? 멀쩡해 보여야 하는데."

"예쁘십니다. 평소 아가씨 모습이랑 다를 거 없이 아주 당당해 보이십니다."

"그래요. 다행이네요, 그럼. ……마지막인데 아픈 모습 보여 주면 안 되잖아요."

골목 안에 들어서자 거울을 핸드백에 넣은 그녀는, 커다란 버스가 길을 막고 있는 걸 확인하곤 차를 세워 내렸다. 그리고 멀리서 보이는 사연의 모습에 마음을 가다듬고, 무거운 표정을 숨긴 채 언제나처럼 당찬 걸음을 걷기 시작했다.

"은숙 아줌마네도 다 오셨죠?"

"어, 다 왔어."

장사꾼 사연의 모습은 찾아볼 수 없고, 조신하고 얌전한 요조숙녀의 모습만 남아 있었다. 목소리도 평소와는 달리 조곤조곤했다.

"영철네도 다 오셨고 다음은 영숙 아줌마."

확인한 사람들을 버스에 태우고 난 뒤 영숙을 찾아 고개를 이리 저리 돌렸지만, 보이지 않았다. 집으로 찾아가 보려고 하는데, 멀리서 힘없이 걸어오는 그녀의 모습이 보였다. 빨리 나타나지 않는 기태로 인해 사연의 가슴은 조금씩 타들어 가기 시작했다.

"사연이 네가 어쩐 일로 그런 옷을 다 입었니? 참 안 어울린다, 얘."

영숙과는 다른 방향에서 들려오는 혜미의 목소리에 사연이 미간을 모았다. 며칠 잠잠하던 그녀가 불쑥 나타나자, 반갑지 않은 얼굴로 맞는 사연이었다.

"그 난리를 피우고도 또 왔어? 정신없으니까 신경 쓰이게 하지 말고 가. 너도 참 지치지도 않나 보다."

"뭐? 허, 어이없어."

그녀는 아무렇지도 않은 듯 마음을 숨긴 채 평소처럼 사연을 노려보았다.

"이 구질구질한 빨간 버스는 또 뭐야. 단체로 어디 꽃구경이라도 가나 보지? 촌스럽게 요즘 누가 이런 거 타고 우르르 몰려다녀."

"다 탔으면 문 닫습니다."

기사 아저씨 말에 마음이 급해진 사연은 기운 없는 영숙까지 서둘러 태우고 빠트린 게 없는지 다시 한 번 확인했다.

"우리 가야 돼. 그러니까 넌 그만 돌아가."

"나 할 말 있어서 온 거거든?"

"무슨 할 말이 더 남았다는 거야."

"아, 문 닫아요 말아요. 다 탄 거예요?"

기사 아저씨의 짜증 섞인 말에 다급해진 사연은 옆에서 계속 성가시게 구는 그녀를 막무가내로 밀어 버스에 태워 버렸다.

"야! 너 뭐 하는 거야?"

"할 얘기 있음 가서 해. 어차피 너 집에 가도 할 일 없잖아."

혜미가 당황해하는 사이에 버스에 밀어 넣고 난 사연은 자신도 버스에 오르려 발을 올렸다.

"사연아. 우린 따로 가자. 아저씨 출발하세요."

차에 짐을 싣느라 혜미가 온 줄 모르고 있던 태석은, 버스에 오르려는 사연을 끌어당기고 차를 떠나보냈다.

"따로 가자고? 둘이서만?"

"응."

사연의 얼굴이 금세 붉게 달아올랐다. 마음은 굴뚝같았지만 그래도 되나 싶었다. 한참을 망설였지만 이미 버스는 떠난 뒤라 달리 방법이 없어 그와 함께 차에 올랐다.

얼떨결에 버스에 오른 혜미는 버스가 움직이는데도 멍하니 서 있을 뿐이었다. 일이 어떻게 돼 가고 있는 건지 한참 머리를 굴리고 있을 때였다.

"빨리 안 앉으면 넘어집니다. 얼른 앉으세요, 아가씨."

"어어, 어······!"

커브를 돌자 몸이 기울어진 혜미는 균형을 잡지 못한 채 낯선 남자 무릎 위에 앉아 버리고 말았다.

모자를 푹 눌러쓴 채 이어폰을 꽂고 있던 남자는 익숙한 향에 눈을 뜨고 모자를 살짝 들어 올렸다.

"너, 넌……."

눈이 마주치자 그녀가 먼저 알은체를 한 남자는 바로 우빈이었다. 그녀와 함께 가게 될 줄은 꿈에도 몰랐다. 그날 뒤로 통 볼 수 없어 궁금해하던 우빈의 가슴이 조금씩 설레기 시작했다.

"계속 내 무릎 위에 앉아서 갈 거예요?"

"네? 아……!"

그의 말에 시선을 아래로 내린 그녀는, 굉장히 민망해하며 벌떡 일어나, 비어 있던 우빈의 옆자리에 앉았다.

골목을 빠져나가 본격적으로 출발하려는데 누군가 차를 세웠다. 고개를 숙여 정중히 사과한 그 사람은 멍하니 창밖만 보고 있던 영숙의 앞으로 걸음을 옮겼다.

"영숙이."

"……!"

익숙한 목소리와 비누 향에 서서히 고개가 돌려졌다. 꿈인지 생신지 자신도 모르게 볼부터 꼬집어 확인해 보는 영숙이었다. 기태가 온 것이다.

"자, 빨리 앉으세요. 출발합니다."

"네."

그가 비어 있던 옆자리에 앉자 그제야 실감하는 영숙이었다. 너무 좋아서 눈물이 다 글썽거렸다. 드디어 그가 돌아온 데다가 처음으로 기태와 함께 떠나게 된 여행이었다. 팔짱을 낀 채로 그의 어깨에 가만히 얼굴을 묻었다. 언제나 말보다 행동이 빠른 그녀로 인해 기태의 얼굴에도 미소가 번졌다.

태석과 단둘이 가게 된 사실에 사연은 가슴이 설레었다. 안전벨트를 매려 하자 어느새 다가온 태석의 손이 그녀의 움직임을 말렸다.

"내가 해 줄게."

단단한 근육이 살짝살짝 닿을 때마다 심장이 쿵쾅거리며 뜀박질을 해 댔다.

오늘따라 그녀의 수줍은 모습이 더욱 예뻐 보였다. 한 듯 안 한 듯 화장한 얼굴이 태석의 가슴도 설레게 만들었다. 촉촉하고 연한 핑크빛 입술에 당장이라도 입을 맞추고 싶은 마음이 굴뚝같았다.

"늦으면 안 되니까……."

"어? 아, 그래. 알겠어."

너무 떨려서 눈을 맞추고 있기가 힘들었다. 그뿐 아니라 자신의 심장 소리가 들릴까 여간 신경 쓰이는 게 아니었다. 태석을 제자리로 돌려보내고 나서야 안도의 숨을 길게 내쉰 사연은 더운 기운에 창문을 내렸다.

"향수 뿌렸어?"

"나올 때 뿌렸는데 이제야 아네."

창문을 열자 은은하면서도 시원한 향이 사연의 코끝을 자극시켰다. 안전벨트를 매 줄 때 그렇게 가까운 거리에 있었음에도 불구하고, 너무 떨렸던 탓에 알지 못했던 사실이었다.

"미안. 정신이 없어서 몰랐어. ……향 좋다."

"그래? 다행이네."

잘 보이기 위해 멋을 낸 건 사연만이 아니었다. 구김 없이 빳빳한 하얀 셔츠에 블랙 정장 바지를 말끔하게 차려입은 그는, 머리도 왁스를 이용해 스타일을 내고 평소 잘 착용하지 않던 손목시계까지 멋들어지게 차고 있었다. 내심 몰라봐 줘서 서운했던 그는, 사연의 시선이 자신에게서 떨어지지 않는 지금 너무 행복하고 만족스러웠다.

"태석이 넌 정말 부잣집 아들 같아. 떡볶이집에서 알바나 하기엔 너무 아까워. 그래서 말인데……. 혜미네 아버지가 너 그 회사에 취직시켜 준다고 했다며, 거기 들어갔으면 좋겠는데."

"난 지금이 좋아. 내 일은 내가 알아서 할 테니까 사연이 넌 걱정하지 마."

"어……. 근데 그 말 어디서 많이 들어 본 말 같다?"

"기억하네? 네가 고등학교 때 나한테 했던 말이잖아."

"그래? 자세히는 기억 안 나는데. 그런 말을 하도 많이 하고 살아서 그런가?"

사연은 멋쩍은 웃음을 흘렸다.

"네가 하도 힘들게 사는 것 같아서 걱정이 되는 마음에 떡볶이 장사 관두고 다른 친구들처럼 평범한 삶을 살아가는 게 어떻겠냐고 했더니, 눈에 불을 켜고 그러더라. 니들 눈엔 내가 어떻게 보일지 모르겠지만, 난 지금이 좋고 행복해. 내 일은 내가 알아서 할 테니까 넌 신경 쓰지 말고 네 일이나 제대로 해."

"내가 그랬어? ……미안. 상처받았겠다. 내가 너무 자격지심이

심해서 그랬을 거야. 진심으로 한 말은 아니었을 거야, 아마. 사실 나도 많이 힘들었으니까."

태석은 아무런 말도 하지 않았다. 그저 따뜻하고 큰 손으로 사연의 작고 거친 손을 꼭 잡아 주었다.

"아참, 혜미 온 거 모르지?"

"……혜미가 왔어?"

전혀 생각지 못했던 말에 적잖이 놀란 그는, 간신히 마음을 가라앉히고 물었다. 앞으로 그녀를 보게 될 일은 없을 줄 알았다. 무슨 생각으로 다시 찾아온 건지 머릿속이 복잡해졌다.

"나한테 뭐 할 얘기 있다 그래서 그럼 같이 가자고 내가 버스에 태워 버렸어."

"그래."

"내키지 않는구나? 나도 그래. 그래도 어쩌겠어. 미우나 고우나 친군데 무시할 수도 없고."

"잘했어."

"……!"

태석이 잡고 있던 사연의 손을 가져가 손등에 입을 맞추자, 사연의 동그란 눈이 커졌다. 가슴이 콩닥거리는 게 여간 설레는 것이 아니었다.

"손등키스가 의미하는 게 뭔 줄 알아?"

"그런 것도 있어?"

"응. 존경한다는 의미야. 난 예전부터 사연이 널 존경해 왔어. 몇 번이고 찾아가 보고 싶었지만, 네가 부담스러워할까 봐 매번 포

기하고 돌아섰었는데, 후회된다. 그냥 궁금했을 때마다 가 볼
걸……. 그럼 우리 지금보다 더 빨리, 그리고 더 깊이 친해질 수
있었을 텐데."

"……태석아."

태석은 더 이상 말을 잇지 않은 채 운전에만 집중했다.

"더 빨리 못 해? 저 캄캄한 데서 둘이 무슨 짓을 할지 모르는데.
아, 태석이 벌써 터널 들어갔잖아!"

그들은 목적지인 강원도 정선의 한 펜션에 도착하자마자 짐을
풀고 다 같이 레일 바이크를 타고 있었다.

"누가 빨리 못 가서 이럽니까? 아까 앞 사람과 일정 거리를 유
지하면서 가야 안전하다는 말 못 들었냐고요."

"아, 답답해. 화장실만 안 다녀왔어도 태석이랑 탈 수 있었는
데."

자신은 페달도 밟지 않고 공주처럼 있으면서 애꿎은 우빈만 닦
달하는 혜미였다. 일부러 티 내지 않으려 계속 태석에게 집착하는
모습을 보이고 있지만, 그녀의 마음은 더없이 무겁고 불편하기만
했다.

드디어 두 사람도 터널 안으로 들어갔다. 캄캄해서 태석은커녕
옆자리에 있는 우빈도 보이지 않았다. 그때 혜미의 귓가에서 윙윙
거리며 날아다니는 벌레 소리가 들리기 시작했다. 벌레라면 기겁을
하는 그녀는, 호들갑 떨며 우빈을 향해 소리치기 시작했다.

"까악! 벌레. 버, 벌레!"

"어디, 어디 있는지 말을 해 줘야 잡아 주든가 하죠."

"몰라, 왼쪽 어깨 쪽에 있는 것 같아. 빨리빨리!"

"아, 가만히 좀 있어 봐요. 가뜩이나 안 보이는데."

우빈이 긴 팔로 휘휘 저어 봤지만 벌레는 잡히지 않았다. 페달은 열심히 밟으면서 하는 수 없이 혜미의 곁으로 바짝 다가갔다.

"빨리 좀 잡아 봐! 무서워 죽겠어."

"어디 있는지 잘 모르겠다니까요. 정확히 좀 말해 줘 봐요."

"아 정말, 왼쪽 어깨……!"

"……!"

답답함에 고개를 돌려 우빈을 바라보던 혜미는 코앞에 들이대고 있던 그의 입술에 그만 입술이 닿고 말았다. 순간 당황함에 그대로 굳어 버린 두 사람은, 한참이 지나서야 입술을 뗄 수 있었다. 넋이 나간 채로 간신히 페달을 밟으며 터널을 벗어나 밖으로 나왔다.

시끌벅적한 사람들 틈에서 두 사람만 말없이 조용했다. 혜미는 더 이상 벌레도 태석도 찾지 않았다. 우빈은 터질 듯한 심장 때문에 정신까지 몽롱해졌다.

그렇게 강원도 정선에서 레일 바이크도 타고 맛있는 것도 먹으며 즐거운 시간을 보낸 사람들은, 저녁이 되자 술판을 벌이기 시작했다. 남자들은 고기를 굽고 여자들은 상을 차렸다.

야외에서 산 공기를 마시며 구워 먹는 삼겹살이야말로 그 맛이 일품이었다. 달달한 술을 쉼 없이 목으로 넘기며 일상생활에서의 고생은 이미 잊은 지 오래였다. 저마다 사연에게 고맙다며 인사를 했고 그중에는 눈물을 보인 사람들도 있었다.

술이 오르자 몇몇 어르신들이 흥에 겨워 춤을 추기 시작했다. 넉살 좋고 성격 좋은 우빈은 고기를 굽다 말고 집게를 든 채로 춤판 사이를 파고들었다. 얼씨구나 팔과 다리를 흔드는 그를 보며 진심으로 즐거워하는 어른들을 보자 사연의 마음은 뿌듯했다. 단 한 사람 혜미만을 제외하고 모두가 축제 분위기였다.

"어린애가 왜 저러나 몰라. 으, 맘에 안 들어. 내가 딱 싫어하는 스타일이야. 근데 태석이 얘는 어디서 뭘 하고 있는 거야?"

"아가씨도 우리 우빈이 스타일은 아니거든요. 우리 우빈이가 눈이 얼마나 높은데."

우연히 혜미의 혼잣말을 들은 은숙은 애써 언짢은 마음을 꾹꾹 눌러 참으며 말했다.

"뭐예요? 허, 기막혀. 이봐요, 아줌마."

"왜요?"

"……됐어요. 관둬요, 관둬. 수준이 맞아야 대화를 하지."

"뭐야? 아가씨 지금 말 다 했어?"

"관두자고요."

자리를 옮기는 혜미의 뒷모습을 보자 은숙은 기가 막히고 열이 올랐다.

✻

"하웃, 하아."

사람들이 몸을 들썩거리며 흥에 겨워하고 있는 사이, 기태와 영숙은 깊은 산속에서 뜨거운 사랑을 불태우고 있었다.

"영숙이."

"네, 기태 씨."

"내가 반드시 영숙이를 데려가 먹여 살릴 테니 조금만 더 참고
기다려 줘."

"정말이지요?"

"미안해, 영숙이. 조금만 더 고생하자고. ……하악!"

마초처럼 거칠게 달리던 그는 평소보다 조금 빨리 절정에 다다
랐다. 마지막 혼신의 힘을 다해 허리를 움직인 그는 영숙의 안에
모든 것을 쏟아부은 채 그대로 쓰러져 누웠다.

"그런데 기태 씨. 아까부터 계속 이상한 냄새가 나는 것 같아요.
못 느꼈어요?"

"글쎄, 무슨…… 아니, 이건!"

"어머나!"

너무 급했던 탓에 차마 주위를 살필 겨를도 없었다. 냄새가 났지
만 산이라 그렇다 여기고 넘겼었는데, 그냥 넘어갈 일이 아니었던
것이다. 온몸에 똥칠을 하고서도 몰랐던 그들은, 화들짝 놀라 자리
에서 일어났다.

"그러게 그냥 방에서 하자니까, 영숙이."

긴 한숨을 지은 기태의 표정이 몹시 씁쓸해 보였다.

"미안해요, 기태 씨. ……산에서 꼭 한 번 해 보고 싶었어요."

❋

"아야."

어르신들의 춤을 구경하다 그만 칼에 손을 베고 만 사연이었다. 당장 그녀에게 달려가 손가락을 입에 넣고 피를 빨아들이는 태석을 보고도 화를 내지 못할 정도로 혜미는 술에 취해 있었다. 뭐가 그리 좋은지 아까부터 혼자 실실 웃는 그녀를 보며 우빈은 인상을 구겼다.

"아, 뭐 해. 얼른 들어가서 치료해 주지 않고. 여자 방에 들어가 보면 약통 바로 보일 거야."

영철 엄마 말에 태석은 사연의 손을 잡아끌고 황급히 펜션으로 향했다. 역시 아줌마들은 달라도 뭔가 달랐다. 구급약통을 통째로 챙겨 들고 온 것이다. 메스만 빼고 필요한 건 다 들어 있었다. 호호 불어 가며 소독을 끝내고 밴드까지 정성껏 붙여 주었다. 내내 가슴이 떨려 아픈 줄도 모르고 있던 사연은 태석의 걱정 가득한 얼굴을 보자 마음이 따뜻해졌다.

"얼굴에 구멍 나겠다."

태석의 말에 화들짝 놀란 그녀는 바로 시선을 돌리고 얼굴을 붉혔다. 그런 그녀가 너무 사랑스럽게 느껴졌다. 뒤늦게 넓은 방 안에 둘만 있다는 사실을 실감한 그들은, 누가 먼저랄 것도 없이 서로의 입술을 향해 천천히 다가갔다. 한참 키스가 이어지고 뜨겁게 달아오른 불기둥이 고개를 들자, 태석은 잠시 입술을 떼었다.

"나갈까?"

이대로 있다간 참을 수 없을 것 같아 선택한 방법이었다.

"어? 어. 그, 그래. 그러자."

조금 더 같이 있고 싶었지만 사실대로 말하자니 부끄러워 먼저 자리에서 일어선 사연이었다. 방문을 열고 나가려는데, 태석의 손이 강한 힘으로 그녀의 손목을 잡아끌었다. 너무 놀란 사연은 그를 바라보며 아무 말도 하지 못한 채 눈만 깜박거렸다.

천천히 그의 얼굴이 다가왔다. 코앞에서 살짝 고개를 기울인 그는 그대로 사연의 입술에 키스를 했다. 벌어진 입술 사이로 혀가 침범해 들어오자, 눈을 스르르 감는 그녀였다. 혀와 혀가 엉키고 진하고 깊은 교감을 나누며 두 사람은 자연스레 벽에 기댔다. 잠시 입술을 뗀 그는 사연의 눈을 한참 바라보다 천천히 고개를 숙여 가늘고 긴 목에 입을 맞췄다.

"하아……."

짜릿한 기분에 절로 뜨거운 숨이 터져 나왔다. 쪽 소리를 내며 이곳저곳에 입을 맞추던 그의 손이 사연의 어깨를 어루만졌다. 다시 키스를 건네며 그녀를 안고 몸 곳곳을 훑던 그는 조심스레 사연을 바닥에 눕혔다.

4.

소중한 사랑, 특별한 사람

　처음이 아프다라는 것쯤은 알고 있었다. 그래서 걱정 아닌 걱정
을 했던 것도 사실이었다.

　그런데 막상 상황이 닥치니 생각만큼 두렵진 않았다. 눈을 질끈
감고 참아 낸다면 그 뒤엔 황홀함이 찾아들 것을 믿었다. 태석의
손길로 뽀얗고 둥근 가슴을 드러내게 된 그녀는 부끄러움에 붉어진
얼굴을 손으로 가렸다.

　"창피해할 거 없어. ……예쁘다."

　천천히 사연의 손을 내린 그는, 성숙한 여인의 젖가슴을 보며 입
가에 살며시 미소를 지었다. 그는 둥근 이마에 살짝 입을 맞췄다.
그러곤 고개를 내려 뽀얀 가슴에도 붉은 자국을 새겨 놓았다.

　"아야."

　새하얀 피부에 붉은 꽃잎이 여러 개 생겼다. 봉긋 솟은 망울 주위를 혀로 핥고 돌리다 입에 넣고 깊게 빨아 당겼다. 사연의 허리가 하늘을 향해 높이 튕겼다 내려왔다. 처음 느낀 묘한 기분을 감당해 내기란 조금 어려운 부분이 없잖아 있었다.

가늘고 긴 손이 탄탄한 등 근육을 쥐었다. 두려움에 잡은 그것은 사연의 호기심을 자극시켰다. 천천히 쓸어내리자 발끝부터 정수리까지 온몸에 찌릿한 전율이 흘렀다. 잔뜩 힘이 들어간 엉덩이는 돌덩이마냥 딱딱했다. 처음 느끼는 남자의 몸은 황홀 그 자체였다.

그의 몸이 위아래로 움직여질 때마다 자신의 여성에 와 닿는 불기둥으로 인해 아랫배가 찌릿해졌다. 빨리 들어와 주길 바라며 엉덩이를 들고 촉촉이 젖은 그곳을 그의 남성에 살짝살짝 지분거렸다. 참기 어려운 쪽은 태석도 마찬가지였기에 하던 일을 멈추고 상체를 세웠다.

"하읏."

태석이 손가락으로 젖은 계곡을 따라 쓸어내리자 사연은 처음 맛본 색다른 기분에 절로 신음이 터져 나왔다. 봉긋 솟은 돌기를 지그시 누른 채 살살 돌리자, 순간순간 움찔거리며 조금씩 쾌락에 젖어 들고 있었다. 참으로 신비스러운 기분이었다. 온몸에 전율이 흐르고 아랫배에서 심장이 뛰듯 쉼 없이 통통거리는 것이, 분명 괴로운 것은 아닌데 견디기엔 고통스러웠다.

"훗!"

입구를 살살 어루만지던 손가락이 쑥 하고 들어오자 사연의 눈이 튀어나올 듯 커졌다. 창피해서 소리도 지르지 못하고 이를 악문 채 그 큰 고통을 참아 낸 사연이었다. 넣었다 빼는 속도가 점차 빨라지자 이내 눈물까지 글썽거리기 시작했다. 그 작은 것도 이토록 고통스러운데, 가뜩이나 성이 난 불기둥은 얼마나 아프게 할까 살짝 겁을 먹었다.

손가락이 나가자 이어질 다음 타자로 인해 자신도 모르게 온몸에 힘을 준 사연이었다. 세워진 다리는 원할 땐 언제고 태석을 방해하며 잔뜩 오므라들었다. 힘으로 다리를 벌린 그는 눈을 꼭 감은 채 이를 악문 그녀를 보며 살며시 미소를 지었다.

"괜찮으니까 겁먹지 말고 힘 빼. 아프지 않게 최대한 노력해 볼게."

있는 힘껏 쥐어진 손을 가만히 잡아 주었다. 그제야 사연은 긴장을 풀고 다시 힘을 빼기 시작했다. 그녀를 배려해 서두르지 않고 엉덩이를 받쳐 든 그는, 부드러운 혀로 다시 좋은 기분을 선물했다. 간질하면서도 찌릿한 게 말로 설명하기 어려운 묘한 느낌이 들었다.

상체를 세웠다가 입술을 찾아 고개를 내린 그는 조금은 거친 키스를 건네며 다시 가슴을 손안에 넣었다. 힘껏 주무르다 부드럽게 돌리고 문지르기를 한참 반복하더니, 손가락으로 유두를 잡고 비틀며 꾹꾹 눌러 돌렸다. 슬슬 그의 행동이 거칠어지기 시작했다. 입술에서 떨어져 다른 한쪽 가슴을 크게 물고 이로 잘근거렸다.

"하읏."

몸을 일으키려 했지만 여린 힘으론 역부족이었다. 괴로움에 몸부림치며 그의 어깨를 잡았다. 구릿빛 피부에 손톱이 파고들자 금세 자국이 생겼다. 거침없이 배로 내려간 그는 곳곳을 혀로 핥고 쓸어

내렸다.

다시 충분히 젖어 든 것을 확인한 그는 상체를 세우고 성이 난 불기둥을 손으로 잡았다. 최대한 벌려 놓은 다리 사이로 몸을 밀착하곤, 입구에 대고 자신의 것을 계속 지분거렸다. 살살 돌리며 천천히 아주 조금씩 밀어 넣기 시작했다. 낌새를 알아차린 그녀는 또다시 온몸에 힘을 주었다. 긴장을 풀라며 손을 잡아 주었다. 더는 기다리고 참아 주기가 어려웠다.

"들어갔어. 조금만, 조금만 더 참아 사연아. 하아."

이미 시작된 것을 멈출 수 없었던 그는 그녀를 위해, 또한 자신을 위해 조금은 과감하게 밀어 넣었다. 처음이라 너무 좁은 탓에 힘이 들었지만, 이미 맛을 본 태석의 불기둥은 멈추지 말라며 더욱 성을 내고 있었다. 고통의 소리가 커질수록 미안한 마음에 더욱 괴로운 그였다. 사연을 달래랴 삽입하랴 정신없던 그는 한참 애를 먹으며 씨름하다 어느새 온몸을 땀으로 적셨다.

"하웃, 하아……."

사연 또한 마찬가지였다. 땀인지 눈물인지 모를 것들이 이마에 송골송골 맺혀 있다 뚝뚝 떨어졌다. 입술엔 잇자국이 선명했고, 태석을 잡은 손은 부들거리며 떨리고 있었다.

"윽!"

"하웃!"

사연의 상체가 들리다 이내 바닥으로 떨어졌다. 어렵게 삽입에 성공한 그는 잠시 힘을 빼고 사연의 위로 쓰러졌다. 숨을 돌릴 새도 없이 사연을 챙기느라 바빴다. 얼굴에 물기를 닦아 주며 입술을 찾아 부드러운 키스를 건넸다.

괴로워하던 사연의 표정은 조금씩 여유를 되찾고 있었다. 따끔거리고 쓰라렸지만, 그래도 좋았다. 비로소 태석과 하나가 된 기분에 가슴이 벅차오를 만큼 행복했다.

천천히 밀어 넣었다 빼기를 반복하기 시작했다. 마냥 고통스러워하던 그녀도 조금씩 적응을 해 가고 있었다. 뒤에 따르는 묘한 느낌에 아랫배가 찌릿찌릿했다. 온몸이 부르르 떨리고 손과 발끝에 절로 힘이 들어갔다. 무언가 꽉 채워진 기분에 더 이상 외롭지 않았다. 이 소중한 시간을 영원히 기억하며, 앞으로도 그와 평생을 함께하고 싶다고 생각했다.

"하악, 하악."

태석의 움직임이 조금씩 빨라지기 시작했다. 고요한 방 안을 어느새 뜨거운 신음으로 가득 채우고 있었다. 따끔하면서도 짜릿한 기분에 사연은 주체를 하지 못하고 있었다. 태석은 빠르게 허리를 움직이며 흔들리는 젖가슴을 입에 물었다. 뜨거운 입김에 몸이 사르르 녹아 버릴 것만 같았다.

"하읏."

근육이 터질 듯 거칠어진 그의 움직임에 사연은 조금씩 무너져 내리고 있었다. 온몸을 자극하며 흐르는 전율로 인해 고개가 뒤로 젖혀질 때마다 굵은 핏대도 따라 섰다.

사연의 다리를 들어 자신의 허리에 감았다. 더욱 자극을 받은 그는, 정신을 잃게 만드는 폭발적인 쾌락에 짐승처럼 달리며 가슴을 물어뜯듯 이로 잘근거렸다. 손안을 가득 채우는 가슴을 쉼 없이 주무르고 문지르며 조금씩 절정을 향해 가고 있었다.

"흣, 아흣."

턱 끝에 맺힌 땀방울이 뚝뚝 사연의 몸 위로 떨어졌다. 입에선 거친 숨소리가 쉼 없이 터져 나왔다. 말없이 한참을 달리던 그는 마지막 혼신의 힘을 다해 허리를 움직였다.

사연의 신음 소리가 커졌다. 그가 주는 자극에 어찌할 줄을 몰랐다. 고통과 쾌락이 온몸에 찌릿한 전율을 선사했다. 뜨거운 무언가가 몸 안을 가득 채우는 느낌에 몸이 부르르 떨렸다. 차고 넘친 것이 다리 사이로 흘러내리자, 태석 또한 몸을 부르르 떨며 사연의 몸 위로 쓰러져 버렸다.

"……사랑해."

"……!"

처음 듣는 고백에 사연의 두 눈에 눈물이 가득 차올랐다. 바보처럼 아무 대답도 하지 못하고 그저 눈물만 흘렸다. 태석의 손이 얼굴에 흐르는 물기를 닦아 주었다.

한 팔은 어깨를 감싸 안고 다른 한 손은 그녀의 손을 잡으며 다시 키스를 건넸다. 입술을 핥던 혀가 거침없이 침범해 혀를 찾아 감아올렸다. 살며시 손을 놓고 가슴을 주무르기 시작했다.

검붉은 망울을 손가락으로 누른 채 한참을 문지르자, 죽었던 불기둥이 금세 다시 살아났다. 살짝 당황하고 놀랐지만 한편으론 흐뭇하고 자신감이 충만했다. 손을 내려 사연의 여린 그곳을 어루만졌다. 서서히 젖어 들자 입술을 떼고 그녀를 바라보았다.

"우리, 집으로 가자. 둘이서만 있고 싶어."

그는 사연을 내려다보며 진심으로 말했다. 할 만큼 했으니 여기서 빠진다고 뭐라 할 사람은 없을 것이다. 더군다나 술에 취하고 분위기에 취해 있어 아마 다들 신경 쓰지도 않을 것이다.

이런저런 생각 끝에 고개를 끄덕거리자 태석의 얼굴에 금세 미소가 번졌다. 서둘러 움직이기로 했다. 사연이 먼저 몸을 씻는 동안 태석은 두 사람이 그린 흔적을 치웠다.

"우리 태석이 어디 갔어요?"

머리가 산발이 된 혜미는 붉게 달아오른 얼굴로 나무를 향해 말을 건넸다. 신발은 어디다 두고 맨발 신세가 된 건지, 대답 없는 나무를 붙들고 흔드는 모습이 가관이었다.

"강태석, 구사연이 데리고 도망갔죠. 그래서 말 못해 주는 거죠? 왜요? 나 상처받을까 봐? 괜찮으니까 사실대로 말해 주세요. 네? 나 태석이한테 할 말 있단 말이에요. 줄 것도 있고⋯⋯."

나무에 정신없이 이마를 비비며 눈물까지 글썽거렸다. 그때 손에 신발을 든 채로 그녀를 찾아 한참을 돌아다니던 우빈이 혜미를 발견하곤 황급히 나무 앞으로 달려왔다.

까진 이마에서 피가 흐르는 줄도 모른 채 그녀는 바닥에 주저앉았다. 그러곤 고개를 들어 우빈을 바라보았다. 초점 없는 눈을 연방 깜박거리던 그녀는 우빈을 태석으로 착각해 버렸다.

"태석아아. 오디 갔었오. ⋯⋯나쁜 놈. 내 맘도 모르고."

"태석이, 태석이, 태석이. 휴⋯⋯. 당신 눈엔 태석이 형만 보이지."

기분이 언짢아진 우빈은 잔뜩 일그러진 얼굴로 신발을 신겨 주기 시작했다.

"……!"

임무를 마치고 일으켜 세우려는데, 그의 목에 팔을 두른 채 꼭 끌어안는 그녀였다. 아주 잠깐 심장이 멈췄다 다시 뛰는 걸 느낀 우빈은 금세 얼굴이 터질 듯 벌겋게 달아올랐다. 술 냄새는 나지 않고 아주 달콤한 향만이 가득 풍겨 나고 있었다. 벌써 두 번째 접촉이었다. 조금 전 터널에서 실수로 한 입맞춤 생각에 가슴이 떨렸다.

"저기, 아까 레일 바이크 탈 때 있었던 일 말이에요."

"……."

"그러니까 그…… 뽀, 뽀뽀. 난 처음이었는데, 그쪽은……."

"……."

한참이 지나도 대답이 없자 고개를 돌려 혜미를 보는 우빈이었다. 어느새 그녀는 그의 품에 안긴 채 새근새근 잠이 들어 있었다. 허무하고 허탈했지만 그는 꼼짝하지 않은 채 그 자세 그대로 있어 주었다.

"그나저나 빨리 치료부터 해야 될 텐데. ……안 그래도 예쁜데 취하니까 귀엽기까지 하네."

❉

"아줌마. 죄송한데요. 저희 먼저 올라가 볼게요."

짐을 챙겨 나온 사연은, 사람들 눈치를 살피며 은숙에게 조용히 속삭이듯 말했다.

"손은 괜찮아?"

"네. 먼저 가게 돼서 죄송해요."

"무슨 일 있는 거야?"

"네? 아, 태석이가 일이 좀 있어서. 혼자 보내기 그렇잖아요."

"그래. 근데 사연아. 가기 전에 그 처녀 어디 갔나 좀 찾아 봐. 좀 취한 것같이 보이던데 갑자기 없어져서는 아직까지 안 보이고 있어."

"혜미가 없어졌다고요?"

"애는 아니지만 그래도 다 큰 처녀가 밖에서 잠들었을까 봐 걱정되니까 좀 찾아보고 가."

"네. 알겠어요. 우리가 알아서 찾아볼 테니까 걱정하지 말고, 날 밝으면 어른들께 말씀 좀 잘 드려 주세요. 조심해서 올라오시고요."

"그래."

은숙과 나눈 대화를 곁에서 들은 태석의 얼굴에도 걱정하는 기색이 역력했다.

"우빈이도 없는 거 보니까 두 사람 같이 있을 수도 있어. 너무 걱정하지 말고 찾아보자."

"그래."

길을 나서기 전 핸드폰을 꺼내 전화를 걸었지만 두 사람 모두 받지 않았다. 결국 손전등으로 어두운 길을 밝혀 혜미를 찾아 나선 두 사람은 근처부터 시작해 어느덧 산속까지 걸어 들어갔다.

바람은 더없이 차가워지고, 정체를 알 수 없는 소리는 조금씩 불안감을 더해 주었다. 그렇게 정처 없이 걷던 두 사람은 점점 길이 좁아지는 듯한 기분이 들자, 그제야 걸음을 멈추고 섰다. 마주 잡은 두 손에 더 큰 힘이 들어갔다.

"혜미, 산이라면 질색하는 애잖아. 무턱대고 찾다 보니까 잊고 있었네."

"아무래도 너무 깊이 들어온 것 같아. 다시 돌아가는 게 좋겠어."

"응."

몸을 돌려 다시 손전등을 비추자 어떻게 걸어왔는지조차 알 수 없을 만큼의 무성한 나무가 양옆에서 길을 감추고 두 사람을 조이듯 방해하고 있었다.

"안 되겠다. 내가 앞에서 걸을 테니까 사연이 넌 뒤에서 내가 걷는 길로만 따라 걸어와."

"그냥 같이 가자. 나 무섭단 말이야."

"걱정하지 말고 잘 따라와."

그렇게 앞장선 태석은 본인의 팔로 무성하게 자란 풀과 나뭇잎들을 내려치며, 사연에게 안전하고 편안한 길을 내어 주기 시작했다. 걸어도 걸어도 끝이 없는 길을 대체 어떻게 올라온 건지 생각할수록 놀라울 따름이었다. 그때 건전지가 바닥난 태석의 손전등이 꺼져 버렸다.

"엄마!"

사연의 것을 함께 사용하기 위해 몸을 돌리자, 불에 비친 그의 모습에 놀란 사연은 그만 손에서 손전등을 놓쳐 버리고 말았다. 태석이 굴러가는 것을 잡기 위해 빠르게 움직인 사이, 그녀는 겁에 질린 채 바닥에 주저앉아 버렸다.

"사연아. 움직이지 말고 그 자리 그대로 있어. 알겠지? 내가 금방 손전등 찾아올게."

"싫어. 같이 가, 태석아. 나 무서워."

그의 말은 무시한 채로 사연은 자리에서 일어나 무작정 소리가 나는 곳으로 걷기 시작했다.

"너까지 움직이면 큰일 나. 내가 손전등 찾아서 그쪽으로 갈 테니까 넌 그냥 거기 있어."

"싫어. 나 정말 무섭단 말…… 꺄악!"

"왜 그래, 사연아. 구사연!"

소리를 따라 무작정 걷던 사연은 미끄러운 돌을 밟고 그만 아래로 떨어지고 말았다. 다행히 그사이 손전등을 손에 넣은 태석은 황급히 길을 밝혀 사연을 찾기 시작했다.

"사연아. 내 목소리 들려? 들리면 소리라도 질러 봐!"

사연이 떨어진 곳은 그리 깊은 낭떠러지는 아니었다. 그러나 발목에 심한 통증을 느낀 그녀는, 괴로움에 몸부림칠 뿐 아무 말도 할 수 없었다.

"사연아. 구사연! 너 대체 어디 있는 거야!"

"……태, 태석, 태석아……."

있는 힘껏 소리 내 불러 보지만 고통에 묻힌 작은 목소리가 그에게 들릴 리 없었다.

"미치겠네, 정말. 사연아. 구사연!"

"나, 여기 있어⋯⋯."

잠시 후, 아주 미세하게 그녀의 목소리가 들리기 시작했다. 아무 대꾸 없이 가만히 귀를 기울이기 시작한 그는 다행히 사연이 있는 곳을 향해 걸음을 틀어 걷고 있었다.

"조금만, 조금만 더 힘을 내 사연아."

아주 작은 목소리로 속삭인 태석의 목소리가 떨렸다.

"태석아."

"⋯⋯!"

남아 있는 힘을 모두 끌어 모아 마지막으로 악을 써서 부른 사연은 그만 정신을 잃고 그대로 쓰러져 버리고 말았다.

"사연아!"

손전등에 비춰진 사연의 모습에 태석은 황급히 아래로 내려가 그녀를 끌어안았다. 차가워진 볼을 비비며 한참 온기를 나눠 준 그는, 다급히 그녀를 등에 업고 다시 길을 나서기 시작했다.

어느 정도 위험한 길을 벗어나자 따뜻한 그의 온기로 서서히 정신을 되찾은 그녀는 다행히 눈을 뜰 수 있었다. 숨 막히듯 조여 오던 나무도 무성하게 자란 풀도 더 이상 보이지 않았다. 천천히 목을 감싸 안는 그녀의 손길로 태석의 걸음은 순간 멈춰졌다.

"놀라게 해서 미안해, 태석아."

"⋯⋯이 바보야. 내가 금방 간다고 그냥 기다리라고 했잖아."

그가 놀란 가슴을 쓸어내리며 떨리는 목소리를 냈다.

"그나저나 혜미를 못 찾아서 어떡하지."

"지금 혜미가 중요해? 난 너 어떻게 될까 봐 미치는 줄 알았다고!"

"태석아……."

"다신 혼자 어디 가지 마. 내가 보는 앞에서만 움직이라고. ……내가 널 놓쳤던 건 십 년 전 그때 한 번이면 족하니까. 두 번 다신 널 잃고 싶지 않아. 이제 절대 네 손 놓지 않을 거야, 나. 약속할게."

사연의 눈에서 뜨거운 눈물이 소리 없이 흘러내렸다. 가슴이 벅찰 만큼 기쁘고 행복한 그녀였다.

"……바보. 걱정하지 마. 나 이렇게 멀쩡하잖아. 발목에 통증만 좀 있을 뿐이야."

"발목? 발목 다쳤어?"

"혜미, 우빈이랑 같이 있는 거겠지? 우빈이가 혜미한테 마음 있는 것 같던데 혼자 두진 않았을 거야. 그치?"

"발목 다쳤냐니까 왜 자꾸 딴소리야."

그때 태석의 핸드폰이 요란하게 울려 대기 시작했다.

"어서 받아 봐. 혜미한테 온 걸지도 모르잖아."

잠시 사연을 내려놓은 그는 핸드폰을 찾아 들고 전화를 받았다. 사연은 앉은 채로 아픈 발목을 감싼 채 주무르고 있었다.

"여보세요."

— 저예요. 지금 빨리 병원으로 와 줘야 할 것 같아요. 아버님 상태가 많이 나빠졌어요. 의사 선생님말로는 호스피스 병동으로 옮겨야 할 것 같다고…….

손에 힘이 풀린 그는 핸드폰을 놓치고 말았다. 한 번도 희망의 끈을 놓아 본 적이 없었다. 분명 좋아질 거라고 믿고 있었다. 그래서 일부러 걱정하지 않는 척, 밝은 척 아버지 앞에서 웃기만 했었다.

그런데 그에게 절망이 찾아들었다. 호스피스 병동이라니. 도무지 믿겨지지 않아 헛웃음만 나왔다. 마지막을 준비하는 곳이 아닌가. 어째서, 어째서 이런 좌절감을 겪게 하는 것인지 세상이 원망스러웠다. 당장 달려가 봐야 하는데 몸이 말을 듣지 않았다.

"왜 그래, 태석아. 누군데 그래. 응? 대체 무슨 일이야."

다리에 힘이 풀린 채 주저앉아 버린 태석의 어깨에 손을 올리고 있던 사연은, 떨어진 핸드폰을 주워 들고 여자의 다급한 목소리에 귀를 기울였다. 그러곤 대신 대답을 건네고 전화를 끊은 뒤, 말없이 태석을 꼭 끌어안았다. 한참을 다독거리며 함께 눈물을 흘리다 더 이상 시간을 끌고 있을 수 없어 그를 재촉했다.

산이라 바람이 차가웠다. 자신을 찾느라 태석과 사연이 어떤 고생을 했는지 꿈에도 모른 채 술에 취한 혜미는 일어날 생각을 못하고 그저 쿨쿨거리며 잠을 자고 있었다.

함께 있던 우빈은 까진 이마를 서둘러 치료하지 않으면 보기 흉하게 상처가 남을 것 같아 이래저래 걱정이 되기 시작했다. 결국 혜미를 번쩍 안아 들고 펜션 안으로 걸음을 옮겼다. 좀 전까지 태석과 사연이 있었던 방으로 들어가, 혜미를 벽에 기대어 앉히고 구급약통을 찾아 들었다.

밝은 데서 보니 상처가 꽤 심했다. 우빈의 미간이 힘껏 좁혀졌다. 소독을 끝내고 호호 불어 가며 연고를 바른 그는, 커다란 손으로 어렵게 밴드까지 붙여 주었다. 그녀가 너무 작아서 더 조심스러웠다.

이제 약통을 정리하고 제자리에 가져다 놓으려는데 혜미의 손이 그를 붙잡았다. 힘없이 이끌린 그는 그녀가 입을 맞춰 오자 얌전히 따르며 눈을 감았다. 약통을 내려놓고 그녀의 두 볼에 손을 얹었다. 거침없이 입술을 뚫고 침범해 입안 곳곳을 훑고 지난 그는 과감히 혀를 찾아 감았다. 그러자 눈을 번쩍 뜬 그녀는 몹시 괴로워하며 우빈의 어깨를 힘껏 움켜잡았다.

"웩, 웩!"

"……!"

혜미가 토기를 참지 못하고 속에 것을 게워 냈다. 다행히 직전에 우빈을 밀어낸 상태라 토사물은 우빈의 가슴팍으로 쏟아졌다.

"괜찮아요?"

"웩, 쿨럭."

"…….."

진심으로 걱정하며 그녀의 등을 천천히 쓸어내려 주었다. 황급히 밖으로 나간 그는 걸레와 물에 적신 수건을 챙겨 들고 다시 돌아왔다. 지쳐 쓰러진 혜미는 바닥에 널브러진 채 잠들어 있었다. 수건으로 머리와 얼굴, 손까지 정성스레 닦아 주고 걸레로 바닥까지 깨끗하게 치우고 난 뒤 잠시 고민에 빠진 그였다.

자신은 그렇다 치지만 하필이면 혜미도 가슴팍이 젖어 어찌해야 좋을지 난감했다. 닦아 주자니 그렇고 그냥 두자니 그것도 걸렸다. 백지장처럼 깨끗하기만 그녀가 더럽혀진 게 여간 신경 쓰이는 게 아니었다. 한참을 고민하던 그는 감기라도 걸릴까 싶어 옷을 벗겨 몸을 닦고 이불을 덮어 주기로 했다.

"그래. 안 보면 되지. 내 손이 닦아 주는 것도 아니고 수건이 닦아 주는 건데 뭐. 후딱 해치우자."

물에 적신 수건을 들고 조심스럽게 혜미에게 접근한 그는 고개를 돌린 채로 등 뒤에 지퍼를 찾아 내렸다. 눈으로 보고 있는 것도 아닌데 마치 보이는 듯 심장이 터져 버릴 것만 같았다. 머릿속에 혜미의 브래지어가 사이즈별로 둥둥 떠다녔다.

고개를 세차게 저으며 생각을 떨친 그는 어깨를 잡고 손을 덜덜 떨며 옷을 내렸다. 수건을 들고 닦으려는데, 불끈불끈 기둥에 잔뜩 힘이 들어가더니 우뚝 서 버렸다.

추운지 혜미가 몸을 움츠리는 느낌에 서두르기로 하고 여전히 고개는 돌린 채로 가슴을 향해 팔을 뻗었다. 손을 대지 않고 하려니 제대로 닦고 있는지조차 알 수 없었다. 조금 더 가까이 다가간 그는 동작을 크게 하기 시작했다. 그 탓에 그만 혜미가 잠에서 깨어나고 말았다.

"……!"

"뭐, 뭐 하는 거예요, 지금?"

"엄마야!"

화들짝 놀란 탓에 수건을 놓쳐 버렸다. 커다란 손에 들려 있어야 할 수건은 없고, 대신 사과처럼 둥근 가슴만이 잡혀 있었다. 동시에 일시 정지 상태가 된 두 사람은, 같은 곳에 시선을 두고 한참을 멍하니 있었다.

"꺅!"

"아악!"

혜미가 먼저 소리를 지르자 우빈도 따라 질렀다. 당장 손을 떼고 등을 돌렸다. 봐선 안 될 것을 보고 말았다. 혜미는 가슴을 가리느라 바빴고, 우빈은 하늘을 향해 고개를 쳐 든 기둥을 가리느라 바빴다.

"자자. 잘 사람들은 들어가서 자고, 아닌 사람들은 여기서 한 잔씩들 더 하자고."

"좋아요."

"근데 사연이 친구라는 그 처녀는 찾았대요?"

"아, 젊은 사람들 넷 다 안 보이는 거 보면 몰라? 어디서 자기들끼리 즐거운 시간 보내고 있겠지. 그저 우리 같은 노인네들은 모른 척 우리끼리 잘 놀아 주는 게 돕는 거라고. 그러니까 걱정들 그만하고 얼른 움직여."

"그렇겠죠?"

"……!"

밖에서 흥에 겨워 춤추며 즐기던 사람들이 하필이면 지금 펜션에 들어온 모양이었다. 곧 방문이 열릴 걸 알고 재빨리 혜미를 일으켜 세운 우빈이었다. 커다란 창문을 열자 세찬 바람이 무섭게 쏟아져 들어왔다.

"나가요, 얼른."

"지금 나더러 창문 밖으로 뛰어내리라는 거예요?"

"그럼 무슨 방법 있어요?"

"나가려거든 혼자 나가요."

"그 꼴을 하고 어른들 보겠다는 겁니까?"

우빈의 말에 고개가 절로 숙여지는 혜미였다. 어설프게 올려진 옷을 더 끌어 올리곤, 우빈을 째려보며 손으로 가슴을 가렸다.

"난 들어가서 눈 좀 붙여야겠다."

"나도, 같이 들어가요."

목소리가 점점 가까워지자 더욱 마음이 조급해지는 우빈이었다. 이대로 있다간 큰일 날 것 같아 하는 수 없이 고집 피우는 혜미를 번쩍 안아 들었다. 그러곤 망설임 없이 창밖으로 몸을 던졌다. 소리가 나오려 하자 입을 막은 혜미는, 흔들림 없이 땅에 발을 디딘 우빈에게서 순간 남자다움을 느꼈다. 일 층이라 거뜬히 뛰어내릴 수 있었지만 왠지 모르게 가슴이 설레었다.

✳

허물어진 벽에 빨간 글씨로 민박이라고 적혀 있었다. 녹슨 철문을 열고 들어가니 어두컴컴한 집 안에 개 짖는 소리만 쩌렁쩌렁 울렸다.

"아무도 안 계세요?"

"기태 씨. 우리 다른 데로 가요. 여긴 왠지 좀 무서워요."

"무섭긴, 이년아. 네년 얼굴이 더 무섭다. 어우, 똥내. 똥통에 빠졌다 나온 거여?"

아무도 없는 줄 알았는데 컴컴한 마당에 허리가 구부러진 할머니가 지팡이를 짚고 서 있었다.

"안녕하세요. 근데 왜 이렇게 어둡게 하고 계세요, 할머니."

기태가 공손하게 인사를 건네며 물었다.

"염병 지랄. 두 연놈들이 똥밭을 굴렀나, 코 썩겠네. 아, 들어가서 얼른들 씻어. 금방 상 내올 테니까. 된장은 오천 원, 뚝불은 칠천 원."

"어머니가 끓여 주시던 된장이 생각나네요. 된장으로 하겠습니다."

불쾌감지수 팍팍 오른 영숙과는 달리, 할머니의 욕을 정답게 여기며 기태는 계속 넉살 좋은 미소를 짓고 있었다.

"방 안에 돈 통 있으니까 내일 아침상까지 오만 원 넣어 놔."

"아니, 그러다 누가 가져가기라도 하면 어쩌시려고 돈 통을 방에다 두세요?"

"가져가긴. 네놈만 안 들고 가면 여기 그럴 인간 없다, 이놈아."

할머니는 어두운 길을 잘도 찾아 지팡이에 의지한 채 주방으로 걸음을 옮겼다. 영숙을 데리고 방으로 들어간 그는 불을 켜자마자 돈 통에 돈부터 넣었다. 주변을 한 번 둘러본 그는 일부러 오만 원을 더 넣었다.

"기태 씨. 내가 챙겨 줬던 돈 하나도 안 쓰고 갖고 있었어요? 그건 그냥 기태 씨 쓰고 내 걸로 계산해요."

영숙이 지갑을 꺼내 들자 황급히 다가가 말렸다.

"잘 들어, 영숙이. 앞으로는 영숙이 돈 절대 안 쓸 거니까 내 앞에서 두 번 다신 지갑 꺼내지 말어."

"기태 씨."

영숙의 눈에서 하트가 뿅뿅 나왔다.

"어어, 오지마, 영숙이."

"왜 그래요, 기태 씨?"

"지금은 좀 그래."

영숙이 달려들자 기태는 바로 코를 막고 뒷걸음질 치며 말했다.

"아, 미안해요."

서둘러 샤워를 마치고 나온 두 사람은 구수한 된장찌개로 허기를 달래기 시작했다.

"저기 말이야, 영숙이."

"네. 말씀하세요."

"그 맞은편 분식집에서 일하는 청년 있잖아."

"청년이요? 아, 사연이 남자 친구요."

"그 청년이 사연 양 남자 친구야?"

"직접 물어본 건 아니지만 들리는 소문이 그래요. 동네가 좁아서 비밀이 없거든요."

찌개에서 두부와 호박을 건져 올린 영숙은, 김이 모락모락 피어오르는 상태로 입에 넣어 쉴 새 없이 오물거리며 말했다.

"거기서 일한 지는 오래됐나?"

"글쎄요. 얼마 안 된 거 같은데. 근데 그 청년은 왜 묻는 거예요? 아는 사람이에요?"

"어, 아니. 그냥 못 보던 얼굴이라 궁금해서. 얼른 밥 먹어."

영숙은 기태의 말이 떨어지기 무섭게 된장을 듬뿍 떠서 밥 위에 올려 쓱쓱 비비기 시작했다. 그런 그녀와 달리 숟가락을 쥔 채 깊은 생각에 잠긴 그는 밥이 식도록 식사할 생각을 하지 못했다.

✻

"이제 그만 들어가면 안 될까? 나 너무 추워."

나무 밑에 몸을 움츠리고 앉은 두 사람은 거실의 어른들이 방으로 들어가기만을 기다리고 있었다. 긴 시간이 지났는데도 불은 꺼질 생각을 하지 않고 여전히 환하게 비추고 있었다.

따뜻한 봄이라지만 밤이 깊을수록 바람은 더욱 차갑게 불었다. 뭐라도 들고 나왔으면 좋았을 것을, 감기 안 걸리게 해 주려다 더 큰 병 주게 생겼으니 여간 미안한 일이 아니었다. 자신도 티 하나 걸친 처지라 벗어 줄 것도 없었다. 이래저래 방법을 생각해 봤지만, 딱히 떠오르는 것이 없었다.

"안 되겠다. 나 먼저 들어갈 테니까 나중에 들어와요."

"아, 그런 방법이 있었구나."

혜미의 말에 머리를 긁적이며 민망한 웃음을 흘리는 우빈이었다. 맨발로 돌에 지압 서비스를 받으며 콩콩 뛰어가는 그녀를 보며 왠지 아쉬운 마음을 가졌다. 십 분 정도 뒤에 들어가기로 하고 엉덩이를 땅에 붙인 채 편히 앉았다.

이런 여유는 익숙하지 않아 어쩐지 불편했다. 꼭 무언가 해야만 할 것 같았다. 어려서부터 한시도 손에서 일을 놓고 지낸 적이 없었던 그로서는, 이유 없는 쉼의 여유가 어색하기만 했다.

"큰일 났어."

집으로 들어간 줄만 알았던 혜미가 다시 눈앞에 나타났다.

"안 들어가고 왜……."

"문 잠겼어. 다들 잠든 것 같아. 아무리 두드려도 안 열어 줘. 창문도 다 잠겼고."

"그럼 주인집 가서 열어 달라고 하면 되죠."

"누군 바본 줄 알고. 다 잠들었나 봐. 어떡해 이제."

어느새 입술이 새 파랗게 변해 있었다. 익숙하지 않은 사람이라고 우빈에게 존대말을 하던 것도 잊을 정도로 정신이 없었다. 이대로 있다간 정말 둘 다 얼어 죽을지도 모를 일이었다. 어린아이처럼 왈칵 눈물을 쏟아 내자, 곧바로 자리에서 일어나 그녀를 달래는 우빈이었다. 몸이 차가웠다. 아무리 봄이라지만 신발도 외투도 없이 밖에서 밤을 보내기란 위험한 일이었다.

"……!"

우빈은 급한 불부터 끄기 위해 혜미를 와락 끌어안았다. 체온이라도 따뜻하게 유지해야 했기 때문이다. 혜미는 벗어나고 싶었지만 너무 추운 탓에 얌전히 안겨 있었다. 빠르게 뛰는 심장 소리를 들으니 어쩐지 마음이 가라앉는 기분이 들었다.

"걱정하지 마요. 내가 아무 문제 없게 해 줄 테니까."

의지할 사람이라곤 우빈밖에 없어서였을까. 그의 말이 어쩐지 믿음직스러웠다.

나온 지 몇 시간 만에 거지꼴이 된 두 사람은, 서로를 의지한 채 기대어 있었다. 바람은 점점 세차지고 발가락은 시리다 못해 떨어져 나갈 지경이었다. 이대로는 안 될 것 같아 혜미를 두고 자리에서 일어난 우빈이었다.

"문 한 번 더 두드려 보고 올게요. 안 되면 들어가 있을 곳이라도 찾아보고 올 테니까 조금만 기다려요."

돌아서 가려는데 말없이 그의 손가락 끝을 붙잡는 혜미였다. 차디찬 손이 우빈을 더욱 미안해지게 만들었다. 그녀를 일으켜 세우고 두 사람은 같이 움직이기 시작했다.

술에 취한 채 덩실덩실 춤까지 춘 탓에 어른들은 모두 깊은 잠에 빠져 있었다. 주인집도 두드려 봤지만 열리지 않았다. 펜션 곳곳을 다니며 방문을 열어 보았지만 모두 잠겨 있었다. 낙심하고 돌아서려던 그때, 창고로 보이는 낮은 문이 보였다.

어김없이 잠겨 있었지만 다행히 창문은 열렸다. 망설임 없이 안으로 몸을 던진 그는, 손에 묻은 먼지를 털고 문을 열었다. 기다렸다는 듯 들어온 혜미는 다짜고짜 눈물부터 쏟았다.

한참을 달래느라 애먹은 우빈은 뒤늦게 불을 켜고 주위를 살폈다. 박스로 가득 차서 사람 하나 겨우 누울 자리밖엔 없었다. 여기저기 뒤져 보던 그는 돗자리와 담요 하나를 찾아내곤 굉장히 기뻐했다.

당장 자리를 깔고 혜미를 앉혔다. 담요까지 몸에 둘러 줬는데도 여전히 한기에 몸을 떠는 그녀였다. 잠시 망설이던 그는 조심스럽게 다가가 돗자리 위에 발을 얹었다. 혜미의 얼굴에 긴장한 기색이 역력했다. 고요한 가운데 두 사람의 침 넘어가는 소리만 꿀꺽꿀꺽 울렸다. 자리에 앉아 살짝살짝 엉덩이를 밀고 다가가는데 깜박거리던 전구에 불이 나가 버렸다.

"엄마!"

순간 화들짝 놀란 혜미는 우빈을 끌어안았다. 두 사람의 심장이 미친 듯이 쿵쾅거리기 시작했다. 따뜻한 체온에 떨어질 생각을 못하고 굳은 척 그대로 있었다. 어설프게 혜미의 팔을 붙잡고 있던 우빈의 손이 떨어져 나갔다. 슬그머니 어깨를 두르고 혜미의 머리를 자신의 가슴팍에 묻었다.

이 무슨 묘한 기분인지 말로 설명이 되지 않았다. 작은 담요를 나눠 덮고 서로를 꼭 안고 있으니 저절로 없던 감정이 생겨나는 것만 같았다. 자꾸 혜미의 얼굴을 내려다보게 되는 우빈이었다.

어둠에 적응을 하고 보니 어렴풋이 그녀의 이목구비가 보였다. 슬그머니 내린 얼굴이 혜미의 입술과 가까워졌다.

"왜, 왜 그래."

심상치 않은 그로 인해 살짝 겁이 난 혜미였다. 그때 문득 터널에서 있었던 입맞춤 사건이 떠올랐다. 난생처음 해 본 키스 탓인지, 머릿속이 하얘지는 게 호흡이 빨라지고 심장이 쿵쾅거렸다. 살짝만 움직여도 닿을 거리에서 가쁜 숨을 거칠게 내뱉는 우빈의 뜨거운 숨결로 인해 그녀는 조금씩 정신이 혼미해졌다.

"비, 비켜. 난 그만 돌아가 봐야겠어."

우빈이 천천히 입을 맞추려 하자 그를 힘껏 밀치며 소리치듯 말했다.

"노, 놀라게 했다면 미안해요. 그럴 생각은 아니었는데…….."

"……아냐. 내가 미, 미안해. ……좀 당황해서 그랬어."

"이해해요. 근데 어차피 지금 나가 봐야 들어가지도 못하고 밖에서 덜덜 떨어야 할 텐데 그냥 있어요. 대신 내가 나가 있을게요."

"안 돼, 가지 마."

우빈이 자리에서 일어서자 무슨 일인지 황급히 그를 붙잡는 혜미였다.

"같이 있으면 불편할 것 같아서 그래요. 편히 쉬어요."

얼굴이 하얗게 질린 혜미를 알아채지 못한 그는, 잡힌 손목을 풀고 밖으로 나가 문을 닫았다. 어둠 속에 혼자 남겨진 그녀는 몹시 불안해하며 몸을 부르르 떨기 시작했다. 초점 잃은 눈동자로 이리저리 둘러보다, 손으로 귀를 막은 채 고개를 숙여 다리 사이에 파묻었다. 그러자 서서히 어릴 적 고통스러웠던 일이 떠오르기 시작했다.

'야, 우리 저 재수탱이 언제 꺼내 줄까?'

'뭘 꺼내 줘. 그냥 평생 갇혀 있다 죽으라 그래.'

'그럴까? 하하.'

'그건 안 되지 쟤네 집이 좀 잘사냐? 아마 저 재수탱이 아빠가 우리 다 감옥에 처넣을걸?'

'하긴. 친구로서 몇 마디 한 거 가지고 찾아와서 그렇게 지랄을 떨고 가신 분인데, 저 깜깜한 데 가둬 둔 거 알면 아마 죽이려고 달려들겠지. 야, 너희 아빠 무서워서 평생 썅까진 못하겠고 지금 점심

시간이니까 이따 6교시 끝나면 꺼내 주러 올게. 그때까지 거기서 반성 좀 열심히 하고 있어. 알겠지?'

'제발! 가지 마. 나 좀 꺼내 줘. 나 너무 무서워. 내가 잘못했어, 미안해. 그러니까 제발 나 좀 꺼내 줘!'

중학교 때 친구들에게 괴롭힘 아닌 괴롭힘을 받았던 혜미는, 더 이상 견디기 힘들어 아버지한테 사실을 고백했었다. 당장 학교를 찾아와 담임은 물론 교장 선생님까지 있는 자리에서 친구들을 불러 세워 놓고 훈계를 한 그는 혜미를 전학시키겠다고 했지만 학교에서 말리는 바람에 그냥 넘어가기로 했다.

다신 괴롭히지 않겠다는 친구들의 다짐을 받고 끝났지만 그 일로 교내 봉사활동을 하게 되자 심술이 난 친구들은 불이 들어오지 않는 옥상 창고에 혜미를 가둬 두었다. 그녀가 그 깜깜한 어둠에서 풀려난 것은 몇 시간이 지나고 나서였다. 그건 혜미에게는 셀 수 없을 만큼 기나긴 시간이었다.

그 뒤로 집에서도 불을 켜고 잠을 자야 했던 혜미는 지금까지도 어둠을 굉장히 무서워하고 두려워하고 있었다.

"꺼내 줘. 나 여기 있기 싫어, 싫다구! 제발 날 좀 꺼내 줘!"

"왜 그래. 괜찮아? 정신 좀 차려 봐. 괜찮은 거야?"

그날 일이 떠오르자 두려워진 혜미는 문을 두드리며 하염없이 눈물을 흘렸다. 놀란 마음에 황급히 문을 열고 그녀의 어깨를 잡은 우빈은, 겁에 질려 떨리는 몸을 꼭 끌어안아 주었다. 따뜻한 품에 안기자, 그제야 조금씩 안정을 되찾기 시작한 혜미였다.

"무서워. 나 혼자 두고 가지 마. ……가지 마, 제발."

"안 가. 아무 데도 안 갈 테니까 걱정 말고 안심해. 내가 옆에 있어 줄게."

그의 말을 듣자 다시 하염없이 눈물을 흘리며 팔을 들어 넓은 등판을 꼭 끌어안았다. 안도의 눈물이었다. 누구에게도 말하지 못했던 비밀을 그가 처음 알게 된 것이다.

그토록 듣고 싶었던 말을 들어서일까. 혜미는 한참 어린 동생이지만, 이 순간만큼은 우빈이 아버지보다도 더 듬직하고 안심이 되었다. 그렇게 두 사람은 한참을 말없이 서로를 품에 안은 채 깊은 어둠을 보냈다.

5.

너의 아픔은
곧 나의 아픔

"전화할게. 미안해 사연아."

병원 앞에서 차를 세운 그는, 사연을 응급실에 데려다 놓으며 말했다. 무슨 말로 위로해야 할지 몰라 그녀는 그저 묵묵하기만 했다. 머리를 쓰다듬고 돌아서 가려 하자 그제야 태석의 팔을 붙잡는 그녀였다. 안아 주고 싶었지만 그럴 여유는 없었다. 말없이 어깨를 다독거리며 태석은 그녀의 마음을 이해한 듯 작은 미소를 지었다.

"기도할게."

그녀의 한마디가 큰 힘이 되었다. 돌아서 가는 그의 걸음이 빨라졌다.

"구사연 씨."

"네."

"CT 촬영하셔야 해서 좀 이동하셔야 합니다."

"네."

간호사가 가져다준 휠체어에 의지한 채 그녀는 무거운 마음으로 자리를 이동했다.

"아버지……."

호스피스 병실로 옮겨진 아버지는 눈 뜰 기력도 없이 산소호흡기에 의지한 채 누워 있었다. 간병인인 아주머니는 촉촉해진 눈으로 말없이 태석의 등을 쓸어내리며 위로했다. 태석의 사정을 잘 알아 일부러 돈도 적게 받으면서 지극정성으로 아버지를 돌봐 준 고마운 분이었다.

"안 그러시더니 낮에 갑자기 또 붓기 시작하더라고요. 의식을 두 번이나 잃으셨었어요. 병원에서 이제 더 이상 해 줄 게 없다고 하면서, 편하게 가실 수 있게 이쪽으로 옮기자고 하더라고요. 다른 데랑은 달리 철저히 통제를 하는 곳이라, 잘 땐 보호자도 한 명밖에는 못 남는다고 하던데 어떻게 할래요?"

하염없이 눈물을 흘리며 아주머니의 말을 귀담아 듣던 태석은 아버지의 부은 손을 잡으며 어렵게 입을 열었다.

"오늘은 제가 있을게요."

"그래요, 그럼."

아주머니가 돌아가자 병실에 아버지와 둘만 남게 된 태석은 소리 내어 울부짖기 시작했다. 아버지 없는 삶은 생각해 보지 못했다. 유일한 가족인 그를 어떻게 보내야 할지 두렵고 겁이 났다.

오늘일지 내일일지 모르는 상황에서 그가 아버지를 위해 해 줄 수 있는 일은 없었다. 그저 따뜻한 손으로 온기를 전해 주는 일, 고맙다, 사랑한다, 미안하다 말해 주는 일 그게 전부였다. 눈이라도 맞추고 몇 마디 대화라도 나누고 싶은데, 그것마저 허락해 주지 않는 세상이 야속하기만 했다. 그렇게 한참을 울부짖던 그는, 어렵게 눈물을 그치고 아버지를 향해 입을 열었다.

"미안해, 아버지. 미안해요. 뭐라고 말 좀 해 봐요, 제발. 이대로, 이게 마지막일까 봐 나 너무 무서워. 그러니까 제발 태석아 하고 한 번만 불러 줘요, 아버지. 흑흑."

꼭 붙든 손등 위로 얼굴을 묻은 태석은 하염없이 눈물을 흘리며 깊은 슬픔에 잠겼다. 그때 누군가 조심스럽게 노크하는 소리가 들려 고개를 든 태석은, 힘겹게 대답하고 문 쪽을 바라보았다. 발목에 붕대를 감은 사연이 다리를 절뚝거리며 들어왔다.

"사연아. 여긴 어떻게……."

"그냥 가려다가 그러면 안 될 것 같아서. 잠깐 인사라도 드리고 가려고 찾아왔어. 다행히 면회가 가능하더라고."

"다리는 괜찮은 거야?"

"응. 사진 찍었는데 멀쩡하대. 나무에 긁혀서 찢어진 것만 꿰매고 끝났어. 나 인사 좀 드려도 돼?"

자리에서 일어선 그는 사연에게 다가가 그녀를 부축했다. 침대 앞에 선 그녀는 눈물을 글썽거리며 그의 아버지에게 처음으로 인사를 드렸다.

"안녕하세요. 구사연이라고 합니다. 하하. 태석이랑은 고등학교 때부터 알고 지낸 친구예요. 물론 지금은 제가 너무나 아끼고 사랑하는 사람이 되었지만. 태석이한테도 아직 하지 못한 고백인데 이렇게 아버님 앞에서 하게 됐네요. 조금 더 일찍 찾아뵙고 인사드렸어야 했는데 죄송해요, 아버님."

잠시 망설이던 사연의 손이 힘없이 놓여진 그의 아버지 손을 아주 천천히 잡았다. 그런 그녀의 모습에 태석의 눈에선 또다시 눈물이 쏟아져 내렸다.

"태석이 걱정은 하지 마세요. 제가 곁에서 잘 살피고 챙겨 줄게요. 아버님 위해서도 매일 기도하고 있어요. 이곳이 어떤 곳인지 잘 알지만, 그래도 전 희망을 놓지 않을 거예요. 물론 태석이도 같은 마음일 거구요. 그러니까 꼭 일어나셔서 저 좀 반갑게 맞아 주세요, 아버님. 아셨죠?"

사연도 끝내 참았던 눈물을 쏟고 말았다. 그 어떤 말로도 표현이 되지 않았다. 태석의 마음은 어떨지 생각하면 더욱 가슴이 아렸다. 가만히 손을 놓고 하염없이 울고만 있는 그를 안아 주었다. 그녀의 품 안에서 무너져 내린 그는 그동안 꾹꾹 누르고 있었던 것을 모두 토해 냈다.

✻

"혜미 넌 또 웬일이야."

사연은 기운이 없었다. 그도 그럴 것이 태석의 아버지 상태가 좋지 않아 그가 출근하지 못한 지가 벌써 내일이면 딱 일주일째였다.

그리고 그사이에, 사연으로서는 이해하기 힘든 일이 생겼다. 태석을 제 맘대로 하려던 혜미에게 조금씩 변화가 생기기 시작한 것이다. 간간이 분식집을 찾아와 태석을 대신해 가게 일을 도왔고, 사연에게도 쌀쌀맞거나 차갑게 대하지 않았다.

반면 우빈과는 단합대회 이후로 많이 가까워져 있었다. 말없이 떡볶이 접시를 받아 손을 흔든 아이들에게 건네준 그녀는 우빈을 향해 미소를 지어 보이곤 지저분한 테이블 위를 행주로 닦기 시작했다. 직접 말로 하진 못했지만 그런 그녀가 내심 고마웠던 사연은 더 이상 혜미에게 돌아가라느니 다신 오지 말라느니 그런 말을 하지 않았다.

"우빈아."

"네, 누나."

"오늘은 그만 정리하자."

"네?"

사연의 말에 화들짝 놀란 그는 바로 시계를 찾아 들여다보았다. 평소보다 세 시간이나 이른 시간이었다. 혹시나 해서 다시 물어봤지만, 그녀의 대답은 같았다.

"사연이 너, 그러지 마."

행주를 놓고 손을 닦은 혜미는 무기력한 그녀의 앞에 다가가 조용히 말을 건넸다.

"내가 뭘."

"너 이러고 있는 거 태석이가 알면 좋아할 것 같아? 내가 가서 다 일러 주기 전에 당장 기운 차려. 너답지 않아서 보기 싫으니까. ……아마 아저씨 그동안 많이 힘드셨을 거야. 편히 눈감을 수 있게 우리가 도와 드리자. 너보다 태석인 내가 더 잘 알아. 그러니까 너까지 기운 없이 이러고 있지 말고, 너라도 웃으면서 잘 다독거려 줘."

혜미는 뒷정리를 시작한 우빈에게 다가가 그를 도와주기 시작했다. 한참을 말없이 그녀의 모습을 바라보고 있던 사연은 눈물을 글썽이며 힘겹게 입을 열었다.

"혜미야⋯⋯."

"왜?"

"고맙다."

처음 듣는 그녀의 말을 어색해하며 일부러 모른 척하는 혜미였다. 그렇게 뒷정리를 마치고 가게를 나와 문을 닫았다. 지친 사연을 집으로 들여보내고 가려는데, 우빈이 바짝 다가와 그녀를 붙잡았다.

"바래다줄게요."

"아니⋯⋯."

이미 기사가 와서 그녀를 기다리고 있었다. 난감해진 그녀는 차 안의 기사를 보며 갈등하기 시작했다. 자신이 기사까지 대동하고 다니는 집안의 딸이라는 걸 그가 알면 안 될 것 같은 생각이 들어서였다.

"그냥 혼자 가도 되는데."

"밤이라 위험해요. 앞장서요, 얼른."

그의 재촉으로 하는 수 없이 무거운 걸음을 뗄 수밖에 없었다. 차 안에 있던 기사는 당황한 기색 없이 자연스럽게 그녀의 뒤로 천천히 차를 몰며 따라가고 있었다.

"오오, 괜찮아요? 저런 씹!"

골목 안에서 그녀를 향해 자전거가 쌩쌩 달려오자, 우빈은 재빠르게 몸을 움직여 혜미를 자신의 품으로 끌어당겼다.

"괜, 괜찮아."

기사의 눈치를 살핀 혜미는 약간 아쉬워하며 따뜻한 그의 품에서 천천히 벗어났다.

"미안해요. 일부러 안은 건 아니고 상황이 위험해서……."

"알아, 고마워."

알면 알수록 따뜻하고 다정한 사람이었다. 가끔은 어린 동생이 아닌 오빠처럼 느껴져 의지하고 싶어질 때도 있었다.

"……!"

우빈보다 조금 앞서 걷던 혜미는 순간 걸음을 멈추고 자신의 손을 내려다보게 되었다. 우빈의 커다랗고 투박한 손이 자신의 손을 잡고 있었던 것이다. 밤하늘을 올려다보니 별이 반짝거렸다. 오늘따라 유난히 빛나는 듯 보였다.

✻

"대표님. 여기까지 찾아와 주시고, 정말 감사해요."

"감사는 무슨. 그나저나 태석 군, 얼굴이 많이 상했네."

"그래요?"

병원을 찾아온 기태를 보며 태석은 멋쩍은 웃음을 지어 보였다.

"실은 말이야. 내가 할 얘기가 좀 있어서 왔어."

"저한테요?"

"그래."

"무슨……."

금세 웃음기는 사라지고 진지해진 태석은 기태에게서 시선을 떼지 못했다.

"언제까지 사연 양 분식집에서 일할 생각인가?"

"네?"

갑작스런 질문에 그는 대답을 하지 못하고, 약간의 당황한 듯한 표정만 지을 뿐이었다.

"다른 게 아니고, 태석 군이 그만 재단으로 들어와서 일을 좀 봐 줬으면 해서 말이야."

"또 그 소리세요. 자꾸 그러시면 저 정말 부담스러워서 봉사 못 해요, 대표님."

"지금 난 자네한테 부탁하는 게 아니야. 태석 군이 있어야 할 곳은 분식집이 아니라 바로 우리 재단이란 걸 알려 주는 걸세. 아버지도 분명 태석 군이 그렇게 하길 바라고 계실 테니까. 그리고 아마…… 태석 군 어머니도 하늘에서 그러길 바라고 계실 거고."

"……대표님이 그걸 어떻게."

태석의 말에 기태의 표정이 살짝 당황한 채로 굳어졌다.

"그럼 기다리고 있겠네. 기운 차리고. 이럴 때일수록 태석 군이 더 건강해야 돼. 식사 거르지 말고 몸 잘 챙기도록 해. 자세한 얘기는 우리 나중에 다시 하도록 하지."

기태는 조금 서두르는 기색으로 앉았던 자리에서 일어났다. 태석은 그저 힘없이 고개를 수그려 인사를 했다.

"네. 감사해요. 조심해서 가세요."

"그래."

기태는 태석을 뒤로하고 무거운 마음으로 걸음을 옮겼다. 그가 돌아가고 다시 혼자가 된 태석은 의자에 앉아 한참을 생각에 잠겨 있었다. 언제까지 분식점에서 일할 순 없는 노릇이라, 사실 그도 내색하진 않았지만 걱정이 많았다. 창문 가까이 걸어가 선 그는 그곳에서도 깊은 숨을 내쉬며 오래도록 고민하고 또 고민했다.

"아저씨, 가로수 약국 사거리로 가 주세요."

"네."

아주머니에게 잠시 아버지를 부탁한 그는 사연에게로 향하고 있었다. 상황이 상황인지라 얼굴도 못 보고 연락도 잘 해 주지 못했던 게 마음에 걸렸다. 누구보다 자신을 기다리고 원하고 있을 사람은 사연일 거라는 생각이 들자, 바로 걸음을 돌린 것이다. 차가 멈춰 서자 돈을 건네고 바로 내린 그는 사연의 집을 향해 미친 듯이 달리기 시작했다.

"사연아."

"……태석아!"

눈앞의 그가 믿기지 않아 와락 끌어안은 사연은, 하염없이 눈물을 쏟아 냈다. 그의 품이 더 마른 것만 같아 가슴이 아팠다. 사랑하는 사람이 이토록 힘들어하는데, 아무것도 해 줄 수 없다는 것은 참으로 고통스런 일이다. 미안한 마음에 한참을 말없이 눈물만 흘리는 사연이었다.

"미안해. 걱정 많이 했지?"

"아버지는 좀 어떠셔?"

태석도 태석이지만, 그녀는 진심으로 그의 아버지를 걱정하고 있었다.

"……여전히 눈을 뜨거나 말은 못 하시지만, 그래도 잘 버텨 주고 계셔. 근데 그래서 난 더 마음이 아파. 나 때문에…… 놓지 못하시는 것 같아서."

"태석아……."

사연은 그를 더 꼭 끌어안았다. 마른 등을 다독거리며 말없이 위로해 주었다. 그 어떤 말보다 더 큰 힘이 되고 위안이 되었다. 그의 보석 같은 눈물이 빛을 반짝이며 볼을 타고 흘러내렸다. 그의 눈물이 떨어져 어깨를 적시자 더욱 가슴 아파하는 사연이었다.

어느새 두 사람은 방 안에 서로의 눈을 바라보며 마주하고 누워 있었다. 사연의 가느다란 손가락이 그의 눈매를 따라 그리고 코와 입술 선을 따라 내렸다.

면도를 하지 않아 까끌까끌한 턱을 어루만지며 살며시 입꼬리를 들어 올렸다. 어릴 적 아버지가 손등에 턱을 문지르던 기억이 떠올랐다. 어머니에게 꾸중 듣고 면도하던 아버지의 모습이 눈앞에서 생생하게 그려졌다. 고사리손으로 돕다가 아버지 얼굴에 상처를 내곤 미안함과 놀란 마음에 펑펑 울었던 그때가 뼈저리게 그리웠다.

"잠깐만 기다려 봐."

갑자기 자리에서 일어선 그녀는 태석을 두고 혼자 방을 나섰다.

누운 채 기다리던 그는 눈이 감길 듯 말 듯 졸기 시작했다. 그도 그럴 것이 아버지 병간호로 열흘간을 거의 뜬 눈으로 지냈기에 피곤한 것이 당연했다.

잠시 후, 다시 방으로 돌아온 그녀의 손엔 짐이 한가득 들려 있었다. 태석의 면도기와 물이 가득 든 세숫대야 그리고 면도크림과 비누 수건이었다. 물이 넘치지 않도록 조심하며 다가온 그녀는 잠든 그의 모습을 보자 안쓰러움에 다시 눈가를 적셨다.

잠든 그의 얼굴에 조심스럽게 면도크림을 바르고 정성을 담아 면도기를 움직이기 시작했다. 얼마나 피곤했던지 잠든 태석은 꼼짝도 하지 않은 채 편히 자고 있었다.

거뭇한 입 주변을 말끔히 정리해 주고 수건에 물을 묻혀 닦으려는데, 눈물이 앞을 가려 잘 보이지 않았다. 입술을 깨물고 참아 보지만, 아프기만 할 뿐 도움은 되지 않았다. 결국 잠든 태석의 가슴 위로 쓰러져 펑펑 울어 버린 사연이었다.

"얼마나 아플까, 얼마나 괴로울까. 흑, 난 왜 이렇게 힘이 없는 거지? 널 위해 아무것도 해 줄 게 없어, 태석아……."

"……바보. 그냥 옆에 있어 주는 것만으로 얼마나 힘이 되는데."

"……자는 거 아니었어?"

"네가 이러고 있는데 떨려서 잠이 와야지."

"미, 미안……!"

일어서려는데 다시 끌어당겨 품에 안는 태석이었다.

"사연아."

"응?"

"사랑해."

"⋯⋯."

순간 설레는 마음에 아무 말도 하지 못했다. 언제 들어도 참 따뜻하고 달콤한 말이었다.

"나도, 사랑해 태석아."

살짝 상체를 일으켜 바닥에 팔꿈치를 댄 그는 천천히 사연의 얼굴을 끌어당겨 그녀의 얇은 입술에 가만히 입을 맞췄다.

✻

태석을 다시 만난 건 장례식장이었다. 아쉽게도 그녀는 그곳에서 마지막 인사를 드리게 되었다. 입 주변에 거뭇한 수염이 자라 있었다. 밥도 제대로 먹지 못했던 탓에 얼굴은 보기 안쓰러울 정도로 야위어 있었다.

혜미도 현석과 함께 와 있었다. 사연을 따라온 우빈은 그녀를 보자 작은 미소를 지었다. 혜미 또한 수줍은 듯 고개를 돌린 채 입꼬리를 살짝 들어 올렸다.

찾아온 사람은 그리 많지 않았다. 그마저 돌아가고 사연은 홀로 슬픔에 잠긴 태석을 말없이 바라보았다. 다가가 위로해 주고 싶었지만 어찌해야 할지 몰라 그저 굳은 채 있었다.

한참을 눈물만 흘리던 태석은 우연히 고개를 돌리다 뒤늦게 사연을 보게 되었다. 부어 있는 그녀의 두 눈을 보자 또다시 가슴이 먹먹해지는 그였다. 안아 주고 싶은 마음에 자리에서 일어서려다

도로 주저앉았다. 먹은 것 없이 눈물만 흘린 탓에 현기증을 느끼게 된 것이다.

놀란 마음에 달려간 사연은 태석을 부축하고 괜찮냐고 물었다. 그의 시선이 다시 아버지 영정 사진에 꽂혔다. 힘없이 사연의 손을 잡으며 어렵게 입을 열었다. 목소리가 떨리기 시작했다.

"아버지. 사연이 왔어요. 예쁘죠. 그동안 목소리만 듣다가 이제야 얼굴을 보시네요. 흑, 아버지도 아시듯이 마음은 더 예쁜 사람이에요. 제가 말씀드렸죠? 결혼하고 싶은 여자라고……. 흐윽."

"……!"

태석의 말에 사연의 눈에 금세 눈물이 가득 차올랐다. 바로 옆에서 들어 놓고도 실감이 나지 않았다. 그러나 상황이 상황인지라 행복한 건 분명했지만, 마음처럼 기뻐할 수는 없었다.

"꼭 보여 드리고 싶었는데. 결국 보여 드리지 못했네요. 흑. 아버지. 아버지……."

끝내 무너져 버린 그를 자신의 품 안에 꼭 안아 주는 사연이었다.

"아버님, 사연이 왔어요……. 부족한 게 너무 많아서 태석이 짝으로 마음에 드실지 걱정되지만, 절대 외롭지 않게 하겠다고 아버님께 약속드릴게요. 하늘에서 평안하시고 태석이 걱정은 마세요. 우리 두 사람 서로 사랑하고 아껴 주면서 행복하게 잘 지낼게요. 그곳에 저희 아빠랑 엄마도 계세요. 그러니까 아버님도 외롭지 않게 행복하시길 기도할게요."

"사연아……."

벅차오르는 감동을 받은 태석은 그녀를 보며 하염없이 눈물을 쏟았다. 그런 그의 눈물을 손으로 닦아 주며 사연은 다시 입을 열었다.

"이제 그만 울어, 바보야. 네가 자꾸 울면 아버님이 편하게 가실 수가 없잖아. 눈물 닦고 밥도 잘 먹고 면도도 좀 하고……. 이게 뭐야. 예쁜 얼굴이 엉망이 됐잖아……. 흑."

"미안해."

"태석아, 우리…… 우리, 결혼할래?"

"……!"

생각지 못한 사연의 말에 태석은 그만 할 말을 잃고 말았다.

울다 지쳐 잠든 태석의 얼굴을 가만히 내려다보며 사연은 조금 전 일을 떠올렸다.

'결혼이라니. 지금? ……진심으로 하는 얘기야?'

'응.'

예상했던 반응과 달리 당황한 듯한 그가 조금은 서운했다.

'미안. 너무 갑작스러워서.'

천천히, 그리고 어렵게 태석은 그녀의 청혼에 대답하기 시작했다. 결혼을 하게 된다면 당연히 사연과 할 거라고 마음먹고 있었던 건 사실이었다, 그런데 당장 할 생각은 없다고 했다. 아니, 없다기보다 지금은 그럴 만한 상황과 형편이 되지 못하다는 것이다. 결혼만큼은 제대로 갖추고 준비해서 하고 싶었다고.

먼저 근사한 곳에서 프러포즈도 하고 세상 그 누구보다 행복한 여자로 만들어 주고 싶었다고도 했다. 그런데 지금은 절대 그럴 수 없는 형편인 걸 알기에 몹시 난감하기만 해서 어떻게 해야 좋을지 모르겠다고.

'돈 때문이라면……'

'결혼 비용까지 너한테 부담 주고 싶지 않아. 제발 더 이상 날 비참하게 만들지 마, 사연아. 나도 너한테 남들처럼 좋은 옷 입혀 주고 싶고, 좋은 데 데려가고 싶어. 다른 건 몰라도 결혼만은 내 힘으로, 내 능력으로 할 수 있게 해 줘. 부탁이야.'

그의 입장을 생각하지 않고 성급하게 행동했던 자신이 부끄러웠다. 차마 뭐라 해 줄 말이 없었다. 미안하다는 말조차 나오지 않았다. 이 상황을 어떻게 넘겨야 할지 난감했다. 그런데 태석의 따뜻한 포옹으로 모든 게 해결되었다.

'조금만 기다려 줘. 오래 걸리진 않을 거야. 멋지게 프러포즈하고 세상 가장 눈부시고 아름다운 신부로 만들어 주고 싶어. 그때까지만 날 믿고 기다려 줘, 사연아.'

잠든 태석의 얼굴에 손을 얹었다. 한참을 어루만지다 눈과 볼 그리고 입술에 살짝 입을 맞췄다.

※

벌써 두 차례 사정을 끝내고 지쳐 누운 기태는, 영숙을 품에 안은 채 가만히 눈을 감았다. 실은 오늘 영숙에게 모든 걸 밝히기로 마음먹고 찾아온 것이다. 아무것도 모른 채 영숙은 그저 아흥, 아흥 콧소리를 내며 기태의 죽은 물건만 만지고 있었다. 좀처럼 살아날 생각을 앉자 흥미를 잃고 놓아주었다. 짧은 키스를 건네다 얼굴을 내려 그의 젖꼭지를 찾아 입에 물었다.

"아흣."

"좋지요, 기태 씨?"

"그래, 영숙이."

그의 말에 신이 난 영숙은, 더욱 열심히 젖꼭지를 물고 빨았다.

"영숙이."

"네, 기태 씨."

손을 뻗어 옷에서 지갑을 꺼낸 그는, 자신의 명함을 들고 또다시 한참을 망설였다. 영숙이 하던 일을 멈추고 고개를 들어 바라보자, 그제야 자리에서 일어선 기태였다. 부끄러운 줄도 모르고 당당히 불을 켠 두 사람은 벗은 몸으로 마주 앉아 자연스레 대화를 나눴다.

"실은 말이지."

어쩐지 불안해지는 영숙이었다. 이번엔 또 어디서 얼마나 시간을 보내고 돌아오려는 건지. 얼굴이 잔뜩 굳어졌다. 그때 그녀 앞으로 작은 종이 한 장이 내밀어졌다. 뭐라고 새겨져 있긴 했지만 글씨가 작아 자세히 보이지 않았다. 손에 받아 들고 얼굴 높이로 들어 올렸다. 기태의 이름이 보이자 눈이 커졌다.

"행복 나눔 재단 대표, 이기태?"

천천히 기태의 얼굴을 바라보았다. 눈으로 확인을 했음에도 불구하고 이게 무슨 상황인지 어리둥절했다. 분명 기태 이름은 맞는데 그가 대표라니 믿을 수 없었다.

"미안해, 영숙이. 속이려고 속인 게 아니라 사정이 좀 있었어."

"잠깐……. 그 말은 정말, 기태 씨가 요 행복 나눔이라는 재단 대표라는 거예요?"

"그래, 맞아."

기태의 대답을 듣자 바로 등을 돌리고 앉는 영숙이었다.

"미안해, 영숙이."

"오늘은 그만 돌아가 주세요."

그녀가 매일 애타게 찾던 기태를 밀어내기란 처음 있는 일이었다.

"내 말 좀 들어 봐. 이곳에 어렵게 사는 사람들이 많다는 소식을 듣고 가만히 있을 수가 없었어. 그래서 직접 확인하기 위해 나서……."

"오늘은 무슨 말을 해도 귀에 들리지가 않을 것 같아서 그래요. 나중에 다시 얘기해요, 우리."

"이게 그렇게 화낼 일이야, 영숙이?"

이해하면서도 한편으로는 너무하다 싶은 기태였다.

"난 기태 씨가 가진 것 하나 없이, 정말 떠돌이 삶을 살아가고 있는 가여운 사람인 줄 알았어요. 당신도 나랑 비슷한 처지인 것 같아서 위로가 됐고, 그래서 더 마음이 갔다고요. 사랑하는 사람한테 버림받고 상처받은 우리가 서로의 아픔을 감싸 주면서 같이 살아간다면 얼마나 행복할까 그렇게 생각했었는데. 흑……. 이렇게 대단한 사람인 기태 씨는 나랑 어울리지 않는다고요!"

"그건 진정 내 것이 아니야, 영숙이!"

"……?"

"구가네 분식 태석이가 진짜 대표라고."

기태의 말에 눈이 휘둥그레진 영숙은, 넋을 잃은 채 그를 멍하니 바라볼 뿐 그 어떤 말도 할 수 없었다.

두 사람 사이에 한동안 정적이 흘렀다. 기태가 말없이 주섬주섬 옷을 입자 영숙도 팬티를 끌어당겨 발을 끼워 넣었다. 그는 반듯한 자세로 앉아 영숙을 바라보았다. 영숙 또한 다른 때와 달리 진지했다. 그의 얘기를 들어 줄 마음의 준비가 되었다. 그제야 굳게 닫혔던 입술을 어렵게 떼는 기태였다.

"영숙이. 지금부터 내가 하는 얘기 오해하지 말고 들어. 진심으로 영숙이를 사랑하고 결혼하고 싶기에 얘기하는 거야."

"알겠어요."

짧게 대답하고 마른침을 넘기는 영숙이었다. 기태는 그런 영숙에게 눈을 꼭 맞춘 채 자신의 이야기를 시작했다.

"사실 난 떠돌이 신사도 노숙자도 아니야, 영숙이. 어린이 재단의 대표로 있어."

영숙의 눈동자가 크게 흔들리고 있었다.

"거긴 어려운 아이들을 후원하고, 희망을 전하며 많은 봉사를 실천하는 재단이야. 어느 날 이 동네에 가난에 시달리며 고통 받고 사는 사람들이 유난히 많다는 걸 알게 됐어. 그래서 이곳 형편을 제대로 파악하기 위해서 떠돌이 행세를 했던 거야. 흠. 정체를 밝히면 도와 달라며 곤란하게 하는 사람들이 많아 영숙이한테도 밝힐 수가 없었어. 그 점은 정말 미안하게 생각하고 있어, 영숙이."

영숙은 진지한 눈빛으로 그의 말을 계속 경청했다. 그런 그녀를 보며 그는 잠시 옛일을 떠올리며 생각에 잠겼다.

'오빠. 와 짔군요.'

그에겐 태석도 알지 못한 비밀이 한 가지 더 있었다. 바로 태석의 죽은 엄마와 그가 어릴 적부터 오누이처럼 지내 온 사이라는 것이다. 아니 어쩌면 친남매보다 더 우애가 깊었을지도 모른다.

'오빠가 날 꼭 찾아올 거라고 믿고 있었어요. 고마워요.'

태석의 엄마는 부유한 가정에서 태어났지만 첩의 자식이었고, 그 이유 하나만으로 아버지의 본처인 큰어머니와 형제들에게 온갖 구박과 원망의 소리를 들으며 지옥과 다름없는 삶을 살았다.

사랑받고 싶은 마음에 그녀는 어려서부터 아버지 말씀이라면 뭐든 따랐다. 학교도, 꿈도, 하다못해 신발 하나 고르는 일도 마음대로 하지 못했다. 그런 그녀에게 기대는 쉼터였다. 눈치 보지 않고 마음껏 웃고 떠들고 슬퍼할 수 있는 그런 유일한 사람이자 그녀에게 무척 소중한 존재였다.

'이게 무슨 꼴이야. 대체 어쩌다 이 모양이 된 거냐고!'

차디찬 병실에 홀로 누워 힘없이 자신을 바라보는 그녀를 보자, 너무 속이 상한 마음에 자신도 모르게 소리를 치게 되었다. 그때 결혼한다던 그녀를 말리지 못했던 자신이 너무 원망스러웠다.

'미안해요.'

그도 그럴 것이 결혼 또한 사랑하는 사람과 할 수 없었던 그녀는 아버지의 강요로 태석의 아버지를 만났고 연애라는 것은 해 보지도 못한 채 바로 식을 올렸기 때문이다.

낯선 사람이나 다를 게 없었던 태석의 아버지와 함께 살면서, 힘들 때마다 그녀는 어김없이 기태를 찾아가 위로를 받았다. 그런 두 사람의 사이를 알고 의심하기 시작한 태석의 아버지로 인해, 그녀는 괴로운 나날들을 보냈고 반강제로 태석을 낳아야 했다.

그렇게 기태를 만나지 못한 채 아이를 키우며 숨을 조여 오는 답답한 나날을 보내던 중, 처가의 도움으로 사업을 하던 태석의 아버지 회사가 부도를 맞았다. 그나마 있던 재산까지 모두 날리고 하루 사이에 길바닥에 나앉게 된 그녀는 태석과 남편을 버리고 도망가려 했지만 차마 그러지는 못했다.

'힘들면 힘들다고 얘기를 했었어야지.'

'미안해요, 오빠.'

안 좋은 일은 한 번에 찾아온다고 그사이 그녀의 아버지까지 돌아가시고, 그 원망 또한 모두 그녀가 들어야 했다. 더 이상 버틸 수 없었던 그녀는 끝내 가져선 안 될 마음을 갖고 무작정 차가 달리는 도로로 뛰어들었다. 바람과는 달리 목숨을 건진 지금, 그녀는 이곳에서 더 큰 고통에 시달리며 괴로운 나날을 보내고 있었다. 그러나 그것도 오래가진 못했다.

'마음의 준비를 하셔야 할 것 같습니다.'

그가 다시 찾아온 날은 그녀가 세상을 떠나기 며칠 전이었다. 사고로 머리가 다쳐 수술로는 더 이상 치료가 어려운 지경에 이르렀다고 들었다. 전보다 더 힘겨워하며 어렵게 입을 연 그녀는 변호사가 찾아왔던 얘기를 들려주었다.

돌아가신 아버지가 그녀 앞으로 남긴 재산이 있었던 것이다. 그러나 죽음을 앞두고 그녀가 할 수 있는 일은 아무것도 없었다. 다만 자신을 미워한다고 생각했던 아버지에 대한 오해만 풀렸을 뿐.

자신을 힘들게 한 자신의 남편에 대해서는 일말의 감정도 남아 있지 않은 그녀였지만 태석은 달랐다. 많은 사랑을 주지도 못하고 떠나는 게 마음이 아프다며, 아버지가 남긴 재산을 꼭 태석에게 전해 주었으면 좋겠다고 했다.

'꼭 제 부탁 들어주셔야 해요, 오빠.'

결국 그녀는 기태에게 모든 걸 맡기고, 태석의 앞으로 남긴 편지 한 통을 마지막으로 세상과 작별을 했다. 그 후, 기태는 간신히 찾은 태석을 행여나 놓치게 될까 멀지 않은 곳으로 이사를 했다. 그리고 하루하루 열심히 살아가는 그를 보며 오랜 고심 끝에 행복 나눔 재단을 세우기로 마음먹었다. 태석이라면 그곳을 잘 이끌어 나갈 수 있을 것 같은 믿음이 있어서였다.

"기태 씨."

"어, 영숙이. 미안해."

"무슨 생각을 그렇게 해요."

"실은 말이야, 영숙이. 아직 건네지 못한 말이 더 있어……."

그는 그 재단이 태석의 것인 이유에 대해서도 천천히 모두 얘기해 주었다.

"그렇군요. 근데, 사연이가 태석 군 어렵게 살았다고 했던 거 같은데 그동안은 왜 도와주지 않았던 거예요?"

영숙의 질문에 태석의 얼굴은 심각하게 굳어져 버렸다.

"그 아이를 보면 자꾸 아이의 아버지가 떠올라 괴로웠거든. 그러면 안 되는 거였지만 알면서도 어쩔 수 없었어. 살아 있는 동안은 알아서 책임지겠지 하는 심정으로 매정하게 모른 척했던 거야. 그렇게라도 그 사람이 고생하며 살아가는 모습을 봐야, 원망스런 마음이 풀릴 것 같았으니까."

"그래요. 그 심정, 조금은 이해가 가네요."

영숙은 치맛자락에 눈물을 찍으며 연방 고개를 끄덕거렸다. 재단은 그의 노력으로 번듯하고 안정적으로 성장한지라 무리 없이 잘 이끌어 갈 수 있게 되었다. 유지만 잘 한다면 문제 될 게 없을 것 같아, 슬슬 돌려줄 타이밍을 찾고 있던 중이었다. 그런데 무슨 말을 어떻게 꺼내야 할지, 내심 걱정이 되는 부분도 없잖아 있었다.

"고마워, 영숙이. 영숙이처럼 태석 군도 어머니를 이해하고, 어머니의 사랑으로 온전히 이루어진 그곳을 받아들여 잘 이끌어 주길 바랄 뿐이야. 그리고 영숙이."

"네?"

"임무를 무사히 마치고 나면, 영숙이랑 결혼할 생각인데…….
나와 혼인해 주겠어?"

"……기태 씨!"

생각지도 못했던 말에 영숙은 몹시 놀란 듯 보였다. 가슴이 벅차오르고 눈가엔 눈물이 맺혔다.

"염치없지만, 태석 군한테 다 돌려주고 나면 난 빈털터리가 될 거야. 영숙이만 허락한다면 같이 이곳에서 많은 이들에게 희망과 사랑을 전하면서 떡볶이 장사를 했으면 하는데."

"물론이에요. 애초에 기태 씨가 빈털터리 떠돌이 신사인 줄 알고 있었는데요, 뭐. 내 생각도 기태 씨 생각이랑 같으니까, 우리 남은 인생 행복하게 같이 잘 살아 봐요."

기태는 말없이 영숙을 품에 안았다. 두 사람 모두에게 너무 황홀한 순간이었다. 비록 꽃다발도 반지도 없는 초라한 프러포즈였지만, 영숙에겐 생애 최고의 선물이었다.

✳

장례식에서 나와 돌아서서 가려는 혜미를 붙잡았던 우빈은, 일주일 뒤 다시 만나자는 약속을 건넸었다. 나올 때까지 기다리겠다며 남자답게 말했던 그는 약속한 날이 되자 먼저 와 그녀를 기다리고 있었다.

"왜 안 오지."

시간이 지날수록 점점 애가 타기 시작했다. 이쪽저쪽 쉴 새 없이 고개를 돌려 가며, 기다렸지만 어쩐지 그녀의 모습은 보이지 않았다.

그렇게 한 시간을 더 기다리다 실망한 얼굴로 돌아서려는데, 멀리서 달려온 검은색 차가 그의 앞에서 멈춰 섰다. 그러곤 운전석에서 웬 남자가 내려 뒷좌석 문으로 향했다.

"……."

열린 문으로 혜미가 내리자 두 눈으로 보고 있음에도 불구하고 그의 얼굴엔 믿기지 않는 기색이 역력했다. 우빈을 올려다보는 그녀의 눈빛이 수줍게 반짝거렸다. 그런 그녀의 모습에 그는 심장이 두근거렸다.

"근데, 누구……."

혜미 앞에서 예의를 차리는 남자의 정체가 궁금했다. 한참을 망설이더니 어렵게 입을 여는 그녀였다.

"사, 사촌 오빠."

개인 기사라고 사실대로 말하자니 왠지 내키지 않았다. 그토록 당황하는 기사의 얼굴을 몇 년 만에 처음 보는 것 같았다.

"안녕하세요."

혜미의 말을 그대로 믿은 우빈은 허리를 숙여 인사했다. 기사 또한 얼떨결에 그를 따라 인사를 건넸다.

졸지에 사촌 오빠가 된 기사를 돌려보낸 그녀는 어딘가 수줍어 보이는 모습으로 우빈을 따랐다. 얼마 못 가 우빈의 걸음이 멈추자 따라 선 혜미는 간판에 떡하니 새겨져 있는 문구를 보자 절로 입이 벌어졌다.

[30년 전통을 자랑하는 돼지 껍데기 그 맛이 살아 있네]

설마 하는 표정으로 우빈을 바라보았다. 그가 침을 꼴깍꼴깍 삼키며 해맑은 미소를 보이자 온몸에 힘이 빠지고 다리가 후들거렸다. 돼지비계도 제대로 못 먹는 사람한테 껍데기를 먹으라니. 절망도 이런 절망이 없었다.

"여기 진짜 유명한 집이야. 냄새도 하나도 안 나고 쫄깃쫄깃 고소하니 얼마나 맛있는지 몰라. 다른 집이랑은 다르게 청국장에 숙성시켜 놨던 걸 주거든? 와, 침 막 넘어가네. 암튼 진짜 맛있으니까 나 믿고 따라 들어와."

우빈의 손에 이끌려 들어간 곳은 이미 많은 사람들로 북적거리고 있었다. 왜 항상 서민들이 즐겨 찾는 음식점은 사람들로 정신이 없는 건지 이해가 되지 않았다. 레스토랑처럼 우아하고 품격이라도 갖춰져 있으면 좋을 텐데 말이다. 술을 마셔 기분이 업된 탓에 소란스러운 거라 말들 하지만, 레스토랑에서도 도수 높은 와인을 즐겨 마시는 사람들은 얼마든지 많기에 납득이 되지 않았다.

"으윽! 이게 무슨 냄새야?"

갑자기 훅 밀려든 구리구리한 냄새에 혜미의 표정이 썩어 들어갔다. 얼른 코를 잡았지만 소용없었다.

"왜, 구수하지 않아? 청국장에 숙성시킨다고 얘기했잖아."

"너무 독해서 못 참겠어."

몸을 돌려 나가려 하자 황급히 팔을 붙잡는 우빈이었다. 강제로 끌고 가다시피 걸어가 테이블에 앉혔다. 상남자 같은 모습에 혜미는 살짝 가슴이 설레었다.

"나 아무래도 나쁜 남자한테 끌리는 스타일인가 봐."

"어?"

"아, 아니야, 아무것도."

청국장 냄새도 잊은 채 우빈에게서 눈을 떼지 못했다. 그 틈에 얼른 껍데기 네 개를 주문한 우빈은 먼저 나온 소주를 따서 잔을 채웠다. 허리를 곧게 펴고 각을 잡고 앉아 한 손으로 술 따르는 모습이 여간 남자다운 게 아니었다. 눈앞의 우빈이 자신보다 7살이나 어리다는 사실은 잊은 채 빠져 있었다.

"난 안 줘?"

혼자 들이켜려 하자 뒤늦게 정신을 차린 혜미가 빈 잔을 내밀며 말했다.

"됐어, 나 혼자 마실게."

"왜, 나도 소주 잘 마셔."

고급 레스토랑 찾아 댈 때는 언제고 침을 꼴깍 삼키는 모습이 가관이었다.

"……좋아하는 여자 술 먹는 꼴 보기 원하는 남자가 어디 있어."

"……!"

남은 심장 터지게 만들어 놓고 본인은 태연하게 잔에 담긴 술을 넘겼다. 또다시 두 사람 사이에 어색한 기운이 감돌았다. 마침 주문한 껍데기가 나오자 집게로 들고 불 위에 올렸다. 능숙한 솜씨에 혜미의 눈엔 하트가 여럿 생겨났다.

"기름 튀니까 조심해."

그러나 혜미에게는 우빈의 말은 들리지 않고 그의 두툼한 입술만 눈에 들어왔다.

"앗, 뜨거!"

"괜찮아? 그러게 조심하라니까. 봐 봐. 많이 아파?"

황급히 옆자리에 앉은 우빈은 혜미의 얼굴을 이리저리 살피며 진심으로 걱정하고 있었다.

"……."

"⋯⋯!"

가까이 마주하고 있으니 참을 수가 없었다. 사람들의 시선은 아랑곳하지 않은 채 쪽 소리가 나도록 입을 맞추곤 모른 척 고개를 돌리는 혜미였다.

"어머, 나 미쳤나 봐."

달아오른 얼굴로 제 자리에 가 앉은 우빈은 말없이 하던 일을 계속하며 연방 술을 따라 마셨다.

"먹어 봐."

접시에 껍데기 네 조각을 놓아 준 우빈은, 잠시 행동을 멈추고 혜미에게 집중했다. 얼굴에 좋은 평을 기대하는 기색이 역력했다. 내키지 않아 망설이던 그녀는 우빈을 실망시키고 싶지 않은 마음에 어려운 결심을 했다.

젓가락을 들고 떨리는 손으로 보기에도 괴상한 껍데기 하나를 집어 들었다. 똥 씹은 표정으로 살짝 입을 벌리고 가까이 가져가 대었다. 신기하게도 청국장 냄새는 나지 않고 구수한 내음만이 후각을 자극했다. 이로 살짝 물고 우빈을 올려다보았다. 물컹한 느낌이 영 불편했다. 재촉하는 그로 인해 눈을 질끈 감고 울며 겨자 먹기로 입에 넣었다.

"⋯⋯!"

놀라운 일이 벌어지고 말았다. 씹을수록 고소한 맛이 깊어졌다. 물컹한 느낌보단 쫄깃한 느낌이 강했다. 생각했던 맛과는 전혀 달랐다. 우빈이 얘기한 그대로였다. 냄새도 전혀 없고 구수하니 쫄깃하기만 했다.

"군대 있을 때 휴가 나올 때마다 먹었던 음식이야. 가격이 저렴해서 마음껏 먹을 수 있었거든."

슬픈 얘기임에도 듣지 않고 열심히 껍데기만 집어 먹는 혜미였다. 술 한 잔 걸치며 계속 자신의 얘기를 이어 가던 우빈은, 잠시 추억 속에서 빠져나와 젓가락을 집었다. 열심히 구워 놓은 껍데기 하나 먹으려는데, 눈 씻고 찾아봐도 보이지 않았다. 그 많던 껍데기가 어디로 간 건지 테이블 위며 바닥까지 휘휘 둘러보았지만 찾을 수 없었다.

"아줌마, 여기 껍데기 네 개, 아니 여섯 개 더 추가요! 캬아, 좋다!"

혼자 자작하며 술까지 걸친 채 젓가락으로 열심히 불판을 긁어 대는 혜미를 보자 기가 막혀 웃음이 나왔다. 안 데려왔으면 울 뻔했을 그녀가 사랑스럽게 느껴졌다.

✳

태석이 사랑했던 아버지를 떠나보낸 지도 벌써 한 달이란 시간이 지났다. 그는 여전히 아버지를 그리워하고 있었지만, 함께 지내고 있는 사연과 우빈 덕분에 조금씩 기운을 차릴 수 있었다.

괴로워하는 모습은 아버지가 좋아하지 않을 거라는 사연의 위로는 그에게 더없이 큰 도움이 되었다. 그래서 지금은 많이 웃기도 하고, 사연과의 미래를 위해 전보다 더 열심히 일을 하며 지내고 있었다.

"야, 조우빈. 너 정신 똑바로 안 차리지? 어묵이 걸레가 됐잖아!"

거침없이 손바닥으로 뒤통수를 갈긴 사연은 이미 우빈으로 인해 몹시 예민해져 있는 상태였다. 그동안 한 번도 이런 일은 없었다. 출근할 때부터 혼자 실실거리더니 그때 알아봤어야 했다.

대체 무슨 생각을 그렇게 하는 건지 뭐 하나 제대로 해 놓은 것이 없었다. 냉장고에 행주를 넣어 놓질 않나, 어묵은 제대로 꽂질 않아 찢어진 게 수북이 쌓여 있었다. 참을 만큼 참은 사연은 더 이상 견디고 봐줄 수가 없었다. 묶인 앞치마를 풀어 강제로 벗기고 뒷문을 향해 삿대질을 했다.

"올라가."

"네?"

"그런 정신 상태로 무슨 일을 하겠다는 거야. 없는 것만 못하니까 올라가라고, 당장!"

그토록 언성을 높이고 화를 내는 사연의 모습을 보는 일은 처음이었다. 태석이 나서서 말려 봤지만 소용없었다.

"그동안 예쁘다, 예쁘다 했더니 똥인지 된장인지 구분도 못 해?"

"말이 너무 심한 거 아닙니까?"

우빈의 얼굴이 살짝 굳어졌다. 그의 불만스런 태도에 더욱 화가 난 사연은 또다시 뒤통수를 갈기려다 태석의 손에 붙잡히고 말았다.

"놔!"

"그만해. 사연이 네가 왜 이렇게 화를 내는지 알겠는데, 이러다 장사 준비만 더 늦어지겠어. 우빈이 너도 그만 실실거리고 일에 집중하고. 무슨 좋은 일 생겼나 본데, 공과 사는 구분해 가면서 기뻐해야지, 안 그래?"

"……죄송합니다."

그제야 이유를 깨닫고 사연을 향해 고개를 숙인 우빈이었다. 아침에 혜미에게서 온 문자 메시지 한 통 때문에 이 사달이 일어난 것이다.

마음을 가라앉힌 사연은 태석의 손에 이끌려 다시 있던 자리로 향했다. 우빈의 실수로 찢어진 어묵은 모조리 떡볶이에 넣어졌다. 오뎅이 너무 많이 들어가면 느끼한 맛이 돌기에, 양념부터 비율을 다시 조절했다.

무슨 정신으로 장사를 했는지 알 수 없었다. 다른 날에 비해 몇 배는 더 지치고 힘들어서, 점심도 포기한 채 집으로 올라간 사연이었다. 미안한 마음에 밥을 먹질 못하는 우빈의 손에, 대신 숟가락을 쥐여 준 태석이었다. 밥반찬은 달랑 김치 하나였고, 떡볶이, 순대 그리고 어묵 국물과 단무지가 테이블 위를 모조리 차지하고 있었다.

"한잔하려고 이렇게 차렸어. 괜찮지?"

"무슨 대낮부터 술입니까. 오후 장사에 지장 있으면 어쩌려고."

사연도 사연이지만 우빈이 어린 마음에 괜한 상처라도 받지 않았을까 염려되어 마련한 자리였다.

"카아!"

냉장고에서 막 꺼내 온 소주라 더욱 시원하고 맛이 좋았다. 태석의 만족스런 소리를 듣고 나니 여간 당기는 것이 아니었다. 괜히 사연에게 더 피해를 주게 될까 망설였지만 끝내 참지 못하고 잔을 드는 우빈이었다. 한 잔 걸치고 나니 아침에 있었던 안 좋은 기억이 거짓말처럼 싹 사라졌다. 자신을 향해 술병을 들이대자 우빈은 실실 웃으며 잔을 내밀었다.

"여자 친구 생겼냐?"

화들짝 놀란 그는 넋 나간 표정으로 태석을 바라보았다.

"얼굴에 써져 있거든."

투박한 손을 얼굴에 가져다 대었다. 그 모습을 보며 태석은 몹시 즐거워했다.

"아직, 그런 사이는 아니고요. 그냥 뭐."

"그래. 잘되길 바란다. 대신 일하는 데 방해 안 되게 조심하고."

잔에 담긴 술잔을 서로 부딪치고 기분 좋게 목으로 넘겼다. 덕분에 기분이 한결 나아진 우빈은 고마움의 표시로 떡볶이 하나를 집어 들었다. 그러곤 태석의 입술 앞으로 들이대자 살짝 당황한 그는 손사래를 쳤다.

"아, 사람 민망하게 하지 말고 얼른 먹어요."

여자가 주는 것도 먹어 본 적이 없는데 남자가 주는 것을 받아먹으라니, 여간 낯간지럽고 부끄러운 게 아니었다. 내키지 않았지만 피차 같은 심정일 것 같아 빨리 끝내려고 입을 크게 벌렸다. 그 모습이 즐거워 미소를 지은 우빈이 떡을 입에 넣어 주려는데 '찰칵' 카메라 셔터 누르는 소리가 귀를 파고들었다.

"대박! 왕언니랑 사귀는 게 아니라 둘이 사귀는 거였어요?"

휴대폰을 들이대며 꺅꺅거리는 소녀들은 점심시간이면 자주 이곳에 들르는 그 아이들이었다. 하필이면 지금 들어와 사람을 난감하게 하는 건지, 부끄럽고 창피해서 차마 고개를 들 수가 없었다.

"인터넷에 올릴 거예요!"

찍은 사진을 들여다보며 한 소녀가 말했다.

"어, 어떡하면 지울래?"

거의 울상으로 사정하듯 우빈이 말했다.

"절대 안 지워요."

소녀의 단호한 대답만 가슴에 비수를 꽂았다.

"우리 절대 그런 사이 아니야. 혀, 형이 아까 일하다 손가락을 다쳐서 그래서 대신 먹여 준 거야. 그렇죠?"

우빈이 한쪽 눈을 감은 채 자신을 향해 말하자 태석은 바로 고개를 끄덕거렸다. 소녀들 눈에 그들이 거짓말할 사람들처럼 보이진 않았지만, 그래도 뭔가 의심쩍었다. 느린 걸음으로 슬슬 두 사람 앞으로 걸어간 소녀는, 손바닥을 내민 채 그들을 향해 입을 열었다.

"구가네 분식 무료이용쿠폰 삼십 장."

"무료이용쿠폰이라니 그게 뭐니?"

태석의 말이었다.

"모든 음식을 무료로 삼십 번 먹을 수 있는 쿠폰이에요."

"사, 삼십 번이나? 그건 좀 너무하다."

"싫어요? 그럼 내일 검색어 1위 한번 해 보시든가."

결국 카운터 앞으로 걸어간 우빈은 메모지와 펜을 들고 와서 쿠폰을 만들어 건네주었다. 눈앞에서 사진이 지워지자 그제야 마음을 놓고 안심할 수 있었다. 물론 아이가 먹은 음식값은 두 사람이 반 반씩 부담하기로 했다.

가게를 우빈에게 맡기고 태석은 잠시 집으로 향했다. 사연을 깨워야 했기 때문이다. 세상모르고 잠들어 있는 그녀를 보자 깨우기가 망설여졌다. 한참을 바라만 보던 그는 결국 좀 더 쉬게 두고 혼자 문밖으로 나서기 위해 몸을 돌렸다.

"몇 시야?"

살살 걷는다고 걸었는데 그의 인기척에 그만 사연이 잠에서 깨고 말았다. 괜히 미안해진 그는 다시 돌아와 사연의 앞에 앉았다. 좀 더 자라고 했지만 들을 그녀가 아니었다. 풀어 놓은 앞치마를 찾자 얼른 가져다주었다. 허리끈을 묶으려는데 태석의 손이 그녀의 손을 잡았다.

"내가 해 줄게."

뒤에서 그의 손길을 느끼고 있자니 괜히 얼굴이 달아오르는 사연이었다. 심장이 쿵쾅거리고 침이 꼴깍꼴깍 넘어갔다. 그때 허리끈을 묶은 태석의 손이 사연을 끌어당겨 품에 안았다. 그 말로만 듣던 백허그에 당장 심장이 멎어 버릴 것만 같았다. 고개를 살짝 돌리자 태석의 입술이 볼에 닿았다. 그대로 얼어붙은 그녀는 꼼짝도 할 수 없었다.

"사연아……."

그의 부름에도 대답조차 할 수 없었다. 짧은 키스를 건넨 그는 이마와 볼에 입을 맞추고 조금 더 내려 목에도 키스를 했다.

"하아."

장사 도중에 이러면 안 되는 줄 알지만, 밑이 촉촉이 젖어 들고
말았다. 순간 태석의 끌어당기는 힘으로 쓰러져 버린 그녀는 뒷일
은 생각하지 않은 채 서서히 눈을 감았다.

"뭐야, 왜 혼자 일하고 있어? 태석이랑 사연이는."

우빈이 보고 싶은 마음에 달려온 혜미는 혼자 고생하고 있는 그
를 보자 인상을 구겼다.

"집에. 나 바쁘니까 잠깐만 앉아서 기다려."

"뭐, 집? 내 이것들을 그냥. 가만 안 둬!"

팔을 걷어 올린 혜미는 씩씩거리며 사연의 집을 향해 거침없이
발걸음을 옮겼다. 빠른 걸음으로 현관 앞까지 걸어온 혜미는 문이
열려 있자 망설임 없이 안으로 들어갔다.

"구사……."

이름을 부르려던 그녀는 어디선가 들리는 야릇한 소리에 숨을
죽였다. 그러곤 까치발을 하고 살금살금 소리가 새어 나오는 방문
앞까지 걸어갔다.

"하아, 하웃. 태석아……."

설마 하는 심정으로 방 안을 살짝 들여다보았다.

"헉!"

벌거벗은 채 서로 엉켜 있는 두 사람의 모습을 보자 그만 화들짝
놀라고 말았다. 소리가 새어 나오자 황급히 입을 막았다. 돌아가려
했지만 바닥에 붙은 발이 떨어지질 않았다. 태석이 다른 여자와 알
몸으로 뒹굴고 있는 모습이 여간 낯설게 느껴지는 것이 아니었다.

여러 가지 생각에 머리가 터질 듯 복잡해진 그녀는 실망한 마음을 안고 눈물을 글썽인 채 돌아섰다.

"강태석, 이 나쁜 놈. 어떻게, 어떻게 네가……. 짐승, 변태, 늑대!"

"어디 다녀온 거야?"

귀신 본 사람처럼 얼굴이 하얗게 질린 채 돌아온 혜미를 보며 걱정하듯 물었다. 그러나 그녀는 아무런 대답도 하지 못했다.

"그나저나 왜들 안 오지? 저녁 장사해야 하는데. 안 되겠다. 올라가 봐야지."

올라간다는 말에 몹시 당황한 혜미는 팔을 벌리고 서서 필사적으로 그를 말렸다.

"왜 그래. 빨리 준비해야지, 금방 사람들 들이닥칠 텐데 큰일나. 얼른 비켜. 가게 잠깐만 봐 주고."

"내, 내가 하면 되잖아!"

"뭘, 장사를? 에이, 농담하지 말고 얼른 나와."

혜미는 뒷문을 잠그고 앞치마를 찾아 황급히 허리에 둘렀다.

"진짜 하려고?"

"응. 시, 실은 너랑 둘이서만 있고 싶어서 그래. 그러니까 애들 올 때까지 그냥 우리 둘이서 하고 있자."

혜미의 말에 얼굴이 후끈 달아오른 우빈은 혜미의 붉은 입술을 보자 침을 꼴깍 삼켰다. 그의 달라진 눈빛에 혜미 또한 심장이 두근거리기 시작했다.

"계산이요."

233

"네? 아, 네."

헤미에게 시선을 뺏기고 있던 우빈은 황급히 달려가 계산을 마쳤다. 본격적인 준비를 위해 앞문을 닫는 우빈을 보다 괜히 민망해진 헤미는 시키지도 않은 일을 말끔히 끝내 놓았다. 행주를 내려놓고 손을 씻기 위해 싱크대로 향하려는데, 우빈의 커다란 손이 여린 손목을 힘껏 잡아당겼다.

"왜 그런 눈으로 봐."

긴장한 눈빛으로 우빈을 보며 말한 헤미의 목소리가 부르르 떨리고 있었다. 마른침을 삼킨 우빈은, 헤미를 끌어당겨 자신의 품에 안았다.

"왜, 왜 이래. 누구 들어오면 어쩌려고."

품에서 벗어나려 했지만 그의 힘을 이기기엔 역부족이었다.

"조, 좋아해. 아니, 사랑해. 처음 봤을 때부터 너무 예쁘고 사랑스럽다고 생각했어. 볼수록 매력 있고 너랑 같이 있으면 가슴이 막 미친 듯이 뛰어 대서 나조차도 나를 주체할 수가 없어."

"갑자기 이러면······!"

떨리는 마음으로 아주 천천히 고개를 내려 입을 맞춘 우빈은 헤미를 따라 자신도 스르르 눈을 감았다. 그러곤 짜릿한 키스를 이어 가며 뒷문으로 걸어가 잠근 뒤 그곳에 헤미를 기대게 했다.

살며시 벌어진 입술 사이를 혀로 밀고 들어간 그는 소프트아이스크림처럼 달고 부드러운 그녀의 입안 곳곳을 훑고 지나며 황홀함에 젖어 들었다. 어설픈 헤미의 손이 허공에서 머물다 천천히 그의 허리를 둘렀다.

수줍음에 가만히 숨어 있던 그녀의 혀를 찾아 감은 그는 부드럽게 돌리다 금세 놓아주었다. 아쉬움에 살짝 꿈틀거리자 다시 감아올린 그는 오랜 시간 그녀와 함께 진하고 깊은 교감을 나눴다. 그때 누군가 뒷문을 두드리기 시작했다.

"……!"

"젠장."

놀란 혜미와는 달리 잔뜩 아쉬워하며 황급히 그녀에게서 떨어진 우빈이었다. 그는 문을 열기에 앞서 벽에 기댄 탓에 엉망이 된 그녀의 머리를 대충 귀 뒤로 넘겨 주었다.

"문까지 걸어 잠그고 뭐 하고 있었어?"

태석의 모습은 보이지 않고 사연만 가게로 돌아왔다. 그가 문을 여는 사이 혜미는 황급히 떡볶이 앞으로 달려가 있었다. 괜히 어설프게 주걱질을 하며 살짝 헝클어진 머리를 만졌다.

"안 어울리게 쟨 저기서 뭐 해? 머리는 또 왜 산발이야."

사연의 말에 괜히 찔린 혜미는, 안절부절못하고 커다란 눈동자를 이리저리 굴리고 있었다. 하필이면 머리를 묶고 온 게 몹시 후회되었다. 침을 꼴깍 삼키고 숨을 몰아쉬며 마음을 진정시킨 그녀는 어설픈 웃음을 보이며 고개를 돌렸다.

"안녕."

"새삼스럽게 인사는. 이리 나와 네가 뭘 한다고 거기 서 있어."

"그, 그럴까."

"뭐야. 니들 좀 수상하다?"

떡볶이에 물을 부은 사연은 의심의 눈초리로 두 사람을 번갈아

보며 말했다.

"뭐, 뭐가?"

혜미가 몹시 당황한 듯 놀란 표정을 하며 크게 소리쳤다.

"우빈이 표정도 그렇고 혜미 너 머리 산발된 것도 그렇고. 너무 의심스러운데?"

그때 괜히 실실 웃으며 어설픈 걸음으로 태석이 들어왔다.

"혜미도 있었네. 언제 왔어?"

"태석아 마침 잘 왔어. 혜미랑 우빈이가 글쎄……."

"니, 니들은? 내가 아까 니들 둘이 붙어서 뒹구는 거 다 봤거든?"

"……!"

혜미가 버럭 소리를 질렀다. 태석만큼은 모르길 바랐다. 딱히 이유는 없었지만 왠지 몰랐으면 하는 생각이 간절했다. 행여 알게 된다 해도 혼자 이미지를 구길 순 없었다. 그래서 같이 죽잔 심정으로 자신도 모르게 사연의 집에서 봤던 일을 다 말해 버리고 말았다.

네 사람 모두 같은 표정을 짓고 있었다. 민망함에 어찌할 바 모르며 다들 시선만 이리저리 피하고 있었다.

"라라, 라랄라. 시간이 벌써 이렇게 됐네. 애들 끝나기 전에 빨리 만들어야겠다."

뜬금없이 노래를 흥얼거리던 사연은 어설픈 연기로 간신히 자리를 피했다. 문득 억울하다는 생각이 든 우빈이었다. 혼자 열심히 땀 흘리고 있었을 때, 두 사람은 집에서 뒹굴고 있었다니 생각할수록 열이 올랐다.

"너무들 하십니다, 정말. 내가 혼자 얼마나 이리 뛰고 저리 뛰었는지 알기나 하십니까?"

참을 수 없어 내뱉은 말에 동의해 주며 크게 고개를 끄덕거리는 혜미였다. 미안하고 부끄러운 마음에 두 사람은 차마 어떤 말도 할 수 없었다. 그렇게 각자 묵묵히 저녁 장사 준비를 하기 시작했다.

혜미는 저녁에 중요한 손님들과 식사 약속이 잡혀 있었지만 우빈을 혼자 두고 갈 수 없어 버티고 있었다. 집에서 걸려 온 전화도 일부러 받지 않은 채 아예 핸드폰을 꺼 놓는 그녀였다.

수업을 마친 아이들이 우르르 구가네 분식에 몰려들었다. 낮에 쿠폰 삼십 장을 받아 간 여학생들도 테이블을 차지하고 앉아 있었다. 한가할 땐 몰랐는데 막상 바빠지니 어설픈 혜미도 도움이 되었다.

빗방울이 한두 방울씩 떨어지기 시작하자 고소한 부침개 생각이 절실해진 사연이었다. 낮의 일도 미안하고 해서 혜미를 초대해 집에서 조촐한 막걸리 파티를 열기로 했다.

파전에 막걸리 한 잔 걸칠 생각을 하니 절로 흥이 돋는 우빈이었다. 거기다 오늘은 혜미까지 자신의 곁에 있지 않은가. 세상에 부러울 것이 없었다.

예고 없던 빗방울이 거세질수록 분식집을 찾는 사람들은 더 많아졌다. 간판 아래 천막에까지 잔뜩 모여든 사람들은 모두 비를 피하느라 정신없었다. 빗소리와 함께 사람들의 수다 소리까지 더해지자, 주문을 받는 데 지장이 생겼다. 네 사람 모두 정신없이 바쁘게 움직이고 있었다.

"태석아 싱크대 옆에 보면 우산꽂이 있을 거야. 것 좀 가져다가 거울 옆에 놔 줘."

사연의 말이 떨어지기 무섭게 움직인 태석은 이미 많은 우산들이 꽂혀 있는 걸 보곤 살짝 당황해하는 것 같았다.

"이런 날을 대비해서 그동안 주인 잃은 우산들 열심히 모아 둔 거야. 새로운 주인 만나서 따라가게 앞에 놔둬."

남을 배려하고 생각할 줄 아는 그녀에게 태석은 또 한 번 감동을 받았다.

"선착순이니까 싸우지들 말고 필요하신 분들 우산 하나씩 가져 가세요."

태석의 말을 반가워하며 기다렸다는 듯 사람들이 우르르 몰려들기 시작했다. 그때 혼자 와서 떡볶이 일 인분을 시켜 놓고 한참을 먹고 있던 한 남학생이 정신없는 틈을 타 돈을 내지 않고 도망치려다 우빈에게 잡혔다.

"학생. 어디서 그런 나쁜 짓을 배운 거야? 학교에서 선생님이 그렇게 가르쳤어?"

다시 도망치지 못하도록 팔을 꼭 붙든 그는 언성을 높여 소리치듯 말했다. 어느새 사람들의 시선은 모두 남학생을 향해 집중되어 있었다. 창피함에 눈물을 글썽거렸지만 어떤 말도 하지 않았다.

문득 무료급식을 하다 만난 수현이가 떠오른 사연이었다. 아이와 같이 학생에게도 말 못 할 사정이 있을 수 있겠다 생각한 그녀는 조용히 우빈에게 팔을 놓아주라고 말했다.

"야, 쟤 민아네 반 아니야?"

"어디, 어! 진짜네. 며칠 전에 민아네 반 반장 지갑에서 돈 훔치다가 남자애들한테 잡혀서 개쪽당한 애잖아. 내가 다 쪽팔리더라."

아이들의 수군거리는 소리를 들은 남학생은 끝내 닭똥 같은 눈물을 뚝뚝 떨어트리고 말았다. 당황한 우빈의 손에 살짝 힘이 풀렸다. 미안한 마음이 물밀 듯 밀려들었다.

남학생을 향한 아이들의 비난은 끝없이 쏟아지고 있었다. 사연이 나서서 상황을 정리하려는데, 테이블을 차지하고 앉아 있던 쿠폰소녀가 먼저 나섰다.

"장동철 배불리 먹었냐? 이 누나가 쿠폰이 많이 생겨서 순대랑 튀김도 쏜다니까 왜 그냥 가려고 그래. 그리고 니들, 장동철네 반 지갑 사건은 이미 나쁜 짓 하려 했던 게 아닌 걸로 끝난 걸로 알고 있는데, 왜 나와서까지 지껄이고 난리야? 반장이 지각비 걷은 거 지갑에서 좀 꺼내다 달라고 부탁했었던 거라고 했잖아. 귓구멍들이 막혔나. 니들 같은 것들 때문에 왕따가 생기는 거야. 한 번만 더 잘 알지도 못하는 얘기 밖에서 지껄이고 다니는 거 나한테 걸리면 죽을 줄 알아. 알겠어?"

소녀는 쿠폰 한 장을 태석에게 건네고 나머지 스물아홉 장은 모두 장동철이라는 남학생 손에 쥐여 주었다. 그러곤 우산도 없이 친구들과 함께 비를 맞으며 해맑은 얼굴로 집을 향해 달려갔다.

아이의 행동에 지켜보던 네 사람은 모두 부끄러워 어쩔 줄 몰랐다. 동철은 눈물을 닦으며 쿠폰을 테이블 위에 올려놓고 밖으로 뛰쳐나갔다.

그 아이의 뒷모습이 사연은 뇌리에서 잊히질 않았다. 배고픈 아이들을 위해 할 수 있는 일이 없을까 생각하며 사연은 계속해서 주문을 받았다. 언제 그랬냐는 듯 가게 안은 금세 사람들의 수다 소리로 다시 시끄러워졌다. 어쩌다 세상이 이토록 상처를 쉽게 주고받게 되었는지 씁쓸한 마음이 들었다.

비가 내린 탓에 어묵이 예상보다 빨리 바닥을 보였다. 서빙을 혜미에게 맡기고 우빈은 서둘러 어묵을 꽂기 시작했다. 손이 빠른 편이라 그리 오래 걸리진 않았다. 물을 가득 붓고 큼지막하게 썰어 놓은 무와 대파 뿌리 그리고 게와 빨간 고추, 양파까지 통째로 넣은 사연은 육수가 빨리 끓기를 기다리며 쪽파와 청양고추를 잘게 썰기 시작했다.

"순대 일 인분이랑 튀김 일 인분 떡볶이 국물에 묻혀 주세요."

단돈 오천 원에 튀떡순을 모두 즐길 수 있는 아이들만의 유일한 방법이다. 순대랑 튀김만 주문해서 떡볶이 국물에 묻혀 달라고 하면 사연의 인정상 떡과 어묵도 몇 개씩 따라온다는 걸 잘 알고 있기 때문에 굳이 떡볶이까지 주문해서 돈을 더 낼 필요가 없었다.

조금 전 일도 그렇고 또 어묵 국물도 줄 수 없는 상황이라 일부러 떡과 어묵을 잔뜩 올려 준 사연이었다. 눈이 휘둥그레진 아이들은 먹을 생각에 잔뜩 기대를 하며 침을 꼴깍꼴깍 삼켰다.

지글지글 부침개 지지는 소리가 집 안 가득 퍼져 나갔다. 태석은 사연을 도와 과일을 깎고 있었다. 혜미에게 집 구경을 시켜 주던 우빈은 태석의 핸드폰이 요란하게 울리자 걸음을 옮겼다.

"형, 전화 왔어요."

태석이 우빈에게 휴대폰을 건네받고 막 통화 버튼을 누르는데, 꺅 하는 짧은 비명이 들렸다. 무슨 일인가 돌아보는데 부엌을 가로지르던 우빈이 갑자기 크게 허둥거리다 바닥에 넘어지는 것이 보였다. 좀 크게 다친 것 같아 혜미와 사연이 소란스러워져서 태석은 얼른 방으로 들어가서 전화를 받았다.

"여보세요? 네 아저씨. 안녕하세요. 잘 지내고 계시죠? 근데 이 시간에 어쩐 일이세요?"

― 태석아. 하루 종일 우리 혜미랑 연락이 안 되는구나. 혹시 넌 알고 있나 해서 전화 걸어 봤다. 혜미가 너한테 가는 거 아니면 혼자서 외출할 일이 거의 없다는 거 너도 알잖니.

"말씀드린 줄 알고 있었는데. 혜미 지금 저랑 친구들이랑 같이 있어요."

― 역시 그랬구나. 사실 오늘 집에서 김 사장 아들이랑 식사 약속이 있었는데 혜미가 연락이 닿질 않아서 많이 곤란했단다.

"네? 오늘이요……? 그 약속 혜미도 알고 있나요?"

― 그래. 아마 그래서 일부러 핸드폰도 꺼 놓고 너한테 가 있는 것 같다는 생각이 들어. 기사 보낼 테니까 혜미 좀 잘 설득시켜서 보내 주면 고맙겠구나. 강 기사 그 친구 일로 아직 상심이 클 텐데 정말 미안하다, 태석아.

"아닙니다. 제가 죄송하죠. 혜미, 제가 바래다줄게요. 너무 늦지 않을 테니까 걱정 마시고 기다려 주세요."

전화를 끊은 태석의 얼굴에 그늘이 졌다. 이미 알고 있던 사실이었지만 그걸 미리 혜미에게 알렸어야 했던 게 아닌가 하는 생각이 들었던 것이다. 눈치를 봐선 혜미가 우빈에게 마음을 주고 있는 것 같았다. 믿고 의지할 친구라곤 자신밖에 없는데 혼자서 말도 못하고 끙끙거리며 얼마나 괴로웠을지 마음이 아렸다.

마침 다친 우빈을 방에다 눕히고 나오던 사연을 방으로 불러 얘기를 전했다. 사연의 얼굴에도 태석과 같은 그늘이 생겼다.

"잘 바래다주고 와. 늦었는데 차 갖고 다녀오고."

사연의 마음도 가볍지만은 않았다. 미운 감정이 있는 건 사실이었지만, 샘이 많고 질투가 많아 그렇지 악질은 아니란 걸 알고 있기에 맘이 쓰였다.

태석은 외출 준비를 마치고 우빈의 방으로 향했다. 한참을 망설이던 끝에 문을 두드렸다. 방문이 열리자 혜미의 모습이 보였다. 그녀는 자신이 실수로 쏟은 물을 밟고 넘어져 허리를 다친 우빈의 곁을 지키고 있었다.

"가자, 바래다줄게. 너무 늦었어."

걱정하고 챙기는 모습에 순간 예전으로 돌아간 느낌을 받은 혜미였다. 사연을 만나기 전까지만 해도 항상 자신의 곁을 지켜 주던 그가 아니었던가. 입가에 살짝 미소가 지어졌다가 바로 사라졌다. 지금은 태석의 배려보단 우빈의 관심이 더 좋았기 때문이다.

"알아서 갈게. 걱정하지 마. ……우빈이가 다쳤잖아, 태석아."

우빈도 우빈이지만 집에 가고 싶지 않은 마음이 더 크단 걸 태석은 알고 있었다. 사랑하지도 않는 사람과 약혼을 하고 결혼을 해야 하는 그 심정은 어떨지 몹시 안타까울 뿐이었다.

"고마워요, 형. 나 괜찮으니까 얼른 가. 바래다준다잖아. 내가 해야 맞는 건데 보다시피 꼴이 이래서."

"집에서 걱정하시니까 얼른 가방 챙겨서 나와. 밑에서 기다릴게."

태석이 먼저 돌아서 나갔다. 아쉬움 반 걱정 반으로 겨우 핸드백을 들고 나가려는데, 우빈의 손이 그녀를 끌어당겼다. 그의 가슴팍 위로 쓰러진 혜미는 동그란 눈을 연방 깜박거리며 볼을 붉혔다.

"뽀뽀해 주고 가면 안 돼?"

요즘 들어 태석에게도 느끼지 못했던 감정을 우빈을 통해 알아가게 되는 혜미였다. 아무것도 모른 채 웃고 있는 그가 너무 안쓰럽고 미안했다. 눈물이 흐르려 하자 먼저 입을 맞췄다. 우는 모습을 들키고 싶지 않았다. 입술을 떼지 않은 채 이불을 끌어당겼다. 자신을 보지 못하도록 머리끝까지 덮어 주고 방을 나섰다.

"조심히 가. 전화할게."

눈물이 앞을 가려 신발을 제대로 신기가 어려웠다. 겨우 발을 넣고 밖으로 나가자 태석의 모습이 보였다. 자신을 향해 손짓하는 그를 보자 어린아이처럼 눈물이 쏟아졌다. 창피한 줄도 모르고 달려가 안겼다. 하루 종일 아무렇지 않은 듯 지내기가 사실 많이 힘들었다.

"태석아. 아빠가 나더러 김동혁 씨랑 약혼하래. 그런데 나 그 사람 싫어. 흑, 조금도 좋아하지 않는다구."

"우빈이랑…… 두 사람 서로 좋아하는 거야?"

"……"

고개를 들어 그를 바라보았다. 혜미를 바로 세운 태석은 작은 어깨에 손을 올린 채 눈을 맞췄다.

"아직, 잘 모르겠어."

"혜미 넌 어린애가 아니야. 물론 어렵고 힘들겠지, 그래도 가서 부모님께 네 진심을 말씀드려 봐. 그게 어른이고, 스스로 네 행복을 찾을 수 있는 방법이니까. 이 문제는 내가 아닌 그 누구도 널 대신해서 도와줄 수 있는 게 아니야. 꼭 이겨 내길 바랄게. 행운을 빌어."

언젠가 혜미 아버지로부터 들었던 말이 있었다. 혜미를 얼마나 사랑하느냐는 질문에 아무런 답도 하지 못했다. 바로 그녀를 다른 사람과 연을 맺어 줘도 괜찮겠냐는 질문이 떨어졌다. 역시나 대답 없이 묵묵했던 자신의 어깨를 그는 가만히 다독여 주었다.

이미 오래전부터 그녀에게 마음이 없다는 걸 알고 있었다고 했다. 그러면서 약속된 인연에게 가야만 하는 딸이 상처받지 않고 정리할 수 있게 해 달라고 했다.

자신은 추억이 될 수 있지만 우빈은 달랐다. 아무리 회사를 위한 일이라 해도 자식이 원치 않는 결혼은 부모로서 시키지 않는 게 옳다 여겨졌다. 다른 건 몰라도 결혼만큼은 자신이 사랑하는 사람과 해야 하는 게 당연한 것이기 때문이다. 곁에서 도울 순 없지만 그녀를 위해 끝까지 응원할 것을 약속하며 집으로 들여보냈다.

✽

수현은 얼마 전에 다친 다리가 깨끗하게 나아 오늘은 동생의 손을 잡고 같이 나왔다. 사연의 도움으로 더 이상 무료급식을 받으러 나오지 않아도 됐지만, 사연을 다시 한 번 만나고 싶어 오게 된 것이다. 얼굴을 보고 전할 말이 있었기 때문이다.

"수현아. 잘 지냈니?"

사연은 오랜만에 만나는 수현을 알아보고 반갑게 맞이해 주었다. 전과 달리 옷도 말끔했고 살도 조금 붙은 것 같았다. 키가 자라지 않고 그대로인 것 같아 살짝 아쉬웠지만, 이만한 변화만으로도 사연은 고맙고 기뻤다.

"네. 덕분에요. 정말 고맙습니다. 할머니도 요즘 많이 웃으세요. 동생 다리도 다 나았구요. 정말 고맙습니다."

"고맙긴, 다행이다. 정말 기뻐. 전화하라고 번호까지 남겼었는데 연락 한 번 안 하더라. 좀 서운했었어."

"죄송해요. 할머니가 바쁜데 방해하면 안 된다고 하셔서."

"그랬구나. 괜찮으니까 언제든지 전화하고 싶으면 해. 아무리 바빠도 수현이 전화는 꼭 받을 테니까."

"네. 정말 고맙습니다."

"그래. 근데, 도시락 안 가져가니?"

"집에 더 맛있는 게 많은걸요. 꼭 훌륭한 사람이 돼서 저도 어려운 사람들을 돕는 사람이 될게요. 고맙습니다!"

아이의 밝은 모습에 사연은 가슴이 벅차올랐다. 곁에서 태석도 굉장히 흐뭇해하며 지켜보고 있었다. 가는 뒷모습을 한참 바라보다가 서둘러 다음 아이에게 도시락을 건네주려는데, 어쩐지 낯이 익은 얼굴이었다. 도시락을 받자 바로 돌아선 아이의 뒷모습에, 문득 비 오던 날의 일이 떠올랐다.

"동철…… 동철이 맞지?"

그 아이가 고개를 돌려 눈을 맞추자 바로 확신을 했다. 동철도 사연의 얼굴을 기억하는지 황급히 시선을 피했다. 도망치려던 아이를 간신히 붙잡았다. 인물도 훤하고 차림새도 깔끔해서 전혀 어려운 환경에서 자란 아이 같지 않아 소년의 사연이 더욱 궁금해졌다.

억지로 테이블에 앉히고 도우미들을 위해 준비된 시원한 음료수 하나를 가져와 건네주었다. 마른침을 삼키는 걸 보니 갈증이 나는 것 같은데, 자존심 때문인지 미안함 때문인지 마시지 않았다.

"떡볶이값은 월요일에 줄게요. 아빠랑 엄마가 미국으로 출장을 가 계셔서 지금은 돈이 없어요."

"우와. 너희 집 부잔가 보구나. 부모님이 미국으로 출장도 가시고."

"네. 우리 아빠가 회사 사장님이에요. 출장에서 돌아오시면 이딴 데서 주는 밥 안 먹어도 되고 떡볶이값도 두 배, 아니 열 배로 갚을 수 있으니까 걱정 말고 기다리세요."

"그래, 그럴게. 근데 어쨌든 지금은 돈이 없는 상황이니까 누나가 준 이 음료수는 마시고 가. 너 되게 목말라 보여, 지금. 자존심 상해서 그런 거면 월요일에 음료수값도 다 계산하면 될 거 아냐. 안 그래?"

사연이 손을 뻗어 머리를 헝클이자 동철은 인상을 구겼다. 오래 자리를 비울 수 없어 인사를 하고 돌아서자, 그제야 음료수를 벌컥

벌컥 들이켜는 아이였다. 배가 고팠는지 허겁지겁 도시락을 먹는 모습에 절로 미소가 지어지는 사연이었다.

"한 달 전에 동사무소 통해서 등록된 아이라는데, 그동안 자존심 때문에 오질 못했었나 봐. 그랬던 애가 얼마나 배가 고팠으면 스스로 찾아왔을까 안타까울 뿐이야."

"동철이 얘기하는 거야?"

"응."

거짓말을 하는 것 같다는 느낌은 받았지만 정말 거짓말이었다니, 어쩐지 마음이 씁쓸해지는 사연이었다. 태석이 사연의 표정을 보고 소년에 대해 더 설명해 주었다.

"회사가 부도나서 하루아침에 빈털터리 신세가 됐나 봐. 동철이 학교 보내고 무책임하게 두 분이 동반자살을 하셨대. 친척들도 다 나 몰라라 하고 있는 상태고."

사연의 마음이 무거워졌다. 아이가 왜 그렇게 자존심을 세우려는 지도 이해가 갔다. 처음부터 어려웠던 아이와 그렇지 않은 아이는 도움을 받는 태도가 전혀 다르다. 분명 고맙고 기쁜 일인데, 창피하고 부끄럽게만 생각하기 때문이다. 저대로 뒀다간 나쁜 길로 빠질 것만 같아 사연은 자신이 나서서 도와야겠다고 마음먹었다.

봉사가 끝나고 뒷정리를 하려는데 기태가 태석을 불렀다. 저녁에 따로 만나 할 얘기가 있다면서 근처 커피숍에서 약속을 잡는 그였다. 재단 일로 그럴 거라고 예상은 했지만 어쩐지 궁금해지는 그였다. 서둘러 자리로 돌아가 뒷정리를 끝냈다. 사람들과 인사를 나누고 사연을 태워 집으로 향했다.

"이 대표님 만나기 전까지 시간 있는데, 우리 영화 보러 갈래?"

"여, 영화?"

영화. 그게 뭐였던가. 먹는 것이었던가. 본 지가 하도 오래돼서 몹시 낯설게 들렸다.

"사연이 넌 어떤 영화 좋아해?"

"어? 그게……."

본인의 취향을 본인이 모른다는 게 스스로도 거짓말 같아 대답하기가 망설여졌다. 대충 아무거나 얘기하자 하면서도 딱히 떠오르는 장르가 없었다. 그도 그럴 것이 그동안 드라마 한 편 맘 편히 볼 여유조차 없었기 때문이다.

"영화 별로 안 좋아하나 보네?"

당장은 고생해도 반드시 누리고 살 날이 올 거라 여겼었다. 그런데 돌아보니 서른이었다. 누리고 싶어도 누릴 청춘이 없었다. 다 때가 있다는 어른들 말이 절실히 가슴에 박혔다. 씁쓸한 맘으로 그냥 집으로 가자고 했다. 영화 볼 기분도 아니었지만, 재료가 들어오는 날이라 시간적으로 여유가 없었다.

"짠!"

"이게 다 뭐야?"

재료를 들고 잠깐 쉬려고 집에 들어온 참이었다. 한동안 연락도 없다가 다짜고짜 나타난 혜미는 마룻바닥에 짐 가방을 잔뜩 내려놓았다.

"나 오늘부터 여기서 너랑 같이 살려구."

"뭐라고? 가출했다는 거야, 지금?"

태석의 말대로 아버지에게 사랑하는 사람이 있다고 말했다. 그러나 전혀 들어 주려 하지 않았다. 하다못해 누군지, 어떤 사람인지 궁금해하지도 않았다. 오히려 화를 내며 방 안에 가두고 시간 되면 오는 사람들에게 신부 수업이나 잘 받으라고 했다. 그동안 자신을 위해 뭐든 아낌없이 주었던 아버지 모습은 찾아볼 수 없었다.

그런 아버지에 실망하고 서운한 마음이 들었던 혜미는 단 며칠 만에 가출을 해야겠다는 결심을 하게 되었다. 이대로 우빈을 포기하고 사랑하지도 않는 사람을 위해 마음에도 없는 신부 수업이나 받으며 살 순 없었다. 그래서 그길로 당장 짐을 챙겨 창문 밖으로 몸을 던졌다.

"내가 어린애도 아니고, 가출은 아니지. 그냥 너랑 같이 살고 싶어서 그러는 거니까 더 이상 묻지도 따지지도 말고 받아 줘, 우빈아."

"장난 그만하고 얼른 돌아가. ……전화해도 받지도 않고 메시지 보내도 답도 없더니 무슨 일 있었던 거야?"

"일은 무슨."

왠지 우빈이 알게 되면 헤어지자고 할 것만 같았다. 이유는 알 수 없었지만, 왠지 그럴 것 같은 기분이 들었다. 그래서 차마 사실대로 말할 수가 없었다. 그때 봉사를 마치고 돌아온 태석과 사연이 나란히 집으로 들어왔다. 우빈과 달리 짐 가방을 보고도 두 사람은 전혀 놀라는 기색이 없었다. 그저 걱정하는 마음만 느껴질 뿐이었다.

"가자. 사연아, 나 혜미 바래다주고 올게. 우빈이 네가 뒷정리 좀 도와주고 있어."

태석의 손에 붙잡힌 혜미는 따라가지 않으려고 몸부림을 쳤다. 있는 힘껏 밀쳐도 보고 꼬집고 깨물기까지 했지만 소용없었다. 어린아이가 아니라는 말은 태석이 먼저 했었다. 어른인 자신이 스스로 내린 결정에 왜 이렇게 방해를 하는 건지 도무지 이해할 수 없었다.

"형은 무슨 일이 있는 건지 알고 있는 거죠? 그런 거면 말 좀 해 줘요. 계속 연락도 안 되던 사람이 갑자기 왜 이런 모습으로 나타나요? 답답해 미치겠으니까 제발 얘기 좀 해 줘요."

"조우빈 너 진짜 혜미 사랑하는 거야?"

보다 못해 나선 사연은 우빈을 보며 질문을 건넸다.

"네, 사랑해요."

"무슨 일 있어도 끝까지 혜미 책임질 자신 있어?"

"……나만 빼고 다들 알고 있었구나."

우빈은 살짝 서운한 마음이 들었다. 대체 무슨 일이기에 본인만 몰라야 했는지 야속하기까지 했다.

"그럼 지금 당장 혜미 데리고 집으로 가서 아버지한테 말씀드려. 혜미 사랑한다고. 절대 다른 놈한테 뺏길 수 없다고."

"사연아."

"……그게 무슨 말이에요?"

"혜미 대단한 집 딸내미야. 아버지가 회사에 도움 되는 집 사장 아들이랑 결혼시키려고 한대. 그러니까 가서 안 된다고, 다른 놈한테 절대 보낼 수 없다고 말씀드리고 오라고. 혜미 너도 이런 식으로 나올 생각 말고, 가서 아버지를 설득하든 그게 안 되면 다 포기하고 나와서 우빈이랑 밑바닥부터 같이 시작하든, 뭐가 됐든 당당하고 떳떳하게 해. 네 말대로 너 어린애 아니니까, 내 입에서 나이 똥구멍으로 처먹었냐는 소리 안 나오게 하라고."

사연의 말이 떨어지기 무섭게 우빈은 혜미의 손목을 잡은 채 밖으로 나섰다.

"우빈이, 괜찮을까?"

"괜찮을 거야. 우빈이잖아."

사연은 걱정하는 태석을 향해 미소를 보였다. 태석 또한 그녀를 보며 살짝 미소 지은 채 고개를 끄덕였다. 사연의 반짝이는 눈을 보니 괜찮을 거라는 그녀의 말에 정말 믿음이 갔다. 그에게 그녀는 늘 그런 존재였다. 그렇게 걱정됐던 마음을 내려놓은 그는 눈앞의 그녀를 품 안에 가만히 끌어안았다.

"고마워. 난 늘 너한테 위로를 받네."

"고맙긴. 피곤할 텐데 얼른 치우고 쉬자."

"응."

방으로 들어간 사연은, 옷을 바꿔 입기 시작했다. 태석은 그녀를 편히 쉬게 해 주고 싶은 마음에 혼자서 짐을 정리하고 있었다.

"사연아, 이거 어디다 둘……! 미, 미안."

원래 입고 있던 옷을 벗어 속옷 차림으로 집에서 입는 원피스에 머리를 넣으려는데 태석이 문을 열고 들어왔다. 너무 당황한 나머지 완전히 머리를 넣지도 빼지도 못한 채 발만 동동 굴렀다. 앞이 보이지 않아 허둥대는 그녀를 모른 척할 수 없어 태석은 나가려다 도로 들어왔다. 옷을 끌어 내리자 십 년은 늙어 보이는 사연의 얼굴이 간신히 드러났다.

순간 사연은 자신이 입고 있던 속옷에 생각이 미쳤다. 봉사 준비로 정신이 없어 속옷에 신경 쓸 겨를이 없었다. 대충 집어 들고 화장실로 들어가 샤워를 했었는데, 하필이면 엉덩이 쪽에 구멍이 난 팬티를 챙겼던 것이다.

행여나 봤을까 조마조마하고, 너무 창피하고 불안했다. 얼른 치마를 내려 엉덩이를 가렸다. 하지만 그 사정을 모르는 태석은 그녀가 그저 부끄러워 그러는 것 같아 왠지 야릇한 기분이 들었다.

못 봤으면 모를까 거의 알몸이나 다름없는 속옷 차림을 보고서 그냥 나갈 순 없었다. 은근슬쩍 허리를 감싸고 입을 맞추려는데 다른 때와는 달리 무슨 이유인지 자꾸 튕기는 사연이었다.

"왜 그래."

살짝 민망하기도 하고 서운하기도 해서 퉁명스럽게 말했다.

"그게……."

"그날이야?"

"아니."

"그럼?"

"시, 실은."

"괜찮으니까 얘기해 봐."

무슨 일인지 계속 튬을 들이는 사연으로 인해 가슴이 답답해지기 시작할 무렵이었다. 한참을 망설이던 그녀가 눈을 질끈 감고 아주 어렵게 입을 열었다.

"……팬티 빵구 났어. 것도 엄청 크게. 손가락 한 세 개는 들어
갈 만큼."

"뭐? 하하. 날 죽일 생각인 거야, 아님 코피라도 터지길 바라는
거야?"

"……?"

"왜 그렇게 섹시한 팬티를 입었냐고."

"읍!"

바로 기습 키스를 하고 바닥에 쓰러트린 태석이었다. 이불이 없
었다면 큰일 날 뻔했다. 사연이 처음으로 침대의 필요성을 느끼게
된 순간이었다. 태석의 손길은 무척이나 다급했다. 속옷을 끌어내
리다 구멍에 손가락이 끼었다. 빼낼 정신도 없이 그대로 찢어 버렸
다. 사연은 창피함에 얼굴을 붉혔다. 태석은 그녀의 다리를 세우고
촉촉이 젖어 든 곳을 혀로 핥았다.

"아훗."

사연의 얼굴이 뒤로 젖혀졌다. 손을 내려 말려 보지만 소용없었
다. 다른 날과는 비교할 수 없을 만큼 거칠게 그녀를 대했다. 엉덩
이를 들고 주무르던 그는, 손을 놓고 사연의 위로 엎드렸다.

입술을 찾아 키스를 건네고 거침없이 혀를 감아 올렸다. 부드럽
게 풀다 격하게 찾아 감기를 한참 반복했다. 혀를 풀어 입술을
훑고 지난 그는 얼굴을 내려 목에 꽃잎을 새겼다. 따끔하면서도 짜
릿한 그 기분은 여전히 말로 설명이 되지 않았다.

둥근 가슴을 손에 넣고 한참을 주물렀다. 손바닥으로 꾹 눌러 돌

리자 다시 야릇한 신음이 터져 나왔다. 입 안 가득 가슴을 넣고 빨다가 붉은 망울을 이로 잘근거렸다. 떨어져 나갈 듯 고통이 일었지만 좋은 기분에 멈추게 하고 싶지 않았다.

이 사이로 혀를 내밀어 돌리자 온몸에 찌릿한 전율이 흘렀다. 그는 손을 내려 검을 숲을 쓸고 지나 계곡을 타고 가장 밑에서 멈췄다. 주위를 문지르다 거침없이 손가락을 넣었다.

"아훗."

빠르게 움직이자 사연의 손이 이불을 비틀어 쥐었다. 이를 악물어 보지만 견딜 수 없었다. 태석은 엉덩이를 들고 한참 기다린 불기둥을 천천히 삽입했다.

"으읏. 하아."

생각만큼 크게 고통스럽진 않았다. 부드럽게 삽입되자 그 순간 만족스런 쾌락에 온몸이 부르르 떨렸다.

"하악."

태석의 입에서도 거친 신음이 터져 나왔다. 그의 소리가 사연을 더욱 설레게 했다. 천천히 움직임이 시작되었다. 그녀가 어느 정도 적응이 된 듯해 태석은 사연의 손을 잡고 끌어당겼다. 마주 보고 앉은 자세로 다시 허리를 움직였다. 그에게 맞춰 사연 또한 절로 움직이게 되었다.

"아훗, 훗."

사연을 앉은 자세로 두고 바닥에 등을 댄 채 혼자 누웠다. 그녀는 부끄러움에 꼼짝도 하지 못한 채 그의 위에 앉아 있었다.

"움직여 줘."

괜히 머리를 쓸어 넘기며 눈을 질끈 감았다. 손을 그의 가슴 위에 얹고 용기를 내어 움직이기 시작했다.

"아훗!"

더욱 깊이 삽입되자 찌르는 고통과 닿는 느낌에 온몸이 자극되어 발끝부터 짜릿한 전율이 흘렀다. 창피함에 대답도 못 하고 그저 계속 움직였다. 다시 소리가 나올까 이를 악물고 버텼다. 말을 타듯 천천히 앞뒤로 흔들자 태석은 계속 몸을 움찔거렸다. 한시도 가만있지 못했다.

"하아, 하윽, 사연아."

그녀의 뽀얀 허벅살을 연방 쓸어 올리다 엉덩이를 잡고 같이 흔들었다. 금세 지친 사연은 그대로 태석의 위로 쓰러져 버렸다. 불기둥이 빠져나오자 사연을 바닥에 눕히고 일어나 다시 삽입을 시도하는 태석이었다.

"하악, 하악!"

"아훗."

태석의 움직임이 빨라졌다. 이마엔 송골송골 땀방울이 맺혔다. 온몸에 핏대를 세우고 근육이 터질 듯 힘껏 움직이자 사연은 괴로움에 몸부림쳐 댔다. 가슴을 찾아 주무르다 절정을 향해 가자 얼굴을 내려 키스를 건넸다.

그의 목을 끌어안고 사연 또한 쾌락에 젖어 끝을 향해 달리고 있었다. 거칠고 격한 키스를 한참 이어 가던 태석은 절정에 이르자 마지막 혼신의 힘을 다해 움직임에만 집중했다.

정신이 혼미해지고 눈앞이 어지러웠다. 목에 굵은 핏대가 터질 듯 부풀어 올랐다. 그가 참았던 숨을 길게 내쉬자 사연은 몸 안에 따뜻한 기운을 느끼고 그대로 무너져 내렸다. 태석 또한 그녀에게 모든 것을 쏟아 놓은 채로 눈을 감고 쓰러졌다.

"사랑해, 사연아."

"나도 사랑해."

"혜미야. 어쩌자고 집 안까지 끌어들인 거야!"

당장에 혜미네 집으로 달려와 혜미 아버지를 보자 무릎부터 꿇고 앉은 우빈은 다짜고짜 그녀를 달라며 사람들을 난감하게 했다. 혜미 가족 외에도 김 사장 가족이 함께 지켜보고 있었다. 당황하긴 아버지보다 김 사장 내외가 더 했다.

무슨 생각인지 제일 놀라야 마땅할 동혁은 그중 가장 태연했다. 아직 따뜻한 기운이 남아 있는 커피 잔을 들고 마시며 우빈을 향해 미소 짓는 여유까지 보였다.

"혜미 저 주세요. 가진 거라곤 힘이랑 뜨거운 심장밖엔 없습니다. 제게 가장 값지고 소중한 심장을 걸고 약속드리겠습니다. 절대 혜미 눈에 눈물 흐르게 하지 않겠습니다. 그리고 저 아직 젊습니다. 뭐든 해서, 이렇게 큰 집에서 누릴 것 다 누리면서까진 못 살더라도 남들 사는 것만큼은 살면서 절대 굶기진 않을 테니까 믿고 저한테 혜미 주세요."

두 눈 똑바로 뜨고 말한 우빈은, 마지막 말을 끝내자 바로 고개를 숙였다. 그때 짝짝짝, 어디선가 박수 치는 소리가 들렸다. 설마 하는 심정으로 우빈이 고개를 들었지만 역시나 혜미의 아버지가 친

박수는 아니었다. 동혁이었다.

우빈의 용기에 박수를 보내더니 자리에서 일어나 걸어 나왔다. 그러곤 손까지 내밀어 먼저 악수를 청했다. 아무리 봐도 그의 행동은 이해가 되지 않았다.

"김동혁입니다. 고마워요. 덕분에 저도 용기가 생겼어요. 사실 저도 따로 마음에 두고 있는 여자가 있습니다. 아버지, 어머니 말씀을 한 번도 어긴 적이 없어서, 그냥 사랑하지도 않는 혜미 씨랑 결혼하려 마음먹고 있었어요. 우빈 씨라고 했죠. 저보다 나이도 한참 어려 보이는데 용기가 대단하네요. 그 용기가 없었다면 저도 혜미 씨도 불행한 삶을 살았을 거예요. 고마워요. 두 분 행복하길 기도할게요. 그럼, 다음에 기회가 되면 다시 만나도록 하죠."

동혁은 몸을 돌려 현석을 향해 정중히 고개 숙여 인사를 건넸다. 그러곤 그대로 현관을 향해 걸음을 옮겼다. 너무 당황한 탓에 어른들은 모두 말이 없었다. 그가 밖으로 나가자 그제야 상황을 파악한 김 사장 내외는 이 황당한 일에 어찌할 바를 모르고 있었다. 그때 우빈의 입이 다시 열렸다.

"참 멋진 아드님을 두셨습니다. 진짜 남자네요. 굿."

"하하."

엄지손가락을 치켜세우자 곁에서 혜미는 웃음을 참지 못했다. 딸아이의 그토록 해맑은 모습은 처음 보았다. 그녀를 따라 우빈의 입가에도 미소가 생겼다.

"아들자식에 대해서는 사과드립니다. 그럼 이만 돌아가 보도록 하겠습니다. 나중에 따로 연락 드리도록 하죠."

그렇게 김 사장 내외를 보내고 현석은 밀려드는 현기증으로 인해 소파에 등을 기댄 채 눈을 감았다. 그러자 우빈은 바로 자리에서 일어나 그의 뒤로 걸어갔다.

"아니, 자네 지금 뭐 하는 건가?"

말도 없이 어깨를 주무르더니 뒷목을 잡고 부드럽게 마사지하며 혈압을 낮추기 위해 힘썼다. 겁도 없이 그의 머리통을 잡고 지압을 하는 모습에 혜미는 또다시 웃음을 터트렸다.

"어깨가 많이 뭉쳤습니다, 아버님. 빨리 풀어 주지 않으면 큰일 나요. 앞으로 아버님 마사지는 제가 책임지고 하겠습니다. 하루 삼십 분, 아니 한 시간씩 콜?"

"코, 콜?"

어이없고 당황스러웠지만 혈압이 돌아오면서 이상하게 몸이 가벼워졌다. 사실 그동안 해결할 일들이 많아 건강에 신경 쓸 겨를이 없었다. 어느 정도 마무리가 되면 병원을 찾을 생각이었는데 따로 치료가 필요 없을 것 같았다. 야무진 손길에 금세 나른해지더니 곧 잠이 쏟아질 것만 같은 기분이 들었다.

"아버님 혹시 돼지 껍데기 드십니까?"

"뭐, 뭘 먹는다고?"

"아, 역시 아버님도 모르시고 계셨군요. 그 쫀득하고 고소한 맛에 우리 혜미도 반해 버렸다는 거 아닙니까."

"혜미 너, 네가 뭘 먹었다고?"

아버지의 따가운 눈초리에 시선을 피하고 몰래 키득거리는 혜미였다.

기태를 만나러 간다는 말에 동철 일로 상의할 것도 있고 해서 따라나섰다. 먼저 와서 기다리고 있던 기태는 함께 온 사연을 보자 살짝 놀란 표정을 지었다. 마시던 커피 잔을 내려놓고 자리에서 일어나 태석과 악수를 하고 다시 앉았다.

　"동철이 일로 상의드릴 게 있어서 제가 따라간다고 했어요."

　"그래요. 근데 두 사람은 어떤 사이인지 물어봐도 될까요?"

　기태는 두 사람이 사귀는 사이임을 알고 있음에도, 지금부터 말하게 될 이야기 때문에 다시 한 번 확인차 질문을 했다.

　"제가 평생 데리고 살 여자예요, 대표님."

　태석의 말에 후끈 달아오른 얼굴을 손으로 가리며 수줍어하는 사연이었다. 두 사람의 모습을 흐뭇하게 바라보던 기태는 다시 커피 잔을 들고 목을 축였다. 결혼할 사이라고 하니 같이 있을 때 말해도 문제 될 건 없을 것 같아 마음이 놓였다.

　"아저씨. 동철이 말인데요……."

　"사연 양. 이제 재단과 관련된 얘기는 나한테 하지 말고 태석 군한테 하도록 해요."

　"네? 그게 무슨 말이에요?"

　놀랍고 당황스럽긴 태석도 마찬가지였다. 궁금해하는 두 사람을 두고 말없이 재킷 안주머니를 뒤적거리는 기태였다. 한참 끝에 구겨진 하얀색 봉투가 손에 들려 나왔다. 테이블 위에 내려놓고 태석

앞으로 조심스레 밀어 놓았다.

기태와 사연을 번갈아 보던 태석은 천천히 봉투를 손에 들고 열어 보았다. 오래된 편지를 숨죽인 채 읽어 내려가던 태석의 눈에 이슬이 맺혔다. 읽을수록 손이 떨리고 몸 전체가 떨렸다. 읽으면서도 믿겨지지가, 아니 믿을 수가 없었다.

태석아, 엄마야.

우선 정말 미안하구나, 아들아. 사랑하는 우리 아들, 엄마가 많이 밉지?

절대, 절대 용서하지 마, 태석아. 잘해 준 기억 하나 없이 끝까지 못난 엄마로 있다가 가는구나.

"원망하는 마음 미워하는 마음 다 지우고 이제 새롭게 다시 시작하자, 태석아."

말하는 내내 기태의 눈에서도 눈물이 그렁거렸다. 사연은 편지의 내용이 궁금했지만 차마 끼어들 상황이 아닌 것 같아 참고 있었다. 끝내 눈물을 흘린 태석의 무릎 위에 손을 얹었다. 무슨 일로 슬퍼하는지는 알 수 없었지만 사연은 그저 아픈 그의 마음을 위로해 주고 싶었다.

"많이 괴롭고 혼란스럽겠지만, 편지에 적힌 대로 재단은 처음부터 네 것이었어. 네 어머니가 나를 통해 남긴 마지막 사랑이니까, 꼭 잘 이끌어 가 주길 바란다. 이제 와 말하지만 그동안 너를 특별히 곁에 두고, 이것저것 많이 가르친 것엔 다 이유가 있었어. 오늘을 위해서였단다. ……크게 어려울 것 없다고 여기고, 힘닿는 데까진 내가 돕겠다고 약속하마."

엄마가 너에게 해 준 게 너무 없구나, 태석아. 정말 미안해.

아무리 못난 어미라도 지 자식한텐 좋은 것만 주고 싶어 하는데 난 그러지 못했어. 오히려 짐만 됐구나. 엄마로서 널 위해 해 줄 수 있는 거라곤 이게 전부야.

그러니까 끝까지 부끄러운 엄마로 기억되지 않도록 꼭 받아 줘 태석아.

그리고 살면서 어렵고 힘든 일이 있을 땐, 기태 아저씨를 찾아가서 도움을 받도록 해. 기태 아저씨는 네 외삼촌과 다를 게 없는 분이야. 엄마한테는 가족보다 더 소중하고 특별한 사람이니까.

정말 미안하고 부족한 엄마지만, 내 자식으로 세상에 와 줘서 고마워 태석아. 사랑한다.

사랑한다는 말에 끝내 무너져 버린 태석이었다. 편지를 눈물로 적시며 하염없이 우는 그를 따라 사연도 울었다. 지켜보고 있던 기태 또한 말없이 눈물을 훔치고 있었다. 그녀의 마지막 모습이 떠올라 더욱 괴로운 그였다. 태석을 품에 안고 다독거리는 사연의 마음도 몹시 쓰리고 아팠다.

❋

정장을 말끔히 차려입은 태석은 한 건물 앞에 서서 크게 심호흡을 했다. 주먹을 꽉 쥐고 하늘을 올려다본 그는 아버지에게 잘 다녀오겠다는 인사를 하고 걸음을 뗐다. 그때 핸드폰 메시지 알림음이 울렸다.

"아, 진동."

메시지를 보낸 사람은 다름 아닌 사연이었다. 그러고 보니 출근하기 전 넥타이를 고쳐 매 주며 신신당부했던 사연의 말을, 너무 긴장한 탓에 듣지 못했다. 떨지 말고 잘하고 오라는 내용을 확인한 그는 미소로 답을 대신하고 소리 버튼을 눌러 진동으로 바꿨다. 그러곤 바로 힘찬 걸음을 옮겨 건물 안으로 들어섰다. 그가 지금 들어선 곳은 재단이 아닌 혜미 아버지의 미래식품이었다.

"잘 생각했다, 태석아. 앉아."

현석은 그가 온 걸 진심으로 기뻐하며 먼저 자리에 앉았다. 혜미의 압박 때문에 자리를 만들어 두었다고는 하지만 현석도 오랜 시간 태석을 지켜보며 그가 배우기만 하면 괜찮을 인재가 될 것임을 내다보고 있었던 것이다. 그런데 태석의 얼굴에 어쩐지 그늘이 져 있었다. 한참을 말없이 있던 두 손을 꼭 마주 잡으며 어렵게 입을 열었다.

"죄송해요, 아저씨. 사실 제가 여기 온 이유는 따로 있어요."

혜미 아버지 얼굴에도 미소가 사라지고 진지함이 묻어났다.

"그게 무슨 말이니?"

"저 다른 데서 일하게 됐어요. 제가 꼭 가야만 하는 곳이에요."

"다른 곳이라면……. 혹시 이 대표 재단 말하는 거니?"

"네. 이유는 나중에 말씀드릴게요. 아직 저도 정리하고 받아들일 시간이 좀 필요한 문제라서요. 혜미한테 아직도 제 자리 남겨두고 계셨단 말 들었어요. 죄송해요, 아저씨."

"아니다. 네가 결정한 일이라면 그렇게 하는 게 맞아. 어디서든 태석이 넌 열심히 잘 해낼 거라 믿으니까 걱정은 하지 않으마."

그는 태석의 어깨를 가만히 다독거려 주었다. 그의 따뜻한 손길에 어쩐지 용기가 나고 위로가 되는 것 같았다. 그제야 미소를 지으며 맘 편히 자리에서 일어날 수 있었다. 정중히 인사를 하고 다시 밖으로 나섰다.

택시를 타고 이동한 그는 재단 앞에서 또다시 망설이기 시작했다. 눈앞의 건물이 자신의 것이라고 생각하니 믿겨지지 않았다. 아버지가 알고 가셨다면 어땠을까 하는 생각도 들었다. 남겨 준 사람은 어머니인데 이상하게 아버지만 그립고 그리운 태석이었다.

한참 망설인 끝에 안으로 들어선 태석은, 자신을 맞이하기 위해 준비하고 있던 사람들을 보자 놀란 기색을 보였다.

"환영합니다, 대표님."

"어서 와, 강 대표. 환영하네."

나란히 길을 만들고 선 사람들 사이로 모습을 드러낸 기태는 미소 지은 얼굴로 태석을 향해 손을 내밀고 말했다. 아직은 대표라는 말이 어색하기만 한 태석은 멋쩍은 표정으로 그의 손을 잡았다.

"우리 재단 식구들은 이미 자네가 이곳 진짜 대표라는 걸 알고 있었네. 그러니 편하게 행동해. 아, 그렇지. 사무실로 들어가기 전에 직원들한테 인사말이라도 건네고 가는 게 좋겠네."

"반갑습니다, 강태석입니다. 부족한 점이 많습니다. 제가 배워야 할 입장이니 편하게 많은 도움 주시길 부탁드립니다. 감사합니다."

아직은 무슨 말을 어떻게 건네야 할지 막막하기만 한 태석은 짧고 굵은 말을 끝으로 고개 숙여 정중히 인사를 건넸다. 그러자 세련되고 지적인 한 여성이 다가와 그에게 자리를 이동할 것을 권했다.

앞으로 태석의 스케줄을 체크하고 그의 일을 도와줄 정안나 비서였다. 사연과 달리 도도하며 인상이 강하고 높은 하이힐과 짧은 미니스커트가 잘 어울리는 여성이었다. 비서를 따라 엘리베이터에 올라선 그는 시선은 문을 향해 두고 꿋꿋하게 오늘 스케줄에 대해 말하는 그녀를 신기한 듯 바라보았다.

"마지막으로 오후 두 시에 어린이들이 직접 참여하는 바자회가 재단 일 층에서 열릴 예정입니다. 대표님께선 어린이들에게 전해 줄 희망의 메시지를 준비해 주시면 됩니다. 이것으로 오늘 스케줄 보고를 마치겠습니다."

"그럼 두 시 이후로는 제 할 일을 해도 되는 건가요?"

"네, 대표님."

말이 끝나기 무섭게 문이 열렸다. 먼저 내려 태석을 기다린 그녀는 그가 걸어 나오자 대표실 문을 열고 안으로 그가 들어가기를 기다렸다.

"차는 어떤 걸로 준비해 드릴까요? 오렌지 주스, 커피, 녹차가 준비되어 있습니다."

"아이스 아메리카노로 부탁할게요."

"네. 찾으실 일 있으시면 언제든 불러 주세요."

"고마워요."

비서가 나가자 그제야 숨을 돌리는 태석이었다.

"대표 강태석? 훗. 낯서네. 내가 재단 대표라니……."

어색한 움직임으로 자리에 앉은 그는, 오랜만에 엄마의 모습을 떠올리며 속으로 다짐의 말을 건넸다.

'엄마, 보고 계세요? 참 오랜만에 불러 보네요. 죄송해요, 잊고 지내려고 했던 건 아닌데……. 이해하시죠? 제가 여기서 뭘 할 수 있을지 아직은 잘 모르겠어요. 그래도 엄마 마지막 소원이었다고 하니까……. 걱정 마시고 이제 편히 쉬세요.'

그때 누군가 똑똑 하고 노크하는 소리가 들렸다. 붉어진 눈시울을 식히고 대답하자 기다렸다는 듯 기태가 들어왔다. 어두운 표정을 감추고 미소를 지은 그는 반갑게 그를 맞으며 소파에 앉기를 권했다.

"이제야 제대로 된 주인을 만나게 된 것 같구나. 나보단 네가 이곳에 더 어울린다, 태석아."

어설픈 그의 말장난을 받으며 태석은 더욱 환한 미소를 지어 보였다. 아이스 아메리카노를 준비해 온 비서는 기태를 보자 인사를 건네고 나가 오렌지 주스 한 잔을 더 준비해 왔다. 묻지 않아도 그가 뭘 원하는지 알 만큼 그녀는 유능한 비서였다.

"그럼 말씀 나누세요. 그만 나가 보겠습니다."

조용히 문을 닫고 나가는 비서의 뒷모습을 바라보다가 태석은 대표실을 한 번 둘러보았다. 눈앞에 있는 남자가 이걸 모두 키워 냈다고 생각하니 새삼 대단해 보였다.

"……저희 어머니가 왜 그렇게 아저씨를 의지하셨는지 알 것 같아요."

태석의 칭찬에 민망해진 그는 괜히 뒷목을 주무르며 어색한 웃음을 흘렸다.

"처음부터 아저씨가 어쩐지 낯설지 않았었는데, 그래서 그랬던 거군요. 많이 외로우셨던 저희 엄마한테 좋은 친구, 좋은 가족이 되어,주셨던 것 진심으로 감사해요."

"끝까지 어머니를 지켜 주지 못한 것 같아 그저 미안할 뿐이네. 자네 곁에서 얼마든지 힘이 돼 줄 테니까, 날 편하게 생각하고 마음껏 이용해."

"네? 이용하다니요. 아저씨도 참."

두 사람 사이에 오랜 시간 웃음이 끊이지 않았다. 태석은 몰랐던 어머니에 대한 이야기도 많이 듣게 되어 좋았다. 든든한 버팀목이 생긴 것 같아 마음이 놓였다. 태석의 처진 어깨를 말없이 다독거리던 기태는 다시 굳어진 얼굴로 어렵게 입을 열었다.

"난 지금 자네를 도울 수 있어 얼마나 기쁜지 몰라. 내가 힘이 닿는 한 정말 끝까지 곁에서 도울 생각이야. 그러니 너무 걱정하지 말게. 오늘은 첫날이니 이쯤하고 돌아가겠네. 그럼 수고하게, 강 대표."

힘없이 돌아선 그의 어깨가 무거워 보였다. 다시 혼자 남게 되자 그제야 고개를 들고 이슬 맺힌 눈을 닦아 내는 태석이었다. 자신의 자리로 돌아가 처음 의자에 앉아 보았다.

영 어색했지만 그런 기분을 즐길 여유는 없었다. 문득 아이들에게 전하고픈 메시지가 떠올랐다. 책상이라고 하기엔 조금 과하지만 그곳에 미리 준비되어 있던 노트를 펼치고 펜을 들었다. 그리고 한 자 한 자 마음을 담아 적어 내리기 시작했다.

"태석아."

"……혜미야."

짧은 노크 후 문이 열렸다. 비서 못지않게 세련된 패션으로 한껏 꾸미고 나타난 혜미의 손엔 붉은 장미와 안개꽃이 가득한 꽃다발이 들려 있었다.

"친구분이라고 하시기에 미리 말씀드리지 못했습니다."

뒤이어 들어온 비서의 말에 태석은 괜찮다며 돌려보내고 혜미를 소파로 안내했다.

"와아, 강태석 출세했네. 정말 근사하다. 역시 넌 청바지보단 정장이 어울려. 분식집에서 일하는 게 나쁜 건 아니지만, 사람은 다 자기한테 어울리는 자리가 있는 법이야. 이제야 제자리 찾은 것 같아 마음이 놓인다."

"어떻게 알고 온 거야?"

"사연이한테 들었어. 근데 너 조심해야 될 것 같은데?"

"뭘?"

혜미의 말에 어리둥절한 표정으로 눈을 크게 뜨고 집중하는 태석이었다.

"네 비서 말이야. 딱 봐도 여우 같아. 원래 여자는 여자가 잘 아는 법이거든. 사연이한테 손톱으로 긁히고 싶지 않으면 조심하는 게 좋을 거다."

싱겁다는 듯 시선을 돌리고 소파 등에 몸을 기댄 그는 편한 사람

을 보자 그제야 긴장이 풀린 듯 목을 조인 넥타이를 느슨하게 끌어
내렸다.

"안 되겠다, 내가 사연이 손 좀 봐줘야지."

"사연이를 손 봐 준다니 무슨 말이야, 그게. 우리 사연이 괴롭히
지 마, 너."

"으이고. 넌 한때 널 미친 듯이 좋아했던 여자 앞에서 그러고 싶
니? 예의 아니야, 그거."

"그런가? 하하. 미안하지만 너라도 내 대신 사연이 좀 많이 도와
줘."

"사연이 걱정은 하지 말고 넌 네 걱정이나 해. 그리고 이 꽃은
내가 준비한 게 아니고 사연이가 전해 주라고 한 거야. 장사 때문
에 못 온다고. 내 선물은 밖에 있으니까 나중에 확인해 보고. 그럼
난 이만 바빠서."

"바쁘긴 네가 뭐가 바빠."

"오늘 우빈이 데리고 아빠 회사 쳐들어가서 같이 점심 먹으려
고."

"그래? 잘 생각했어. 행운을 빈다."

"땡큐."

"울 아빠 책상보단 구리지만 그래도 봐 줄 만하더라. 그런 데 앉
아서 명품 만년필로 *끄적끄적거리고* 있는데…… 아무튼 굉장히 멋
있었어. 사연이 너 긴장할 필요가 좀 있어. 떡볶이 판다고 섹시하
지 말라는 법 없고, 분식집 한다고 화장하지 말라는 법 없다, 너.

너도 이제 좀 꾸미면서 살아. 돈은 그만큼 벌었으면 됐어. 이젠 좀 즐기면서 살 때도 된 거 아니야?"

이젠 앞치마가 제법 어울리는 혜미는 손님 테이블에 음식을 서빙하며 쉬지 않고 떠들어 댔다. 안 듣는 척하면서도 사연은 그녀의 말을 내심 귀담아 듣고 있었다. 태석을 믿지만 혜미 말대로 긴장해서 나쁠 건 없을 것 같았다.

"아참, 이 말을 사연이 너한테 해 줘야 하나, 말아야 하나 모르겠네."

"뭔데?"

"실은 말이야 태석이가 글쎄, 그 여우 같은 비서랑 같이 차를 마시고 있더라고."

무슨 생각인지 없던 얘기를 지어내기 시작한 혜미였다. 사연은 몹시 심각한 얼굴로 일도 중단한 채 그녀의 말에 집중하기 시작했다.

"비서랑 같이 차 마실 수도 있는 거 아니……야?"

"그냥 차만 마신 거면 나도 이런 얘기 안 해, 얘. 태석이 어깨도 털어 주고 넥타이도 고쳐 주더라니까. 앉아서 다리는 또 얼마나 꼬아 대던지 아주 그냥 태석이가 눈을 못 떼더라."

"너 지금 한 말 사실이야?"

"그, 그럼. 그러니까 너도 태석이 딴 여자한테 뺏기기 싫으면 지금부터라도 좀 꾸미고 그래. 관리도 좀 받고."

사연을 자극시켜 보겠다고 꺼낸 말이었는데 말을 하다 보니 거짓말이 지나쳤다는 걸 느꼈다. 심각해진 사연을 보며 혜미는 안절부절못하고 황급히 자리를 피해 버렸다.

"아니야. 태석이가 그럴 리 없어."

말은 그렇게 했지만 불안한 마음에 그녀는 일을 할 수가 없었다. 다른 사람은 몰라도 그는 안 그럴 거라 믿었었는데, 여간 실망스러운 게 아니었다. 그렇게 마지막 주문인 이 인분의 떡볶이를 담아 건네주고 앞치마 끈을 풀기 시작한 사연이었다.

"어디 가려고?"

"어? 아니. 니들 오늘 점심 약속 있다며, 잠깐 문 닫아 놓고 집에 가서 좀 쉬려고. 태석이 첫 출근하는 것 때문에 긴장했더니 피곤하네."

"그래."

"그럼 제가 알아서 정리하고 문 닫고 다녀올 테니까 먼저 올라가세요."

"아니야, 괜찮아."

"그래 우리가 알아서 하고 갈 테니까 사연이 넌 올라가서 쉬어."

혜미까지 나서서 거들자 못 이기는 척 자리를 뜬 사연은 집으로 돌아가 화장대 앞에 앉았다. 마음 같아선 당장 달려가 확인해 보고 싶었지만 일하는 곳까지 찾아가 따져 묻는 건 아닌 것 같았다.

그때 거울에 비친 자신의 얼굴이 그녀의 시선을 잡았다. 화장기 없는 푸석한 얼굴을 한참 들여다보다, 삐걱거리는 서랍을 조심스럽게 열어 보았다. 대충 갖춰져 있긴 했지만 다 너무 오래된 화장품들이라 제대로 된 건 없었다.

그제야 사연은 마음을 가라앉히고 생각을 이었다. 그동안 태석과 지내면서 단합대회 때 말고는 예쁘게 꾸민 적이 없었다. 태석은 이제 재단의 대표이니까, 혜미 말대로 그에게 걸맞는 멋진 여자가 되어야겠다는 생각을 했다.

잠시 고민에 잠겨 있다 지갑을 챙겨 들고 외출 준비에 나섰다. 스쿠터 대신 세워 둔 차를 몰고 거리에 나선 그녀는 오랜만에 나온 탓인지 가슴이 뻥 뚫리는 것 같아 기분이 좋았다. 에어컨 대신 창문을 열고 자연 그대로의 바람과 따스한 햇볕을 쬐며 근처 백화점을 찾아 달렸다.

"어서 오세요."

화장품에 대해서도 그다지 알지 못하는 사연은 어디서 본 듯한 이름이 걸려 있는 화장품 매장으로 들어갔다.

"쓸 만한 화장품이 없어서요. 기초부터 다 새로 구입해야 할 것 같은데."

"그러시면 이쪽으로 오세요. 제가 도와드릴게요."

"네."

판매 직원을 따라 걸음을 옮긴 사연은 슥 둘러봐도 좋아 보이는 화장품들에 벌써부터 가슴이 설레었다.

"아까부터 뭐가 그렇게 즐거워서 혼자 실실거려?"

우빈과 함께 약속 장소로 향하는 내내 혜미는 핸드폰에만 온 신경을 쏟고 있었다. 진작 물어보려 했지만 서운한 마음을 먼저 알아줬으면 하는 생각에 참고 있었던 것이다.

"아니야, 아무것도."

"대체 누구랑 그렇게 재밌게 얘길 하기에 난 안중에도 없어? 이리 내 봐."

"아, 안 돼."

우빈의 강한 힘에 핸드폰을 빼앗긴 그녀는 안절부절못한 채 끙끙거리고 있었다.

"그렇다니까. 사연이 걔 내가 지켜보니까 남자들한테 엄청 인기 많더라? 잠깐 두 시간 사이에 연락처 주고 간 남자만 벌써 세 명……. 뭐야 이게? 왜 없는 말은 지어서 하고 그래?"

태석에게 보낸 메시지를 소리 내서 읽던 우빈은 그녀의 행동이 도무지 이해가 되지 않아 따지듯 물었다.

"그냥. 질투심 유발해서 두 사람 사이 더 깊어지게 만들어 주고 싶어서. 이참에 사연이도 달라져서 태석이한테 예쁜 모습 보이고, 또 태석이도 사연이 딴 남자들한테 인기 많다는 거 알고 더 긴장하면 좋잖아. 나쁠 것도 없지 뭐. 안 그래?"

"이런 말 형이 믿을 거나 같아?"

"의외로 믿는 눈치던데?"

"됐으니까 장난 그만하고 얼른 사실대로 얘기해 줘."

"알겠어."

다시 핸드폰을 건네받은 혜미는 우빈의 말대로 하는 척하면서 엉뚱한 말만 보낸 뒤 얼른 핸드폰을 가방에 넣었다. 회사 앞에 도착하자 혜미를 안으로 들여보내고 우빈은 잔뜩 긴장한 채로 먼저 약속 장소로 향했다.

"아빠."

"그래, 혜미야. 회사에 오랜만에 나왔구나."

"네. 아빠랑 같이 점심 먹으려고요. 괜찮죠?"

"그럼. 먹고 싶은 거 있으면 얘기해. 아빠가 다 사 줄게."

"이미 제가 다 예약해 뒀어요. 아빤 저랑 같이 가시기만 하면 되니까 얼른 준비하세요."

"그래? 살다 보니 이런 날도 다 있고, 아주 기분이 좋구나."

"죄송해요. 자주 모시고 다녔어야 했는데. 얼른 가요, 아빠."

"그래."

긴장한 내색 없이 아버지와 함께 나온 혜미는 우빈이 기다리고 있을 한정식집으로 향했다. 안내하는 직원을 따라 방으로 이동하자 그제야 조금씩 긴장이 되기 시작한 혜미였다. 실망할 아버지를 위해 손을 꼭 잡아 준 그녀는 떨리지만 환하게 미소를 지어 보이곤 씩씩하게 안으로 들어섰다.

문이 열리자 벌떡 일어난 우빈은 땀을 뻘뻘 흘려 대며 마른침을 삼켰다. 예의를 갖춰 정중히 인사하고 사내답게 그를 대하는 우빈을 보며 혜미는 조금씩 긴장을 풀어 가고 있었다.

"조금 당황스럽구나."

다행히 화를 내진 않는 아버지를 보며 안도의 숨을 내쉰 그녀는 우빈을 향해 작은 미소를 건네주었다. 무릎을 꿇고 앉아 도자기 술병을 들고 현석을 향해 받아 주기를 권했다. 잠시 망설이던 그는 혜미의 재촉에 잔을 들고 우빈이 따라 주는 술을 받았다. 그것만으로 만족한 우빈은 자신이 받을 생각은 하지 못하고 양반 다리를 하고 앉았다.

"자네도 한 잔 받지."

"예? 아, 예."

어깨를 주무르며 껍데기를 먹으러 가자고 넉살 좋게 굴던 그의 모습은 온데간데없이 사라지고 순한 양 한 마리만 남아 있었다. 다시 무릎을 꿇고 앉아 두 손으로 공손히 술을 받은 그는 조심스럽게 잔을 부딪치고 고개를 돌려 목으로 넘겼다.

"술을 잘하나 보군."

"지는 걸 싫어해서 뭐든 남들 하는 만큼은 합니다. 하하."

술기운 탓일까 다시 우빈의 넉살 좋은 웃음이 나오기 시작했다. 미리 주문한 음식을 먹으며 세 사람은 걱정했던 것과 달리 비교적 좋은 분위기에서 식사를 했다. 자리에서 일어설 때쯤 혜미가 잠시 화장실을 찾았다.

현석과 둘만 남게 되자, 우빈은 다시 긴장을 하기 시작했다. 조금 전과는 달리 우빈을 보는 그의 표정이 어두워졌다. 남은 술을 비우고 어렵게 입을 열기 시작한 그였다.

"나도 우리 혜미가 좋아하고 사랑하는 사람과 평생을 함께했으면 하는 마음을 갖고 있네. 나뿐만 아니라 어느 부모든 그럴 걸세. 그런데 말일세. 혜미는 자네와는 어울리지 않아. 사람이 싫다는 게 아니라, 우리 혜미는 회사를 이끌어 가기에 충분한 자격을 갖춘 사람과 결혼해야 한다는 말이네. 그러니 오해는 하지 말게나."

"무슨 말씀이신지 압니다. 그래서 저도 그동안 생각이 많았습니다. 아무리 고민해 봐도 저 사람을 그냥 이대로 놓아주는 건 아닌 것 같습니다. 아버님께선 그때 만난 그분과 혜미 씨가 결혼을 한다면 행복할 것 같습니까? 말씀하신 것처럼 결혼이란 평생을 함께해야 할 사람을 정하는 일입니다. 혜미 씨가 사랑하지도 않는 사람과 일적인 관계로 결혼까지 하는 건 절대 용납할 수 없습니다."

진지한 우빈의 모습에 현석은 눈길이 갔다. 진실로 혜미를 위하고 사랑하고 있다는 게 느껴졌지만 그는 우빈을 받아 줄 수 없었다.

"부족하지만 허락만 해 주신다면 지금이라도 대학에 가서 공부하고 아버님께 일 배워서 혜미 씨에게 어울릴 만한 사람이 되겠습니다. 그동안은 형편이 어려워서 못 배웠지만 지금은 열심히 벌어서 충분히 제 힘으로 대학에 갈 수 있습니다. 그러니 믿고 지켜봐 주세요, 아버님."

우빈의 말이 끝나자 귀담아듣던 그는 긴 한숨을 내쉬며 도자기 술병을 들어 빈 잔을 채웠다. 그러곤 말없이 입에 물고 다시 잔을 내려놓았다.

"내 말을 제대로 이해하지 못한 것 같아 하는 말이니 잘 듣게나. ……자네가 노력한다고 해서 해결되는 일이 아니네. 이런 말까진 하고 싶지 않았는데 결국 하게 되는군. 그동안 부모님 대신 할머니 손에서 길러졌고, 현재는 이모님 댁에서 신세를 지고 있다고 알고 있네. 그게 바로 자네가 우리 혜미와 결혼을 할 수 없는 이유야. 더 말하지 않아도 이젠 무슨 뜻인지 이해하겠지. 그럼 알아들은 걸로 알고 그만 일어나겠네."

걸어 둔 옷을 내려 챙겨 든 그는 우빈을 뒤로하고 걸음을 옮기기 시작했다.

"아버님, 전 절대로 혜미를 포기할 수 없습니다. 저를 반대하시는 이유가 제 배경 때문이라면 더더욱 포기할⋯⋯."

"혜미야⋯⋯!"

문을 열자 두 사람의 이야기를 모두 듣고 있던 혜미의 모습이 보였다. 그녀는 아버지를 향해 시선을 고정한 채로 눈물을 글썽거리기 시작했다. 당황한 그는 혜미의 어깨를 잡고 이해시킬 말을 하려 했지만 그녀는 들을 마음이 없어 보였다.

"정말 실망이야, 아빠."

그녀는 아버지의 손을 뿌리치고 눈물을 흘리며 밖으로 뛰쳐나갔다.

"제가 나가 보겠습니다. 걱정하지 마시고 조심해서 돌아가세요, 아버님. 나중에 다시 찾아뵙겠습니다."

정중히 인사를 하고 황급히 그녀의 뒤를 따라 달려 나간 우빈이었다.

✳

"끝으로 행복 나눔 어린이 재단 강태석 대표님께서, 희망의 메시지를 전하는 시간을 갖겠습니다."

사회자 말이 끝나기 무섭게 건물 안을 가득 채우고도 남을 힘찬 박수 소리가 울려 퍼졌다. 고사리손으로 마음에서 우러난 기쁨의 박수를 건넨 아이들은 태석이 마이크 앞에 서자 금세 조용해졌다.

"반갑습니다. 강태석이라고 합니다. 오늘 우리 어린이들이 아픈 친구들을 돕기 위해 직접 바자회에 참여해 봉사해 준 모습을 보고 참으로 많은 감동을 느꼈습니다. 약속대로 오늘 모두가 함께 수고하고 고생해서 모은 이 소중한 기부금은, 제가 직접 새 희망병원 소아심장외과에 잘 전해 드릴 겁니다. 오늘 이 자리에 함께한 여러분의 꿈이 모두 이뤄지길 소망합니다. 감사합니다."

태석의 말이 끝나자 어린이들은 다시 힘찬 박수를 보내기 시작했다. 밝게 웃는 친구들을 보며 태석은 처음으로 이곳에 오길 잘했다는 생각을 하게 되었다. 그렇게 바자회까지 하루 일과를 무사히 마친 태석은, 비서를 통해 내일 일정을 미리 확인한 뒤 밖으로 나섰다.

"대표님 차가 준비되어 있습니다."

"안녕하십니까, 대표님. 오늘부터 대표님을 안전하게 모시게 된 임세환이라고 합니다. 잘 부탁드립니다."

"아니, 전 괜찮아요."

"앞으로 여기저기 다니실 일이 많을 겁니다. 그때마다 저희가 함께 대중교통을 이용하며 다니기엔 무리가 있습니다. 어서 타세요, 대표님."

비서의 말에 한참을 고민하던 태석은 뒤늦게 못 이기는 척 차에 올라탔다. 태석이 집까지 무사히 도착하는 걸 확인하는 것까지가 비서의 임무였다. 내일 아홉 시까지 그를 데리러 다시 오겠다는 말을 남기고 비서와 기사는 인사를 건넨 뒤 유유히 사라졌다.

그 모습을 모두 지켜보고 있던 사연은 황급히 얼굴을 가리고 화장실로 도망치듯 달려갔다. 어쩐지 부끄러운 생각이 밀려들어 이

모습으론 차마 그와 마주할 수가 없었다. 클렌저 없이 급한 대로 비누로 세수한 그녀는 수건으로 물기를 닦고 다시 거울에 자신의 얼굴을 비춰 보았다.

분식집으로 들어온 태석은 먼저 사연부터 찾았다. 그러나 그녀의 모습이 보이지 않고 혜미만 있었다. 그녀는 언제 안 좋은 일이 있었냐는 듯 기분 좋은 얼굴로 태석을 맞이했다.

"사연이는?"

낮에 들은 혜미의 말이 신경 쓰여 사연을 보는 일이 어쩐지 불편한 태석이었다. 마침 그녀가 보이지 않아 궁금하긴 했지만, 다른 한편으로는 다행이라는 생각이 들기도 한 그였다.

"어? 방금 전까지 여기 있었는데. 태석이 너한테 잘 보이려고 백화점 가서 화장품까지 사 들고 왔더라고. 그래서 내가 예쁘게 꾸며 줬는데. 어디 갔지?"

"백화점 가서 화장품을 샀다고? 나한테 잘 보이고 싶어서?"

평소 안 하던 일까지 한 그녀가 이상하게도 더 낯설게 느껴지고 있었다.

"그래. 사연이도 여자야, 애. 애인이 대표가 됐는데 외모 가꾸는 것쯤은 기본 아니겠어? 내가 태석이 네 비서 완전 섹시한 여자라고 긴장 좀 하라고 했거든. 그리고 사실 나도 오늘 기분 별로 안 좋았는데 사연이 덕에 화장 새로 하고 나니까 좀 나아졌어. 그나저나 태석이 넌 잘하고 온 거야?"

"……허, 그래서 화장을 했다고. 내가 다른 여자한테 눈 돌릴까 봐? 다른 이유가 있는 건 아니래? ……사연이 오면 나 피곤해서 먼저 들어갔다고 전해 줘."

태석은 어쩐지 언짢은 기색이 역력했다. 혜미 말엔 대답도 하지 않고 넥타이를 아래로 길게 끌어 내린 그는 인상을 구긴 채 집으로 들어가 버렸다. 갑자기 외모에 신경 쓰기 시작한 이유가 정말 자신 때문인지 아니면 낮에 만났다던 남자 손님들 때문인지 그는 알 수 없었다.

"그동안 내가 사연이를 잘못 생각하고 있었던 건가. 그래, 사연이도 여자니까 나보다 나은 남자들이 다가오면 흔들릴 수도 있겠지."

혜미의 말 한마디로 두 사람 사이엔 질투가 아닌 오해가 생겨나고 있었다. 한편 화장을 지우고 만족스런 표정으로 가게로 돌아온 사연은 그의 모습이 보이지 않자 말없이 혜미를 바라보았다.

"뭐야, 너 화장 왜 지웠어?"

"그냥, 좀 나답지 않은 것 같아서. 태석이가 별로 안 좋아할 것 같기도 하고…… . 실은 근사한 차에서 내리는 거 보니까 새빨간 립스틱 칠하고 떡볶이 팔고 있는 내 자신이 좀 우습고 초라하게 느껴지더라고. 그래서 그냥 지웠어."

"올라가 봐. 많이 피곤했는지 좀 짜증내는 것 같더라."

"그래? 무슨 일 있었나. 그럼 나 잠깐만 올라갔다 올게."

걱정 가득한 얼굴로 사연은 집을 향해 걸음을 옮겼다. 안으로 들어가 이름을 불렀지만 대답은 없었다. 방문도 잠겨 있었다. 노크를 해 볼까 했지만 피곤한 것 같아 그냥 돌아섰다. 다시 가게로 돌아온 그녀는 말이 없었다.

무슨 정신에 일을 했는지 기억조차 나지 않았다. 혜미를 바래다 주기 위해 우빈이 외출하고 다시 태석과 둘만 남게 되었다. 저녁도 먹지 않고 계속 방 안에만 있던 그가 걱정이 되었다. 돼지고기를 넣어 김치찌개를 먹음직스럽게 끓인 그녀는 어렵게 노크를 하고 그가 나오길 기다렸다.

"무슨 할 말 있어? 나 좀 피곤한데."

문을 열고 나온 태석의 얼굴은 아닌 게 아니라 조금 피곤해 보이기는 했다.

"밥 먹고 자라고. 너 저녁 안 먹었잖아. 밥통 열어 보니까 그대로더라고."

"괜찮아. 배 안 고파."

"왜 그래, 태석아? 회사에서 무슨 일 있었어?"

"아니. 그냥 좀 피곤해서 그래."

"아무리 피곤해도 얼굴은 좀 보여 주고 자야 하는 거 아니야? 왜, 예쁜 비서 보다 보니까 난 보기 싫어?"

이해하려 했지만 내심 서운했던 사연은, 끝내 참지 못하고 그에게 따지듯 물었다.

"보기 싫다니 무슨 말이야, 그게. 비서는 또 왜."

"아, 아니야. 아무것도."

아닐 거라 믿고 있지만 혹시나 하는 걱정에 그녀는 차마 물어볼 수가 없었다.

"나 정말 피곤해. 그냥 좀 쉬게 해 주면 안 돼?"

"정말 피곤한 게 다야? 나한테 뭐 할 얘기 있는 거 아니고?"

"없어, 그런 거. 너도 하루 종일 힘들었을 텐데 쉬어."

그렇게 그는 다시 방으로 들어가 문을 잠갔다.

＊

"나 왔어. 저녁은 대표님, 아니 기태 아저씨하고 비서랑 같이 먹고 왔으니까 걱정하지 마. 먼저 올라가서 쉴게."

"태석이 너."

"……?"

보름이 지나도록 마주하고 앉아 밥 한 끼 같이 먹지 못했다. 밥뿐만이 아니라 제대로 된 대화를 나눠 본 지가 언젠지 가물가물할 정도였다. 화가 난 사연은 오늘만큼은 그냥 넘어갈 수가 없었다.

"나한테 뭐 서운한 게 있으면 얘기해. 사람 신경 쓰이게 하지 말고."

좋게 얘기하려 했지만 감정을 추스르지 못했다. 태석의 표정은 더욱 어두워졌다.

"그런 거 없어. 얘기했잖아, 피곤하다고. 일 끝나고 들어오면 그냥 쉬고 싶은 생각밖에 없어. 그래서 그런 거니까 오해하지 마."

"내가 오해하고 있는 줄 알면 풀어 줘야 하는 거 아니야? 대체 너답지 않게 요즘 왜 그러는 거야."

"못 보던 옷이네."

"허, 이제 본 거야? 난 혜미 말 듣고 너한테 어울리는 사람이 되려고 억지로 이런 노력까지 하고 있는데, 넌 뭐야?"

사연의 말에 그는 더욱 실망한 눈치였다. 그냥 돌아서 들어가려다 발길을 멈추고 다시 입을 열었다.

"넌 비싼 화장품으로 화장하고 백화점 옷을 입어야 나랑 어울리는 사람이 되는 거라고 생각해? 그리고 너 이러는 게 정말 날 위한 게 맞기는 해? ……그만 들어가서 쉴게."

"……."

태석이 방으로 들어가자 자신의 옷을 내려다보는 사연이었다. 사실 그녀도 익숙하지 않은 차림이 자신과 어울리지 않는다고 생각하고 있었다. 그럼에도 포기하지 않은 이유는 그가 달라진 자신의 모습을 보면 다시 사이가 좋아질지도 모른다고 하던 혜미의 말을 무시할 수 없었기 때문이다.

당장 편안한 차림으로 바꿔 입은 그녀는 화장대 앞에 앉아 눈물을 흘리며 어울리지 않는 가면을 벗었다.

※

"내일 도시락 봉사에 참여할 봉사자들 명단입니다. 확인하시고 사인해 주세요."

한 달의 시간이 지난 지금, 그는 어느 정도 적응을 하고 익숙해진 상태였다. 사연과는 여전히 어색한 사이로 인사만 나누며 지내고 있었다. 두 사람의 관계를 눈치챈 혜미와 우빈이 갖은 노력을 다해 풀어 보려 했지만 소용없는 일이었다.

"구사연 씨도 저희 재단 봉사자로 등록이 되어 있나요?"

"네. 며칠 전에 직접 찾아오셔서 등록하셨습니다."

"여길 왔었다고요?"

"네, 대표님."

태석의 머릿속이 많은 생각들로 인해 복잡해졌다. 자신과 함께 지낼 때는 예쁘게 보이는 건 신경도 안 쓰던 그녀가, 남자 손님들한테 전화번호 받았다던 날 화장품까지 샀다고 하니까 자존심이 상했다. 그러나 그녀가 왔다가 바로 돌아갔다는 얘기를 들으니 또 다른 생각도 들었다.

"바보. 여기까지 왔으면서 만나 보지도 못하고 그냥 갔다고……."

그런 게 바로 그가 알던 사연의 모습이었다. 방해가 될까 염려해 그냥 돌아서는 그런 모습. 태석은 이제 자신이 어떻게 해야 좋을지 몰라 고민했다.

그 시각 재단에 들렀다 다시 돌아간 사연은 동철과 수현을 가게로 초대해 두 사람을 친구로 만들어 주었다. 수현에게 좋은 오빠가 되어 주기로 한 동철은 못 본 사이 많이 밝아져 있었다. 여전히 혼자 지내고 있지만 주변 사람들의 도움과 관심으로 어려움 없이 힘든 시간을 잘 견뎌 내고 있었다.

한창 먹을 나이의 아이들답게 금세 떡볶이 삼 인분과 어묵, 순대와 튀김까지 모두 먹어 치운 두 사람은 뭐가 그리 좋은지 계속 서로를 바라보며 키득거리고 있었다.

"늦었으니까 다 먹었으면 이제 그만 돌아가 봐. 동철아, 수현이 집까지 좀 바래다줄 수 있지?"

"네. 어차피 근처에 사는데요, 뭐."

"그래. 그럼 잘 가고 다음에 또 놀러와. 내일 점심 때 보자."

"네. 잘 먹었습니다."

"응."

아이들이 돌아가자 혜미가 기다렸다는 듯이 사연의 곁으로 다가와 입을 열었다.

"네가 지금 쟤들 불러다가 신경 쓰고 있을 때야? 태석이랑 너 벌써 한 달째 이러고 있는데 가서 저녁이라도 같이 먹고 오라니까 왜 말을 안 듣니?"

혜미는 지금의 이 사태가 자신이 벌인 일인 것만 같아 한 달 내내 열심히 두 사람을 화해시키기 위해 애썼다. 하지만 꽉 막힌 쇠고집의 두 사람 때문에 이제 점점 화가 나는 것 같았다.

"됐어. 일부러 피하는 것 같은데. 나도 나 싫다는 사람 싫어."

"니들 사이가 겨우 이 정도밖에 안 됐던 거야?"

"그런가 보지, 뭐."

"너 그동안 태석이가 널 얼마나 생각하고 그리워했는지 알아?"

"......?"

"졸업한 뒤로 태석이 한 번도 널 잊고 지낸 적 없었어. 이제 와 하는 말이지만 질투가 나서 태석이가 너 찾아가려고 할 때마다 내가 말렸어. 왜 그랬냐고 해도 할 말 없지만 그땐 태석이가 너만 생각하고 네 걱정만 하는 게 너무 싫었어."

그때의 일이 떠올라 혜미는 서서히 슬픔에 잠겼다.

"그래서 이 핑계 저 핑계 갖다 붙이면서 못 가게 했다고, 내가. 사실 그동안 나, 네가 일 때문에 동창회 못 나온다고 할 때마다 속으로 좋아했었어. 너랑 태석이가 다시 만나는 게 두려웠거든. 아무튼 태석인 지난 십 년간 널 한 번도 잊고 지낸 적이 없었다고. 그러니까 그런 말 그렇게 쉽게 하지 마, 너. 어쨌든 미안해 이게 다 나 때문이야."

"이제 와서 너 때문은 무슨⋯⋯."

"아니야 내가 그때 졸업앨범만⋯⋯. 나 오늘은 그만 가 볼게. 미안해."

"잠깐만. 무슨 얘기기에 하려다 말아?"

문득 이상하다는 생각이 든 사연이었다. 그동안 태석에게서 알아듣지 못할 졸업앨범 얘기를 간간이 들어 왔다. 몇 번이고 물어보려 했지만 그때마다 다른 일로 인해 타이밍을 맞추지 못해 그냥 넘어갔었다. 그런데 혜미까지도 졸업앨범 얘기를 꺼내는 걸 보니, 무언가 중요한 사연이 있을 거란 생각이 들었다.

"기다려. 차마 내가 저지른 일이라 직접 전해 주진 못할 것 같고, 문 닫을 때쯤 기사 보낼 테니까 받아서 네가 직접 확인해. 사실 그동안 그거 갖고 있으면서 마음 많이 불편했었어. 실은 우리 강원도 정선에 놀러갔을 때 그거 돌려주려고 왔었던 건데⋯⋯. 어쨌든 사연이 네가 날 좀 이해해 줬으면 좋겠어. 알다시피 나 사과 같은 거 잘 못하잖아. 그럼 그만 가 볼게."

혜미는 입구로 발을 옮기다 말고 똑바로 서서 사연을 돌아보았다. 그녀는 아직도 멍하니 그 자리에 서 있었다.

"아참, 예전에 내가 비서 얘기 했던 거, 그거 다 거짓말이었어. 난 네가 그 말을 정말 믿을 줄은 몰랐어. 어쨌든 니들 나 때문에 이렇게 된 것 같아서 미안해."

"……."

사연은 말문이 막혀 아무 말도 할 수 없었다. 눈치 보던 우빈은 혜미를 배웅하고 돌아와 장사를 마무리했다. 남은 떡볶이를 담아 포장해 두고, 혹시나 튀김 손님이 있을까 봐 기름 온도는 그대로 두었다. 내장밖에 남지 않은 순대도 정리하고 어묵도 포장해 두고 나니 설거지할 일만 남아 있었다.

우빈은 갈수록 야위어 가는 사연을 안쓰럽게 바라보다가 먼저 들어가서 쉬기를 권했다. 그러나 그녀는 그럴 마음이 없는 듯 보였다. 그렇게 한 시간쯤 지났을까 마지막 손님을 보내고 사연도 뒷정리하는 일에 동참하기 시작했을 때, 혜미의 개인 운전기사가 가게 안으로 들어왔다.

그의 손에 들린 쇼핑백을 받아 든 사연의 가슴이 두근거리기 시작했다. 궁금하긴 우빈도 마찬가지였지만 참기로 했다. 아니, 정확히 말하자면 참을 수밖에 없는 상황이었다. 그는 가게 문을 닫고 눈치껏 자리를 피해 주었다. 혼자 남게 된 사연은 떨리는 손으로 쇼핑백 안에서 졸업앨범을 꺼내 들었다.

하도 많이 봐서 닳을 대로 닳아 버린 자신의 것과 달리 막 받은 것처럼 깨끗하고 빳빳했다. 한 장 한 장 넘길 때마다 심장은 더욱 뛰어 댔다. 마지막 반을 넘기고 이런저런 행사 사진까지 모두 넘기고 나니 어느새 마지막 장을 넘겼다.

반듯한 글씨의 편지가 눈앞에 드러났다. 태석이 자신에게 남긴 장문의 편지였다. 읽기도 전에 눈물부터 글썽거린 사연은 혜미에

대한 원망은 생각할 여력도 없이 힘겹게 한 자 한 자 읽어 내려가기 시작했다.

사연아, 나 태석이야.

음, 우선 졸업 축하해. 너 빨리 졸업하길 바랐었잖아.

그리고 고마워. 나한테 좋은 친구가 되어 줘서. 항상 열심히 살아가는 널 보면서 안쓰러운 마음도 들었지만, 것보단 네가 참 대단하고 멋있다고 생각했어. 늘 자신감을 잃지 않고 피곤하고 지칠 만도 한데, 친구들 앞에서 항상 웃는 모습만 보였던 너. 난 그런 너를 정말 존경해.

그리고 사실, 이건 차마 너한테 하지 못했던 말인데. 지금 남자답게 용기 내서 얘기하려 해. 오늘이 아니면 다신 이런 기회가 찾아오지 않을 것 같거든. 나 말이야. 실은 널 아주 많이 좋아해. 처음엔 널 향한 내 감정이 뭘까 의심도 하고 걱정도 했었어. 그런데 시간이 지날수록 분명히 알겠더라고. 나에게도 드디어 첫사랑이 찾아왔다는 것을 말이야.

당황스럽고 갑작스럽겠지만, 난 오래전부터 너에게 이 말을 해 주고 싶었어. 만약 사연이 너도 나와 같은 마음이라면, 오늘 이 편지를 읽고 꼭 전화, 아니 문자라도 보내 줬으면 좋겠다.

나 너랑 정말 가깝게 지내고 싶어, 사연아. 조금은 특별한 사이로 말이야. 그리고 꼭 너도 나랑 같은 마음이었으면 좋겠다. 연락이 오기를 기다릴게. 그런 일은 없기를 바라지만, 연락이 오지 않더라도 실망하지 않고 멀리서나마 항상 널 응원하며 지낼게.

— 자랑스러운 내 친구 구사연의 졸업을 진심으로 축하하는 태석이가.

사연의 눈에서 많은 의미가 담긴 뜨거운 눈물이 떨어지기 시작했다. 읽고, 또 읽어 보지만 좀처럼 실감이 나지 않았다. 그처럼 잘생기고 남을 배려할 줄 아는 멋있는 사람이 자신을 좋아할 리 없을거라 여기며 마음을 숨겼기에 더욱 믿겨지지 않는 것 같았다.

눈물을 닦고 아직 돌아오지 않은 태석에게 전화를 걸어 보기 위해 핸드폰을 꺼내 들었다. 그런데 그때 태석의 차가 골목 안을 들어서 가게 앞에서 멈춰 섰다. 반가운 마음에 달려 나가려던 그녀는 비서에게 의지한 채 차에서 내리는 그를 보자 다시 걸음을 멈췄다.

"괜찮으세요, 대표님?"

"괜찮아요."

대답하는 걸 들으니 걱정할 만큼 취한 상태는 아닌 것 같았다. 그럼에도 불구하고 다른 여자에게 의지하고 있는 그가 어쩐지 낯설어 보였다.

모른 척하는 게 좋을 듯싶어 다시 돌아온 그녀는 내일 해도 될일을 굳이 하기 시작했다. 졸업앨범을 숨기고 고개를 숙인 채 관심없는 듯 일에 집중하는 그녀였다. 그때 비서를 돌려보낸 태석이 가게 문을 열고 들어왔다.

"나 왔어."

"어. 늦었네."

눈도 마주치지 않은 채 자신의 할 일에만 집중하는 그녀가 어쩐지 야속하게 느껴지는 태석이었다. 그냥 집으로 가려다가 잠시 걸음을 멈추고 다시 사연을 돌아보았다. 그제야 고개를 들고 눈을 맞추는 그녀였다.

"무슨 할 말 있어?"

"……재단에 왔었다며."

"어? 아, 봉사자 등록하러 갔었던 거야. 동철이 후원하는 문제로 상담도 좀 받아 볼 겸 해서."

"잠깐 올라왔다 가지 그랬어."

"뭐하러 그래. 너 바쁘잖아. 할 말 끝났으면 그만 올라가서 쉬어. 술 냄새 많이 난다."

"그래? 오늘 회식이 있었거든……. 처음이라 참석했던 거야."

"응. 올라가."

마음과 달리 말을 무심하게 한 것 같아 사연은 한숨이 절로 나왔다. 좋게 풀고 싶었던 일이 오히려 더 안 좋아지고 만 것 같았다. 돌아서 가는 태석의 처진 어깨가 오늘따라 더 안쓰럽게 느껴졌다.

어쩌다 이렇게 된 건지, 시간을 돌릴 수 있다면 그렇게 하고 싶었다. 수건을 찾아 손을 닦고 다시 졸업앨범을 꺼내 들었다. 태석의 편지를 다시 읽고 나니 후회가 물밀 듯 밀려드는 사연이었다.

✤

"누나 떡볶이 먹고 싶어서 죽는 줄 알았어요."

"그래? 그렇게 맛있어?"

"네. 이렇게 맛있는 떡볶이는 처음이에요. 정말 최고예요!"

봉사하러 나온 곳에서 오랜만에 만난 아이는 사연을 향해 엄지

손가락을 세워 들고 방긋 웃음을 지었다. 앞니가 두 개나 빠졌지만 창피한 줄도 모른 채 그저 해맑게 웃을 뿐이었다. 아이가 건넨 칭찬에 더욱 힘이 난 사연은, 더워서 지친 우빈을 재촉하며 좀 더 빠르게 움직였다.

"유일하게 쉴 수 있는 날은 일요일뿐인데, 여기서 뭐 하고 있는 건지 모르겠어요."

"우빈이 너 자꾸 그럴래? 누가 들을까 겁난다. 기쁜 마음으로 해, 기쁜 마음으로. 어묵 통 바꿔야겠다. 저기 가서 좀 들고 와."

"네. 어휴, 더워."

때마침 봉사활동이 이루어지고 있는 하얀 천막을 향해 혜미가 다가오고 있었다. 옆에는 그녀의 아버지 현석도 함께였다.

"저기 있다! 봐요, 아빠. 우리 우빈이 정말 착하죠? 날이 이렇게 더운데도 저렇게 열심히 봉사하고 있잖아요."

혜미는 사연을 도와 도시락 나눔 봉사에 참여하게 됐다는 우빈의 말을 듣자 바로 아버지를 설득하기 시작했다. 꼭 우빈 때문이아니라 대표가 된 태석이도 만날 겸 못 이기는 척 따라 나온 그는비 오듯 흐르는 땀을 닦으며 열심히 봉사하는 우빈을 보자 아주 조금 마음이 흔들리기 시작했다.

"흠. 세상에 저 청년처럼 착실하고 바른 사람이 어디 한둘이겠니."

"어머, 아빠 지금 언제 적 소리를 하고 계신 거예요. 요즘 세상에 우리 우빈이 같은 남자 찾기 힘들거든요?"

"어, 아저씨."

혜미가 열심히 우빈의 편을 들고 있는데 멀리서 말쑥한 차림의 태석이 그들을 발견하고 다가왔다.

"어, 그래 태석아."

"혜미도 왔네."

"어."

하필이면 지금 나타난 그가 못마땅하게 여겨진 혜미였다.

"더우니까 이쪽으로 오세요."

안쪽에 있는 천막으로 안내한 태석은 아이스박스에서 시원한 음료수 두 개를 꺼내 건네주었다.

"태석이 네가 고생이 많구나."

"고생은 제가 아니라 봉사하는 분들이 하고 계시죠. 저 혼자 편하게 있는 것 같아서 미안해 죽겠어요. 같이 하겠다는데도 못 하게 하고."

"음, 그건 맞아. 대표가 같이 서서 봉사하겠다는데 안 불편하게 생각할 사람이 어디 있겠어. 이렇게 나와서 아이들도 살피고 같이 땀 흘리면서 시간 보내 주는 것만으로도 충분히 해내고 있는 거야."

"뭘요. 근데 무슨 걱정 있으세요? 안색이 좀 안 좋아 보여요."

"그래? 요즘 회사에 좋은 상품이 나오질 않아서 그것 때문에 신경을 좀 썼더니 그래서 그런가 봐. ……어이고, 앉자마자 이거 미안해서 어쩌지. 나 잠깐 화장실에 좀 다녀와야겠구나."

"네, 다녀오세요."

멋쩍은 웃음을 보이며 자리에서 일어선 그는 화장실로 안내하는 비서를 따라 걸음을 옮겼다.

"그렇게 좋아?"

태석은 현석의 뒷모습을 눈으로 좇다가 그제야 앞에 앉은 혜미를 보았다.

"어? 그냥. 땀 흘리면서 저러고 있는 게 안쓰러워 보여서."

우빈에게만 시선을 집중하고 있던 혜미는 민망함에 음료수만 연방 들이켜 댔다.

"천천히 마셔."

"그나저나 사연이랑은 얘기 잘 했어?"

"무슨 얘기?"

"어제 사연이가 아무 말도 안 했어?"

"별말 없던데?"

"그래? 분명 잘 전해 주고 왔다고 했는데……."

"전해 주다니, 뭘?"

"어? 아, 아니야, 아무것도."

태석이 알면 실망할까 두려운 마음에 혜미는 차마 대답하지 못했다. 다행히 더 묻지 않아 안심을 하고 다시 음료수를 들이켜는 그녀였다.

"이상하다. 너무 피곤해서 못 봤나……. 봤으면 분명 뭐라고 얘기했을 텐데."

아무리 생각해 봐도 이해가 되지 않아 중얼거리듯 혼자 말을 내뱉은 그녀는 다시 우빈을 향해 몸을 틀고 앉았다.

"혼자 무슨 얘기 하는 거야?"

"아니야. 그냥 좀 생각할 게 있어서."

"혜미 너, 뭐 알고 있는 거 있는 거지? 그러지 말고 얘기해 봐. 뭔데 그래?"

"아무것도 아니라는데……."

태석의 표정이 무섭게 굳어졌다. 긴장한 혜미는 주눅이 든 채로 안절부절못했다. 태석이 평소 화를 잘 내지 않는 성격이지만, 한 번 내기 시작하면 무섭다는 걸 알기에 몹시 난감해하는 그녀였다.

"사람들 다 있는데 사연이한테 가서 직접 들을까?"

"아, 알겠어. 말할게…… 말하면 되잖아. 그러니까 그게……. 듣기 전에 하나만 약속해 줘."

"무슨 약속."

"절대 화내지 않겠다고. 묻지도 따지지도 않겠다고. 약속 안 해 주면 나도 말 못 해."

"알겠으니까 얼른 얘기해 봐."

"실은 말이지. 나……."

혜미의 손이 심하게 떨리고 있었다.

"화 안 낼 테니까 편하게 얘기해."

"그게…… 내가 사연이랑 너 사이 더 깊어지게 만들어 주고 싶어서, 너들 둘한테 거짓말했었어. 사연이한텐 비서가 너한테 꼬리 친다고 했고, 너한텐 사연이가 남자 손님들한테 꼬리 친다고 했고. 그거 다 거짓말이었어. 정말 미안해. 그리고 이건, 정말 쉽게 입이 안 떨어지는 말인데……."

그게 전부가 아니라는 말에 태석은 적잖이 충격을 받은 듯 보였

다. 그녀의 입이 떨어지길 기다리며 그는 긴 숨을 들이켰다 내쉬었
다.

"사실 나, 우리 고등학교 졸업하던 날, 네가 사연이한테 고백하려
고 써 둔 편지 읽었었어. 네가 책상 위에 두고 잠깐 나간 사이에…….
일부러 보려고 했던 건 아니고, 아빠가 태석이 너도 같이 식사하자고
하셔서 너 데리러 갔다가 우연히 보게 된 거야. 너도 알다시피 내가
너 많이 좋아했잖아. 사연이가 그걸 보면 두 사람 당연히 사귀게 될
거란 걸 알고 있었거든. 그래서 나도 모르게 바꿔 버렸어. 사연이도
어제야 그걸 알게 된 거고……."

"무슨 말이야 그게? 당연히 사귀게 될 걸 알고 있었다니."

"……실은 그때 사연이도 태석이 널 좋아하고 있었거든."

"혜미 너……!"

자리를 박차고 일어선 태석은 주위 사람들은 신경 쓰지 않은 채
사연을 향해 황급히 다가갔다. 그러곤 봉사 중이던 그녀의 손을 잡
고 조용한 곳을 찾아 무작정 걷기 시작했다.

"갑자기 왜 그래? 무슨 일이야, 사람들 보는 앞에서……."

"아무 말도 하지 말고 그냥 따라와."

끌려가는 것처럼 보일 만큼 태석의 걸음은 빨라졌다. 사람들이
이상하게 생각할 것이 분명해 그의 뒷모습을 노려보았다.

인적이 드문 좁은 골목길에 들어서자 걸음을 멈춘 그의 손을, 사
연은 힘껏 뿌리쳤다. 붉게 달아오른 손목을 잡으며 화가 난 듯 그
를 향해 입을 열었다.

"너 원래 이렇게 막무가내였니? 재단 들어간 뒤로 이상해졌어,

너. 그렇게 내가 창피하고 싫은 거면 차라리……!"

말이 채 끝나기도 전에 와락 끌어안은 태석이었다. 약간 당황한 듯 눈을 크게 뜬 그녀는 끝내 눈물을 글썽거리고 말았다. 그리웠던 품에 안기니 그동안의 서러움이 눈 녹듯 사라지는 것만 같았다.

"사랑해. 사랑해, 사연아."

"……."

그녀는 목이 메어 아무 말도 하지 못했다.

⁂

영숙의 분식집을 찾아온 기태는, 쪽방에 있는 그녀를 만나기 위해 점잖은 걸음으로 들어갔다. 정장을 말끔히 차려입은 그는 영숙 앞에 한쪽 무릎을 굽히고 앉아 그녀의 손을 잡았다.

"영숙이 그동안 날 믿고 기다려 줘서 고마워."

"기태 씨……."

그녀의 거친 손에 별처럼 반짝이는 반지가 끼워졌다.

"아니, 이 이건…… 다, 다다다이아?"

"이제 난 영숙이한테 내 전 재산을 바쳐서 진짜 빈털터리가 됐어. 그러니 영숙이가 앞으로 평생 날 책임져 줘. 그래 줄 수 있지?"

"전 재산이라니, 기태 씨한테 남은 건 집뿐이라고……. 집 팔아서 이걸 사 온 거예요? 나 주려고?"

"난 내가 살던 집보다 여기가 더 좋아. 앞으로 남은 생을 이곳에서 영숙이와 함께 어려운 이들을 도우면서 장사하며 살고 싶어. 영숙이 생각도 나랑 같은 거지?"

"그럼요, 기태 씨. 당연하죠. 제가 바라던 일인걸요. 정말 고마워요."

"울지 마, 영숙이. 이 좋은 날 왜 눈물은 흘리고 그래."

엄지손가락으로 눈 밑을 닦아 준 기태는 처음으로 그녀의 두툼한 입술에 입을 맞췄다. 살짝 어지러운 이 느낌에 황홀한 기분이 들었다. 말캉한 혀가 부드럽게 입안을 훑고 지나며 그녀를 더욱 흥분시켰다.

달콤하고 짜릿한 이 기분을 얼마 만에 느껴 보는 건지 정신을 바로 차릴 수가 없었다. 손가락에서 반짝이는 다이아보다 그가 주는 황홀한 키스가 더욱 좋은 영숙이었다.

❋

공원에 산책을 하러 온 사연과 태석은 오랜만에 두 손을 꼭 잡고 걸었다. 밤공기가 너무 맑아 더욱 기분이 설레었다. 손에 든 시원한 아이스티를 마시며 동시에 하늘을 올려다본 두 사람은 반짝이는 별을 보며 행복해했다.

한참을 걷다 눈에 들어온 벤치에 자리를 잡고 앉았다. 여전히 손은 놓지 않은 채로 태석의 어깨에 살포시 기대는 사연이었다. 너무 편안하고 좋았다.

"사연이 너도 나 좋아했었다며?"

"푸읍."

"괜찮아?"

너무 당황한 나머지 입에 물었던 음료를 뿜고 말았다. 황급히 손수건을 꺼내 든 그는 젖은 사연의 입과 옷을 닦고 나서 등을 두들겨 주었다.

"이제 괜찮아."

그의 손을 치우며 허리를 세우고 앉은 그녀는, 남은 아이스티를 마시며 따가운 목을 진정시켰다. 그러곤 슬쩍 태석을 바라보며 얼굴을 붉히는 그녀였다.

"어떻게 알았어?"

"그게 뭐 중요한가, 사연이 너도 날 좋아했었다는 게 중요하지. 얘기해 봐. 언제부터 좋아하게 됐는데? 음…… 아! 너 자다 걸려서 남자 화장실까지 청소하게 됐을 때 내가 도와줘서 감동받았구나. 그때 내가 좀 멋있긴 했지."

"아니거든? 그땐 너무 피곤해서 그냥 잘됐다 하는 생각밖엔 없었어."

"그래. 그럼…… 호랑이 선생님 시간에 국사책 안 가져와서 혼날 뻔했는데, 내가 내 거 던져 줘서 넌 안 혼나고 나만 대신 혼났을 때?"

"그때도 그냥 휴, 다행이다, 하고 말았었는데."

"야, 넌 고맙지도 않았냐?"

"물론 고마웠지."

"와, 진짜 너무하다. 뭐야, 내가 훨씬 더 먼저 좋아하고 훨씬 더 많이 좋아했었던 거네, 그럼. 아무튼 뭐 그게 중요한 건 아니니까.

297

그럼 대체 언제부터였을까. 음…… 체육 시간에 줄넘기 안 가져와서 빌려 줬을 때? 아님, 소풍 가서 지갑 잃어버렸을 때 찾아 준 뒤로? 근데, 소풍 얘기하니까 그때 생각난다."

"그때?"

"응. 사연이 네가 김밥이며 떡볶이, 어묵, 튀김, 순대 잔뜩 싸 가지고 와서 우리 반 애들 다 엄청 배불리 맛있게 먹었었잖아. 선생님들도 그렇고. 넌 준비하느라 많이 힘들었겠지만. 그때 참 대단한 아이구나 다시 한 번 생각하게 됐었는데."

사연은 미소 지은 얼굴로 태석의 수다를 들으며 사랑스런 그를 가만히 올려다보고 있었다.

"궁금해 죽겠으니까 좀 말해 봐. 대체 언제부터야?"

"……알고 있으면서 뭘 물어."

"내가 알고 있다고?"

"응."

"뭐, 화장실 청소? 아님, 지갑 찾아 줬을 때?"

"바보. 너랑 나 처음 만났을 때."

"우리가 처음 만난 날? 그때 사연이 넌 교실에서 자느라 바빴었잖아. 근데 뭘 보고 날 좋아했었다는 거야?"

태석은 진심으로 궁금해하며 물었다. 인사를 건네도 대답조차 제대로 해 주지 않았던 그녀가 대체 자신을 어떻게 좋아하게 됐다는 건지 아무리 생각해도 이해가 되지 않았다. 그런 그를 보며 환하게 미소 짓던 사연은, 그날의 일을 떠올리며 아주 수줍게 입을 열었다.

"난 늘 피곤해서 준비물은 물론 실내화며 가끔은 가방까지도 깜박하고 챙겨가지 못하는 날이 많았어. 그날도 명찰을 놓고 왔다는 걸 교문 앞에 들어서기 직전에서야 알게 됐었고."

그날의 일을 떠올리며 사연은 서서히 미소를 지었다.

"힘들고 졸려서 그날은 정말 오리걸음 할 자신이 없었거든. 그래서 어떻게 해야 하나 고민하고 있었을 때, 태석이 네가 정말 짠 하고 내 앞에 나타난 거야. 전학생이라고 말하면 넌 괜찮을 거라면서 책가방 끈에 태석이 네 이름표를 걸어 주는데 엄청 떨리고 설레더라고."

사연의 가슴은 그때처럼 설레고 있었다.

"키도 크고 잘생기고 예의 바른 네가 마음씨까지 착하고 좋다는 걸 알게 되니까 가슴이 막 이상해지더라. 그때부터 난 널 제대로 보지 못했던 거 같아. 도와준다는 것도 속으론 좋았지만, 가슴이 너무 콩닥거려서 외면하는 척해야 했고……. 그때 난 감히 너도 날 좋아할 거라는 생각조차 할 수 없었어. 그래서 고백할 생각 같은 건 전혀 하지 못했었고."

"……그럼 사연이 너도 날 알고는 있었던 거구나. 한동안 난 네가 너무 관심 없는 것처럼 행동하기에 내가 전학생이라는 것도 모르고 있는 줄 알았거든. 어쨌거나 그럼 나보다 사연이 네가 더 먼저 좋아했었던 거네? 야호! 구사연이 나 먼저 좋아했……!"

태석이 크게 소리치자 황급히 그의 입을 막은 사연이었다.

"왜 그래."

"뭐 하는 거야, 창피하게. 사람들이 다 쳐다보잖아."

"어때, 내가 좋아서 하는 건데. 너도 날 좋아했었다고 생각하니까, 정말 행복하다, 사연아. ……어쨌든 우리 오해가 풀려서 정말 다행이야. 사연이 너한테 직접 묻고 들었어야 했는데, 혜미 말만 믿고 내 멋대로 생각해서 정말 미안해. 앞으론 절대 이런 일 없을 거야."

"나도. 미안해 정말."

사연의 떨리는 입술을 그윽한 눈빛으로 바라보던 그는 살며시 다가가 입을 맞췄다. 지나가는 사람들의 시선은 아랑곳하지 않고, 지금 이 순간 두 사람은 자신들의 감정에만 충실했다.

얇은 입술 사이를 뚫고 들어가 입안 곳곳을 훑고 지난 그는 달콤한 꿀을 찾아 날아다니는 벌처럼 사연의 말캉한 혀를 찾아 부드럽게 감싸 안았다. 그가 주는 짜릿함에 사연은 온몸이 녹아내릴 듯 힘이 풀렸다.

한참을 엉켜 있던 혀가 풀려 나가자 아쉬움에 입을 다물며 살며시 눈을 뜨는 사연이었다. 볼을 큰 손으로 감싼 태석이 둥근 이마에 살짝 입을 맞췄다. 그러곤 아이처럼 뽀얀 볼에도 쪽 하고 입맞춤한 그는 사연의 손을 꼭 잡고 그녀와 지그시 눈을 맞췄다.

"나랑 결혼해 줄래?"

"……태석아."

"이렇게 감동 없는 프러포즈 하게 돼서 미안해. 그렇지만 난 지금이 우리가 하나 되기를 약속하기에 가장 충분한 조건을 갖춘 상황이라고 생각해. 서로 진심으로 사랑을 고백하고 함께하기를 원하는 이 시간을 그냥 보내고 싶지 않아. 계획하고 한 말이 아니라 지금 갑자기 가슴이 시켜서 하게 된 말이니까, 조금 실망스럽더라도 사연이 네가 내 프러포즈를 받아 줬으면 좋겠어. 나랑, 결혼해 줄래?"

사연의 투명한 눈에서 맑은 눈물이 또르르 흘러내리기 시작했다. 그러나 그녀의 입은 환한 미소를 짓고 있었다.

"너무 바랐던 일인데, 내가 거절할 이유가 없잖아. 고마워 태석아. 그리고 사랑해."

다시 한 번 품에 안으며 뜨거운 눈물을 흘리기 시작한 태석이었다. 꿈만 같았다. 모든 걸 다 잃었다고만 생각했던 그에게 꿈처럼 그녀가 나타났다. 눈 뜨면 깨질까 불안했던 적도 있었다. 그러나 그녀는 언제나 한결같이 그의 곁을 지켜 주었다. 이젠 정말 놓치고 싶지 않았다.

그는 더 이상 십 년 전의 소년이 아니다. 그녀를 평생 책임질 수 있을 만큼 어른이 되었기에 자신할 수 있었던 일이다. 그렇기에 후회도 없을 것이다.

"사랑해."

✼

"갑자기 그게 무슨 말이야?"

며칠 전 혜미 아버지 회사에 다녀온 우빈은 오랜만에 세 사람이 함께 둘러앉은 식탁에서 아주 어려운 말을 꺼내 놓았다.

그날 긴 설득 끝에 우빈은 현석과 함께 돼지 껍데기 집으로 갔

301

다. 혜미와 가까워졌던 곳이기에 선택했던 곳에서 의외로 현석은 그가 보여 주는 껍데기에 대한 열정을 마음에 들어 했다. 새로운 아이템 출시가 시급했던 찰나 우빈의 열정이 그에게 좋은 아이디어를 내 준 것이다.

추운 겨울 찾아와 먹는 껍데기 맛은 말할 것도 없지만, 더운 땡볕에까지 찾아와 껍데기를 먹기란 너무 힘들다고 한 말이 시작이 되었다. 다른 상품처럼 마트에서도 구입할 수 있다면 양껏 사다 놓고 언제든지 꺼내 먹을 수 있지 않겠냐며 열변을 토하는 우빈의 아이디어에 현석은 고개를 끄덕였다.

그날 헤어지면서 현석은 우빈에게 충격적인 제안을 했다. 우빈의 아이디어와 자부심을 높이 평가한다고, 그 아이디어를 사고 싶은데, 미래식품에 인턴으로 들어오지 않겠느냐고 말이다.

"그동안 고민 많이 했어요. 누나도 걸리고, 또 내가 진짜 그럴 만한 자격이 되는 사람인가 싶어서."

"그럼 아저씨가 정말 너더러 회사에 들어와 일하라고 하셨다는 거야? 오늘부터?"

놀라긴 태석도 마찬가지였다. 들고 있던 젓가락을 내려놓고 우빈에게만 집중했다.

"네. 인턴이니까 일단 이번 일만 같이 해 보는 걸로 했어요. 계속 일을 하고 말고는 그 후에 다시 결정하기로 했고요. ……다른 것보다 이모가 너무 좋아하셔서, 걱정은 되지만 한번 해 보는 게 어떨까 하는 마음을 갖게 된 거예요."

컵을 들고 물을 벌컥벌컥 들이켠 사연은 입을 닦으며 진지한 표정으로 그를 바라보았다. 그러곤 잠시 생각에 잠긴 듯하더니 오래 걸리지 않아 아주 과감하게 입을 열었다.

"그럼 한번 해 봐. 여기 일은 걱정하지 말고. 사람 구할 때까지 혜미한테 좀 도와 달라고 하면 되니까. 설마 우빈이 네 일인데 혜미가 싫다고 하겠어? 그러니까 넌 네 결정에만 최선을 다해. 다른 건 신경 쓰지 말고. 마지막 기회라고 생각하고 잘하란 말이야. 내 말 알아듣지?"

"뭐 해, 얼른 대답 안 하고. 우빈이 넌 충분히 잘 해낼 수 있을 거야. 네가 열심히 하는 모습 보이면 아저씨 마음도 움직일 수 있을 거고. 잘해 봐."

"누나, 형……."

우빈답지 않게 눈물을 글썽거리자 일부러 그의 머리를 세차게 헝클어 놓는 사연이었다. 그는 진심으로 고마워하고 있었다. 우빈에게 있어 그들은 이젠 정말 남이 아닌 가족과 같은 존재였다.

"그럼 그렇게 결정한 걸로 알고 오늘도 우리 각자의 자리에서 최선을 다하자. 오늘도 다들 마음껏 섬기고 오기를. 이상."

그렇게 이른 아침 식사를 끝낸 그들은 서둘러 사연의 장사 준비를 돕기 시작했다. 오랜만에 태석과 함께 가게에 있으니 날아갈 듯 기분이 좋은 그녀는 시계를 보곤 놀란 눈을 하고 그에게 달려갔다.

직접 태석의 앞치마 끈을 풀어 주며 얼른 올라가서 출근 준비를 하라고 재촉했다. 괜찮다며 더 있겠다고 했지만 늦는 걸 가장 싫어 하는 그녀로선 절대 용납할 수 없는 일이었다.

결국 등 떠밀려 집으로 향한 그는 서둘러 출근 준비를 하고 때마침 울려 대는 핸드폰을 들었다. 집 앞에 기사가 도착했다는 전화였다. 다른 날과 달리 우빈의 시선은 아랑곳하지 않은 채 사연의 볼에 입을 맞추고 가는 그였다.

"태석아, 잠깐만."

밖으로 나가려는 그를 황급히 불러 세운 그녀는 약간 삐뚤어진 넥타이를 고쳐 주며 어깨 위에 내려앉은 먼지도 털어 주었다.

"됐어. 잘 다녀와."

"어우, 닭살. 부럽습니다, 형님. 다녀오세요."

"그래."

오늘따라 혜미가 더욱 그리워지는 우빈이었다.

"우빈아."

태석이 가고 다시 일에 집중하기 시작했을 때 아주 반가운 목소리가 그의 귀를 즐겁게 했다.

"이 시간에 어쩐 일이야?"

"너 출근시켜 주려고 왔지. 근데 아직 준비도 안 하고 여기서 뭐 하는 거야? 사연이 네가 우리 아빠 회사 다니지 말라고 했어?"

"그래, 배가 아파서 못 나가게 했다, 왜. 일은 그만하고 우빈이 너도 얼른 올라가서 준비. 나머진 나 혼자 해도 되니까."

"혼자 안 해도 돼."

"그게 무슨 말이야?"

"아빠한테 사정 말씀드렸더니 사람 보내 주신다고 하셨어. 곧 올 거야."

사연은 괜한 신경을 쓰게 한 것 같아 몹시 미안해하고 있었다.

"또 그런 표정 짓는다. 부담스러워하지 마. 마침 아르바이트 구하던 아이들이 있어서 소개시켜 준 거니까. 한 명은 스무 살이고 한 명은 스물세 살이래. 둘 다 여자고 일 시켜 보고 마음에 안 들면 그때 가서 다른 사람 구해도 늦지 않잖아. 그럼 우린 올라가서 출근 준비할게."

사연의 머릿속을 복잡하게 만들어 놓고 혜미는 우빈을 데리고 가게 밖으로 나갔다.

"내가 진짜 기사 형님을 사촌 오빠라고 속인 것만 생각하면 아직도 분해 죽겠어. 다신 나 속이지 마."

"알겠어. 미안하다고 했잖아. 늦겠다, 얼른 가자."

사연은 두 사람의 다정한 모습을 지켜보며 여전히 넋이 나간 듯한 표정을 짓고 있었다.

본격적으로 일을 시작한 그녀는 가스를 켜고 여느 때와 같이 물을 부은 뒤 고추장을 풀었다. 우빈이 꽂아 둔 어묵을 육수에 넣고 달아오른 튀김기에 반죽을 입힌 재료들도 서둘러 넣었다.

오랜만에 혼자 하려니 정신없이 바빴다. 한참을 땀 흘리며 고생하고 있는데 정장을 말끔히 차려입은 우빈이 가게로 내려왔다. 태석만큼은 아니지만 충분히 근사했고 멋있었다. 옷이 날개라는 말이 괜히 있는 말이 아니라는 걸 실감하며 그녀는 잘 다녀오라고 미소를 지어 보였다.

"미안해요, 누나. 다녀올게요."

"그래, 실수하지 말고."

"네."

"데려다 주고 금방 와서 도와줄게."

혜미의 말을 끝으로 두 사람은 차에 올라타 모습을 감췄다. 그리고 얼마 지나지 않아 정말 두 명의 젊은 여성이 사연의 분식점을 찾아왔다. 처음엔 좀 당황한 기색을 보였지만 그녀들이 가져온 이력서를 건네자 자연스레 면접을 진행하는 사연이었다.

성격도 밝고 두 사람 모두 성실해 보였다. 더 이상 묻고 따질 것도 없이 바로 일을 시작하라는 그녀의 말에 해맑은 미소를 지으며 열심히 하겠다고 크게 소리쳤다.

스물셋 지영은 태석이 담당했던 튀김을 맡았고, 예원인 서빙과 청소를 주로 하기로 했다. 예원이란 아이는 자신들의 첫 손님이 들어오자 우렁찬 목소리로 반갑게 맞이했다. 능숙하게 자리를 안내하고 주문을 받는 모습이 사연의 마음에 쏙 드는 눈치였다.

✳

기사의 도움을 받아 혜미는 미리 준비해 둔 선물을 바리바리 싸들고 은숙의 가게를 찾았다. 몇 달치나 밀린 가겟세를 어떻게 마련해야 좋을지 고민하던 그녀는 혜미를 보자 긴 한숨부터 내쉬었다.

"여긴 또 왜 왔어요. 난 우리 우빈이 아가씨한테 줄 생각 없다고 분명히 말했잖아요."

사실 혜미가 그녀를 찾아온 건 이번이 처음이 아니었다. 처음부터 별로 마음에 안 들어 했지만, 부잣집 딸이라는 사실을 알게 된 뒤로 은숙은 그녀를 더욱 부담스러워했다.

"우리 우빈이, 아버지 회사에 취직시켜 준 건 정말 고마워요. 그렇지만 난 불쌍한 우리 우빈이를 비교당하고 무시당하면서 살게 할 생각 없어요. 그러니까 그만 돌아가 줘요."

"이모님, 제가 뭐 가져왔는지 안 궁금해요? 그러지 말고 우리 같이 구경해요. 제가 할머니랑 할아버지 좋아하시는 한우 불고기감이랑 이모님 화장품 세트 그리고 전복이랑 굴비도 사 왔어요. 저번에 할머니 할아버지 잘 드시는 거 보고 얼마나 기뻤는지 몰라요. 저 허락받고 싶어서 온 거 아니에요. 그러니까 너무 그런 표정으로 보지 말아 주세요. 네? 제가 뭐 도와 드릴 거 없어요? 청소라도 좀 할까요?"

"됐으니까 그만 돌아가요. 선물은 성의를 봐서 고맙게 잘 받을게요. 그리고 앞으론 이런 거 사 올 필요 없어요. 우린 한우 불고기 같은 거 안 먹고도 지금껏 잘 살아왔으니까."

"아줌마 안에 있어? 어, 마침 있었네."

그때 목청 좋은 가게 주인이 문을 열고 들어왔다. 세를 받으려고 직접 찾아온 게 분명했다.

"오셨어요? 그만 가 봐요."

혜미에게만은 그런 구차한 모습을 보이고 싶지 않았다. 힘으로 밀어내서 어쩔 수 없이 가게 밖으로 나와야 했지만, 어쩐지 예감이 좋지 않아 발길이 떨어지지 않았다.

"어머어머, 이게 다 뭐야? 한우에 명품 화장품, 전복……. 허, 기막혀. 아줌마 이런 사람이었어? 그동안 이러고 살면서 만날 어렵다고 나한테 징징거렸던 거냐고!"

"아주머니, 그게 아니라……."

"됐으니까 딴말 말고 당장 돈 내놔. 나도 이제 더는 사정 못 봐 주겠어. 줄 돈 없으면 나가든가."

"나, 나가라니……. 저희 사정 뻔히 아시면서, 정말 너무하시네요."

은숙이 눈물을 보이자 혜미는 더 이상 바깥에서 지켜보고만 있을 수 없었다. 말리는 기사의 손을 뿌리치고 당장 안으로 들어간 그녀는 손수건을 꺼내 은숙의 손에 쥐여 주었다. 그러곤 핸드백에서 핸드폰을 꺼내 들고 까칠한 말투로 입을 열었다.

"오해하지 마세요. 이모님은 싫다고 하시는 거 제가 멋대로 사다 드린 거니까. 제가 우리 이모님을 좀 아는데요. 있으면서 없다고 속이고 본인은 좋은 거 쓰면서 사시는 분 절대 아니거든요? 어려운 살림에도 나눌 수 있는 건 다 나누면서 사는 그런 대단한 분이시라고요. 시댁 식구들 때문에 남는 방이 없어서, 조카를 남의 집에 얹혀살게 한 죄인이라고 얼마나 속상해하면서 사시는 분인데 그런 말씀을 하세요?"

혜미가 숨 쉴 틈 없이 꺼내는 말들에 자신의 속을 알아주는 것만 같아 은숙은 하염없이 눈물이 쏟아져 내렸다.

"그 돈, 전부 해서 얼만지 알려 주세요. 제가 지금 당장 계좌로 보내 드릴 테니까."

"아니, 아가씨는 누군데……."

"저요? 저 곧 이 집 식구 될 사람이에요. 그러니까 밀린 가겟세가 얼만지 빨리 말씀하시라고요. 이모님도 이제 그만 우세요. 제가 이딴 구멍가게보다 열 배, 아니 백 배는 더 큰 대형 할인마트 차려 드릴 테니까."

금세 부러움의 눈길로 은숙을 바라보게 된 주인 아주머니는 주눅이 든 채로 머리를 긁적이며 조용히 계좌번호를 불렀다.

"왜 이래, 아가씨. 내가 알아서 할 테니까 그만 돌아가 봐. 우빈이랑 그쪽 어른들 아시면 어쩌려고 그래."

"돈 많은 조카며느리 됐다 어디다 쓰시려고요. 이런 도움이라도 드릴 수 있어서 전 행복해요. 그러니까 걱정 마시고 이모님은 그냥 가만히 계세요. 우빈이한테도 우리 집에도 비밀로 하면 되잖아요. 우와, 그리고 보니 이모님이랑 저 오늘 비밀 생긴 거네요? 왠지 기분이 좋아요. 오케이. 보냈으니까 한번 확인해 보세요."

난감해하는 은숙의 등을 찰싹 내려친 주인 아주머니는 좋으면서 괜히 내숭 떨지 말라는 말로 인사를 대신하고 밖으로 나갔다.

6.

고추장 풀다 시집간 사연

"어때. 나 괜찮아?"

"응. 완전 멋져. 긴장하지 말고 조우빈답게 행동해. 들어가자."

회사 내에서 껍데기와 우빈에 대한 평이 좋다며 현석이 처음으로 우빈을 먼저 집으로 초대했다. 평소와 달리 잔뜩 긴장한 그는 아까부터 계속 땀을 뻘뻘 흘려 댔다. 손수건을 꺼내 정성껏 닦아 주고 살짝 입을 맞춘 혜미는 먼저 문을 열고 안으로 들어가 그의 손을 이끌었다.

현관에 가까워질수록 그의 입술을 더욱 바짝바짝 타들어 갔고 다리까지 후들거렸다. 늘 위풍당당했던 그의 모습은 어디에도 보이지 않았다. 그런 그의 모습에 혜미는 자꾸 웃음이 났다. 귀엽기도 하고 어린아이처럼 사랑스러워 보였다.

"아빠, 저희 왔어요."

"그래. 어서들 와."

우빈을 맞이하는 현석의 얼굴에 인자한 미소가 지어져 있었다. 식탁으로 향한 그들은 모두 자리에 앉아 점심을 함께했다. 으리으리하게 차려진 음식 앞에서 우빈은 벌어진 입을 다물지 못했다. 긴장한 모습은 온데간데없이 사라지고 걸신들린 사람처럼 허겁지겁 밥을 먹기 시작했다.

가리는 음식 없이 골고루 복스럽게 먹는 그의 모습이 현석의 눈에 좋게 보였다. 만족스런 얼굴로 식사를 하는 그의 모습은 우빈과 달리 품격 있었다. 좋은 분위기에서 식사를 마친 그들은 거실로 옮겨 소파에 앉았다. 앞에 놓인 뜨거운 찻잔을 든 우빈의 손이 덜덜 떨리고 있었다. 다시 긴장이 시작된 것이다.

"아빠, 우리 교제하는 거 허락해 주시려고 부른 거 맞죠?"

"혜미야."

묵직한 목소리에 기죽은 혜미는 입을 삐죽거리며 시선을 돌렸다.

"잘할 거라고 생각은 했지만 이 정도일 줄은 몰랐네. 좋은 결과가 예상되는 걸 보니 자네가 실력이 있긴 있나 보군. 아까운 인재를 그냥 놓치기 아쉬워 불렀네. 자네 계속 일해 볼 생각 없나?"

"뭐예요. 당연히 계속하는 거 아니었어요? 그런 얘기 말고 저희 관계에 대해서 좀 말씀해 주세요. 네?"

"가만히 있어. 아버님 말씀하시는데 그게 무슨 버릇이야."

"피, 알겠어. 가만히 있으면 될 거 아니야."

우빈의 한마디에 바로 수긍하는 딸아이의 모습을 보자 그는 조금 당황한 기색을 보였다.

"아직은 뭐라고 말씀드릴 상황이 아닌 것 같아요. 결과 나오면 그때 대답을 드리겠습니다. 걱정했던 것과 달리 일하는 내내 정말 즐거웠어요. 물론 하나하나 배워야 하고 밤새서 테스트 결과 기다리고 연구하는 일이 힘들었던 건 사실이지만, 좋아하는 일을 열심히 한다는 느낌에 뿌듯하고 보람찼던 것 같아요. 부족한 저에게 그런 좋은 기회 허락해 주셔서 감사합니다."

현석의 얼굴에 흐뭇한 미소가 번졌다. 대하면 대할수록 사람이 진국이라는 걸 느끼게 되어 사실 그는 마음이 흔들리고 있는 상태였다. 그렇게 우빈을 먼저 돌려보내고 혜미와 단둘이 남게 된 그는 딸아이에게 정말 우빈이 아니면 안 되겠냐는 질문을 건넸다.

"안 돼요. 말씀드렸잖아요. 저 우빈이 많이 좋아해요, 아빠. 제발 우빈이랑 저 허락해 주세요."

"사람이 좋다고 해서 허락할 수 있는 문제가 아니라는 것쯤은 혜미 너도 잘 알고 있잖니. 그러니까 너도 한 번 다시 생각해 봐. 당장은 힘들겠지만 시간이 지나면 괜찮아질 거다."

"싫어요. 전 우빈이가 아니면 싫다고요. 우빈인 저한테 정말 특별한 사람이에요."

"지금은 네가 그 아이한테 마음을 빼앗긴 상태라 그런 생각이 드는 거야. 두 사람 인연은 여기까지였다고 생각하고……."

"병원에서도 고치지 못한 걸 우빈이가 이겨 낼 수 있게 도와줬어요."

"……!"

혜미는 말을 꺼내는 순간 잊으려 노력하고 있었던 아픔이 되살아나 두 눈에 눈물이 글썽거렸다. 혜미가 말하는 것이 무엇인지 아는 그도 큰 충격을 받아 순간 온몸이 얼어붙은 듯 꼼짝도 할 수 없었다.

국내에서 알아주는 의사란 의사는 다 찾아다녔지만 그녀의 공포증은 치유가 되지 않았다. 평생 가슴에 멍으로 안고 살아가야 한다고 생각했던 병이 고쳐졌다니 믿을 수 없었다. 더군다나 의사도 아닌 우빈으로 인해 나을 수 있었다는 건 더 큰 충격이 아닐 수 없었다.

한참을 딸아이의 얼굴을 멍하니 보던 그는 어렵게 입을 움직여 말을 꺼냈다.

"그, 그 아이가 어떻게……. 혜미야, 그게 정말 사실이니?"

"네. 우빈이가 걱정하지 말라고 항상 옆에 있어 주겠다고 했어요. 아빠, 저 그 사람이랑 같이 있으면 정말 두려울 게 없어요. 하루하루가 즐겁고 감사하고 행복해요. 고집불통에 제멋대로인 나를 진심으로 사랑해 줄 수 있는 남자가 세상에 몇이나 되겠어요. 무엇보다 저 이제 정말 그 사람이 준 믿음 때문에 어둠에 혼자 갇혀 있어도 두렵거나 무섭지 않아요. 그러니까 제발 이 행복을 지켜 주세요."

그의 눈에서 뜨거운 눈물이 소리 없이 흘러내렸다.

✳

유난히 하늘이 맑은 오후. 사연은 오후 장사 준비를 하고 있을 시간에 집에 들어와 있었다. 콧노래가 절로 나올 만큼 기분이 좋은 그녀는 옷장을 열어 평소 잘 입는 청바지에 티셔츠를 꺼냈다.

"뭐야, 구사연. 너 그거 입을 거야?"

"어. 이거 입을 건데 왜?"

저녁에 있을 태석과의 데이트를 준비하고 있었다. 약속 장소가 유명한 호텔의 레스토랑이어서 그렇게 들떠 있었던 것이다. 그러나 준비하는 모습을 지켜보고 있던 혜미의 얼굴은 점점 굳어졌다.

결국 청바지 차림으로 태석을 만나러 간다는 사연의 말에 혜미는 팔을 걷고 나섰다.

"그냥 갈게. 이러다 늦겠어."

"가만히 좀 있어봐. 왠지 좋은 예감이 들어서 그래."

"아까부터 자꾸 무슨 예감이 든다는 거야."

"아, 글쎄 나한테 좀 맡겨 달라니까."

무슨 생각을 하고 있는 건지 거울 앞에 사연을 앉혀 놓고, 머리를 말고 화장을 시작한 혜미는 혼자서 계속 킥킥거리며 웃었다. 그녀의 마음을 알 수 없어 사연은 그저 답답할 따름이었다. 그러나 혜미의 능숙한 손길로 인해 조금씩 달라지는 자신의 모습을 보자, 기분이 달라지기 시작했다. 거울에 비친 사람이 자신이 맞는 건지 알 수 없을 정도로 마음에 들었다. 기분이 좋아진 사연은, 그제야 혜미에게 자신을 온전히 맡긴 채 순순히 따랐다.

"태석이가 좋아할까?"

"당연하지."

말은 그렇게 했지만, 사연은 내심 기대가 되었다. 예쁜 모습으로 그를 만나러 갈 생각을 하니 벌써부터 가슴이 설레는 그녀였다.

"이게 좋겠다."

"그건 너무 달라붙어서 입기가 불편한데."

"안 입는 버릇해서 그렇지 익숙해지면 괜찮아. 기껏 머리 말고 화장까지 예쁘게 했는데 청바지 입고 나가면 되겠니. 얼른 입자."

친구 결혼식에 마땅히 입고 갈 옷이 없어 마련해 둔 것이었다. 다시 입게 될 줄은 몰랐는데, 혜미 말대로 막상 입고 보니 조금 어색하긴 했지만 마치 다른 사람이 된 듯 만족스러웠다. 그녀의 변신이 낯설게 느껴진 건 사연뿐만이 아니었다.

"내 솜씨긴 하지만, 정말 놀랍다 얘. 너 내가 아는 사연이 맞니?"

"놀리지 마. 안 그래도 어색하니까."

"아니야. 너무 예뻐. 예뻐서 질투가 나서 그래. 늦겠다. 이제 얼른 가 봐. 여자답게 조신하게 행동하고. 행운을 빈다."

"행운?"

"얼른 가."

알아듣지 못할 소리에 반응을 보인 사연을 혜미는 막무가내로 내보내고 문을 닫았다.

"여자의 직감이란 절대 무시하지 못해. 왠지 오늘 손가락에 반짝이는 거 하나 끼우고 들어올 것 같은데."

혜미는 음흉한 웃음을 흘리며 혼잣말을 중얼거렸다.

"그럼 내일 행사 진행하는 데 문제없도록 준비 잘 해 주시고요.

특별히 중요한 일 없으면 먼저 들어갈게요."

"네, 대표님."

오늘따라 태석의 모습은 더욱 근사해 보였다. 점심시간을 이용해 머리도 하고, 재단에 들어간 뒤 처음으로 백화점에 들러 옷도 구입했다.

회색 체크 슈트를 길고 날씬한 몸매로 아주 훌륭하게 소화해 냈다. 케이스에 담긴 실버 손목시계를 꺼내 차고 향수를 뿌린 뒤 걷는 모습이 연예인 못지않게 품격 있어 보였다.

은은한 남자의 향기를 풍기며 그가 향한 곳은 근처 꽃집이었다. 보는 것만으로도 유혹이 되는 붉은 장미 한 송이를 둘러싼 안개꽃이 새하얀 눈송이마냥 희고 예뻤다. 결제를 마친 그가 직접 차를 몰고 향한 곳은 사연과 만나기로 약속한 특급 호텔 레스토랑이었다.

"어서 오세요."

"강태석이요."

그가 이름을 말하자 바로 확인한 직원은 태석과 나란히 선 채로 자리를 안내했다.

"주문하신 이벤트 준비는 잘 마쳤습니다. 언제쯤 시작하면 좋을까요?"

"식사 끝나고 디저트랑 같이 가져다주세요."

"예."

다시 혼자가 된 그는 긴장한 모습이 역력했다. 손가락 끝으로 테이블을 두드리며 옆자리에 놓아둔 꽃다발만 보고 또 보는 태석이었다. 하하 호호 즐거운 커플들을 둘러보니 입가에 절로 미소가 번졌다.

사연도 오늘이 즐겁고 행복하길 기대하며 넥타이를 고쳐 매자, 입구 쪽에서 눈부시게 아름다운 그녀의 모습이 보였다. 직원의 안내를 받으며 한 걸음 한 걸음 다가올 때마다 태석의 심장은 더욱 빨라져 숨이 막힐 정도였다.

잘록한 허리선이 잘 드러난 블랙 시스루 원피스를 차려입은 그녀가, 마치 다른 사람처럼 느껴졌다. 손목엔 여러 개의 액세서리가 달려 있었고, 처음 보는 높은 하이힐에 끈이 없는 클러치백까지 어느 것 하나 부족한 부분이 없었다.

물론 혜미의 솜씨라는 것쯤은 그도 모를 리 없었다. 그러나 그건 중요치 않은 문제였다. 지나치지 않은 화장까지 해 완벽하게 변신한 그녀에게서 태석은 한시도 눈을 떼지 못했다.

수줍은 얼굴로 걸음을 멈춰 선 뒤에야 정신을 차린 그는, 서둘러 의자를 빼 주고 그녀를 앉혔다. 가까이서 보니 더욱 아름다웠다. 미리 주문한 와인이 나오고 곧바로 식사도 나왔다. 자연스럽게 음식을 나누며 긴장을 풀어 간 두 사람은 평소와 다를 것 없이 웃고 떠들며 행복한 시간을 즐겼다.

어느 정도 식사가 끝나자 테이블 위가 정리되고 다시 정적이 흘렀다. 떨리는 마음으로 꽃다발을 손에 든 그는 그녀의 앞에 사뿐히 내려놓았다. 눈앞에 놓인 하얀 안개꽃에 시선을 빼앗긴 그녀는 벌써부터 입가에 환한 미소가 번졌다.

"장미도 있었네? 고마워 태석아. 정말 예쁘다."

"장미가 왜 한 송이밖에 없는 줄 알아?"

"왜?"

"하얀 안개꽃의 꽃말이 기쁨과 약속이더라고. 그래서 좀 쑥스럽긴 하지만……. 결혼해서 그 장미꽃처럼 너의 하나뿐인 사랑이 되겠다는 약속이야. 우리 열정적으로 사랑하면서 기쁘고 즐겁게 살자. ……약속해 줄 수 있지?"

사연의 눈에 또다시 눈물이 글썽거렸다. 그때 두 명의 직원이 그들을 향해 다가오기 시작했다. 한 사람은 테이블 위에 태석이 주문한 하트 모양의 케이크를 올렸고, 다른 한 사람은 케이크에 불이 켜질 동안 멋진 마술을 선보였다.

구겨져 있던 하얀 천이 그의 손길로 팽팽하게 펴졌고, 망설임 없이 케이크 불에 가져가 대니 금세 불이 붙었다. 사연의 눈이 동그랗게 커진 채로 입이 떡 벌어졌다. 신기하게도 타서 없어져야 할 천의 색깔이 붉은색으로 변했고, 그 천을 모으고 모아 동그랗게 뭉친 뒤 손을 펼쳐 보였는데 아무것도 들려 있지 않았다.

"어디로 갔을까요?"

"글쎄요."

"손 좀 펴 보실래요?"

마술사가 시키는 대로 손을 올린 사연은 잔뜩 기대를 하며 숨죽인 채 긴장하고 있었다. 마술사의 손은 여전히 움직이지 않은 채 그녀를 향해 보이고 있었다. 그런데 정말 놀랍게도.

"엄마야!"

눈 깜짝할 사이에 코앞으로 다가온 그의 손에서 시작된 가느다란 실을 타고 내려온 반지가 사연의 손바닥 위로 떨어졌다. 놀란 그녀를 보자 태석의 입가에 흐뭇한 미소가 번졌다. 다시 봐도 신기했고 놀랄 일이었다.

그 기쁨이 채 가시기도 전에 직원들은 사라졌고, 태석이 다가와 자세를 낮추고 앉았다. 장사로 인해 투박해진 손이었지만 그에겐 가장 곱고 예뻐 보였다. 왼쪽 네 번째 손가락에 반지를 끼우고 거친 손등에 입을 맞췄다. 사연의 눈에서 행복한 눈물이 흘러내렸다.

남은 반지 하나를 집어 든 그녀는 태석의 가늘고 긴 손에 꼭 끼워 주었다. 그러곤 말없이 그의 눈을 바라보았다. 엄지손가락으로 흐르는 눈물을 닦아 준 그는 사랑한다고 작게 속삭여 주며 미소를 지었다.

"평생을 웃고 행복하게 해 줄게. 나랑 살자, 사연아."

"……응. 나도 좋은 아내가 될게."

그 어느 때보다 행복한 순간이었다. 사연은 그제야 혜미의 알아듣지 못할 말을 이해할 수 있었다. 당사자인 자신도 몰랐던 일을 어떻게 예상한건지 생각할수록 정말 놀라웠다. 그녀의 좋은 예감이 아니었다면 청바지 차림으로 나와 정말 많은 후회를 했을 것 같다는 생각을 하며 사연은 다시 한 번 미소를 지었다.

제대로 된 프러포즈를 성공적으로 마친 그는 자리에서 일어나 그녀의 이마에 길게 입을 맞추었다. 그리고 사랑스러운 그녀를 품에 안고, 아주 오래도록 깊은 행복에 잠겨 있었다.

❋

어느덧 3년이라는 세월이 흘렀다.

출근하기 위해 옷을 말끔히 차려입고 가게로 나온 태석은 고추장을 풀고 있는 사연의 곁으로 다가가 부드럽게 그녀의 손을 감싼 채 주걱을 잡았다.

"하웃. 태석아……."

함께 고추장을 풀던 태석의 손이 바람같이 사라졌다. 앞치마 안으로 들어가 가슴을 주무르고 있었다. 그걸론 부족했는지 주위를 살피던 그는 사람이 없는 걸 확인하자, 사연을 돌려 세우고 아예 옷을 끌어 올렸다. 풍성한 가슴을 보자 배고픈 사자처럼 입을 크게 벌리고 덥석 물었다.

결혼을 하루 앞둔 그는 요즘 부쩍 사연의 몸을 고파했다. 아침 밤낮 가리지 않고 틈만 나면 그녀를 눕히고 또 눕히는 그였다.

"오늘은 재단 꼭 나가 봐야 하는데. 어제도 이러는 바람에 못 나가서 중요한 미팅을 세 개나 미뤘단 말이야. 것도 간신히."

"그래, 그러니까 그만하고 얼른 가 봐."

"……아니야. 아무리 바빠도 할 건 해야지. 그리고 결혼 전날은 원래 출근하는 거 아니야."

"정말?"

"응. 사연이 넌 장사만 해 봐서 모르겠지만, 회사에서는 원래 다 그래. 들어가자."

"대신 약속은 지켜. 아이는 무조건 오 년 뒤에 갖는 거야."

"그게 어디 내 맘대로 되는 일이야?"

"정말 안 된단 말이야. 좀 더 열심히 벌어서 우리 아기만큼은 누릴 거 다 누리면서 살게 해 주고 싶다고."

"알았어. 노력해 볼게. 일단 급한 불부터 빨리 끄자."

사연을 번쩍 안아 든 태석은 드러난 가슴을 쪽쪽 빨아 대며 다급한 걸음으로 집을 향해 달렸다.

❋

일 년 전 무사히 결혼식을 올리고 부부가 된 기태와 영숙은 더 이상 사람들의 눈치를 보지 않고 사랑을 나눌 수 있어 행복했다. 전날 먹은 장어 덕에 벌써 두 번째 절정을 향해 달리던 기태는 정신이 혼미해진 상태로 가슴을 찾아 입에 물었다. 다른 한쪽 가슴은 손으로 힘껏 주무르며 불타는 열정으로 달리고 또 달렸다.

"웩."

"아니, 왜 그래 영숙이."

"웨, 웩."

마지막 혼신의 힘을 다해 움직인 그는 영숙의 몸 안에 모든 것을 쏟아 내려다 간신히 멈췄다. 어제부터 계속 헛구역질을 해 대는 영숙으로 인해 걱정이 이만저만이 아니었다. 결국 관계를 멈추고 손을 따 보기도 하고 등을 두드려 보기도 했지만 나아지는 건 없었다.

소화가 안 될 때 자주 마셨던 탄산도 도움이 되지 않았다. 결국 오후가 되자 영숙을 데리고 병원을 찾은 기태였다. 떨리는 손으로 영숙의 손을 잡고 의사의 입이 떨어지기를 기다렸다. 두 사람을 번 갈아 보던 의사는 한참 망설이던 끝에 어렵게 입을 열었다.

"아무래도 산부인과를 가 보시는 게……. 임신인 것 같습니다만."

얘기를 하면서도 두 사람에게서 눈을 떼지 못하는 의사였다. 그 도 그럴 것이 임신을 하기엔 두 사람의 나이가 너무 많았다.

"네? 임신이라니. 제 집사람은 아이를 갖지 못하는데요, 선생님."

의사의 말에 기태와 영숙은 멍한 표정으로 서로를 가만히 바라 보았다.

"임신 12주 되셨네요. 축하드립니다."

"저, 정말 제가 임신을 했다고요?"

"네."

믿을 수 없어 당장에 찾은 산부인과에서도 같은 말을 들었다. 사 실 십여 년 전 정작 쫓겨나야 했던 사람은 영숙이 아닌 영숙의 전 남편이었다. 그녀가 아닌 그에게 문제가 있어 아이가 생기지 않았 던 것이기 때문이다.

늦은 나이임에도 불구하고 자신의 아이를 가진 영숙의 손을 꼭 잡아 준 기태였다. 몇 번을 듣고도 실감이 나지 않았다. 그도 그럴 것이 자식에 대한 희망은 포기한 채로 그녀와 결혼을 했기 때문이 다. 두 사람 모두 눈물을 쏟으며 보이는 것마다 다 감사하다는 말 을 건넸다.

❋

"다음은 신랑 신부 동시 입장이 있겠습니다. 합동 결혼식인 만큼 자리가 좁아 불편할 수 있으니 조심해서 입장해 주시기 바랍니다."

사회자 말이 떨어지기 무섭게 식장 안을 크게 울리는 화려한 연주가 시작되었다.

"야, 조우빈, 고혜미. 니들 옆으로 안 갈래? 좁아서 우리가 걸을 수가 없잖아."

"우리도 좁아 죽겠거든? 니들이야말로 옆으로 좀 가."

"어쭈, 밀어?"

입장 시작부터 서로 티격태격하기 시작한 사연과 혜미는 서로 밀어 대며 한 치의 양보도 없이 얼굴을 붉혔다.

"창피하게 왜 그래, 정말. 제발 오늘은 좀 그냥 넘어가자."

태석의 말에도 아랑곳 않고 계속해서 신경전을 벌이는 두 사람이었다.

"자기야, 배 속의 아기를 생각해야지."

떡하니 생긴 아기 덕에 어렵게 결혼 허락을 받은 우빈은 격하게 움직이는 혜미가 걱정돼서 입장에 신경 쓸 겨를이 없었다.

"와우!"

갈수록 몸싸움이 심해지자 혜미를 번쩍 안아 든 우빈이었다. 그에 질세라 태석도 사연을 번쩍 안아 들었다.

"역시 젊음이 좋구나, 좋아."

조용히 구경하던 어른들은 분위기가 달라지자 참았던 입담을 마음껏 늘어놓기 시작했다. 혜미의 부모님만 초대한 지인들에게 면목이 없어 고개를 숙이고 있었다.

"이것 봐라? 어딜 감히!"

우빈이 앞서 걷자 엉뚱한 데 승부욕이 불타오른 태석은 끝내 달리기 시작했다.

"조심해!"

"어어!"

"태석아아!"

"윽!"

뒤쫓아 오는 우빈에게만 집중하고 있던 탓에 그만 사연의 드레스를 받고 그대로 자빠져 버린 태석이었다. 걱정하던 사람들은 하하 호호 박장대소하며 놀려 대기 시작했다. 의리 없이 일으켜 세워 주지도 않고 주례자 앞에 가서 선 우빈과 혜미는 자빠진 그들을 향해 혀를 내밀어 보였다.

"꼴좋습니다."

"뭐얏?"

"어어!"

"푸하하."

순간 열이 오른 태석은 일어나 우빈을 향해 돌진하려다 또다시 사연의 드레스에 걸려 자빠져 버렸다. 사람들 앞에서 두 번이나 체면을 구긴 그는 직원들 볼 낯이 없어 아예 일어날 생각조차 하지 못했다.

"내 팔자에 결혼은 무슨. 그냥 신혼여행이나 가자, 태석아."

부케를 집어 던진 사연은 면사포도 벗어 던지며 태석을 향해 소리쳤다.

우여곡절 끝에 결혼식을 마친 그들은 같은 장소로 신혼여행을 떠났다. 비행기 안에서도 혜미와 티격태격하던 탓에 지칠 대로 지친 사연은 침대를 보자 바로 대자로 뻗어 버렸다.

"자기 정말 너무한 거 아니야? 내가 안아서 침대까지 데리고 들어가 준다고 해도 싫다 그러고 들어오자마자 혼자 누워 버리고. 진짜 너무한다 너무해, 구사연."

"아, 혜미랑 씨름했더니 너무 피곤해서 그래. 미안, 이해해 줘. 그리고 우리 첫날밤도 아니잖아. 새삼스럽게."

태석은 말문이 막혀 버렸다. 아무리 첫날밤이 아니라지만 결혼 전과 결혼 후는 염연히 달랐다. 오래전부터 계획했던 일이 엉망이 되자 속상한 그는 홀로 와인을 들이켜기 시작했다.

한편 우빈과 혜미는 간단한 진료를 통해 아이의 상태를 확인하고 괜찮다는 말에 그제야 마음을 놓고 신혼여행을 즐길 수 있었다. 오랜만에 일상에서 벗어난 그들의 표정은 굉장히 행복해 보였다. 그도 그럴 것이 임신 사실을 알리고 결혼 승낙을 받기까지의 일이 두 사람을 너무 힘들고 지치게 했기 때문이다.

"힘들지 않아? 그만 들어가서 쉴까?"

"괜찮아. 조금만 더 걷자."

"그래. 힘들면 바로 얘기해 업어 줄게."

"응."

"사랑해 혜미야."

"나도."

"젠장."

테라스에서 두 사람의 다정한 모습을 지켜보고 있던 태석은 잔을 내려놓고 아예 와인병을 통째로 들어 병나발을 불기 시작했다. 사연은 그런 그의 속도 모른 채 그저 숙면을 취하고 있을 뿐이었다. 더 이상 참을 수 없었던 그는 다시 안으로 들어와 침대 위로 올라갔다. 사연의 이불을 빼앗아 자신의 몸에 칭칭 감자 차가운 기운에 그제야 몸을 움찔거리기 시작한 그녀였다.

"이불 좀 줘. 추워."

"흥!"

등 돌린 채 그녀의 말을 무시한 그는 얼굴까지 아예 이불 속으로 묻어 버렸다.

"이불 좀 달라니까? 너무 춥단 말이야. 나 요즘 정말 왜 이러지. 추웠다 더웠다 몸살 기운 있는 것도 같고, 속도 메스꺼워서 물 한 잔도 제대로 마실 수가 없네."

"그러니까 심보를 곱게 쓰라고."

"으이고, 됐다 됐어. 얼어 죽든지 말든지 신경 꺼라, 그래."

야속하게도 사연은 또다시 잠이 들어 버렸다. 보란 듯이 코까지 고는 그녀가 야속해진 그는 벌떡 일어나 이불을 풀고 자리에서 일어섰다. 그러나 테라스로 걸음을 옮기려다 돌아서 움츠린 채 잠든 그녀를 보곤 조심스레 이불을 덮어 준 그였다.

신혼여행 내내 잠만 자다 돌아온 태석과 사연은 한복을 곱게 차려입고 태석의 아버지가 잠든 곳을 찾았다.

"아버지 저희 왔어요. 사연이랑 저, 이제 정말 부부가 됐어요. 결혼식 날 오셔서 보셨죠? 이 사람이 혜미랑 실랑이 벌인 통에 아주 요란한 결혼식이 됐지만 그래도 아버지 아들 무사히 식 올리고 신혼여행까지 다녀왔습니다. ……아버지가 계셨으면 좋았을 텐데. 많이 그리웠어요, 정말."

"아버님, 며느리 사연이 왔어요. 저희 결혼식도 잘 치르고 신혼여행도 안전하게 다녀왔으니까 걱정하지 마시고요. 앞으로 정말 태석이한테 잘하면서 살 테니까 위에서 지켜봐 주세요. 보고 싶어요, 아버님. 하늘에선 아프지 마시고 행복하게 잘 지내셔야 해요. 저희도 아버님 걱정하시지 않게 정말 잘 살게요. 사랑합니다."

인사를 드리고 나온 그들은 허기진 배를 채우기 위해 식당을 찾았다. 그런데 뼈해장국이 먹고 싶다던 사연의 말에 곧장 달려왔건만 막상 음식이 나오자 속이 좋지 않다며 정작 본인은 한 술도 뜨지 못했다. 많이 괴로운 듯 보여 남은 음식은 포장을 해 가기로 하고 태석도 서둘러 식사를 끝냈다.

"병원에 가 봐야 하는 거 아니야? 몸 상태 안 좋은 게 꽤 오래된 것 같은데."

눈도 뜨지 못한 채 보조석에 쓰러져 누운 사연을 보며 태석은 걱정스런 말투로 물었다.

"결혼식 전날 삼겹살 먹은 게 제대로 얹혔나 봐 매실차 마셨으니까 곧 괜찮아지겠지."

"아님 소화제라도 사 갈까?"

"아니야. 어려서 체할 때면 엄마가 항상 매실차 타서 주셨어.

"……괜찮다가 밥 먹을 때만 이러는 거 보면 체한 것 때문은 아닌 것도 같은데."

"그러니까 뭐 때문에 그러는 건지 병원에 가 보자고."

"……설마."

"왜?"

"아, 아니야. 우리 얼른 가서 좀 쉬자."

"그래."

집 앞에 도착해 차를 세우자 태석을 먼저 안으로 들여보낸 사연은 혼자서 근처 약국을 찾아갔다. 무슨 일인지 약 봉투를 가방에 꼭꼭 숨긴 채 집으로 향한 그녀는 서둘러 옷을 바꿔 입고 샤워할 준비에 나섰다.

"같이 할까?"

뒤에서 사연을 끌어안은 태석은 그녀의 가느다란 목에 입술을 지분거리며 속삭이듯 말했다.

"왜 이래, 같이 하긴 뭘. 됐으니까 좀 쉬고 있어. 금방 나올게."

"자기 요즘 너무하다는 생각 안 들어?"

"내가 뭘."

"신혼여행 내내 잠만 자고, 근처엔 가지도 못하게 하고. 결혼하더니 완전 딴사람 됐어."

"그냥 좀 피곤해서 그래. 내일부터 다시 일 시작하려면 오늘 푹 좀 쉬어야 할 것 같으니까 태석이 네가 이해 좀 해 줘. 나 씻고 올게."

또다시 토라져 버린 태석은 침대 위로 올라가 이불을 머리끝까지 끌어 올린 채 누워 버렸다. 그런 그의 마음을 아는지 모르는지 사연은 그저 조금 전 사 온 약 봉투를 챙겨 들고 화장실로 향할 뿐이었다.

"제발. 아직은 안 돼…… 아직은."

사연이 약국에 들러 사 온 것은 다름 아닌 임신 테스트기였다. 소변을 묻혀 결과를 기다리는 그녀의 표정에서 긴장감과 불안감이 동시에 드러났다. 두 눈을 질끈 감고 있던 그녀는 호흡을 크게 내 뱉고 천천히 실눈을 뜨기 시작했다. 뿌연 시선에 붉은색 줄이 희미하게 보이자 그녀의 심장 박동 수는 더없이 빨라졌다.

"……!"

야속하게도 그녀의 바람과는 달리 보란 듯이 빨간 줄 두 개가 아주 선명하게 나타나 있었다. 순간 눈물을 글썽거린 그녀는 이를 악물고 내린 옷을 끌어 올린 채 당장 밖으로 나와 태석을 향해 돌진했다.

"일어나. 일어나 이 나쁜 놈아."

"아아, 왜 그래. 아파, 아프다고."

사정없이 날아드는 주먹에 태석의 얼굴은 잔뜩 일그러져 있었다. 베개로도 막아 보고 이불도 더 끌어 올려 보지만, 고통이 덜어지진 않았다.

"아프단 말이 나와? 아프단 말이 나오냐고, 이 나쁜 놈아!"

"아 진짜! 지금 화낼 사람이 누군데 왜 엄한 사람은 때리고 그 래? 대체 뭐 때문에 그러는 건지 말을 하라고, 말을."

도저히 참을 수 없었던 그는 자리에서 일어나 힘으로 그녀를 제

압하고 눈을 맞췄다. 눈물이 범벅이 된 사연을 보자 그제 서야 놀란 얼굴이 되었다.

"왜 그래, 무슨 일이야. 아, 얼른 얘기 좀 해 봐."

"내가 아기는 오 년 뒤에 갖자고 했잖아. 근데 이게 뭐야. 너 때문에 다 망쳤어. 책임져 이 나쁜 놈아."

"……아, 아기? 속 안 좋다더니 임, 임신해서 그런 거야?"

"그래, 이 나쁜 놈아."

"하, 하하. 하하하. 오 하나님 감사합니다. 제가 아빠가 된다니요. 드디어, 드디어 나도 아빠가 되는 거야? 우빈이 자식, 만날 자랑하는 통에 열 받아 죽는 줄 알았었는데. 야호! 이제 나도 아빠 된다. 만세! 만세! 사연이도 만세! 우리 아가도 만세! 나도 만세!"

"그걸 지금 말이라고 하는 거야? 나랑 한 약속은 도대체 뭐냐고."

"미안, 정말 미안한데 나 지금 너무 기뻐 사연아. 걱정하지 마. 우린 지금도 충분히 좋은 엄마, 좋은 아빠로 살 수 있으니까."

"……."

속도 모르고 기뻐하는 태석으로 인해 사연은 할 말을 잃고 말았다. 아기가 태어나기 전에 집도 옮겨야 하고, 일도 생각해야 하고, 앞으로의 계획도 다시 세워야 하는데 뭐가 그렇게 좋은 건지 답답하기만 했다. 생긴 아이를 낳지 않을 수도 없는 노릇이라 그녀는 더욱 막막했다.

"집을 왜 옮겨? 난 여기가 좋은데. 우빈이도 결혼해서 나갔고 방 세 칸이면 딱 좋은 거 아니야?"

이사 갈 집을 알아봐야겠다는 사연의 말에 태석은 이해할 수 없다는 듯 대답했다.

"집도 오래돼서 낡았고 집들이 다닥다닥 붙어 있어서 햇빛도 바람도 잘 안 드는데 여기서 어떻게 아기를 키워. 이만큼 했으면 엄마 아빠도 이해해 주실 거야."

"정말 괜찮겠어?"

"응. 어차피 결혼하면 정리하려고 했었거든. 그렇다고 남의 손에 아예 넘길 순 없고, 이 집은 세주고 가게는 계속 하고 싶은데. 힘들려나?"

"아직 여유 있으니까 천천히 생각해 보자."

"여유는 무슨. 금방 배불러 올 테고 그럼 마음대로 움직이기도 쉽지 않아질 텐데 조금이라도 자유로울 때 빨리빨리 움직여야지. 내일 병원 다녀오면서 부동산 좀 들러야겠다."

"그래, 그러자. 아무튼 너무 행복하다. 고마워 사연아."

눈을 흘기면서도 사연의 입가엔 미소가 번졌다. 그녀를 품에 안고 사랑한다고 말한 태석은 마른 입술에 입을 맞추고 눈과 코와 볼에도 아낌없이 뽀뽀 세례를 퍼부었다.

"십 주째 접어들었는데 전혀 모르셨어요?"

"네."

"이 주 뒤에 다시 나오세요. 다행히 아기가 자리도 잘 잡았고 심장도 힘차게 잘 뛰고 건강하네요. 지내시다 아랫배가 약간 불편하실 수 있어요. 자연스러운 현상이니까 너무 걱정하지 마시고요. 그럼 이 주 뒤에 다시 뵐게요."

"감사합니다."

심장 소리를 듣는 내내 태석의 입가에선 미소가 사라지지 않았다. 팔딱팔딱 뛰는 소리를 들으니 그제야 실감을 할 수 있었던 사연의 눈에도 눈물이 글썽거렸다. 비로소 진정한 가족이 된 듯한 기분에 두 사람 다 가슴이 벅차고 마음속 깊은 곳에서 설명할 수 없는 무언가가 뜨겁게 끓어올랐다.

검사 받는 내내 아내의 손을 놓지 않던 태석은 밖에 나와서도 그녀의 손을 꼭 잡은 채 차에 올랐다. 운전을 하면서도, 다시 내려서도 절대 손을 놓지 않은 그였다.

동네에 돌아와서는 곧바로 부동산으로 향했다. 몇 걸음 되지 않는 짧은 거리였지만 태석은 조심하라며 사연을 부축한 채 유난을 떨었다.

"저희 집은 세놓을 거고요. 근처에 적당한 집 있으면 소개 좀 시켜 주세요."

"마침 싸게 나온 집이 있긴 한데. 괜찮으시면 지금 가서 보시겠어요?"

"방은 몇 칸이죠?"

"거실하고 주방, 방은 네 칸이고요. 화장실 두 개에 다용도실 하나요."

"이 동네에도 그런 집이 있었어요?"

"괜찮네요. 지금 보러 갈게요."

"예, 일어나시죠."

부동산 주인을 따라나선 그들은 보러 갈 집이 거리상 멀지 않았지만 사연을 위해 차로 이동하기로 했다.

"누나 정말 축하해요. 태석이 형, 그동안 저 많이 부러워하더니 좋겠네요."

"그래. 좋아 죽겠다, 인마."

혜미와 우빈을 만나 저녁 식사를 함께 하기로 한 두 사람은 얼굴을 보자 기다렸다는 듯 임신 소식부터 전했다. 살짝 배가 나온 혜미를 부러운 듯 바라보던 사연은 그녀가 약 올리듯 웃으며 시선을 던지자 괜히 배를 불쑥 내밀어 보였다.

"그런다고 작은 애가 커지니? 넌 나처럼 불러 오려면 아직 한참은 더 기다려야 돼."

"한참은 무슨. 나도 얼마 안 남았거든?"

"아무튼 축하한다."

"고마워."

"이제 둘 다 엄마 됐는데 철 좀 들 생각 없어?"

두 사람의 유치한 대화를 듣고 있던 태석이 한심하다는 듯 바라보며 말했다.

"혜미 이 계집애만 나 안 건드리면 돼. 이상하게 얘랑만 있으면 유치해진다니까."

"허, 누가 할 소리? 얘, 우리 태교를 위해서라도 당분간 만나지 않는 게 좋겠다."

"그래. 듣던 중 반가운 소리다."

우빈과 태석은 톰과 제리 같은 그녀들로 인해 식사가 끝나는 순간까지 긴장을 놓지 못했다. 내내 티격태격해 댄 탓에 밥을 입으로 먹었는지 코로 먹었는지도 알 수 없을 정도였다.

대기 중이던 기사가 열어 준 문으로 혜미와 우빈이 차에 올라타자 사연은 또다시 부러운 눈빛으로 그들을 바라보았다. 억지로 손을 흔들어 인사를 건네곤 시무룩한 표정으로 배를 쓰다듬던 사연은 태석이 차를 몰고 오자 투덜거리며 조수석에 올랐다.

"멀쩡한 기사는 왜 안 데리고 다니는 거야?"

"얘기했잖아. 일할 때만 필요한 인재라고. 내 개인적인 일까지 맡길 이유 없어. 나 그런 거 누리자고 대표 자리에 앉아 있는 거 아니야. 그리고 사연이 너랑 같이 있는 시간 다른 사람한테 방해받고 싶지 않아."

그의 마지막 말에 그녀의 입꼬리가 슬쩍 올라갔다. 단 하루 만에 배를 쓰다듬는 일이 습관이 되어 버린 그녀는 영락없는 임산부의 모습이었다.

차 안에서 나는 정체 모를 냄새가 싫어서 내린 창문 틈으로 선선한 밤공기가 들어왔다. 잠시 눈을 감고 여유를 가진 그녀는 태석을 만나 아기를 갖기까지의 일을 머릿속에 그려 보며 흐뭇한 미소를 지었다.

결혼이란 걸 아니, 연애라는 걸 해 볼 수 있을까 걱정했던 날이 엊그제 같은데 벌써 한 아이의 엄마가 되었다니. 배를 어루만지면서도 잘 실감이 나지 않았다. 곁에서 운전을 하고 있는 남편을 보면서도 믿기지 않아, 그저 신기하고 감사한 마음이 드는 사연이었다. 가만히 태석의 손을 잡은 그녀는 그가 시선을 맞추자 천천히 입을 열었다.

"고마워. 그리고 사랑해. 나, 태석이 너한테도 우리 아기한테도 정말 잘할게."

"우리 사연이 아기 갖더니 예쁜 말만 하네. 뽀뽀."

마침 신호가 걸려 차를 세운 그는 사연을 향해 입술을 내밀었다. 망설임 없이 바로 입을 맞추자 진한 키스를 퍼붓기 시작한 그였다. 길을 건너던 사람들이 두 사람을 보고 수군거렸지만 그들은 아랑곳하지 않았다.

— The End

에필로그 1

"아저씨 조심, 조심해서 다뤄 주세요. 이사 오면서 다 새로 바꾼 것들이란 말이에요. 흠집 나면 안 되니까 신경 좀 써 주세요."

"아 글쎄, 걱정하지 말고 계시라니까요. 반평생을 이 일만 하고 산 사람이에요, 내가. 보아하니 임산부 같은데 걱정하지 마시고 어디 앉아서 좀 편히 쉬고 계세요."

"몸이 무거워서 그래야 하는데 성격상 그게 잘 안 돼요. 아무튼 잘 좀 부탁드릴게요."

"예, 예."

불과 삼 개월 전만 해도 실감이 나지 않았었는데, 지금은 하루가 다르게 불러 오는 배로 인해 실감을 안 하려야 안 할 수가 없게 되었다.

"자기야, 미안해. 빨리 끝내고 오려고 했는데 일이 좀 늦어져서.

앉아 있지 왜 서 있어, 힘들게."

중요한 행사가 있어 빠질 수 없었던 태석은 이사가 거의 마무리
되어 갈 즈음에야 나타났다.

"천천히 와도 된다니까. 우리 아기 나올 때만 아니면 언제든 늦
어도 돼. 뭐 내가 힘써서 해야 할 일도 아니고 이분들이 다 알아서
해 주셨으니까. 그나저나 기태 아저씨랑은 얘기 좀 해 봤어?"

"어. 이사 끝나고 대충 정리 좀 되면 그때 얘기해 줄게."

"그래. 배고프지? 조금만 참아."

"아니, 괜찮아. 사연이 넌 안 추워? 감기라도 걸리면 어쩌려고
이렇게 얇게 입고 있어. 이리 와. 내가 안아 줄게."

"으이고, 어른들 보는데."

"저희는 괜찮습니다. 보기 좋은데요, 뭐."

아랑곳 않고 뒤에서 사연을 끌어안은 태석은 아저씨가 건넨 말
에 활짝 웃음을 보이며 보란 듯이 그녀를 더 꼭 끌어안았다. 그러
곤 차가운 사연의 볼에 자신의 따뜻한 볼을 비비며 쪽쪽 입까지 맞
춰 댔다.

이사가 끝나고 도우미 아주머니들 덕에 청소까지 손 하나 까딱
하지 않고 마무리할 수 있었던 그녀는 새집을 둘러보며 뿌듯한 미
소를 지었다. 말끔하게 닦인 창밖으로 막 해가 지기 시작해 예쁜
색으로 물든 하늘이 보였다.

'아부지, 엄마. 저 이정도면 정말 잘 큰 거 맞죠? 어린 것 혼자
두고 가셔서 걱정 많이 하셨을 텐데 이제 두 분도 좀 편히 쉬세요.
전 앞으로 행복할 일만 남았으니까 더 이상 제 걱정은 마시고요.

매일 웃고 매일 기뻐하는 모습만 보여 드릴게요. 그러니까 편안한 마음으로 태석이랑 저, 그리고 우리 아기 하늘에서 잘 지켜봐 주세요. ……많이 보고 싶어요. 사랑해요.'

"자기야, 자장면 왔어. 짬뽕 먹고 싶다며, 얼른 나와."

"응."

눈앞을 뿌옇게 가린 눈물을 슬쩍 닦아 낸 그녀는 환한 미소로 태석을 보며 대답했다.

"자, 이제 말해 줘. 기태 아저씨가 뭐라고 하셨어?"

궁금해하는 사연과 눈이 마주친 그는 탕수육에 소스를 부으며 천천히 입을 열었다. 태석은 기태와 함께 일하길 원했다. 일을 하면 할수록 그가 재단에 얼마나 필요한 인재인지를 뼈저리게 느끼게 되어 더욱 그가 간절해졌다.

"재단에서 다시 일하실 마음은 없다고 하시더라고."

"그래."

"근데 아저씨랑 같이 얘기하다가 생각이 난 건데 말이야."

"뭔데?"

보는 것만으로도 침샘을 자극시키는 짬뽕 한 젓가락을 후루룩 빨아들이며 물었다. 태석 또한 눈앞의 탕수육을 한 점 들어 입에 넣고 바삭바삭 소리를 내면서 말하는 걸 보니 두 사람 모두 허기가 지긴 했던 모양이었다.

"아저씨도 그냥 장사만 하는 게 아니라 좁은 곳에서나마 어려운 이들을 돕고 싶으셨던 모양이야. 어차피 우리도 같은 마음이고, 사연이 너 임신 중이라 언제까지 가게 나갈 수도 없는 형편이라 뭐 좋은 방법 없을까 하다가, 우리 분식집이랑 아저씨네 분식집을 나눔의 가게로 바꿔 보는 게 어떨까 싶더라고."

"나눔의 가게?"

"응. 월, 수, 금이나 화, 목, 토 이런 식으로 요일을 정해 놓고 그날은 무조건 어려운 이웃에게 점심이나 저녁을 무료로 대접해 드리는 거야. 그렇게 하면 관리는 우리 재단에서 하게 되니까 사연이 네가 직접 움직이지 않아도 봉사자분들에 의해서 가게가 운영이 되는 거지."

"괜찮은데?"

"그래?"

"응. 이제 돈 벌 욕심으로 장사하지 않아도 되는데, 엄마 아빠가 어렵게 장만하신 거라 차마 정리하고 싶어도 그럴 수 없어서 고민 많았었거든. 난 우리 아기한테 최선을 다하고 싶어. 그러니까 네 뜻대로 하자."

허리를 곧게 편 사연은 가쁜 숨을 짧게 내쉬었다.

"재단에서 알아서 관리하고 운영해 줘. 난 아기 낳기 전까지 나가서 그냥 도움만 드릴게. 근데 우리야 그렇다 치지만 영숙 아줌마네는 그렇게 하면 생활이 좀 어려워지지 않을까? 일주일에 한 번도 아니고 삼 일을 무료봉사 하시면 아무래도 타격이 클 텐데. 요즘 물가가 좀 비싼가."

"봉사하는 데 들어가는 비용은 재단에서 부담하는 거니까 괜찮을 거야. 내가 알아서 잘 신경 써 드릴 테니까 사연이 넌 그런 걱정하지 말고, 우리 아기 세상에 나올 때 두 사람 다 건강할 수 있

도록 네 몸이나 잘 챙겨. 먹고 싶은 거 있으면 참지 말고 바로바로
얘기하고. 알겠지?"

"그래. 어쨌든 태석이 네가 잘 추진해 봐. 어려울 때일수록 서로
더 돕고 살아야지."

태석은 항상 자신의 일을 존중해 주고 응원해 주는 그녀가 고마
웠다. 지금도 잠들기 전이면 그녀와 결혼할 수 있게 된 것에 감사
하며 잠이 들곤 한다. 백만 번 다시 생각해 봐도 그녀를 만난 건
그의 인생에 있어 최고의 선물인 것 같다.

탕수육 하나를 집어 들어 사연의 입에 넣어 주고 자신을 향해 미
소 짓는 그녀의 입술에 쪽 소리를 내며 입을 맞춘 그는 흐뭇한 미
소를 보이며 다시 식사를 시작했다.

❋

"대표님 가게 포스터 샘플 나왔다는데 지금 확인해 보시겠습니까?"

"네. 가져오라고 하세요."

"알겠습니다."

기태를 만나 다시 대화를 나눈 태석은 재단으로 돌아오자마자
바로 일을 추진하기 시작했다. 일요일 도시락 봉사를 생각해 날짜
는 매주 화, 목, 토, 시간은 오후 열두 시부터 두 시까지로 결정이
났다.

너무 잦은 것 같다는 의견이 나오면서 한 달에 세 번, 1일과 15
일, 그리고 그 달의 마지막 날에만 하는 게 어떻겠냐는 말도 있었

다. 그러나 매일 할 수 없다는 점에 대해 아쉬움이 컸던 태석으로 선 그 뜻을 받아들일 마음이 없어 직원을 설득시켰다.

날짜와 시간이 커다랗게 적힌 포스터를 확인한 그의 표정은 매우 만족스러웠다. 기태에게도 사진을 찍어 보내 주었다. 다행히 마음에 든다는 답장을 받고 직원을 불러 결정한 대로 업체에 알리기를 지시했다.

포스터를 붙일 만한 곳을 체크해 두기 위해 직접 나서기로 한 그는 걸어 둔 재킷을 챙겨 들고 서둘러 밖으로 나섰다. 비서를 통해 미리 대기시켜 두었던 차에 올라타 가게로 향하면서 사연에게 전화를 걸어 보았다. 그러곤 아이스크림이 먹고 싶다는 그녀의 말에, 잠시 매장에 들러 아이스크림을 넉넉히 사 들고 기쁜 마음으로 다시 차에 올랐다.

도착해서 보니 여느 때와 다를 것 없이 많은 손님들로 가게 안은 북적거리고 있었다. 사연은 문 앞에서 돌아가는 이들에게 다음 주 화요일부터 실행될 무료 나눔 분식 안내문을 한 장씩 건네주고 있었다.

"자기야."

"왔어? 잠깐만 앉아 있어."

"몸도 무거운데 계속 그렇게 서 있으면 어떡해. 앉아서 나눠 줘도 되잖아."

"에이, 그게 무슨 예의야. 하는 일이라곤 고작 이것밖에 없는데 정성껏 해야지. 영숙 아줌마도 봐 봐. 얼마나 열심이셔."

사연의 시선을 따라 고개를 돌린 그는 어린 손님들에게까지 고개를 숙여 가며 안내문을 나눠 주는 영숙의 모습을 보자 흐뭇한 마음이 들었다.

"그러게. 아참, 아이스크림 녹기 전에 먹어."

"아니야. 마저 하고 좀 한가해지면 사람들이랑 같이 먹을게."

"그래, 그럼. 냉동실에 넣어 둘 테니까 이따 같이 먹어. 잠깐 포스터 붙일 자리 확인하러 나온 거라 금방 들어가 봐야 돼. 오늘 수현이 청소년 대표로 공부방 감사장 낭독하는 날인 거 알지? 네 시부터라 빨리 가야 돼."

"어머, 잊고 있었네. 어떡하지? 감사장 낭독하는 날 같이 가 주기로 약속했었는데."

순간 사연의 얼굴은 굳어 버렸다. 임신한 뒤로 자꾸 깜박깜박하는 일이 잦아든 탓에 그만 약속을 잊고 있었던 것이다.

어느덧 의젓한 중학생이 된 수현이는 공부를 잘해 늘 일 등을 놓치지 않는 우등생이 되었다. 수현에게 글 쓰는 재주가 있음을 발견하고 재능을 키워 주기 위해 사연은 태석에게 부탁해 무료 공부방을 세워 주었다. 그곳엔 수현이뿐만 아니라 하나뿐인 동생과 고등학생이 된 동철이도 함께 있었다.

일 년 전 할머니가 돌아가시고 어린 동생과 세상에 단둘만 남게 된 수현이를 위해 사연은 동철이와 함께 지낼 만한 곳까지 장만해 주었다.

그곳엔 그 아이들을 제외하고도 아이들을 돌봐 주는 봉사자와 세 명의 아이들이 함께 지내고 있다. 물론 그곳도 재단에서 마련하고 관리해 주고 있지만, 사연은 그 아이들에게 좋은 엄마 노릇을 해 주며 지내고 있었다. 엄마가 자식 일을 까먹는 일은 없어야 하기에 더욱 미안한 마음이 든 사연이었다.

"이제 저 없어도 저녁 장사 준비 가능하시죠? 제가 중요한 약속 있는 걸 깜박하고 있었어요."

"네. 걱정하지 말고 다녀오세요."

"안 나오셔도 된다니까 고집이시네. 대표님, 대표님이 사모님 좀 말려 보세요."

두 사람의 짧은 대화를 듣고 있던 한 봉사자가 행주로 테이블을 닦다 말고 말을 이었다.

"그러고 싶은데 워낙 고집불통이라 제 말도 듣질 않아서요."

"그럼 부탁 좀 드릴게요."

"네, 다녀오세요."

얼른 인사를 마친 그녀는 아이스크림도 잊은 채 황급히 재단으로 향했다.

"나오셨어요, 사모님."

대표실에 들어가자 정 비서가 그녀에게 친근하게 말을 걸어 왔다.

"네. 잘 지내셨죠?"

"그럼요. 배가 많이 나오셨네요. 힘드시겠어요. 아기는 건강하게 잘 크고 있어요?"

"네. 걱정해 주신 덕에 하루가 다르게 자라고 있어요."

"다행이네요. 차는 어떤 걸로 준비해 드릴까요?"

"아참."

비서에게서 차 얘기를 듣자 그제야 아이스크림이 떠오른 사연이었다. 생각하자니 또다시 먹고 싶은 마음이 굴뚝같아진 그녀는 없을 걸 예상하면서도 혹시나 하는 마음에 물었다.

나가서 사 오겠다는 말에 사연은 미안한 마음이 들어 황급히 그녀를 말렸다. 그러나 소용없는 일이었다. 서둘러 밖으로 나서는 비서의 뒷모습을 보며 이러지도 저러지도 못한 채 안절부절못하는 그녀가 태석의 눈엔 그저 사랑스럽기만 했다.

"아이스크림이 없다는 것쯤은 자기도 예상했을 텐데? 사다 달라는 뜻으로 얘기한 거 아니었어?"

"약 올리지 마. 안 그래도 미안해 죽겠는데."

거의 울상을 한 그녀의 모습이 귀여워 그는 더 놀리고 싶었지만 곧 시작될 행사에 참여해야 하기에 이쯤에서 멈추기로 하고, 대신 사랑스러운 아내의 볼에 가볍게 입을 맞춰 주었다. 그때 재단에 도착한 수현에게서 전화가 걸려 왔다. 금세 입가에 미소가 번진 사연은 서둘러 통화 버튼을 눌러 전화를 받았다.

"어, 수현아. 어디야?"

— 지금 일층이에요. 이모는?

"이모도 와 있어. 올라와. 동철이도 같이 왔어?"

— 아니, 오빠 오늘 야자 못 뺀다고 해서 혼자 왔어요.

"그래, 알겠어. 얼른 올라와."

— 네.

"수현이야?"

사연의 통화를 듣고 있던 태석은 책상 위의 서류를 정리하며 물었다.

"웅. 이따 끝나고 같이 피자 먹으러 갈 수 있어?"

"그럼. 이미 그러기로 약속했었잖아. 집에서 수빈이만 따로 부르기는 좀 그러니까 수현이만 데리고 가고, 나오면서 포장해 가지고 애들 얼굴도 좀 볼 겸 잠깐 들렀다 가자."

"그래."

그때 똑똑 하며 노크하는 소리가 들렸다. 반가움에 직접 문 앞으로 걸어간 태석은 환하게 웃는 수현을 보자 늘 그렇듯 머리부터 쓰다듬어 주었다. 사연은 같이 들어온 비서의 손에 들린 아이스크림이 먼저 눈에 들어왔다. 그러면 안 되는 줄 알지만 먹고 싶은 걸보면 견디기가 어려워진 요즘 음식 앞에서 곧잘 이성을 잃곤 했다.

"어떻게 같이 왔어요?"

"엘리베이터 앞에서 만났어요. 사모님이 어떤 걸 좋아하실지 몰라서 그냥 이것저것 사 왔어요. 입에 맞으시는 게 있었으면 좋겠네요. 수현이는 따뜻한 코코아 한 잔 줄까?"

"이모, 추운데 감기라도 걸리면 어쩌려고 아이스크림을 먹어요? 아기 때문에 약도 못 먹잖아요."

"이모부도 그게 걱정이긴 한데 먹고 싶다는 걸 차마 말릴 수가 없어서 그냥 둔 거야. 요즘 먹고 싶은 거 못 먹게 하면 짜증도 내고 화도 내고 그러거든."

"태석이 너 진짜!"

오늘따라 야속하게만 느껴지는 그였다. 창피함에 얼굴이 달아오른 사연을 보자 비서와 수현은 웃음을 참느라 애를 먹었다.

"수빈이는 집에 잘 들어갔다고 연락 왔어? 들어갈 때 연락하라고 그렇게 얘기해도 만날 안 하더라."

"이모부가 게임기 사 준 뒤로 집에서 매일 게임만 해서 걱정이에요. 학교에서도 그 생각뿐인지 연락도 안 하고 끝나면 집까지 뛰어가느라 바쁘다니까요."

"그러게 내가 중학교 들어가면 사 주라고 했잖아. 안 그래도 며칠 전에 미영 씨한테 속상하다고 연락 받고 한 번 가 봐야겠다고 생각했었는데, 오늘 가서 게임기를 뺏든지 해야지 안 되겠어."

"뺏을 것까지 있나. 그냥 잘 타이르면 듣겠지."

"하여튼 남자들 다 똑 같다니까. 수현이 넌 꼭 이모가 골라 준 남자랑 결혼해야 돼."

"이모가 골라 주는 사람이면 이모부 같은 사람 아닌가?"

"그런가?"

그렇게 화기애애한 분위기 속에서 수현은 긴장한 기색 하나 없이 준비한 감사장을 들고 담담하게 행사장으로 향했다.

"다음은 저희 행복 나눔 재단 청소년들을 대표해서 나온 양수현 학생이, 강태석 대표님께 감사한 마음을 담아 전하는 감사장 낭독의 시간을 갖겠습니다."

수현이가 걸어 나오는 동안 아이에 대한 소개가 이어졌다.

"양수현 학생은 평소 착실함과 성실함으로 다른 아이들에게 모범이 되고, 우수한 성적으로 매 학기마다 재단을 포함한 다른 여러 곳에서 장학금을 받아 학교를 다니고 있으며, 그 장학금마저 아껴 저희 재단에 꾸준히 기부를 해 오고 있는 아주 지혜롭고 총명한 학생입니다. 그럼 앞으로 우리의 미래를 환하게 밝혀 줄 양수현 양의 감사장 낭독을 듣겠습니다. 박수로 환영해 주시기 바랍니다."

진행자의 말이 끝나기 무섭게 행사장을 가득 채운 사람들의 뜨거운 박수 소리가 이어졌다.

"존경하는 강태석 대표님께."

마이크를 통해 수현의 가느다란 목소리가 울리자, 금세 조용해진 행사장 안의 사람들은 아이의 맑고 청아한 목소리에 귀를 기울이기 시작했다. 급하게 오느라 미처 카메라를 챙기지 못한 사연은 아쉬운 마음에 핸드폰을 꺼내 들어 그곳에 수현의 모습을 담았다.

태석은 아이의 사슴 같은 눈망울에 살짝 비친 이슬을 보자 가슴이 뭉클해졌다. 늘 더 신경 써 주지 못해 미안한 마음이었는데 진심이 담긴 아이의 고마운 마음을 들으니 앞으로 더 잘해야겠다는 생각이 들었다. 단 한 명의 아이도 세상에 버려졌다는 마음을 갖지 않게 하는 일이 그가 해야 할 일이기에, 오늘 그의 가슴은 더 큰 책임감으로 비장해졌다.

"항상 저희에게 꿈과 희망을 심어 주시는 대표님과 모든 행복 나눔 재단 식구들에게 감사드립니다. 앞으로 저희도 받은 사랑을 다른 이들에게 그대로 전해 줄 수 있는, 대한민국의 밝은 미래가 될 수 있도록 노력하겠음을 이 자리에서 많은 학생들을 대표해 약속드립니다. 존경하고 사랑합니다. 그리고 다시 한 번 감사드립니다."

낭독을 마치고 고개 숙여 인사하자, 다시 사람들의 뜨거운 박수 소리가 이어졌다. 진행자의 등장으로 아이는 자리로 돌아갔고, 남은 행사도 무사히 끝이 났다.

"많이 먹어."

"네."

수현이를 데리고 피자집을 찾은 두 사람은, 친부모처럼 아이를 챙기며 맛있게 먹는 모습을 흐뭇한 얼굴로 바라보고 있었다. 평소엔 나이답지 않은 의젓한 모습으로 종종 두 사람을 놀라게 하는 수현이지만, 좋아하는 피자를 먹을 때면 또래 아이들과 다를 게 없는 모습이 되어 마냥 해맑기만 하다.

먹으면서도 집에 있을 다른 아이들의 것을 잊지 않고 챙기는 아이를, 그들은 사랑하지 않을 수가 없다.

✳

"짐들은 다 챙겼니? 내일 새벽 비행기라고 했지?"

"네, 장인어른."

미국에서 제대로 공부도 하고 경험도 쌓기로 한 우빈은 혜미와 함께 떠날 준비를 마치고 장인어른인 현석에게 인사를 하고 있었다.

"그래. 조 서방, 우리 혜미 잘 부탁하네. 가서 열심히 한번 해봐. 모든 사람들한테 인정받고 싶다고 했지? 가서 잘 배우고 경험도 쌓고 돌아와서 꼭 그렇게 하도록 해. 그래야 내가 나중에 걱정 없이 우리 조 서방 믿고 미래식품을 맡길 수 있지 않겠어?"

"걱정 마세요, 장인어른. 저 한번 한다면 하는 놈입니다. 이 사람 걱정도 하지 마시고요. 대신 출산하기 전에 미국으로 오시기로 한 약속은 꼭 지키셔야 합니다."

"그래. 여기서 낳고 가면 안심하겠는데, 굳이 지금 자넬 따라가겠다는 혜미 고집을 꺾을 수가 없네. 자네가 옆에서 잘 좀 보살펴 줘."

"이 교수님도 같이 가 주시니까 걱정 마세요. 제가 알아서 잘 하겠습니다."

"어서들 가 봐."

"아빠……."

한 번도 현석과 떨어져 지낸 적 없었던 그녀는 막상 떠나려고 하니 차마 발이 떨어지지 않았다. 슬픔에 잠긴 아버지를 품에 안고 눈물을 흘리며 한참을 가슴 아파했다.

억지로 품에서 떼어 낸 그녀의 손을 우빈에게 건네주고 한 걸음 뒤로 물러선 그는, 투박한 손바닥으로 눈물을 훔치고 그들을 향해 손을 흔들었다. 그의 마음을 읽은 우빈은 억지로 혜미를 데리고 서둘러 밖으로 나섰다.

"그만 울어. 이모한테 퉁퉁 부은 눈으로 가서 인사드릴 거야?"

"슬픈 걸 어떡해. 우리 아빠 혼자 지낼 거 생각하면 가슴이 찢어질 것 같다고."

아내의 심정을 잘 알고 있었던 우빈은 말없이 그녀를 품에 안아 주었다.

"근데 태석이 형님이랑 사연이 누나한테 정말 얘기 안 하고 갈 거야?"

"응. 미국 가면 전화해서 약 올려 줄 거라고 했잖아. 그러니까 절대, 절대 얘기하면 안 돼. 알겠지?"

"그래."

낮게 한숨을 쉬며 계속해서 그녀의 어깨를 다독거려 주었다.

두 사람은 우빈의 이모네에도 들르기 위해 바삐 움직였다.

"이모."

"우빈아."

골목에 들어서자 미리 나와 기다리고 있는 은숙의 모습이 보였다. 우빈은 차에서 내리자마자 달려가 그녀의 품에 안겼다.

"저도 왔어요."

"그래, 어서 와. 근데 울었어? 눈이 많이 부었네. 사돈어른 걱정돼서 그래?"

"네, 뭐. 잘 지내셨어요?"

"그럼, 덕분에 우리야 잘 지내고 있지. 추운데 어서들 들어가자."

"네."

그녀의 허리에 팔을 두른 은숙은 슬퍼하는 조카며느리를 달래며 안으로 들어섰다.

한편 피자를 포장해 아이들이 있는 집으로 향한 사연과 태석은 게임 삼매경에 빠져 있는 수빈을 보자 걱정 가득한 표정을 지었다.

"수빈아, 게임 그만하고 나와서 피자 먹자."

집에서 함께 지내며 아이들을 돌보고 있는 미영은 두 사람의 눈치를 살피곤 서둘러 방으로 들어가 수빈을 타이르기 시작했다.

"싫어, 안 먹어요. 게임 더 할 거란 말이에요."

"또 말 안 들을 거야? 선생님 정말 화낸다."

"선생님이 왜요? 선생님은 우리 누나도 할머니도 아니잖아요. 근데 왜 저한테 화를 내요?"

할머니가 돌아가신 걸 유독 받아들이기 힘들어하던 수빈이었다. 그런 아이를 위로할 수 있는 방법을 찾던 중에 생각해 낸 게 바로 게임기였다. 좋은 의미에서 선물한 것이 아이를 더 망치고 있는 것 같아 태석은 마음이 무거웠다.

"수빈이 너, 그게 무슨 말이야. 선생님은 수빈이한테 엄마나 다름이 없는 분이셔. 혼낼 일이 있으면 충분히 혼낼 만한 자격 있으신 분이라고. 그러니까 선생님한테 정말 혼내라고 하기 전에 게임 그만하고 얼른 나와서 피자 먹어."

태석이 엄한 목소리로 타이르고 나섰다. 옆에 있던 사연도 난감해하는 미영에게 나직하게 말했다.

"미영 씨, 내가 수빈이랑 얘기해 볼게요. 나가서 애들하고 같이 피자 드세요."

"저, 그게……."

아이들의 교육은 한 사람이 시켜야 한다는 교육을 받은 뒤로 태석과 사연은 절대 미영을 대신해 나선 적이 없었다. 재단 내에서 정한 규칙이기도 하기에 그녀는 난감한 표정을 짓고 있었다.

"그냥 오랜만에 수빈이랑 둘이서만 대화 나누고 싶어서 그런 거니까 잠깐만 자리 좀 비켜 줘요."

"네. 그럼 그렇게 하세요."

접시에 피자를 담아 들고 방으로 들어선 사연은 문을 닫고 아이와 마주하고 앉았다.

"수빈아 게임 재미있어?"

"네."

"얼만큼?"

"많이. 아주 많이요."

"그래. 그런데 아무리 재미있어도 할 건 하면서 해야지. 이렇게 계속 게임만 하는 건 좋지 않아."

"괜찮아요. 잘 땐 자고 학교 갈 땐 학교 가면서 하니까요."

계속되는 말대답에 수빈이 손에 든 게임기를 빼앗은 사연은 아이의 고사리 손을 꼭 잡으며 시선을 맞췄다.

"게임 하고 있으면 할머니 생각 안 할 수 있어서 좋은 거지?"

"……."

"이모는 우리 수빈이 마음 다 알아. 그러니까 솔직하게 얘기해도 돼. 할머니 많이 보고 싶니?"

"할머니……."

아이의 눈에서 닭똥 같은 눈물이 뚝뚝 떨어지기 시작했다. 수빈의 나이는 고작 열 살이었다. 할머니의 죽음을 이해하고 받아들이기엔 너무 어렸다. 진작 아이에게 관심을 가졌어야 했지만 그녀도 이래저래 정신이 없었던 탓에 신경 써 주지 못했다.

미안한 마음에 같이 눈물을 흘리며 아이를 품에 꼭 안아 준 그녀는 작은 머리를 쓰다듬어 주며 가슴으로 위로해 주었다.

"수빈이가 자꾸 게임으로 할머니를 잊으려고 하면 하늘에서 우리 수빈이를 지켜보고 계시는 할머니가 정말 많이 슬퍼하실 거야. 그러니까 수빈아, 힘들고 어려워도 억지로 생각 안 하려고 하지 말고 솔직하게 보고 싶으면 보고싶다, 슬프면 슬프다라고 얘기하자 우리. 그러다 보면 괜찮아질 거야."

아린 마음에 그녀는 아이를 더 꼭 끌어안았다.

"할머니는 우리 수빈이 마음에 늘 살아 계시니까. 할머니랑 같이 글공부하고 노래하고 학교에서 돌아올 누나를 기다렸던 날들을 생각해 봐. 모두 너무 행복했던 일이잖아. 그걸 잊지 않고 마음에 새긴다면 절대 슬프지 않을 거야. 그러니까 기운 내자 수빈아. 수빈이 곁엔 누나들도 있고, 형들도 있고 또 선생님이랑 이모, 이모부도 있잖아."

사연의 얘기에 귀 기울이던 아이의 고개가 살짝 끄덕여졌다. 그녀는 아이를 위해 자신이 해 줄 수 있는 일이 무엇일까 생각하다가 함께 생활 계획표를 만들기로 했다.

스케치북에 동그란 원을 그리고 색연필로 예쁘게 숫자를 적은 아이는 기상 시간부터 취침 시간까지 빼곡하게 자신만의 생활 계획표를 멋있게 만들어 냈다.

게임 없인 안 될 것 같았던 아이였지만 정작 계획표엔 게임하는 시간이 한 시간밖에 포함되어 있지 않았다. 그제야 마음이 놓인 그녀는 살짝 식은 피자를 사이좋게 나눠 먹으며 오랜만에 아이와 즐거운 시간을 보냈다.

"동철이는 많이 늦나 보네요. 얼굴 좀 보고 가려고 했는데. 미영 씨가 동철이 좀 잘 챙겨 주세요. 말은 안 해도 내년에 수능 보는 것 때문에 요즘 공부하느라 스트레스 많이 받고 있을 거예요. 힘들 겠지만 부탁 좀 할게요."

"네. 동철이 잘하고 있으니까 걱정하지 마세요. 주말에 시간 나면 한 번 찾아가 보라고 할게요."

"그래 주실래요? 그럼 제가 맛있는 거 많이 해 놓는다고 꼭 놀러 오라고 했다고 전해 주세요."

"네. 조심해서 들어가세요. 대표님도 안녕히 가세요."

"네."

아쉬움을 뒤로한 채 밖으로 나선 사연은 태석의 손을 꼭 잡고 엘리베이터에 올랐다.

"동철아."

일 층에 도착해 문이 열리자 엘리베이터가 내려오길 기다리고 있던 동철의 모습이 보였다. 반가움에 와락 껴안은 사연은 자신보다 훌쩍 큰 아이의 가슴에 얼굴을 묻은 채 한참을 있었다.

"이모, 배 눌려서 아기 숨 쉬기 힘들겠다. 내가 그렇게 보고 싶었어요?"

"그래. 너 왜 이렇게 늦게 다녀. 야자 이제 끝난 거야?"

"아홉 시에 끝나고 바로 도서관 가서 보충 좀 하고 왔어요. 근데 피곤해서 오래 못 있겠더라고요. 그래서 그냥 한 시간도 못 버티고 나와 버렸지."

"야자 끝나면 바로 집으로 가. 보충은 네 방에서 해도 되잖아. 애들 때문에 그래? 선생님한테 너 수능 볼 때까지만이라도 혼자 방 쓸 수 있게 해 달라고 부탁해 볼까?"

"아니요. 절대 그러지 마요. 준영이가 얼마나 배려해 주는데요. 밤늦게까지 스탠드 켜고 있는데도 불평 한 번 안 하는 애예요. 그리고 방 혼자 써도 애들 떠드는 소리는 다 들려요. 괜찮으니까, 이모는 내 걱정 말고 아기 걱정이나 해요."

"기특한 자식. 조금만 더 힘내자, 우리. 피곤할 텐데 얼른 올라가. 피자 사다 놨으니까 먹고 자고."

"우와, 피자 엄청 먹고 싶었는데. 고마워요, 잘 먹을게요. 이모부, 운전 조심해서 가요."

"이제 아는 척하냐? 그래 알겠다. 너도 건강 잘 챙기고 애들한테도 신경 좀 쓰고 해."

"네."

동철을 올려 보낸 사연의 얼굴에 근심이 가득했다. 할 수만 있다면 본인이 데리고 있었으면 좋겠다는 심정이었다. 그러나 곧 출산을 앞두고 있는지라 더 방해만 될 것 같아 그럴 수도 없었다. 아이를 태우고 오르는 엘리베이터를 한참을 바라보다가 태석의 손에 이끌려 겨우 걸음을 옮기게 된 사연이었다.

"너무 그러지 마. 잘못하다간 동정으로 오해할 수도 있어."

"무슨 소리야?"

"아이들 입장에선 그럴 수 있다고. 언제까지 사연이 네가 돌봐줄 수도 없는 거고. 적당히 거리 두고 대하는 게 맞다고 생각돼, 난."

"그 말 너무 서운하게 들린다, 태석아. 난 죽을 때까지 그 아이들이랑 이렇게 지낼 생각인데 자긴 아닌 거야?"

"그런 말이 아니잖아. ……서운하게 들렸다면 미안해. 난 자기가 우리 아기 태어나면 아이들한테 소홀해질 수도 있을 것 같은 생각에 걱정이 돼서 그런 거야. 아무래도 지금처럼 그 아이들을 챙겨 줄 순 없을 테니까. 그러니까 미영 씨한테 맡길 부분은 맡기자고. 우린 그냥 가끔 한 번씩 잘 지내고 있는지만 봐 주면 돼. 괜히 아이들 헷갈리게 할 필요 없잖아. 엄마도 아닌데 마치 엄마인 것처럼."

"……."

사연은 태석의 말이 그저 서운하게만 들릴 뿐이었다. 더 이상 말을 잇지 않고 창밖만 바라보며 묵묵히 집을 향했다.

"많이 서운했어?"

집에 들어와서도 계속 아무 말도 하지 않는 그녀가 신경 쓰인 태석은 셔츠 단추를 풀어 내리며 조심스레 물었다.

"미안해. 난 그냥……."

"태석이 넌 재단 대표잖아. 평생을 아이들을 위해 살기로 결심한 사람이 어떻게 그런 말을 해? 물론 아기 태어나면 아이들한테 신경 써 주는 일이 어려울 수도 있어. 그렇지만 난 우리 아기한테도 그 아이들한테도 끝까지 최선을 다할 거야. 우리 아기가 소중하듯이 나한테는 그 아이들도 소중하다고."

"그래, 미안해. 내가 잘못했어. 잘하자. 아니 잘할게. 사연이 너만큼은 아니겠지만, 끝까지 아이들한테 최선을 다하도록 노력해 볼게."

사연을 향해 있던 태석의 시선이 서서히 아래로 향했다.

"사실…… 수많은 아이들을 상대로 지내다 보니까 그런 생각이 들더라고. 내가 이 많은 아이들을 전부 품어 줄 순 없다는 그런 생각 말이야. 이 아이 저 아이 모두 사랑해 달라는 눈빛을 보내는데 그럴 수 없다는 생각에 미안하고 가슴 아팠어. 그렇게 지내다 보니까 언젠가부터 나도 모르게 아이들이랑 조금은 거리를 두고 지내게 된 것 같아. 네 말대로 절대 일적으로만 아이들을 대하면 안 되는 줄 알면서 말이야."

"줄 수 있는 만큼만 주면 돼. 품을 수 있는 만큼만 품으면 된다고. 부담스럽게 생각하면 한없이 부담스러운 법이야. 우린 그냥 우리가 할 수 있는 선에서 그 아이들을 진심으로 생각해 주고 사랑해 주면 되는 거야."

"그래. 사연이 네 말이 맞아. 고마워. 깨닫게 해 줘서."

사연은 지친 듯 보이는 태석을 따뜻하게 안아 주었다.

며칠 후, 사연과 영숙의 분식점에서 첫 나눔 봉사가 시작되었다. 기대 반 걱정 반으로 사연의 가슴은 두근거리고 있었다. 영숙 또한 다를 게 없어 보였다. 오히려 기태가 처음으로 직접 떡볶이를 만든 날이라 그들의 긴장감은 사연보다 조금 더했다. 오늘 사람들의 반응을 보고 맛있다는 호평을 듣게 되면 앞으로도 쭉 그가 맡아서 할 계획을 갖고 있었다.

나눔 봉사 담당자가 다가와 지켜야 할 규칙 사항을 그들에게 한 번 더 전해 주었다. 그러곤 바로 미리 와서 기다리고 있던 사람들을 상대로 봉사가 시작되었다.

재단에서 준비한 일회용 도시락에 튀김, 순대, 떡볶이 그리고 어묵 순으로 깔끔하게 담겨진 분식을 받아 든 첫 번째 주인공은 할머니 손을 잡고 한참 전부터 기다리며 콧물을 훌쩍거리던 남자아이였다.

아이의 할머니는 봉사자가 자신의 몫도 챙겨서 건네자 손을 흔들며 됐다고 하셨다. 하루 종일 집에서 밥에 물 말아 장아찌만 곁들여 한 술 뜨는 것이 전부인 아이가 안쓰러워 데리고 온 거라며, 오히려 그들에게 감사하다고 고개 숙여 인사를 하셨다.

끝내 도시락 받기를 거부한 할머니는 계속 이러면 다음부턴 부담스러워 올 수 없다는 말을 남기고 아이의 손을 잡은 채 유유히 자리를 떠났다.

그 모습을 짠한 마음으로 지켜보던 사연은 별안간 울리는 휴대폰 벨소리에 깜짝 놀라 전화를 받았다.

"여보세요?"

— 나야.

"고혜미?"

— 그래.

하필이면 한창 정신없이 바쁠 시간에 미국으로 간 혜미에게서 전화가 걸려 왔다.

"나 지금 바쁘니까 급한 일 아니면 나중에 전화해."

— 급한 일이거든?

"뭔데."

— 나 지금 우빈이랑 미국에 있어. 여기서 공부하고 실력 쌓고 오라고 아빠가 보내 주셨어.

"그래, 잘됐네."

— 뭐야. 그게 끝이야?

"그럼 뭐."

— 배 안 아파?

"아직 예정일 한참 남았는데 벌써 배가 아프면 어쩌라는 거야."

— 그 배 말고. 나 미국에서 살게 된 거 배 안 아프냐고.

"아, 아파. 부러워서 배 아파 죽을 것 같아. 됐지? 그만 끊는다. 애 잘 낳고 사진이나 보내 줘. 우빈이한테도 축하한다고 열심히 잘 배우고 오라고 전해 주고."

— 야, 구사연!

혜미 장단에 맞춰 놀아 줄 정신이 없었던 사연은 자신의 말만 건네고 바로 전화를 끊어 버렸다.

손을 씻고 다시 자리로 돌아와 순대를 썰기 시작한 그녀는 자꾸 먹고 싶다는 생각이 들어 참느라 애를 먹었다. 혀를 내밀어 입맛을 다시는 사연을 보자 그 마음을 눈치챈 태석은 바쁜 와중에 그녀에게 다가가 얼른 순대 하나를 집어 입에 넣어 주었다.

"모자라면 큰일 나. 난 괜찮으니까 그러지 마."

사연은 순대 하나에 세상을 다 얻은 듯한 표정을 지으면서도 태석을 향해 속삭이듯 말했다.

그렇게 정신없이 도시락을 만들고 남은 떡볶이를 커다란 안경에 무릎 나온 트레이닝복을 입고 기다리던 고시생에게 모두 담아 주는 것으로, 첫 나눔 봉사를 무사히 끝마쳤다.

"수고하셨습니다."

추운 겨울이지만 봉사자들의 이마에선 땀방울이 뚝뚝 떨어지고 있었다. 무리한 듯 보이는 사연을 의자에 앉히고 태석은 봉사자들에게 직접 음료수를 하나씩 건네주었다. 모두의 땀과 정성으로 이뤄 낸 첫 나눔 봉사는 비교적 성공적이었다.

*

"회의는 잘 하셨어요?"

"예. 그런데 모든 이들을 대상으로 실행하는 건 좀 무리가 있지 않을까 하는 의견들이 많이 나왔습니다."

겉옷을 벗어 걸어 둔 태석은 소파에 앉아 앞에 놓인 커피 잔을 들며 박 부장의 얘기를 들었다. 잠시 생각에 잠긴 듯 보이더니, 잔을 내려놓고 회의록을 살피기 시작한 그였다.

"충분히 가능했고, 앞으로도 크게 어려운 점은 없을 거예요. 그곳은 다른 동네보다 비교적 어려운 사람들이 많이 모여 있는 곳이에요. 아이들은 되고 청년들은 안 되고, 어르신들은 되고 중년의 사람들은 안 되는 그런 식은 옳지 않습니다. 처음 의도했던 그대로 계속 진행하는 걸로 하죠. 이제 와서 바꾼다면 그게 더 위험한 결과를 불러올 수 있으니까, 박 부장님이 잘 좀 이해시켜 주세요."

"예, 대표님."

그때 누군가 똑똑 하며 노크하는 소리가 들렸다. 들어오라는 말을 건넨 태석은 박 부장을 보내고 다시 잔을 들어 커피를 한 모금 입에 물었다.

태석을 찾은 이는 다름 아닌 그의 비서였다. 인터넷에 재단 기사가 떴다며 확인해 보라는 말을 건넨 그녀는 말없이 고개를 숙여 인사를 건네고 다시 밖으로 나섰다.

자리로 돌아가 모니터를 켜고 기사를 확인한 태석은 몹시 흐뭇한 표정을 지으며 바로 사연에게 전화를 걸었다. 나눔의 날마다 어김없이 찾아와 맨 끝 줄에 서서 자신의 차례를 기다리던 고시생이 받은 도시락을 핸드폰 카메라로 찍은 뒤 인터넷에 올린 게 화제가 된 것이다. 감사하다는 내용과 함께 올린 사진 밑으로 수많은 댓글이 달리자 여기저기서 기사화시킨 것이다.

"응, 확인해 봐. 다행히 다들 좋게 봐 주시는 것 같아. 다른 지역에 사는데 가도 되냐는 댓글도 있던데? 하하. 그래, 알겠어. 응."

기분 좋게 통화를 끊자 기다렸다는 듯 비서가 다시 그를 찾았다. 그녀는 기사를 본 한 잡지사에서 태석에게 인터뷰 요청을 해 왔다며 그의 의견을 물었다. 생각에 잠겨 고민하던 그는 오랜 망설임 끝에 인터뷰를 받아들이기로 했다.

"인터뷰하는 날 언제라고 했지?"

집에서 그가 오기만을 기다렸던 사연은 반갑게 맞으며 겉옷을 받아 주었다.

"크리스마스 다음 날."

"26일?"

"응."

"정말 큰일이야. 날이 갈수록 더 깜박깜박해. 얼른 씻고 나와. 밥 먹으면서 얘기하자."

화장실로 향하던 그는 다시 돌아와 사연의 볼에 입을 맞추고 안으로 들어섰다. 구수한 된장찌개를 불에 올리고, 그녀는 태석이 나오기를 기다리고 있었다.

잠시 후 화장실 문이 열리자 의자에서 일어나 그릇에 밥을 담기 시작한 그녀는 손에 묻은 밥풀을 입에 넣고 굉장히 흡족해하는 표정을 지었다. 점심때를 놓쳐 지금껏 우유랑 빵 하나로 버티고 있었던지라 배가 많이 고픈 상태였다. 결국 스킨과 로션을 바르기 위해 방으로 들어선 그를 더 기다려 주지 못한 그녀는 홀로 앉아 먼저 식사를 하기 시작했다.

"미안. 우리 아기가 너무 배고프다고 해서."

뒤늦게 나타난 태석을 보며 민망함에 변명 아닌 변명을 하는 그녀를 보며 그는 잘했다는 칭찬의 말을 건넸다.

"오늘 무슨 일 있었는지 알아?"

"무슨 일?"

상추쌈을 싸서 태석의 입에 넣어 주며 궁금하다는 듯 물었다.

"명지그룹에서 우리 재단에 투자하고 싶다고 회장님께서 직접 전화해 주셨어."

"정말?"

"응. 젊은 나이에 훌륭한 일 한다고 앞으로도 우리 대한민국의 밝은 미래를 위해 힘써 달라고 하시더라고. 끊고 나서도 꿈이 아닌가 싶어서 볼까지 꼬집어 봤다니까."

"정말 잘됐다. 난 자기가 투자자 늘어났다고 할 때가 제일 기분 좋더라."

"으이고. 암튼 못 말린다니까."

사연은 진심으로 행복했다. 하루하루 자신에게 일어나는 모든 일들이 기쁨이었고, 또 감사할 일이었다.

그렇게 시간이 지나 어느덧 아기를 만나게 될 시간이 코앞으로 다가와 있었다. 그사이 그녀에겐 참으로 많은 일들이 있었다. 인터뷰를 성공적으로 마치고 난 후 태석의 재단은 사람들에게 더 큰 관심을 받기 시작했고, 여기저기서 보내온 도움의 손길 또한 끝없이 줄을 잇고 있었다.

혜미는 딸을 낳았고, 영숙은 아들을 낳았다. 우빈과 똑 닮아 너무 예쁘다며 시도 때도 없이 전화를 해 대는 통에, 벨소리만 울려도 그녀의 목소리가 들리는 것 같아 괴로울 지경이었다.

수험생이 된 동철은 얼굴 보기가 더 어려워졌고, 수현은 공모전에 당선되어 최연소 작가로 등단할 수 있게 되었다. 자신은 물론 주위에서도 좋은 일들만 생겨 나날이 더 행복해지는 사연이었다.

"하웃."

"왜 그래, 배 아파?"

"어? 어. 아무래도 병원 들어가야 할 것 같은데."

"그래? 그럼 얼른 가야지. 잠깐, 뭐부터 챙겨야 하지?"

"짐은 내가 다 챙겨 놨어. 옷장 안에서 가방만 꺼내면 돼."

존경스러운 눈빛으로 그녀를 보던 태석은 그녀의 얼굴이 다시 일그러지자 서둘러 가방을 챙겨 들고 겉옷을 꺼냈다. 사연의 어깨에 카디건을 걸쳐 준 태석은 바지만 갈아입고 대충 재킷을 챙겨 입었다.

한 손엔 짐을 들고 다른 한 손으론 아내를 부축해 천천히 집을 나섰다. 뒷좌석에 사연을 태우고 조수석에 짐 가방을 얹은 그는 침

착하게 차를 몰기 시작했다.

"아악!"

"으윽!"

도착한 병원에서는 여기저기서 고통의 비명 소리가 터져 나오고 있어, 태석은 잔뜩 긴장한 채로 겁을 먹고 있었다.

분만 예정실에서 열세 시간을 진통한 끝에, 드디어 아기를 만날 때가 왔다는 의사 말을 들을 수 있었다. 나름 잘 참았던 사연은 온몸을 땀으로 적신 채 몹시 괴로워하기 시작했다. 태석은 미안한 마음과 걱정되는 마음, 또 다른 한편으로는 기대감에 조급해지는 마음을 숨기지 못한 채 그는 눈물까지 글썽거렸다.

"태, 태석. 이리, 후우. 이리 와 봐."

어렵게 태석을 부른 사연은, 그가 다가오자 귀에 대고 이렇게 속삭였다.

"나, ……나쁜 놈."

"어?"

"나쁜 놈! ……으윽!"

나쁜 놈이라고 서너 번 크게 외치면 아기가 나온다는 혜미의 말을 믿고 따라한 사연은, 단 두 번 만에 순산해 건강한 아들을 낳았다.

에필로그 2

— 사연아, 우리 공주님 드디어 어제 뒤집으셨어. 어찌나 감동스럽던지 눈물이 다 나오더라.

혜미는 오늘도 어김없이 사연에게 전화해 딸바보 티를 팍팍 내보이고 있었다.

"뒤집은 것 가지고 유세는. 우리 아들은 엄마 힘들다고 밤에 혼자 일어나서 직접 우유도 타 드신다, 야."

— 뭐? 너는 무슨 뻥을 쳐도 그런 뻥을 치냐. 애가 어떻게 우유를 타 먹는다고. 하하. 생각할수록 웃기긴 하다, 얘. 어쨌든 건강하게 잘 키워. 혹시 아냐. 난 절대 원치 않지만 자기들끼리 첫눈에 반해서 결혼하겠다고 할지. 그러니까…….

"야! 너 그런 쓸데없는 소리 할 거면 앞으로 나한테 전화하지 마. 누가 누구랑 결혼을 해. 말도 안 되는 소리 하고 있어. 내 아들 절대 네 사위 되게 안 할 거니까 꿈도 꾸지 말고 끊어!"

불쾌하다는 듯 전화를 끊어 버린 사연은 우는 아이를 달래다 수상한 냄새를 맡고 기저귀를 확인했다.

"아이고, 우리 아들 응가 하셨어요? 우리 아들은 어쩜 이렇게 똥도 예쁜 똥만 쌀까. 엄마가 금방 갈아 줄게요. 찝찝해도 조금만 참아요."

아들바보가 된 사연은 화장실 갈 때를 빼곤 한시도 아이에게서 떨어지지 않은 채, 하루 24시간을 곁에서 붙어 지냈다.

"감히 누굴 넘봐, 넘보긴. 아가야 나중에 커서 절대, 절대로 혜미 딸이랑은 서로 좋아하면 안 된다. 알았지? 다른 건 다 우리 아들 마음대로 해도 되는데 그것만은 절대 안 돼요."

그때, 오늘도 어김없이 칼퇴근하고 돌아온 태석이 곧장 화장실로 향해 손을 씻고 방으로 들어왔다. 새 기저귀를 차기 무섭게 번쩍 품에 안아 든 그는, 예뻐 죽겠다며 어쩔 줄 모르고 안절부절못했다.

"아빠 왔어요. 우리 아들 아빠 보고 싶었어?"

"잠들었잖아. 피곤하신 것 같은데 얼른 눕혀 드려. 우리 효자, 아빠 식사하시라고 잠도 자 주고 너무 착하지 않아?"

"그럼. 누구 아들인데. 오늘도 우리 아드님 봐 주느라 너무 고생 많았어요, 여보님."

사연의 입술에 쪽 하고 입을 맞춘 그는 잠든 아이를 눕히고 조용히 옷을 갈아입었다. 국에 불을 올리고 낮에 무친 콩나물과 양념에 재워 둔 불고기를 꺼낸 그녀는 아이가 깰까 행동 하나하나 조심해 가며 저녁을 차렸다.

"토요일에 집에 가서 애들 좀 데리고 와, 여보. 수현이가 아기가 너무 보고 싶다고 또 언제 가면 되냐고 매일 전화했어."

"그래? 알겠어. 아참, 드디어 우리 아기 이름 지었어."

"정말? 빨리 알려 줘 너무 궁금해."

"하율이."

"하율이?"

"응. 강하율."

사연의 얼굴에 환한 미소가 번지기 시작했다.

"강하율……. 너무 예쁘다."

"마음에 들어?"

"응. 정말 예뻐. 강하율. 좋다. 드디어 우리 아기도 이름이 생겼네? 하율이. 강하율. 예쁘다, 정말."

"그래서 말인데. 하율이 엄마, 우리 하율이 이름 생긴 기념으로 오늘 밤 어때?"

"뭐가…… 서, 설마, 아니지?"

점점 미소가 사라지더니 끝내 사연의 얼굴은 차갑게 굳어져 버렸다.

"너무 오래 참았더니 요즘 좀 힘들어. 이참에 우리 하율이 동생……."

"동생은 무슨. 하율이가 지금 말을 하길 해, 아님 걸어 다니길 해? 벌써 둘째를 갖자 그러면 나더러 어떡하라는 거야. 다신 그런 소리 하지 마."

생각이 있는 건지 없는 건지 자기가 낳고 키우는 거 아니라고, 해도 해도 너무한 것 같아 서운한 마음이 든 사연이었다.

"알겠어. 그럼 조심할 테니까 제발 오늘 밤 함께 있어 주세요, 여신님."

"이럴 때만 여신이지?"

"됐다, 됐어. 아줌마 되더니 변했어, 너. 나는 안중에도 없고 만날 아기하고만 붙어 있고. 나도 남자다. 오래 외롭게 하지 마."

"그게 무슨 말이야? 뭐 어디 가서 바람이라도 피우겠다는 거야?"

"누가 그렇대. 나도 자존심 있는 남자라고. 나중에 가서 애원해도 소용없을 테니까 달려들 때 받아 주라고. 차이는 것도 한두 번이지."

"좋아. 이따 하율이 우유 먹고 잠들면 그때 만나."

"진짜?"

"그래."

"오케이."

평소 잘 먹지도 않던 부추를 과하다 싶을 정도로 입에 욱여넣기 시작한 그였다. 식사가 끝나고 우는 아기에게 젖을 물린 사연을 대신해, 그는 알아서 상도 치우고 설거지까지 끝내 놓았다.

꺽 하고 트림하는 아이의 등을 대견하게 토닥여 주며 다시 자리에 눕힌 그녀는 기다리고 있을 태석이 있는 다른 방으로 향했다.

"와인은 또 언제 준비했어?"

"오랜만에 분위기 내려고 신경 좀 썼지."

잔을 살짝 부딪치고 부드럽게 목으로 넘긴 두 사람은 오랜만에 갖게 된 오붓한 시간에 만족하며 천천히 입을 맞췄다.

사연의 원피스 지퍼에 손을 올린 그는 살짝 벌어진 입술 사이로 혀를 밀고 들어가 진한 키스를 건네며 옷을 내려 그녀의 맨살을 드러내기 시작했다. 수유 중이라 예민한 그녀를 배려해 속옷은 끌어 내리지 않은 채로 살살 어루만지다, 손을 내려 천천히 배를 쓸어내렸다.

풍만하고 부드러운 엉덩이를 손안에 넣고 마음껏 주무르던 그는 사연을 품에 안고 침대로 자리를 옮겼다. 순식간에 속옷 차림이 된 그녀의 위로 올라서서 하나씩 옷을 벗기 시작한 그는 조급해진 마음에 속옷 밖으로 물건만 꺼내 들고 촉촉이 젖은 그곳에 천천히 삽입하기 시작했다.

"하읏."

"사랑해, 여보."

"……나도 사랑해."

천천히 허리를 움직이기 시작한 그는 너무 오랜만에 갖게 된 관계라 더없이 빨리 흥분하고 말았다. 그때 잠들었던 하율이의 울음소리가 이쪽 방까지 들리기 시작했다. 있는 힘껏 가슴팍을 밀어 보지만 그는 멈출 생각이 없는 듯 보였다.

"비켜 얼른, 오래 울게 하면 안 좋아."

"알았어. 잠깐, 잠깐만. 좀만 더……."

"그만하고 얼른 비키라고, 강태석."

"하아……. 좋다 말았네."

황급히 옷을 입고 방을 빠져나가는 사연의 뒷모습을 보며, 태석은 긴 한숨을 내쉰 채 입맛만 다시고 있었다. 결국 오늘도 외로움을 홀로 달래게 된 그는, 속상한 마음에 와인만 벌컥벌컥 들이켜대다 쓸쓸히 잠이 들었다.

그로부터 십 년 후.

"우리 조엘 잘 적응했을까?"

"이제 곧 올 시간 됐잖아. 오면 물어보면 되지."

미국에서 돌아온 혜미는 오늘 처음 한국에 있는 초등학교에 보낸 딸아이 걱정에 점심도 먹는 둥 마는 둥 하며 내내 시계만 보고 있었다. 늘 혼자서 학교 앞 카페에 앉아 하윤이의 수업이 끝나기만을 기다렸던 사연은 동지가 생겨 기쁜 마음이었다.

"엘아, 빨리 와. 엄마 걱정돼 죽겠으니까."

"으이고. 널 누가 말리냐. 그나저나 우빈이는 진짜 기획실장인가 뭔가 된 거야?"

"그렇다니까. 늦어도 삼 년 안엔 아버지 자리 물려받을 수 있을 것 같아. 우리 조엘 아빠가 그렇게 똑똑하고 대단한 사람인지 미국 가서 알았다니까. 물론 그전에도 어느 정도 예상은 했었지만."

자식자랑, 남편자랑이 유일한 낙인 혜미는 기다렸다는 듯 또다시 우빈의 자랑거리를 늘어놓기 시작했다. 사연은 그런 그녀를 보며 고개를 흔들곤, 관심 없다는 듯 창밖에만 시선을 두고 있었다. 그럼에도 불구하고 꿋꿋하게 말을 잇는 혜미의 얼굴엔 환한 미소가 끊이질 않았다.

"아얏."

"괜찮니?"

한 달 전 부부가 된 수현과 동철을 만나러 가기로 약속한 하율은 기다리고 있을 사연에게 빨리 가기 위해 달리다 뭔가와 부딪혀 그만 넘어지고 말았다. 자신을 향해 손을 내민 여자아이의 얼굴을 확인하기 위해 고개를 든 하율은 여자아이의 너무 예쁜 눈망울에 그만 넋을 잃고 말았다.

"예쁘다……."

"어머."

하율의 말을 듣자 엘의 양쪽 볼은 순식간에 핑크빛으로 물들어 버렸다.

"이름이 뭐야?"

"엘. 조엘이야. 넌?"

"엘……. 이름도 예쁘네."

"얘, 넌 이름이 뭐냐고 물었잖아."

"아, 난 하율이야. 강하율."

"그래? 어쩐지 익숙하게 들리네."

뒤늦게 자리에서 벌떡 일어난 아이는 조엘을 향해 손을 내밀며 환한 미소를 지어 보였다.

"나 네가 마음에 들어. 내 여자 친구가 되어 줄래?"

좋아하는 여자가 생기면 망설이지 말고 남자답게 고백하라는 태석의 가르침에서 나온 자신감이었다. 조엘이라는 아이는 처음엔 살짝 당황한 듯 보였지만, 곧 하율의 손을 잡으며 고개를 끄덕거렸다.

"좋아. 너 정도면 옷도 잘 입고 키도 크고 잘생겨서 우리 엄마도 좋아하실 거야. 혹시 자주 넘어지는 편이니?"

"어? 아니. 오늘이 처음이야."

"그럼 됐어. 나 학교 앞에 있는 카페 가는 길인데 거기까지 같이 가자."

"나도 거기 가는데. 잘됐다. 손잡고 가도 되지?"

"어머."

조엘의 대답은 듣기도 전에 덥석 손을 잡아 버린 하율이었다. 손을 꼭 잡은 채 다정하게 걸어 나온 아이들은 금세 친해져 장난도 치며 대화도 곧잘 나눴다.

"왔다."

계속 우빈의 자랑거리를 늘어놓느라 혜미는 조엘을 보지 못했다. 아들을 먼저 발견한 사연은 하율을 향해 손을 흔들다 함께 있는 낯선 여자아이로 인해 당황한 듯 놀란 기색을 보이게 되었다.

"왜 그래?"

넋 놓고 서 있는 사연을 본 혜미는 무슨 일인가 싶어 뒤늦게 그녀의 시선을 따라 움직였다.

"역시 우리 조엘. 금방 친구가 생겼네."

"엄마."

다정하게 손을 잡고 들어온 하율은 사연을 향해 환한 미소를 지어 보이며 반갑게 불렀다.

"엄마? 그럼 네가 하율이? 어머, 가까이서 보니까 정말 하율이 맞네. 엘아 어떻게 된 거야? 하율이랑은 어떻게 친해졌어?"

혜미의 말에 아이는 놀란 토끼눈처럼 커진 눈으로 하율을 바라봤다.

"엄마가 말한 친구 아들이 하율이야?"

"어. 인사해. 엄마 친구야. 엘이 네가 손잡고 같이 들어온 하율이 엄마이기도 하고……."

"안녕하세요. 조엘이라고 합니다. 하율이 여자 친구예요. 앞으로 잘 부탁드려요, 아줌마."

여자 친구라고 당당하게 말하는 아이의 말이 끝나기 무섭게 사연은 목소리를 높여 크게 소리치 듯 말했다.

"강하율. 너 당장 그 아이 손 놓고 이리 와!"

"왜 그래, 엄마?"

화가 난 사연의 마음을 알 수 없었던 하율은 어리둥절한 표정으로 그녀를 보며 물었다. 사연은 아직 어린 아이들이지만, 하율이가 혜미의 딸과 엮이는 게 싫었다.

"거봐. 내가 뭐라 그랬니? 네 아들이랑 내 딸 서로 첫눈에 반해서 결혼한다고 할지도 모르는 일이라고 했잖아."

농담 반 진담 반으로 던진 혜미의 말을 사연은 진심으로 기분 나쁘게 들었다. 귀한 아들을 절대 철없고 자기 밖에 모르는 혜미의 사위가 되게 할 순 없었다. 지금 확실히 해놔야 나중에 서로 맘 상할 일이 없을 거라 여긴 그녀는 진심으로 화를 내며 혜미를 향해 소리쳤다.

"고혜미 너 조용히 안 해? 다른 사람은 몰라도 나 너랑은 절대 사돈 될 마음 없거든? 너처럼 이기적이고 제멋대로인 애한테 어떻게 우리 하율이를 맡겨?"

"애들 앞에서 너 말이 좀 심한 거 아니니? 내가 뭐 네 아들 잡아 먹기나 할까 봐 그래?"

"그래!"

"그만하세요!"

두 사람의 대화를 가만히 듣고 있던 하율은 카페 안에 있던 사람들이 모두 쳐다볼 정도로 크게 소리쳐 말했다.

"누가 조엘이랑 결혼하겠다고 그랬어요? 우린 아직 어린아이들이에요. 나중에 다른 사람이 좋아져서 헤어질 수도 있는데 왜 벌써부터 걱정하고 그러세요?"

"허."

"네 엄마처럼 꽉 막힌 것 같진 않아서 마음에 든다, 얘."

혜미의 말에 사연은 더욱 미칠 지경이었다.

"하율이 너, 어쩜 나랑 생각이 똑같니. 난 너처럼 쿨 한 남자가 좋더라."

조엘은 보란 듯이 하율의 볼에 쪽 하고 입을 맞췄다. 그 모습에 놀란 사연은 튀어나올 듯 크게 뜬 눈으로 달려가, 아이들 사이를 억지로 갈라놓고 목이 터져라 크게 소리쳐 댔다.

"안 돼! 고혜미 너, 네 딸 데리고 당장 미국으로 돌아가!"

외전

끝없는 노력으로 끝내 현석의 마음을 움직이게 된 두 사람은, 당당히 교제 허락을 받고 하루하루 깨가 쏟아지는 나날을 보내고 있었다.

그들은 처음 맞는 기념일인 백일을 맞아서 강원도 정선을 다시 찾아, 둘만의 추억이 담긴 비밀의 창고 앞에 섰다. 여전히 문은 쉽게 열 수 있었지만 그때와 달리 환한 전등이 켜져 있어 더 이상 그곳은 어둡지 않았다.

우빈은 내심 어둡길 바랐었지만 혜미를 위해선 잘된 일이라 여기며 아쉬움을 달랬다. 그는 그녀의 손을 꼭 잡은 채 천천히 눈을 맞추며 분위기를 잡았다.

"왜 이래. 누구 들어오면 어쩌려고."

우빈의 마음을 읽은 혜미는 수줍게 시선을 피하며 말했다. 그런 그녀의 모습이 너무 사랑스러워 그는 참을 수가 없었다. 서서히 다가가 입을 맞추려 하자, 못 이기는 척 눈을 꼭 감아 버린 혜미였다. 닿을 듯 말 듯 거칠어진 두 사람의 호흡이 부딪힐 때마다 뜨거운 공기가 그들을 더욱 달아오르게 했다. 그때 딱 하는 소리와 함께 전등이 꺼져 버렸다.

"엄마!"

놀란 혜미가 걱정된 우빈은 황급히 그녀를 품에 안고 걱정 말라며 다독여 주었다. 그때처럼 어둠 속에서 괴로워할 그녀를 생각하니 이곳을 다시 찾은 게 후회되는 그였다. 사실 내키지 않는 그녀를 끝까지 우겨서 데리고 온 게 바로 우빈이었기 때문이다.

"미안해. 정말 미안해."

진심으로 걱정하며 그는 혜미를 더 꼭 끌어안아 주었다.

"나, 괜찮아. 우빈아."

괜찮다는 그녀의 말에 몹시 놀란 우빈은 어둠 속에서 반짝이는 그녀의 눈을 찾아 시선을 맞췄다.

"정말 괜찮아. 이제 하나도 안 무서워. 그때 우빈이 네가 끝까지 지켜 주겠다고 걱정하지 말라고 말한 뒤로, 정말 거짓말처럼 괜찮아졌어. 전혀 무섭거나 두렵지 않아."

고맙고 기쁜 마음에 우빈은 눈물을 글썽거렸다. 한참을 그대로 움직임을 멈추고 있던 두 사람은, 누가 먼저랄 것도 없이 서서히 입을 맞췄다. 잠시 그녀에게서 입술을 뗀 그는 살며시 떨어진 채로 한참 애를 태우다, 다시 살짝 입술을 대고 뜨거운 숨을 뱉었다.

얇고 촉촉한 윗입술을 천천히 빨아 대다 혀를 내밀었다. 부드럽고 말캉한 혀가 입술을 훑고 지나자, 온몸에 찌릿한 전율이 흘렀다. 살짝 벌어진 틈을 타 재빨리 혀를 밀고 침범한 그는 입안 곳곳을 맛보며 한참을 돌아다녔다. 뒤늦게 찾은 혀를 감아올린 그는 힘껏 돌리다 부드럽게 풀어 주었다.

"하아……."

혜미의 뜨거운 숨결에 몸이 녹아내릴 것만 같았다.

우빈의 떨리는 손이 가슴을 향하자 잔뜩 긴장한 채로 몸을 움찔거리는 혜미였다. 둥근 가슴에 손이 닿자 두 사람 모두 순간 얼음 상태가 되었다. 슬쩍 어루만져 본 그는 몸 안에 피가 뜨겁게 끓고 있음을 느낄 수 있었다.

다시 키스를 건네며 가슴을 어루만지다, 그걸론 부족함을 느끼고 원피스 지퍼로 손을 뻗어 거침없이 끌어 내렸다. 어깨를 잡고 옷을 내리니 브래지어를 꽉 채운 가슴이 눈앞에 드러났다. 입술을 떼고 그곳에 입을 맞추자 고개가 절로 숙여지는 혜미였다.

"핫."

우빈의 등에 얼굴을 묻고 이를 악물었지만 터져 나오는 신음을 막을 순 없었다. 다시 얼굴을 들고 거친 키스를 건넨 그는 격하게 혀를 감아올리며 힘껏 가슴을 움켜쥐었다. 사정없이 끈을 내리고 브래지어를 벗겨 낸 우빈은 그 좁은 공간에 혜미를 눕히고 그녀의 몸 위로 엎드렸다. 이로 잘근거리며 입술을 물다 목으로 내려갔다.

"하웃, 하아!"

진한 분홍 꽃잎이 순식간에 여러 개 만들어졌다.

"아훗!"

입 안 가득 가슴을 넣고 혀로 붉은 망울을 돌리다 힘껏 누르자 거의 괴성에 가까운 신음이 터져 나왔다. 처음 느끼는 묘한 기분에 어찌할 줄 모르며 잡히는 대로 손톱 자국을 새겨놓는 그녀였다.

그녀가 몸에 상처를 낼수록 더욱 자극을 받고 거칠어지는 우빈이었다. 부드러운 모습은 찾을 수 없고, 거의 반짐승과 같은 남자의 모습만이 눈에 보였다. 혜미를 다루는 그의 손길은 거침없었다. 굳은살이 박여 있는 손바닥으로 인해 그녀의 여린 살결은 이미 붉게 부어올라 있었다. 배꼽에 혀를 넣고 핥아 대는 느낌에 자신도 모르게 그를 밀어낸 혜미였다.

"하아……. 제발."

뒤로 물러난 그녀를 다시 잡아끈 그는 어깨를 혀로 훑고 지나 이번엔 팔뚝 살을 이로 잘근거렸다.

"아훗."

눈을 질끈 감은 혜미의 입에서 또다시 고통과 짜릿함이 섞인 신음이 터져 나왔다. 그를 꼭 끌어안은 그녀는 우빈에게 자극되어, 굵은 핏대가 선 목에 입을 맞추며 야릇한 숨을 연방 내쉬었다.

성급한 우빈의 손이 원피스를 단번에 벗겨 내고, 높게 쌓여 있는 박스 위로 집어 던졌다. 간신히 보호받고 있던 여성을 빨리 만나고 싶은 욕심에 남은 속옷을 벗기려 하자 혜미의 손이 그의 손목을 붙잡았다.

"괜찮아. 걱정하지 마."

발끝에서부터 다시 뜨거운 피가 끓어오르기 시작했다. 어깨에 스리슬쩍 입을 맞추고 뜨거운 숨을 깊게 내뱉었다. 입술로 귀를 간질이자 몸을 살짝 움찔거렸다. 어린아이처럼 뽀얗고 부드러운 살결에 정신이 혼미해졌다. 어색한 기운은 온데간데없이 사라지고 두 사람은 다시 뜨겁게 달아올라 있었다. 그의 손길을 느낄수록 묘한 기분에 아래가 촉촉이 젖어 들었다.

"하아……."

어깨를 어루만지던 손이 가슴을 주무르자 혜미의 입에서 뜨거운 숨이 길게 내뱉어졌다. 손가락으로 붉은 망울을 쥐고 비틀던 그는 손을 내려 팬티 위를 쓸어내렸다.

"훗!"

순식간에 안으로 들어온 우빈의 손은 젖은 곳을 사정없이 쓸어내리기 시작했다. 참을 수 없는 느낌에 야릇한 소리가 입 밖으로 새어 나오려 하자 입술을 꽉 깨물었다.

"아훗!"

그걸로 부족해 주먹까지 힘껏 쥐었지만 오래 버텨 낼 수 있는 게 아니었다. 더 이상 참을 수 없었던 우빈은 혜미를 바로 눕히고 다리 사이에 자리를 잡았다. 엉덩이를 들어 팬티를 끌어 내리자 절로 혜미의 다리가 오므려졌다.

종아리를 쓸고 올라간 손이 허벅지와 허벅지 사이를 벌려 놓았다. 다시 오므리지 못하도록 더욱 밀착하고 앉았다. 혜미의 손이 다급하게 움직이기 시작했다. 담요를 찾고 있는 듯했다.

"괜찮아."

우빈의 말에 행동을 멈췄지만 전혀 괜찮지 않았다.

"좀, 그래. 부끄러워……."

"예쁘기만 한데 뭐."

"……!"

그 말이 혜미를 더욱 부끄럽게 만들었다. 눈을 질끈 감은 걸로 부족해 손으로 얼굴까지 가렸다. 남자 앞에서 다리를 벌리고 있는 일이란 참으로 감당하기 어려운 것이었다. 그럼에도 불구하고 그를 말리고 싶은 마음은 들지 않았다.

"아훗!"

우빈이 여린 그곳에 입을 맞추고 혀를 내밀어 쓸어 올리자, 혜미의 허리가 높이 튕겼다 내려왔다. 야속하게도 팔로 배를 누른 우빈의 손은 괴로운 그녀를 맘대로 움직일 수조차 없게 만들었다. 이를 악물고 주먹에 더욱 힘을 주어 봤지만 소용없었다. 그곳을 자극하면 자극할수록 온몸에 흐르는 전율로 인해 혜미는 더욱 무너져 내렸다.

"제발……. 그만. 하웃!"

입구를 문지르던 손가락이 쑤욱 들어오자 괴성에 가까운 소리가 터져 나왔다. 고통과 함께 밀려든 짜릿함은 말로 설명이 불가능했다. 그가 손가락을 빠르게 움직일수록 배꼽 아래서 더 큰 자극이 일어났다. 몸 안에서 전쟁이 난 듯 괴롭고 어지러웠다.

"웃."

배 위에 있는 우빈의 팔을 붙잡고 손가락 끝에 힘을 주었다. 날카로운 손톱이 살을 파고들자 우빈의 입에서도 소리가 터져 나왔다.

천천히 손가락을 빼내고 성이 난 불기둥을 손으로 잡았다. 한참을 입구 앞에서 지분거리던 그는 혜미가 잠시 긴장을 풀고 방심한 틈을 타 살짝 밀어 넣었다.

"아훗. 웃!"

이제 시작일 뿐인데 벌써 죽을 듯 괴로워하는 걸 보며 우빈은 땀을 주룩주룩 흘려 댔다. 손을 뻗어 혜미의 볼을 어루만지던 그는 가슴을 손에 쥐고 다시 주무르기 시작했다. 거침없는 손길에 이곳저곳에서 고통이 동시에 일어나 더욱 주체할 수 없었다. 성이 난 불기둥이 쉴 새 없이 불끈거리며 그를 재촉하자, 조금 더 과감히 밀어 넣었다.

"하웃, 아파……."

"다 들어갔어. 조금만 참고 힘 빼. 윽!"

오래 걸리지 않아 삽입에 성공한 그는 천천히 허리를 움직이기 시작했다. 어느새 창고 안을 맴돌던 냉기는 더 이상 느낄 수 없을 만큼 뜨겁게 달아올라 있었다.

"사랑해."

"나도, 사랑해……."

우빈은 진정 하나가 된 이 순간, 어렵게 이룬 사랑을 반드시 끝까지 지켜 내겠다고 다짐했다. 자신을 믿고 모든 걸 맡긴 그녀의 선택이 후회되지 않도록, 무슨 일이 있어도 놓치지 않겠다고 말이다. 그의 마음을 읽은 건지, 고통에 힘겨워하던 혜미의 얼굴에도 서서히 미소가 지어졌다.

작가 후기

먼저 생각지도 못한 종이책 출간의 기회를 주신 뿔 로맨스 관계
자님들께 감사드린다는 말씀 드리고 싶네요. 특히 끝까지 함께 고
생해 주신 정 팀장님과 이 편집자님 그리고 예쁜 표지 만들어 주신
디자이너분께 감사드립니다. 또한 부족한 저를 작가의 길로 인도해
주신 하나님께 감사합니다.

늘 풋풋한 사랑 얘기만 그리던 제가 처음으로 19금 책을 출간하
게 되었는데요. 저 또한 많이 놀랍습니다. 항상 글을 쓸 때마다 정
직하게 쓰자, 스스로에게 부끄럽지 않은 글을 쓰자고 다짐하는데,
이번 글은 19금이라는 것 자체만으로 그리 떳떳하지는 못한 것 같
습니다.

그러나 여느 때와 같이 최선을 다한 작품이기에 후회는 없습니
다. 새로운 도전이라 그런지 다른 작품들 보다 유독 마음이 쓰였습

니다. 결과가 어떨지는 알 수 없지만, 출간하기까지 밤낮 가리지 않고 열심히 했기에 그것만으로 일단 만족할 수 있을 것 같습니다.

바라기는 이 책을 읽으시는 독자님 모두 소소한 행복에 감사하며 기뻐하는 삶을 살아가시길 소망하는 마음입니다. '고추장 풀다 눈 맞은 사연'을 쓰게 된 이유가 바로, 작은 것에 감사할 줄 아는 마음을 전하고자 했던 것이 크기 때문입니다.

책으로 사랑을 전하는 작가가 되고 싶습니다. 멋스럽지 않지만 진심이 담긴 그런 글로 감동을 전하고, 소소한 기쁨을 전하는 그런 작가가 되기 위해 늘 노력하겠습니다. 제가 바라는 것은 오직 제 글로 독자님 모두의 마음을 따뜻하게 하는 것이니까요.

끝으로 부족한 글을 끝까지 읽어 주신 독자님들께 감사의 말씀을 전하며 더 좋은 작가가 되기 위해 다시 열심히 달리겠습니다! 삶 속에 늘 사랑과 평안만이 가득하시길 기도합니다. 감사합니다.

고추장 풀다
눈 맞은 사연

1판 1쇄 찍음 2014년 1월 10일
1판 1쇄 펴냄 2014년 1월 16일

지은이 | 주사랑
펴낸이 | 정 필
펴낸곳 | 도서출판 **뿔미디어**

편집장 | 이재권
기획·편집 | 정시연·이은정
편집디자인 | 이진선

출판등록 | 2002년 9월 11일 (제1081-1-132호)
주소 | 경기도 부천시 원미구 상동로 117번길 49(상동) 503호
전화 | 032)651-6513 / 팩스 032)651-6094
E-mail | scarlets2012@hanmail.net
블로그 | http://blog.naver.com/dahyangs
홈페이지 | http://bbulmedia.com

값 9,000원

ISBN 978-89-6775-992-6 03810

Scarlet
스칼렛

Scarlet

스칼렛